山东省社会科学规划研究项目文丛·一般项目（3866）

乡土中国现代性的文学想象

——现代作家的农民观与农民形象嬗变研究

张丽军　著

上海三联书店

序言：以乡土中国作为方法的文学研究

吴义勤

20 世纪 90 年代以来，随着中国市场经济的迅速发展和城市化进程的加快，曾经繁荣一时的乡土文学创作与研究陷入了低潮，乃至一些评论家认为新世纪文学和乡村、农民有了一道厚重的坚冰，钱理群先生在 2009 年的一篇文章中呼吁要重建文学和乡土的血肉联系。在这样时代文化语境下，作为一位从乡土中国农村长大的研究者，张丽军博士其博士论文关注的就是“农民叙事问题”，而博士毕业到山东师范大学工作并师从本人从事博士后研究工作以来，更是自觉选择中国现代文学数量最大的农民形象群作为自己的研究对象，在仔细分析现代作家农民观的同时，勾勒现代文学农民形象精神嬗变的心灵图景，力图探寻乡土中国文学的现代性内涵，以寻绎出一条乡土中国农民走向全面解放的现代道路。《乡土中国现代性的文学想象》一书就是这一领域具有开创性的学术成果，其独特的学术眼光和学术追求令人称道。

1948 年费孝通先生出版的《乡土中国》一书，第一次详细阐述了乡土中国与西方国家在伦理、秩序、社会结构之间的巨大差异，以及乡土中国独特的“差序格局”生存思维。张丽军博士认为费孝通的“乡土中国”阐释，在 21 世纪的新世纪中国依然不过时，依然是解读中国的一把有效钥匙。因此，在美国学者王德威的《想象中国的方法》和日本学者沟口雄三的《作为方法的中国》的理论、方法的启示下，张丽军博士认为，“对于中国历史，只有置于中国历史和文化自身的语境中才能得以理解，中国本身就是一种视角，就是一种方法。即应该用中国本身历史和事实来研究中国，从中国内部的历史事实出发，探究中国现代化的内部原因、内在动力”。正是从这个意义上而言，乡土中国本身就是一种方法，一种研究中国现代文学的整体性思维理念。所以，就全书而言，张丽军博士打破了以往仅仅从“地方色”视域上的“乡土文学”研究格局和研究方式，紧紧抓住“乡土中国”和“现代性变迁”这一时间和空间的独特结合体——现代化视域下的乡土中国，来研究这一独特时空结合体下的农民形象群。因而，从某种意义上而言，这种研究真正凸现了乡土中国的文学现代性特质。

正是在这样一种“乡土中国文学”的研究理念下，张丽军对现代文学思潮、作家农民观以及作品中的农民形象进行了批判性审视和思考，提出了一系列被以往启蒙、革命、大众、集体等巨大词汇所遮蔽的新问题与新观点。《乡土中国现代性的文学想象》一书从晚清改良文化思潮开始探源，在分析严复的“三民说”和梁启超的“新民说”内涵基础上，仔细考察史料文献，提出白话文运动的农民大众“接受指向”的新观点：随着人们对小说的“新民”、救国功用的认同，扩展小说受众群体的需要越来越迫切，要求语言进行变革、与“负贩之流、市井之徒”的农民大众进行对接的呼声也越来越大。乡土中国的现代性变革赋予语言变革一种极为重要而迫切的地位，白话文运动不仅在于体现了语言形式的变革，而且在于它成为了传播新文化的载体，使文学走向了大众，缩短了大众与各种人文社会和自然科学知识的距离，为提高普通大众综合素质、推进农民素质的现代化、乡土中国的现代性变革，提供了一道便捷舒畅的桥梁。用农民大众的语言来言说农民大众，为现代文学与以农民为主体的受众群体建立了一条精神沟通的语言渠道，使梁启超的以小说来“新民”的文学启蒙道路得以畅通，大大便利了现代意识进入农民大众群体的语言渠道，打通了一条知识分子与农民、现代文学与乡土中国通往现代化的道路。

在“五四”文化思潮中，无政府主义思潮、“劳工神圣”思潮以及歌谣运动与现代文学中的农民想象有着重要的影响作用，成为现代作家对农民进行审美想象的思想资源和精神背景。刘半农这一时期创作的具有强烈平民倾向的“新悯农诗”代表了这一时期现代作家的乡土中国情怀。《乡土中国现代性的文学想象》具有强烈的批判性审视与思考，如分析鲁迅的农民观及其农民想象的时候，作者一方面揭示出鲁迅农民观的深刻内涵，也不讳言鲁迅想象农民的盲点所在，即以启蒙的思想视野来审视中国农民，通过塑造愚昧麻木的“中国病人”来揭示“病中国”的思想症候，显现了一种“深刻的偏见”，但也造就了中国现代文学中的农民形象愚昧病态的文学审美想象模式和思想偏见。作者通过对《社戏》、《故乡》进行文本细读的方式，分析出了鲁迅想象中国农民的另一种思维模式，即“田园乐土”式的纯朴农民形象，指出其开创的乡土抒情小说模式。这一批判性思考可以说是贯穿全书，如对沈从文《边城》中的翠翠形象的分析，指出翠翠形象内涵的双重性；如分析赵树理农民文学，指出其作品所阐述的新中国乡村政治生态的精神内涵和启迪新世纪文学的艺术生命力。

《乡土中国现代性的文学想象》不仅对现代文学作家的农民观及其塑造的农民形象进行个体分析，而且还通过对各个时期典型的农民形象的分析，整体性展现了农民从麻木、觉醒、挣扎与抗争逐渐走向追寻解放，成为农民英雄的精神嬗变过程，以及在这一过程中所付出的精神代价与迷失。张丽军博士认为解放区农民翻身解放形象在具有重大历史意义的同时，也要区分农民翻身的性质、追问究竟是主动式翻身还是被动式翻身，指出被动式翻身的主体精神缺陷，以及重新陷入精神病态与物质贫困的可能性。农村女性如何觉醒、反抗、翻身，乃至成为英雄，是作者特别关注的问题。该书最后一章“从被侮辱被损害者到革命英雄：女性农民形象的审美嬗变”以解读典型女性农民形象的方式，结合当前最新研究成果，对复杂语境下女性农民解放的问题进行了多维度分析，显现了作者强烈的现实关怀意识。

很可贵的是，张丽军博士在分析乡土中国现代化思潮对作家农民观及其农民形象的影响的时候，没有拘泥于已有的文学史料，而是重新深入时代历史语境，对当时一些影响较大的刊物杂志如《新青年》、《中国农民》等，进行史料挖掘工作，在还原历史的基础上通过翔实的事例和数据再现了乡土中国独特的现代性语境，为文本分析奠定了坚实史料基础。

张丽军博士是一位对于学术有着执着追求的青年学者，他肯吃苦，敢于挑战权威，对新的学术成果和学术前沿理论有着广泛的涉猎与钻研，显示了旺盛的学术活力。其新著《乡土中国现代性的文学想象》一书的一些观点也许需要商榷或进一步思考，一些史料可以挖掘得更深透、丰富，一些典型作家的农民观可以进一步展开论述，但是作者对乡土中国现代性的独特理解、对中国农民命运的深切关注和对现代文学农民形象精神嬗变的探索，是非常可贵和富有学术价值的，必将为关注乡土中国现代化、现代文学农民形象和中国农民命运的读者所重视和喜欢。

是为序。

2009年7月31日于中国现代文学馆

目　　录

导　　言

中国为什么没有走向西方式的现代化道路？农民占人口绝大多数的国家如何实现现代化？这都是西方现代性所无法回答的“中国问题”。

现代西方汉学对中国现代化研究是“刺激—反应”思维模式，以西方的现代化模式与内涵为参照，来比照中国的现代化。这种视角下的“中国现代化”成为印证西方现代性的他者，是以西方现代性的普世性对中国独特现代性的遮蔽，遮蔽的恰恰是中国现代性所独具的特征。因而，这种“中国现代性”没有自己的主体性，也无法真正理解和阐释事实存在的许多“中国问题”。

当代西方汉学研究已经发生了转折性变化，抛弃了“刺激—反应”的被动性研究，不再以西方的现代化来剪裁中国现代化，而是回到中国历史本身，从中国历史的丰富细节中寻找中国现代化特质因子。日本学者沟口雄三在中国史研究中，十分注重探索和讨论“作为方法的中国”。沟口雄三在《作为方法的中国》(中文译本名为《日本人视野中的中国学》，中国人民大学 1996 年版)提出的核心概念就是“中国基体论”。所谓“中国基体”，是指“中国有中国自己的历史情况及其发展规律，这种发展规律可以从其长期绵延不断的各种丰富的历史演变中窥测到，因此中国的近代应该是可以与前近代的关联角度上把握的。”(P184)对于中国历史，只有置于中国历史和文化自身的语境中才能得以理解，中国本身就是一种视角，就是一种方法。即应该用中国本身历史和事实来研究中国，从中国内部的历史事实出发，探究中国现代化的内部原因、内在动力。

作为“小说中国”形态存在的中国现代文学，以审美的方式对农民这一中国革命历史主体进行了想象性叙述，塑造了类型众多、形态各异的农民形象，直接参与了中国现代化的建立与发展，即以审美的方式来想象与建构了一个由众多“农民形象”所组成的“乡土中国”。由于中国农民占乡土中国人口绝大多数的主体地位，乡土中国现代化过程中，政治、经济、文化的变迁所构成的丰富社会生活内容在通过文学来表现的时候，都无法绕开农民，都充满了对农民的想象与建构。从 1917 年新文学发端直到解放后，农民形象成为了 20 世纪中国文学作品中最庞大的形象群体。

作为中国现代文学最庞大形象群体的农民形象，就成为进入探究乡土中国现代化、现代文学现代性的重要路径。“农民形象”就成为考察乡土中国现代化和现代文学的现代性的一个重要维度。简而言之，最庞大的农民形象群本身就是乡土中国文学现代性的表征，一个迥异于西方的、独异的文学现代性。

本书选择农民形象作为研究乡土中国现代化与现代文学关系的切入点和基本单位，即以“乡土中国”作为视角与方法，力图从乡土中国现代化与中国农民这一中心问题，透过中国现代作家审美想象与建构的农民形象，来探讨中国知识分子在多元历史文化思潮中对乡土中国和中国农民的思想认知、对乡土中国现代化道路的探索，分析中国农民在乡土中国现代化历史进程中的形象变迁和思想意识的觉醒，进入乡土中国文学独异的现代性研究。事实上，现代文学众多色彩各异的农民形象就是乡土中国现代化审美叙事的中心内容、中国现代文学独具现代性的特色之一。乡土中国现代化与中国农民、乡土中国文学与农民形象，具有一种相互映现的同构关系，具有一种互文性联系。

本书以晚清知识分子对乡土中国现代性问题的思考为起点，展现“五四”各种现代文化思潮与乡土中国农民问题的精神联系，集中对国民性、白话文运动、劳工神圣运动、歌谣运动等思潮现象进行文化研究，来呈现各种现代思潮对“五四”新文学“农民问题”的美学审视。五四新文化运动影响是极为深远的，现代文学都可以见到“五四”各种文化思潮的影子。启蒙思潮与鲁迅、文化人类学与沈从文、早期马克思主义与20年代后期农民运动思潮（如《中国农民》杂志的出现）、阶级现代性与革命文学、断裂的现代性（抗日救亡运动）与东北作家群、延安农民革命与“工农兵方向”的新意识形态、大众化运动与赵树理的农民文学、农民革命的成功与农民英雄传奇的文学书写等等，构成了本书主要的文化景观。

农民形象是现代文学与乡土中国现代化的纽带与桥梁，是中国知识分子对现代化主体的理想性建构和革命性改造，体现了中国知识分子对乡土中国现代化道路的认识、理解与选择。农民形象不仅是乡土中国现代化探索道路上的艺术结晶，也是现代作家农民观的审美理念的感性形式。现代文学农民形象展示了中国现代文学的“乡土中国现代性”，是乡土中国在世界现代文化语境中独异的文学想象。

显然，这是一种以“乡土中国”作为视角与方法的文学研究，一种揭示乡土中国独异的文学现代性的研究，也是对“中国问题”的一种“中国文学阐释”。

第一章
五四现代思潮对乡土中国农民问题的思考

西方国家用鸦片和大炮打开了闭关锁国的封建帝国大门，中国被迫开启了现代化历史进程。鸦片战争失败后，惊诧、失望的情绪弥漫于思想界，士大夫中间形成了一股“筹制夷之策”的改良文化思潮。①

作为一名具有先知先觉意识的知识分子，龚自珍认为社会历史是不断变化的，并尖锐指出“一祖之法无不弊”，强调“穷则变，变则通，通则久”。据此，他在政治上为病症严重的大清帝国开出了修改封建礼仪制度、“变通”科举制度等改革主张的一剂性质温和的中药。魏源是针对西方工业化国家的坚船利炮、封建中国武器落后挨打的世局，编写《海国图志》，为被动挨打的中国开出了一剂“师夷之长技以制夷”的补药，希望“力挽狂澜于既倒”。魏源大胆地放眼世界，“师夷长技”，学习西方资本主义国家的成功经验，成为近代中国向西方寻求救国救民真理的先驱。魏源、龚自珍等人的变通改良思想直接孕育了以军事自强、富国利民为目的的洋务运动。事实上，仅仅进行器物层面的改革，是无法改变晚清中国衰败命运的。洋务运动虽然失败了，却直接开启了中国知识分子的思想启蒙道路，造就了一大批直接接触西方先进文化知识典籍的、受到西方文化熏陶的知识分子。严复正是这批知识分子的代表，在 1895 年中日甲午战争失败之后，

① 梁启超曾高度评价龚自珍、魏源的主张变革的现代性思想，视之为中国现代性思想的源头。他说：“数新思想之萌蘖，其因缘固不得不远溯龚、魏。”见《梁启超全集》第三卷《新民说》，北京出版社，1997 年 7 月第 1 版，第 615 页。

他开始了对乡土中国现代化道路的现代性思考。

第一节 晚清改良文化思潮对中国农民的思考

1895年，严复在天津《直报》上连续发表了四篇政论文，翻译了英国生物学家赫胥黎的《天演论》，传播现代新思想。在《论世变之亟》中，严复开篇就否定了传统思想文化在世变之局中的适应能力。严复认识到西方富强与资本主义价值观念之间的深刻联系，近代化转换是包括工业化、民主化及国民文化心理改造三方面的复杂的社会转型。他反对脱离文化意识变革单纯追求经济、军事的近代化，意识到了所面临的思想文化启蒙和进行政体革新的历史课题。

可贵的是，严复把思想文化启蒙的路径与对象指向了以农民为主体的大众，即“生民”，使“民”自由，获得现代民主意识。泱泱中华之所以衰落、失败，根源就在于“民”的奴性，“民”的愚昧、不自由存在状态。“盖自秦以降，为治虽有宽苛之异，而大抵皆以奴虏待吾民。虽有原省，原省此奴虏而已矣，虽有燠咻，燠咻此奴虏而已矣。夫上既以奴虏待民，则民亦以奴虏自待。”①严复从中国封建社会秦朝对农民的愚民政策、奴役统治谈起，一针见血地指出农民大众的长达千年之久的被奴役统治和因此而带来的农民心理内化了的奴隶意识。对此，严复提出了著名的“鼓民力、开民智、新民德”的“三民”学说：

> 夫所谓富强云者，质而言之，不外利民云尔。然政欲利民，必自民各能自利始。民各能自利，又必自皆得自由始。欲听其皆得自由，尤必自其各能自治始。反是且乱。顾彼民之能自治而自由者，皆其力其智其德诚优者也。是以今日要政，统于三端：一曰，鼓民力；二曰，开民智；三曰，新民德.②

严复在《原强》中根据英国社会学家斯宾塞的生物社会学，将国

---

① 严复:《严复选集》，周振甫选注，人民文学出版社，2004年1月第1版，第34页。
② 严复:《严复选集》，周振甫选注，人民文学出版社，2004年1月第1版，第29页。

家盛衰强弱归结为民力、民智、民德三者。因此，他大声疾呼，中国要免于为达尔文之理言中的命运，必须施斯宾塞之术，致力于“鼓民力、开民智、新民德”。严复的“三民”说和译著《天演论》对当时的思想风气产生了极大的影响，在后来康有为、梁启超推行的戊戌变法及 20 世纪初的辛亥革命，都可以看出严复思想的深刻烙印。①

1895 年甲午中日战争失败、严复发表政论后不久，康有为、梁启超等学子在京城发起了“公车上书”运动。这是对洋务运动的器物层面改革、对战争失败进行反思的一种集体表达。维新派提出了比龚自珍、魏源及洋务派更为根本的“君主立宪”制度改良的现代化道路。

1898 年，由康、梁推动的戊戌变法流血失败。至此，1840 年以来，从由地主、贵族、官僚、知识精英等上层阶级推动的从器物层面“制夷”的洋务运动、以“生民”为指向的“鼓民力、开民智、新民德”的思想文化启蒙，到推行专制体制改良的“戊戌变法”，这些上层温和改良路线都遭到了失败。戊戌变法失败后，以逃亡到日本的梁启超为代表的中国知识分子又开始了新的探索。

百日维新变法的失败成为中国知识分子反思中国现代化道路的新起点。逃亡日本的梁启超意识到仅仅依靠上层官僚体制的改革在一个封建势力浓厚的国家是不可能实现的。梁启超继承并展开了严复在《原强》中提出的“鼓民力”、“开民智”和“新民德”三大改造中国民众命题，在严复、林纾、康有为等人倡导“说部”主张的启发下，借鉴欧洲、日本政治小说变革社会、唤醒国民的启蒙作用，发表了《新民议》、《新民说》等，提出了以小说“新民”的现代性思想启蒙路线。

1902 年，梁启超在《新民议》序论中开宗明义，认为挽救沉疴中国的根本之道不是洋务运动开展的“实事”，而应该首先寻找救国的“理论”之道，“要在改良人格，增上人道”，即“新民”为“今日最切要之问题”，为解救衰亡中国的根本途径。“新民”理论在《新民说》中做了

---

① “海禁既开，译事萌蘖。游学欧、美者，亦以百数，然无分毫影响于学界。惟候官严几道复，译赫胥黎《天演论》、亚丹斯密《原富》等书，大苏润思想界。十年来思想之丕变，严氏大有力焉。”见梁启超《梁启超全集》第三卷《新民说》，北京出版社，1997 年 7 月第 1 版，第 619 页。

进一步发展。1902年，梁启超在《新民说》一文中详细阐明了“新民”与国家的关系，言明“新民”作为国家民主政治之本的决定性作用：

“……然则苟有新民，何患无新制度？无新政府？无新国家？非尔者，则虽今日变一法，明日易一人，东涂西抹，学步效颦，吾未见其能济也。夫吾国言新法数十年而效不睹者，何也？则于新民之道未有留意焉者也。”①

梁启超的《新民说》对社会有机体说的引用，与严复几乎如出一辙。既然一国之盛衰强弱系于国民的素质，故他们均认为中国衰败的根源在于缺少真正意义上的“国民”。梁启超还提出了“新民”的具体途径——“小说”，以新“小说”来唤醒民众，祛除奴性，“新民”救国。他在《论学术之势力左右世界》一文里，以其宏阔、宽广的思想视野不仅对西方近代以来的影响世界进程的学术新说，如哥白尼的天文学，培根、笛卡儿的哲学，孟德斯鸠、卢梭的法学，达尔文的进化论等进行介绍，而且对“能运他国文明新思想，移植于本国，以造福于其同胞”的“诚恳之气，情高之思，美妙之文”大加颂扬，举出富禄特尔、托尔斯泰等小说作家对法国、俄国的社会及其国民思想改造的巨大作用。其后发表的《论小说与群治之关系》不仅大气磅礴地鲜明提出“小说”可以用来“新民”的巨大思想启蒙作用，而且第一个从理论的深度阐释“小说”的文学功用：“欲新一国之民，不可不先新一国之小说。故欲新道德，必新小说；欲新宗教，必新小说；欲新政治，必新小说；欲新风俗，必新小说；欲新学艺，必新小说；乃至欲新人心，欲新人格，必新小说。何以故？小说有不可思议之力支配人道故。”②

梁启超指出，“小说为文学之最上乘也”，对其具有“支配人道”的巨大思想启蒙作用进行了理论分析，提出小说所具有的熏、浸、刺、提四种力。因此，梁启超提出：“故今日欲改良群治，必自小说界革命始；欲新民，必自新小说始。”一个现代性的新小说时代已经呼之欲出了！

1902年以梁启超为代表的“新民说”标志中国知识分子对乡土

---

① 梁启超：《梁启超全集》第三卷，北京出版社，1997年7月第1版，第655页。
② 梁启超：《梁启超全集》第四卷，北京出版社，1997年7月第1版，第615页。

中国的国情、对乡土中国现代化道路思考的新起点，开启了一个以中国“国民”为建构现代中国主体、以政治小说来改造中国“国民”的落后封建思想为先进民主自由思想的现代化道路新指向。对于20世纪乡土中国而言，“国民”的主体就是农民。梁启超的“新民说”当然涵盖了作为国民主体的农民，但是，梁启超以“小说”来“新民”的现代性思考显然是以拥有知识的城乡小资产阶级为主体的，对中国农民的主体性及其重要性的认识，还有一段很长的距离。

第二节 白话文运动的农民大众“接受指向”

早在1897年严复和夏曾佑就在《本馆附印说部缘起》一文中，从古今中外人类文明史、人类的共同性情等角度，认为“夫说部之兴，其入人之深，行世之远，几出于经史之上，尔天下之人心风俗，遂不免为说部之所持”，提出“本馆同志，知其若此，切闻欧、美、东瀛，其开化之时，往往得小说之助。是以不惮辛勤，广为采辑，附纸分送。或译诸大瀛之外，或扶其孤本之微。文章实事，万有不同，不能预拟；而本原之地，宗旨所存，则在乎使民开化。自以为亦愚公之一畚、精卫之一石也”。①严复在指出“鼓民力”、“开民智”、“新民德”后，认识到了小说对民众的巨大启蒙作用。

1897年梁启超在《变法通议》的“论幼学”一节中也论及了说部的作用，看到了说部语言与民众接近的关系，提倡“专用俚语、广著群书”的主张。但是，这一主张与严复、夏曾佑的《本馆附印说部缘起》比较，显然仅仅局限于对“幼学”，即立足于儿童教育的功能方面，还没有把小说置于“新民”、救国的高度。1898年，梁启超在汲取严复等人的思想基础上，不仅认识到欧洲变革中的小说之力，还看到了俗字俗语的文学通俗性即文学能否被农民大众接受的问题。

---

① 陈平原：《二十世纪中国小说理论资料》(第一卷)，北京大学出版社，1997年2月第1版，第27页。

在梁启超提倡"俗语"的同时，黄遵宪也在《日本国志·学术卷》里提出了言文合一的主张；1898年，裘廷梁在《苏报》上发表《论白话为维新之本》，勇敢地明确提出"崇白话非文言"的口号，论述白话的"八益"；1899年，陈子褒发表《论报章宜改用浅说》一文，要求改革文言，倡导以白话来开启民智；王照在《官话合声字母原序》中，从语言学理论上提倡"言文一致"，要求文字"当语言之符契"，可见白话文运动已成为晚清时期的一股思想潮流。

随着晚清以来的文学实践出现了大量小说作品，在传播实践中提出了小说语言的接受问题。1906年程宗启在《〈天足引〉白话小说序例》文中，特意关注到了被漠视、忽略的广大女性群体，"我这部书，是想把中国女人缠足的苦处，都慢慢的救他起来。但是女人家虽有识字的，到底文墨深的很少，故把白话编成小说。况且将来女学堂必定越开越多，女先生把这白话，说与小女学生听，格外容易懂些。就是乡村人家，照书念念，也容易懂了。所以我这部书，连每回的目录都用白话的。……但是我想用白话的书，越土越好"。①因此，随着人们对小说的"新民"、救国功用的认同，扩展小说受众群体的需要越来越迫切，要求语言进行变革、与广大的农民大众进行对接的呼声也越来越高，因此在晚清时期形成的白话文运动思潮不断发展壮大。

针对白话语言变革这一趋势，楚卿在《论文学上小说之位置》中说："中国文字衍形不衍声，故言文分离，此俗语文体进步之一障碍，而即上也；即未能，亦必言文参半焉。此类之文，舍小说外无有世。且中国今日，各省方言不同，于民族统一之精神，亦一阻力，而因其势以利导之，尤不能不用各省之方言，以开各省之民智。……若能百尺竿头，更进一步，剥去铅华，专以俗语提倡一世，则后此祖国思想言论之突飞，殆未可量。而此大业必自小说家成之。"②对此，梁启超进一步阐述道："文学进化有一大关键，即由古语之文学，变为俗语之文学

---

① 程宗启：《〈天足引〉白话小说序例》，《二十世纪中国小说理论资料》（第一卷），陈平原编，北京大学出版社，1997年2月第1版，第215页。

② 楚卿：《论文学上小说之位置》，《二十世纪中国小说理论资料》（第一卷），陈平原编，北京大学出版社，1997年2月第1版，第80—81页。

是也。各国文学史之开展，靡不循此轨道。”①梁启超和楚卿都从文学发展演变的大视野中，提出俗语文学取代古语文学的文学史发展趋势。

1908 年，老伯在《曲本小说与白话小说之宜于普通社会》中认为：“小说者，现世界风气之所趋尚也。有曲本小说，则负贩之流，得以歌曲之唱情，生发思想也；有白话小说，则市井之徒，得以浅白之俚言，枨触观念也。此其所以为‘普通’也。且吾常观于报纸之用意，而得其比例近义矣。……然则单纯小说之有取于曲本与白话者，抑亦开发社会之普通钥匙矣。”②老伯在文中进一步阐述了通俗白话语言与“负贩之流、市井之徒”，即普通社会里的普通民众的密切关系，认为以通俗白话为语言媒介的曲本小说和白话小说是沟通文学启蒙与“普通”民众的一座关键性的、必需的桥梁。老伯对“普通”的重视，展现了一个知识分子对文学启蒙、白话语言与以农民为主体的普通人三者之间关系的深刻理解。

乡土中国的现代性变革赋予语言变革一种极为重要而迫切的地位。俗语、白话在文学话语实践中被越来越多的知识分子所认同，“今日之白话报，即所谓通俗文，而小说家之流也，其为启迪之关键，果已为国人所公认”。③发生于晚清的白话文运动成为日后“五四”时期白话文运动的源头，为五四时期的白话文奠定了思想基础，提供了使用白话语言的文学实践，为五四新文化运动的发生开辟了道路。正是在这样的语言变革需求的时代背景下，胡适在《新青年》杂志上发表要求彻底废除文言文，倡导白话文的《文学改良刍议》，发出了“文学革命”第一声，引起了一场变革中国语言、文学、文化的新文化运动。

在胡适文章发表后，陈独秀发表《文学革命论》“高张文学革命大

---

① 陈平原：《二十世纪中国小说理论资料》(第一卷)，北京大学出版社，1997 年 2 月第 1 版，第 82 页。

② 陈平原：《二十世纪中国小说理论资料》(第一卷)，北京大学出版社，1997 年 2 月第 1 版，第 331 页。

③ 陈平原：《二十世纪中国小说理论资料》(第一卷)，北京大学出版社，1997 年 2 月第 1 版，第 150 页。

旗，以为吾友之声援”，提出三大主义，主张文学所具有的“平易的”、“明了的”、“通俗的”语言特征体现了新文学语言变革的白话文方向，与胡适的“文学改良”遥相呼应。陈独秀提出的“国民文学”具有很强的针对性，是针对以往的文学“目光不越帝王权贵，神仙鬼怪，及其个人之穷通利达”，即缺少对农民大众的关注而言的。陈独秀的“国民”即指向了以下层农民为主体的普通民众，所谓的“国民文学”也就是表现农民为主体的普通民众的生活的“文学”，即如胡适所言的“家喻户晓之水浒西游文字也”。“国民文学”所要承载的使命是由革新文学而革新政治，具体而言，就是通过新的“国民文学”，借助通俗的白话来启蒙农民大众，改变以往国民的“阿谀夸张虚伪迂阔之国民性”，来塑造具有德先生和赛先生的新国民，进而革新政治，即藉“新民”而“新中国”，来进行乡土中国现代化的历史转变。

白话文运动不仅在于体现了语言形式的变革，而且在于它成为了传播新文化的载体，使文学走向了大众，缩短了大众与各种人文社会和自然科学知识的距离，为提高普通大众综合素质、推进农民素质的现代化、乡土中国的现代性变革，提供了一座便捷舒畅的桥梁。用农民大众的语言来言说农民大众，为现代文学与以农民为主体的受众群体建立了一条精神沟通的语言渠道，使梁启超的以小说来“新民”的文学启蒙道路得以畅通，大大便利了现代意识进入农民大众群体，打通了一条知识分子与农民、现代文学与乡土中国通往现代化的道路。

第三节　无政府主义与“劳工神圣”思潮

鸦片战争后，随着外国资本主义势力的入侵，中国封建社会自给自足的小农经济加速解体，中国民族资本工业有了初步的发展。第一次世界大战期间，由于西方工业国无暇他顾，中国民族工业获得了一个良好的发展机遇，劳工队伍得到不断发展和壮大，1919 年全国劳工人数约三百万。劳工处境得到社会各界的关注，劳工的自我意识开始觉醒,向资方提出改善劳工生活、保障劳工权益等诸多要求。

晚清以来各种文化思潮传入中国,其中无政府主义思潮的劳动观念和托尔斯泰的"泛劳动主义",对这一时期的中国人的劳动观产生了深刻影响。无政府主义者蒲鲁东推崇体力劳动,倡导体力劳动观念。出身农民的蒲鲁东常喜自称为"贝瑞松农人",将劳动看作人的义务,特别将体力劳动看作人正当谋生的、并引以自豪的生存方式。克鲁泡特金主张,劳动是人的生理需求,并提出脑力劳动与体力劳动合一思想。

托尔斯泰的"泛劳动主义"进一步扩大了无政府主义思想在中国的影响。1919 年晨曦翻译了《泛劳动主义》。晚年托尔斯泰提倡人人劳动,放弃私有财产,身体力行的观念,被誉为"手握锄头的作家"、"穿农民粗麻布衣的伯爵",宣传"爱、善、自我牺牲"。由于托尔斯泰在文学上的巨大影响,他的思想更加容易为当时的文学青年和知识分子作家所接受。刘师复说,"为人孤介,寡嗜欲,薄荣利,很慕托尔斯泰的做人"。①

"劳工神圣"的思想,虽然在无政府主义和托尔斯泰的"泛劳动主义"中已经初现端倪,但是这个口号及其真正意义的思想内涵,还是在新文化运动期间蔡元培先生提出来的。1918 年 11 月 16 日,北京大学在天安门前举行演讲大会,庆祝协约国在第一次世界大战中获胜。蔡元培先生在当天的演讲中,喊出了"劳工神圣"的口号,指出"不管他用的是体力,是脑力,都是劳工。劳工神圣!"②

蔡元培先生喊出"劳工神圣"的口号,有一个鲜明的时代背景,就是 1917 年俄国十月革命的胜利,这被视为农工的胜利,极大鼓舞了中国知识分子。有趣的是,1918 年 11 月李大钊在中山公园举行的演讲会上发表《庶民的胜利》的演讲,将俄国十月革命的胜利、世界革命浪潮联系起来,指出"1917 年的俄国革命,是 20 世纪中世界革命

---

① 《无政府主义在中国》:《现代政治思想史资料(第一辑)》,湖南人民出版社,1984 年版,第 501 页。

② 中共中央党校文史教研室中国近代史组:《中国近代政治思想论著选辑》,中华书局 1986 年版,第 946 页。

的先声”、“须知今后的世界，变成劳工的世界”。[①]1919 年 5 月，李大钊发表了《我的马克思主义观(上)》，他在文中说：“现在世界改造的机运，已经从俄、德诸国闪出了一道曙光。……从前的经济学，是以资本为本位，以资本家为本位。以后的经济学，要以劳动为本位，以劳动者为本位了。”

五四运动中，中国工人阶级作为一支独立的政治力量登上历史舞台向世界人民显现了他的伟大力量。北洋军阀政府被迫屈服，五四运动取得了伟大胜利，使广大民众看到了是被压迫被鄙视的劳工的“神圣”与“伟大”。一个“劳工神圣”的思想高潮已经到来。1920 年 5 月 1 日举行了第一次纪念国际劳动节的群众活动。李大钊在北京大学召开的纪念会上发表了演说。大会指出，“五一”劳动节就像是引路的一盏明灯。我们本着“劳工神圣”的信条，跟着这个明灯走向光明的地方去。与此同时，一大批宣传“劳工神圣”思想、以“劳动”命名的、专门为劳工创办的刊物大量涌现，如北京的《劳动音》、上海的《劳动界》、广州的《劳动者》等等。1920 年 6 月 17 日的《民国日报》喊出：“劳工神圣！劳工神圣！与劳工为伍！与劳工为伍！”[②]

《新青年》刊登了陈独秀在上海船务栈房工界联合会上的演讲。陈独秀说：“世界上是些甚么人最有用、最贵重呢？必有一班糊涂人说皇帝最有用、最贵重，或者说做官的、读书的最有用、最贵重。我以为他们说错了，我以为只有做工的人最有用、最贵重。”“若是没有做工的人，我们便没有衣、食、住和交通，我们便不能生存。”[③]

打开 1920 年第 7 卷第 6 号《新青年》“劳动节纪念号”，其扉页上“劳工神圣”四个大字特别引人注目，这四个大字就是当时的北京大学校长蔡元培先生亲手所写，这遒劲有力的文字昭示着一个“劳工神圣”新时代的来临。在 1920 年以前，中国并没有为五一劳动节举办过什么庆祝或纪念活动，但这一年在蔡元培的倡议下，北京大学举行

① 李大钊：《庶民的胜利》，《新青年》，5 卷 5 号。
② 李大钊：《我的马克思主义观(上)》，《新青年》，6 卷 5 号。
③ 陈独秀：《劳动者底觉悟》，《新青年》，7 卷 6 号。

了全国第一次的纪念活动，当天参加李大钊主持的五一纪念会的人员达500多人。《北京大学学生周刊》等刊物出版“劳动节纪念专号”，陈独秀撰写《劳动者底觉悟》等文章，平民教育演讲团发表《劳动纪念日与中国劳动界》等阐述劳动节历史和意义的演讲。不仅文化界如此，即使在政治界也出现了一些与劳工界有关的政党，如这一时期的“劳动党”、“工党共进会”、“中华民国工党”等，重视劳工的社会地位，要求改善劳工经济状况，提高劳工社会政治地位。据张玉法的统计，民初三百一十二个政治性的党会中，专门维护工人利益者就有七个，而党纲中涉及教育、实业和劳工问题者，则相当普遍，足见政治人物已开始重视劳工问题。同时学术界也开始关注劳工地位和问题。刘师复成立“晦鸣社”，宣传无政府主义工团思想；吴稚晖创办《劳动月刊》，宗旨为“尊重劳工”、“提倡劳动主义”新劳动道德观；《新青年》则强调中国新社会的新青年，应该尊重劳动，这些社团、刊物直接促进了“劳工神圣”思想的迅速传播。至此，20世纪20年代中国在文化界、教育界、政治界、学术界都出现了一股强烈的尊重劳工、尊重劳动、重视劳工社会地位的“劳工神圣”思潮。

显然，这种在20世纪20年代广泛盛行的“劳工神圣”思潮既有着国外无政府主义思想的影响，也有着中国古代“悯农”意识和朴素劳动观念的基础，但是，我们还看到20年代这种“劳工神圣”思潮所具有的现代性根源和现代性价值意义。正如李大钊所说：“现代的经济组织促起劳工阶级的自觉，应合社会的新要求，就发生了‘劳工神圣’的新伦理，这也是新经济组织上必然发生的构造。”①晚清以来中国小农经济的解体、新的工业化经济兴起，必然呼唤一种新的经济伦理，正是在这个意义上，“劳工神圣”思潮就具有了一种现代性的价值与意义。毫无疑问，“劳工神圣”思潮不仅传播了一种新的现代性经济伦理理念，而且也引导中国知识分子对乡土中国命运与走向进一步思考，对于后来毛泽东、瞿秋白、李大钊、廖仲恺、谭平山、梁漱溟、

---

① 李大钊：《由经济上解释中国近代思想变动的原因》，《中国近代政治思想论著选辑》，中华书局，1986，第915页。

晏阳初等各种类型文化政治力量对农民中国的思考与认定有着重要的影响。

但是，我们也要看到“劳工神圣”思潮中一些负面的东西，如陈独秀在不遗余力地指责孟子的劳动观的时候，却也不知不觉走向真理的反面：“中国古人说：‘劳心者治人，劳力者治于人。’现在我们要将这句话倒转过来说：‘劳力者治人，劳心者治于人。’”①陈独秀的观点一方面极力打击了以往陈腐的劳动观，但也形成了蔑视脑力劳动、尊崇体力劳动的知识分子原罪观念，乃至成为后来历次规训知识分子思想改造的思想内核。

比较而言，蔡元培已经预料到了这种体力与脑力之争，而这样陈述：“不管他用的是体力，是脑力，都是劳工。劳工神圣！”②应该指出，如此深入民间的“劳工神圣”思潮与蔡元培是密不可分的。“劳工神圣”已经深入人心，走进民间，成为中国知识分子继续思考乡土中国问题的精神资源。

第四节 歌谣运动与“新悯农诗”

五四“劳工神圣”思潮与歌谣运动有着极为密切的关系，这不仅因为发起者和主要参与者是北京大学的蔡元培先生，而且还因为“劳工神圣”思潮对劳工的重视进一步推动了歌谣运动的开展。

一 北大歌谣运动的开展

中国古代很重视民间民族歌谣的采集整理。中国最早的现实主义文学《诗经》，就是来源于对民间民俗歌谣的记录。汉代官方专门设置采风的官吏，来采集民间歌谣，分析民意。随着文人创作

---

① 陈独秀：《劳动者底觉悟》，《新青年》，7卷6号。

② 中共中央党校文史教研室中国近代史组：《中国近代政治思想论著选辑》，中华书局，1986年版，第946页。

的开始，民间歌谣渐渐不再入史，在文献记载中处于不很重要的地位。

20世纪以来，随着“劳工神圣”思潮和西方文化人类学在中国的传播，民间的、大众的民俗歌谣渐渐受到重视，乃至把它作为改造中华传统文化的重要的语言资源、思想资源和艺术资源。从白话文运动，我们可以看出民间民俗歌谣中的俗字俗语成为五四文学革命的重要语言资源和新文学语言变革的方向。“礼失而求诸野”，民间民俗歌谣作为一种极为重要的思想资源和艺术资源在中国有着古老的传统。在五四时期，民间民俗歌谣又一次成为“文学革命”的直接的有力武器。歌谣运动，就是把“民俗歌谣”导引、转化为五四白话诗歌、白话小说、白话散文的“中间物”。

在这一导引、转化过程中，蔡元培先生起到了极为关键的作用。蔡元培早在就任北京大学校长之前，就已经认识到了民俗歌谣在民间所具有的艺术魅力。1901年，蔡元培在《学堂教科论》中认为，以前的历史只记帝王将相之事，不记民生风俗，以致“于一群强弱盛衰之数，终不可稽”，提出要重视民间存在的民俗歌谣。因此，他于1918年发表北京大学校长启事，广泛征集歌谣。

除此之外，歌谣运动的开展还有一个直接的文学动因，就是为五四白话新文学提供文学的艺术资源，把民间存在的、由来已久的民俗歌谣与五四新文学对接起来，铸就具有现代性质的白话文学。1918年初，北京大学的刘半农、沈尹默“为了作新体诗，要在本国文化里找出它的传统来，于是注意到歌谣”，提出了“征集各地民歌”的建议。这一建议得到了时任北大校长的蔡元培先生的鼎力支持，刘、沈二人便联合钱玄同、沈兼士共同发起了著名的北京大学歌谣征集活动，并将他们所拟定的《北京大学征集全国近世歌谣简章》发表于1918年2月1日的《北京大学日刊》，北大歌谣运动由此拉开了序幕。刘半农在1927年4月由北新书局出版的《国外民歌译·自序》里说：“这已是九年以前的事了。那天，正是大雪之后，我与(沈)尹默在北河沿闲走着，我忽然说：‘歌谣中也有很好的文章，我们何妨征集一下呢？’尹默说：‘你这个意思很好。你去拟个办法，我们请蔡(元培)先生用北大的名义征集就是了。'第二天我将章程拟好，蔡先生看了一遍，随即批交文牍处印刷五千份，分寄各省官厅学校。中国征集歌谣的事业，就从此开始了。"①周作人也参与到了这一运动中，并于1920年初接替刘半农主持了这项工作。

北大歌谣征集活动发起后，立即得到了全国各地的积极响应，仅三个月时间收到歌谣一千多章。刘半农对收到的歌谣进行选择，编成《歌谣选》，连续在《北京大学日刊》上发表。北大《歌谣选》的发表，使向来不登大雅之堂的民歌俗语被郑重其事地刊登在《北京大学日刊》上，转变了人们对于民俗歌谣的固有偏见，同时引起了当时学界对于民间文学资源的重视和研究兴趣。刘半农、周作人、关延龄、常惠、罗家伦、沈兼士、郭绍虞、魏建功、顾颉刚等一大批学者或通过撰写论文、或通过书信往来，在《北京大学日刊》、《北平晨报》等刊物上展开了讨论。

歌谣征集活动仅是歌谣运动的开始，把这一运动导向深入的是北京大学歌谣研究会的成立。1920年冬，歌谣征集处改为歌谣研究会。先后参加歌谣研究会这个团体或流派的领袖人物，除了刘半农、沈尹默外，还有文学家周作人、胡适、常惠等，语言学家音韵学家钱玄同、沈兼士、魏建功，史学家顾颉刚等。1920年12月15日，《北京大学日刊》发表《发起歌谣研究会征求会员》的启事，邀请有研究歌谣的兴趣的同学加入。1920年12月19日，北京大学歌谣研究会成立，由沈兼士、周作人总负责。1922年，北京大学研究所国学门成立，歌谣研究会划归国学门，由周作人负责。1922年12月17日创办了《歌谣周刊》，由周作人、常惠任主编。在《发刊词》中，作者明确提出歌谣征集活动有两大目的：

> 本会搜集歌谣的目的共有两种：一是学术的，一是文艺的。我们相信民俗学的研究在现今的中国确是很重要的一件事业，……歌谣是民俗学上的一种重要的资料，我们把它辑录起来，以备专门的研究：这是第一个目的。……从这学术的资料之

---

① 刘半农：《国外民歌译·自序》，北新书局1927年4月。

中，再由文艺批评的眼光加以选择，编成一部国民心声的选集。意大利的卫太尔曾说："根据在这些歌谣之上，根据在人民的真感情之上，一种新的'民族的诗'也许能产生出来。"所以这种工作不仅是在表彰现在隐藏着的光辉，还在引起未来的民族的诗的发展：这是第二个目的。①

歌谣研究会进一步推动了五四新文学的发展，不仅提高了俗字俗语在语言中的地位，而且为白话新诗提供了直接的艺术资源，推动了"一种新的'民族的诗'"的产生和发展。1923 年 9 月 24 日，在第 26 期以北京大学歌谣研究会名义回复俄国教授伊凤阁的信中，进一步阐述了研究歌谣的两种方法和目的："学术的研究当采用民俗学(Folk-lore)的方法，先就本国的范围加以考订后，再就亚洲各国的歌谣故事比较参证，找出他们的源泉与流派，次及较远的各国其文化思想与中国无甚关系者作为旁证；唯此事甚为繁重，恐非少数人所能胜任，须联合中外学者才能有成。本会事业目下虽只以歌谣为限，但因连带关系觉得民间的传说故事亦有汇集之必要，不久拟即开始工作。至于文艺的研究将来或只以本国为限，即选录代表的故事，一方面足以为民间文学之标本，一方面用以考见诗赋小说发达之迹。"②可见，歌谣运动，不仅直接促进了白话新诗的产生与发展，而且也对白话小说等五四新文学的发展有着较为明确的影响。

1925 年 5 月 11 日北大文科研究所国学门开会议决，《歌谣周刊》归并《北京大学研究所国学门周刊》。1925 年 6 月 28 日《歌谣周刊》停刊。北大歌谣运动的开展对中国现代文学产生了极其广泛的影响。歌谣运动在中国知识分子所否定的传统文化之外，找到了充满活力的民间传统，为中国文学由古典向现代的"文学革命"提供了可借鉴的民间文化艺术资源。"可以说，如果没有北大歌谣运动，没

---

① 周作人：《歌谣周刊·发刊词》，《歌谣周刊》第 1 号，1922 年 12 月 17 日，北京大学《北大日刊》科发行。

② 歌谣研究会复伊凤阁信，见《歌谣周刊》第 26 号，1923 年 9 月 30 日。

有'五四'一代先驱对民间文化资源的重新发现，中国文学的现代转型便很难顺利地开展。"①

1935年，北大文科研究所恢复歌谣研究会，聘请周作人、顾颉刚、胡适等人为歌谣委员会委员。1936年3月，《歌谣周刊》恢复。胡适在《复刊词》中写道："我们现在做这种整理流传歌谣的事业，为的是要给中国新文学开辟一块新的园地。这园地里，地面上到处是玲珑圆润的小宝石，地底下还蕴藏着无穷尽的宝矿。聪明的园丁可以掘下去，越掘的深时，他的发现越多，他的报酬也越大。"②至此，胡适放弃了"民俗学"的目的，只重申"文艺的"目的，即为"给中国新文学开辟一块新的园地"。

二　具有"民间歌谣"意味的"新悯农诗"

在歌谣运动上，五四时期的新文学巨匠胡适、周作人、刘半农等人明显地倾向于挖掘民间文艺资源，探寻民间歌谣服务于五四新文学、培育白话文学的可能途径。刘半农、胡适等人主张搜集、研究歌谣的目的是为中国新文学开辟一块新的艺术园地。

胡适早在1922年《歌谣》周刊创刊之前，就著文写道："近年来，国内颇有人搜集各地的歌谣，在报纸上发表的已很不少了。可惜至今还没有人用文学的眼光来选择一番，使那些真有文学意味的'风诗'特别显出来，供大家的赏玩，供诗人的吟咏取材。"③早就立意开创白话文学的胡适先生，正是在民间歌谣等艺术资源里看到了一条通往五四白话新文学的道路。同时，由于对民间文艺歌谣的亲近，五四新文学巨匠都萌生了相近似的关怀底层农民大众、书写底层农民大众的白话文学，实现了从语言形式到思想内容彻底通往农民大众

① 刘锡诚：《歌谣研究会与启蒙运动——中国民间文艺学史上的第一个流派》，《民间文化论坛》2004年第3期，学苑出版社。

② 胡适：《歌谣·复刊词》，《歌谣》第2卷第1期，1936年4月4日。

③ 胡适：《北京的平民文学》，《读书杂志》第2期，1922年10月1日；后收入《胡适文存二集》卷4，亚东图书馆，1924年11月。

的“文学革命”，从而奠定了五四新文学的思想底色和人文关怀价值。

仅就歌谣运动对五四新文学的直接影响而言，歌谣运动直接催生了一批描写农民大众、同情农民大众的“新悯农诗”。被地主剥削的农民、挥汗如雨的铁匠、砍柴锄地酿新酒的农夫等等农村农民形象一时涌现在五四新文学的诗歌创作之中。这里仅以刘半农的创作为例，来展现这一时期“新悯农诗”的风格特色。

叮当！叮当！
清脆的打铁声，
激动夜间沉默的空气。
小门里时时闪出红光，
愈显得外间黑漆漆地。

我从门前经过，
看见门里的铁匠。
叮当！叮当！
他锤子一下一上，
砧上的铁，
闪着血也似的光，
照见他额上淋淋的汗，
和他裸着的，宽阔的胸膛，
激动夜间沉默的空气。

这是刘半农的白话新诗《铁匠》中的诗句。诗的叙述视角由远及近，由外及里，先是从远处就可以听到的“叮当！叮当！”的清脆的打铁声开始，小门里时时闪出“红光”与外间“黑漆漆地”成鲜明对比。接着下面一节，才出现一个叙述者“我”，从闻声到“看见了”铁匠，即在“闪着血也似的光”中，一个“额上淋淋的汗”、“裸着的，宽阔的胸膛”的铁匠形象出现在读者的眼前。字里行间闪现着“我”对铁匠身体之美、力之美的欣赏与赞颂，含有对劳动者由衷的敬意，乃至于“我走得远了，/还隐隐的听见/叮当！叮当！”因而，叙述者“我”提醒人们，“你该留心着这声音，/他永远的在沉沉的自然界中激荡”，乃至于，进一步展开丰富联想，“他若回头过去，/还可以看见几点火花，/飞射在漆黑的地上”，声音和形象余韵悠长，令人回味无穷，尤其是关于“铁匠”形象的一些意象的捕捉，极为生动传神，如“闪着血也似的光”、“飞溅的火花”，同时这些意象还具有情节的结构功能，把整个诗歌串联起来，连贯整体地展现了一个铁匠打铁的乡村图景，激越悠扬而又和谐优美，余音袅袅。

他衔着个十年的烟斗，
慢慢地从田里回来；
屋角里挂去了锄头，
便坐在稻床上，
调弄着只亲人的狗。
他还踱到栏里去，
看一看他的牛，
回头向她说：
“怎样了——
我们新酿的酒?”
门对面青山的顶上，
松树的尖头，
已露出了半轮的月亮。

刘半农的《一个小农家的暮》的白话新诗同样展现了一个农民的恬静的乡村生活。诗歌开头为我们叙述了一个在灶下煮饭农妇的形象，“新砍的山柴，/必必剥剥的响。/灶门里嫣红的火光，/闪着她嫣红的脸，/闪红了她青布的衣裳”，这是再熟悉不过的农村景象。诗歌叙事的视角转换，就在农妇的旁边有一个“慢慢地从田里回来”，坐在稻床上“调弄着只亲人的狗”或踱到栏里去看牛的农夫。叙事节奏舒缓，一些词语如“衔着个十年的烟斗”中的“十年”、“慢慢地”、“踱”等，都展现了农夫内心世界的从容与悠闲、安宁与自足。更为精彩的诗句是“‘怎样了——/我们新酿的酒?’”，农夫不仅从容、自足，而且还有一种自娱自乐、舒适自在的快乐感觉。

诗歌不仅叙述舒缓自然，而且还具有很开阔的意境。在农民夫妇的内景描写之外，诗歌进一步转向了宽广的大自然，青山、松树、月亮，同样自然而然地引出了在月光下玩耍的孩子。

孩子们在场上看着月，
还数着天上的星：
“一，二，三，四……”
“五，八，六，两……”

他们数，他们唱：
“地上人多心不平，
天上星多月不亮。”

如同农妇煮饭、农夫看牛一样，农民的孩子们在夜晚看月亮、数星星是最自然不过了。在这里，我们可以看到民间歌谣对刘半农的影响，以及歌谣在诗歌中自然巧妙的运用。诗歌清新自然，意象蕴藉深厚，“地上人多心不平，天上星多月不亮。”在小孩子的吟唱中，我们可以感受到中国农民豁达、乐观的性格心理。

与《铁匠》、《一个农家的暮》的恬静悠扬比较起来，刘半农的诗歌《相隔一层纸》有着极强的控诉与抗争意识。

屋子里拢着炉火，
老爷吩咐开窗买水果，
说“天气不冷火太热，
别任它烤坏了我。”

屋子外躺着一个叫化子，
咬紧了牙齿对着北风喊“要死”！
可怜屋外与屋里，
相隔只有一层薄纸。

20世纪中国随着外国资本主义的入侵，小农经济日渐解体，像

《一个农家的暮》中的那样安宁、自足的农家田园生活已经不复存在了，农村里的农民不仅受到土豪劣绅的盘剥，而且在兵匪官吏的勒索下缴纳种种苛捐杂税，农村贫富分化已经处于极度悬殊的状态。刘半农正是在五四"劳工神圣"思潮的影响下，借助于民间歌谣的艺术资源，书写出了五四白话诗歌的"新悯农诗"。

在五四时期，这种同情、怜悯、关怀底层农工大众的诗歌不断涌现，乃至出现了同体的白话诗歌，如胡适、沈尹默都写过名为《人力车夫》的白话诗歌，来表达对底层劳动大众的同情与关怀。可以说，刘半农等人的"新悯农诗"，不仅开创了一代白话新诗的五四新文学的艺术形态，而且从一开始就为中国现代文学打下了关怀农工大众弱势群体的思想底色；继承和延续了中国古代文学就已经存在的强烈的"悯农"现实主义传统，而且在一定意义上，又开启了一个五四新文学的"新悯农"文学传统。

第二章
启蒙思想与童年生命体验视阈下鲁迅农民观及其审美想象

农村与农民是20世纪中国的中心问题,也是20世纪中国文学的中心主题。乡土中国以农民为主体的国情,是任何思考中国现代化道路的仁人志士所无法绕开的核心问题。中国现代文学的奠基人鲁迅先生以其"国民性改造"系列作品开创了中国现代乡土文学批判性创作主题,奠定了乡土文学的美学品格。从事中国现代文学研究的著名学者王瑶先生说:"在小说里,把农民当作主人公来描写,鲁迅是中国文学史上的第一个人。"①

> 我生长于都市的大家庭里,从小就受着古书和师傅的教训,所以也看得劳苦大众和花鸟一样。有时感到所谓上流社会的虚伪和腐败时,我还羡慕他们的安乐。但我母亲的母家是农村,使我能够间或和许多农民相亲近,逐渐知道他们是毕生受着压迫,很多苦痛,和花鸟并不一样了。不过我还没法使大家知道。
>
> 后来我看到一些外国的小说,尤其是俄国,波兰和巴尔干诸小国的,才明白了世界上也有这许多和我们的劳苦大众同一命运的人,而有些作家正在为此而呼号,而战斗。而历来所见的农村之类的景况,也更加分明地再现于我的眼前。偶然得到一个可写文章的机会,我便将所谓上流社会的堕落和下层社会的不

---

① 王瑶:《鲁迅作品论集》,人民文学出版社,1984年8月第1版,第99—100页。

幸，陆续用短篇小说的形式发表出来了。①

1933年，鲁迅先生在英译本《短篇小说选集》的序言中较为详细地述说了鲁迅本人与中国农民、鲁迅的小说创作与中国农民的关系。鲁迅由于母亲的关系在童年时期就与中国农村、农民有了实际的接触，在童年时期心理世界中对中国农民形成了感性的生命体验。随着年龄的增长、思想视野的开阔，鲁迅先生对中国与中国农民有了更加深刻的认识，形成了一种“超人”式的“精神界之战士”的现代性的思想来思考农民问题。1906年的幻灯片事件使鲁迅走向了“小说新民”的文学思想启蒙道路，以一个“思想医生”的身份来“目视”病入膏肓的中国与以中国农民为代表的“中国病人”。

立志于揭出中国病因的“思想医生”鲁迅，在文学创作中形成了一系列的农村题材，表达出他对中国农民的现代性理解和审美想象。“农民问题是鲁迅注意的中心，他把最多的篇幅，最大的关注和最深的同情给予农民。”②鲁迅先生正是以其对乡土中国的“启蒙主义”观察、对中国农民的现代性想象与审视，结合自己童年对中国农村与农民的深刻生命体验，对乡土中国形成了“病中国”与“桃源乐土”的两种不同的认知图像，建构了两种性质不同的中国农民形象类型，成为中国现代文学想象和建构中国农民形象类型的开创者。但是，由于以往研究者囿于现代性的思维模式，鲁迅“桃源乐土”之“纯朴农民”的审美形象类型一直处于遮蔽状态中，没有引起足够的重视与阐释。

鲁迅的中国农民观是复杂、多元的，其对农民心理的揭示存在着内在的矛盾冲突，也存在着某种程度的隔膜与盲点。但是，我们以往的研究多集中于鲁迅的国民性改造的启蒙思想视阈下农民的“中国病人”揭示，而忽视了鲁迅思想深处存在的这种盲点与矛盾。

---

① 鲁迅:《英译本〈短篇小说选集〉自序》,《鲁迅全集》第7卷，人民文学出版社，1981年第1版，第389页。

② 钱谷融:《艺术·人·真诚》，华东师范大学出版社，1995年版，第358页。

第一节　鲁迅启蒙思想视阈下的农民观

一

1901年，鲁迅在矿路学堂求学期间读过严复译述的《天演论》，受到近代以来知识分子翻译和著述的现代思想作品影响，开始了对救国救民的现代道路探索。1902年4月鲁迅到日本留学，课余经常赴会馆、跑书店、往集会、听演讲，参加留日人士的各种民族民主革命活动。1903年3月鲁迅勇敢剪掉发辫，摄“断发照”，题七绝诗一首于“断发照”背面，赠许寿裳：“灵台无计逃神矢，风雨如磐暗故园。寄意寒星荃不察，我以我血荐轩辕。”①此时鲁迅的思想世界中已经产生了献身于国家与人民的志愿。这一志愿既与当时的国家危机有关，也是对近代以来的知识分子救国救民、探求乡土中国现代化道路思想传统的继承。

鲁迅早在弘文书院的时候，常常和许寿裳讨论下列三个相关大问题：一、怎样才是最理想的人性？二、中国国民性中最缺乏的是什么？三、它的病根何在？② 这体现了鲁迅对“人的现代化”的思考，显示了鲁迅对中国国民素质的探究，与他后来弃医从文的人生道路选择有着思想联系。

1908年鲁迅在《文化偏至论》一文中集中阐述了他的启蒙现代性思考，即“立人”思想：“诚若为今立计，所当稽求既往，相度方来，掊物质而张灵明，任个人而排众数。人既发扬踔厉矣，则邦国亦以兴起。”③“外之既不后于世界之思潮，内之仍弗失固有之血脉，取今别古，别理新宗，人生意义，致之深邃，则国人之自觉至，个性张，沙聚之邦，由是转为人国。……然欧美之强，莫不以是炫天下者，则根柢在

---

① 鲁迅：《自题小像》，《鲁迅全集》第7卷，人民文学出版社，1981年第1版，第423页。
② 许寿裳：《亡友鲁迅印象记》，人民文学出版社，1953年6月第1版，第19页。
③ 鲁迅：《鲁迅全集》第1卷，人民文学出版社，1981年第1版，第46页。

人，而此特现象之末，本原深而难见，荣华昭而易识见也。是故将生存两间，角逐列国是务，其首在立人，人立而后凡事举；若其道术，乃必尊个性而张精神。”①鲁迅思想世界里的“人”，是一种“个人主义”的觉醒者，是与“庸众、众数”所对立的“精神界之战士”。鲁迅在《文化偏至论》一文中举苏格拉底、耶稣基督、布鲁诺等被“众数”所迫害的例子，言明与“众数”相对立的“个人”概念，也反映出了尼采“超人”思想对他的影响。在《我们现在怎样做父亲》杂文中，鲁迅为我们建构了一个觉醒者的“个人”形象：“没有法，便只能先从觉醒的人开手，各自解放了自己的孩子。自己背着因袭的重担，肩住了黑暗的闸门，放他们到宽阔光明的地方去；此后幸福的度日，合理的做人。”②“所以觉醒的人，此后应将这天性的爱，更加扩张，更加醇化；用无我的爱，自己牺牲于后起新人。”③

鲁迅的“人”的概念，不仅区别于严复、梁启超等人，而且与同时期的陈独秀、李大钊、胡适、周作人的“人”的思想不同。周作人在《人的文学》中所论述的“人”是发现人的尊严、价值等独立主体性的“人”；鲁迅这一时期的“人”的概念，是在周作人的普遍性的“人的真理”基础之上的人中“英哲”，是担负更大责任、承受更大苦难的“超人”，是先于普通民众觉醒了的人，是拥有“无我”之爱的、肯为后人牺牲开辟光明之路的勇者。正是在这样的大勇大爱之“人”引领下，众人被带往一个光明的世界，摆脱黑暗王国，“则国人之自觉至，个性张，沙聚之邦，由是转为人国”。觉醒者——后起新人——人国，这是鲁迅先生的对“人的现代化”的思考，是其对中国现代化道路的思想启蒙指向。更为深刻的是，鲁迅把中国现代化道路确立在“立人”思想基础之上，而且以“立人”为“根柢”，为终极维度。

鲁迅的“立人”思想不仅是对近代以来的中国知识分子关于人的

① 鲁迅：《鲁迅全集》第1卷，人民文学出版社，1981年第1版，第56—57页。

② 鲁迅：《我们现在怎样做父亲》，《鲁迅全集》第1卷，人民文学出版社，1981年第1版，第130页。

③ 鲁迅：《我们现在怎样做父亲》，《鲁迅全集》第1卷，人民文学出版社，1981年第1版，第135页。

现代化思考的总结，而且在辨别的基础上汲取了西方的人学思想，是一种新的突破。鲁迅的“立人”思想显然是大大超出时代的。在看到鲁迅思想深刻性一面的同时，我们也能感受到鲁迅“立人”思想的崇尚英哲、忽视民众的精英意识。在这种启蒙现代性思想的烛照下，乡土中国蒙昧的中国农民自然就会是一种愚昧麻木、不觉悟的“老中国儿女”，就是一种“思想病态”的“中国病人”的形象。

“但实际上，中国人向来就没有争到‘人’的价格，至多不过是奴隶，到现在为止，然而下于奴隶的时候，却是数见不鲜的。中国的百姓是中立的，战时连自己也不知道属于那一面，但又属于无论那一面。强盗来了，就属于官，当然该被杀掠；官兵既到，该是自家人了罢，但仍然要被杀掠，仿佛又属于强盗似的。这时候，百姓就希望有一个一定的主子，拿他们去做百姓，——不敢，是拿他们去做牛马，情愿自己寻草吃，只求他决定他们怎样跑。”①鲁迅不仅仅看到中国人没有争到“人”的价格，看到了中国人自身独立主体性的缺失，而且惊人地发现中国历史所谓的“一治一乱”其实就是“想做奴隶而不得的时代”和“暂时做稳了奴隶的时代”的循环而已。②正如鲁迅在第一篇白话小说《狂人日记》中所言，在没有争到“人”的价格的历史时代，中国人是处于“吃”与“被吃”的奴隶境遇之中的，“但我们自己是早已布置妥帖了，有贵贱，有大小，有上下。自己被人凌虐，但也可以凌虐别人；自己被人吃，但也可以吃别人。一级一级的制驭着，不能动弹，也不想动弹了”。③

鲁迅的“立人”思想不仅要求对人们进行思想的启蒙，而且反思人们所在的社会和历史文化结构，对“无主名”的吃人历史文化结构和压迫人的社会结构进行批判，“所谓中国的文明者，其实不过是安排给阔人享用的人肉的筵宴。所谓中国者，其实不过是这人肉的筵

① 鲁迅：《灯下漫笔》，《鲁迅全集》第1卷，人民文学出版社，1981年第1版，第212页。

② 鲁迅：《灯下漫笔》，《鲁迅全集》第1卷，人民文学出版社，1981年第1版，第212—213页。

③ 鲁迅：《灯下漫笔》，《鲁迅全集》第1卷，人民文学出版社，1981年第1版，第215页。

宴的厨房。……于是大小无数的人肉的筵宴，即从有文明以来一直排到现在，人们就在这会场中吃人，被吃，以凶人的愚妄的欢呼，将悲惨的弱者的呼号遮蔽，更不消说女人和小儿。”“这人肉的筵宴现在还排着，有许多人还想一直排下去。扫荡这些食人者，掀掉这筵席，毁坏这厨房，则是现在的青年的使命！”①

那么，是什么原因使中国人开始具有了这种“奴性”的品格、处于这种奴隶的境遇？鲁迅还对束缚中国人独立人格主体的因素进行探索。“有作为人的‘生处’和‘死所’的家族制度(《家庭为中国之根本》)；‘以家庭制度为基础’的‘礼义之邦’或‘礼让为国’(《礼》)；有‘献教’‘卖经’以求荣的‘儒术’、‘儒效’(《儒术》)；有‘皇泽’源远流长的酷刑(《病后杂谈》)；有‘愚民政策’的‘文字狱’(《病后杂谈之余》)……他刨掘的结果，得出了这样的结论：‘自有历史以来，中国人是一向被同族和异族屠戮，……刑辱，压迫下来的，非人类所能忍受的楚毒，也都身受过，每一考查，真教人觉得不像活在人间。(《病后杂谈之余》，《鲁迅全集》第六卷，第一八〇——一八一页)这也就是中国国民性弱点特别是奴性与奴才思想形成的历史原因。”②针对这种历史原因、社会结构和民众状况，鲁迅在强调“改革最快的还是火与剑”的同时，还没有放弃“立人”的思想启蒙道路。“真实的革命者，自有独到的见解，例如乌略诺夫先生，他是将‘风俗’和‘习惯’，都包括在‘文化’之内的，并且以为改革这些，很为困难。我想，但倘不将这些变革，则这革命即等于无成，如沙上建塔，顷刻倒坏。中国最初的排满革命，所以易得响应者，因为口号是‘光复旧物’，就是‘复古’，易于取得保守得人民同意的缘故。但到后来，竟没有历史上定例的开国之初的盛世，只枉然失了一条辫子，就很为大家所不满了。”③鲁迅

---

① 鲁迅：《灯下漫笔》，《鲁迅全集》第1卷，人民文学出版社，1981年第1版，第216—217页。

② 陈早春：《鲁迅思想及其内在发展——鲁迅改造“国民性”思想初探》，《纪念鲁迅诞生一百周年学术讨论会论文选》，鲁迅诞生一百周年纪念委员会学术活动组编，湖南人民出版社，1983年版，第162页。

③ 鲁迅：《习惯与改革》，《鲁迅全集》第4卷，第224页，人民文学出版社，1981年第1版。

以辛亥革命的例子阐明了“立人”思想的艰难与重要性。革命是很容易鼓动人心的，方式是迅捷的，但人的思想素质的改造却是一个漫长的过程，而且很容易走回头路。鲁迅的“立人”思想是贯彻其一生的核心观念，是鲁迅进行文学创作的现代性审美思想视野，是想象和建构农民形象的审美理念的思想根源。

二

鸦片战争失败以来，中国知识分子就在思考中国失败、落伍的原因。随着一次次更为惨烈的失败，中国人对自己的怀疑、反思、否定由器物层面上升到制度、文化层面，因此由中西体用之辩发展到五四时期的“打倒孔家店”，这意味着中国知识分子已经彻底认同中国文化已经病入膏肓了，没有医药可以医治了，只能“全盘西化”，彻底更新华夏民族的文化血液。①即“病中国”的思想意识不仅已经形成并出现于中国知识分子的著作之中，而且在西方人的眼里，中国已经是一个奄奄一息、任人宰割的“东亚病夫”了。

梁启超在《少年中国说》中提出“老大帝国”与“少年中国”之说，即以创造“少年之中国”取代老大、迟暮、病态之中国的思想。新文化运动时期的李大钊也号召青年们缔造“青春之中国”、“青春之世界”的文章。最为形象的是小说家所想象的“病中国”：东海觉我的科学小说《新法螺先生谭》也充满了“病中国”的想象——地球最底层有一个大家庭。家中的老翁名叫黄种祖，实际已经9000多岁。老翁的四万万儿女，或者昏睡不醒，或者永远处于稚童的混沌中，都没有可能成长。他们中了一种毒，因此意志消沉，体格羸弱，而且短命。小说最后展示的水星上的“造人术”，凿开病人的头颅，以一种新鲜脑汁注入老人的颅内，使老人生命回现，重新变成了黑发青年。这种想象生动地体现了中国知识分子对“病中国”里的“中国病人”进行生命重

① 实际上，以白话文替代文言文，以白话文学取代文言文学，以西方现代思想更替中国传统文化，在今天已经基本做到了。对于五四时期的思想革命的功绩与过失，已经有许多人提出不同的见解，或许真正的评价依然需要更长段的时间的“冶炼”。

造、重新振兴中国的强烈愿望。

早在1904年，海天独啸子在《〈女娲石〉凡例》一文就已经指出，“近来改革之初，我国志士，皆以小说为社会之药石”。①在这里，文学与“病中国”、作为“思想医生”的小说家与作为“中国病人”的中国国民已经构成了一种医患关系。1918年李大钊在《东西文明根本之异点》一文中认为：“中国文明之疾病，已达炎热最高之度，中国民族之运命已臻奄奄垂死之期，此实毋庸讳言。中国民族今后之问题，实为复活与否之问题，亦为吾人所肯认。顾吾人深信吾民族可以复活，可以于世界文明为第二次之大贡献。然知吾人苟欲有所努力以达此志的者，其事非他，即在竭力以受西洋文明之特长，以济吾静止文明之穷，而立东西文明调和之基础。”②1928年，周瘦鹃在寓言体小说《十七岁了》对“病中国”有一段生动的描写：“可怜他雨打风吹，路欺雪虐，连过了几年苦痛的生活，先天既已不足，后天又复失调，终年不断的伤风咳嗽，忽冷忽热的发疟病，身体既淘虚了，便益发容易外感，再也没有抵抗的能力。于是面黄肌瘦，弱不胜衣，虽是一个小小孩子，竟好似变做了个痨病鬼。”③

有趣的是，20世纪30年代苏雪林在评价沈从文时，论述过“病中国”与“中国病人”：“中国民族以年龄论并不怎样衰老，我们只需将中国民族组织的历史研究一下便可以知道。先秦时代夏商周三民族历史虽比较久远，代之而兴的楚秦民族却是很青春的。五胡十六国之际鲜卑、匈奴、拓跋等族，以及唐以后辽金元清等游牧民族之同化于我。衰老身体里也增加不少新鲜血液。若说现代欧美民族是个20左右的少年，我们也不过30来岁的壮年罢了。说起竞争，我想我们的力量并不见得比他们逊色，不过中国民族的年龄虽不算老，文化的年龄却太老了。文化像水一样流注过久，便会发生沉淀质。我们血管日益僵硬，骨骼日益石灰化，脏腑工作日益阻滞，五官百骸的动

---

① 陈平原：《二十世纪中国小说理论资料》（第一卷），北京大学出版社，1997年2月第1版，第148页。

② 李大钊：《李大钊文集》上卷，人民出版社，1984年10月第1版，第562页。

③ 周瘦鹃：《十七岁了》，载上海《申报元旦增刊》，1928年1月1日。

作日益迟缓,到后来就百病丛生了。……因为这种种关系,中国文化不但富于沉淀质而已,后来竟成了一潭微波不起臭秽不堪的死水。无论你是一个怎样勇敢有为的青年,到这死水里洗个浴,便立刻变成恹恹不振的病夫。”①可见,在很长的一段时间内,“病中国”、“中国病人”的思想认知充斥了中国思想文化界,成为对乡土中国进行现代性思想认知的精神起点。

“在现代中国作家中,鲁迅可能是与医学‘结缘’最深的。……鲁迅最终没有成为医生,但学医的背景经历和医学知识,却在成为作家的鲁迅的思想和创作中产生了或隐或显的影响,使他的创作特别是小说叙事中蕴含着作家与医生的双重视角和医学视景,也使作家鲁迅成为揭示、诊断和治疗国民精神病患的‘思想医生’和‘民族医生’。”②鲁迅独特的个人成长经历和青年时期对医学知识的学习,的确为鲁迅小说创作提供了切入视角和知识背景。鲁迅自己也在《我怎么做起小说来》中说:“大约所仰仗的全在先前看过的百来篇外国作品和一点医学上的知识,此外的准备,一点也没有。”③但是,鲁迅由原先的做一个“西医”的出发点,不时因为自己“我还记得先前的医生的议论和方药,和现在所知道的比较起来,便渐渐的悟得中医不过是一种有意的或无意的骗子,同时又很起了对于被骗的病人和他的家族的同情”;更为重要的是“而且从译出的历史上,又知道了日本维新是大半发端于西方医学的事实”,所以,鲁迅才有“预备卒业归来,救治像我父亲似的被误的病人的疾苦,战争时候便去当军医,一面又促进了国人对于维新的信仰”。④因此,鲁迅想做医生的最终目的也是为“促进维新的信仰”,救治“病中国”。那么鲁迅后来的弃医从文的道路选择就非常容易理解。在“幻灯片事件”中,鲁迅深深体会到:

---

① 苏雪林:《沈从文论》,《文学》,1934 年 9 月,第 3 卷 3 期。

② 逄增玉:《鲁迅小说中的“医学”内容和叙事》,《社会科学战线》2003 年第 4 期,第 251 页。

③ 鲁迅:《我怎么做起小说来》,《鲁迅全集》第 4 卷,人民文学出版社,1981 年第 1 版,第 512 页。

④ 鲁迅:《〈呐喊〉自序》,《鲁迅全集》第 1 卷,人民文学出版社,1981 年第 1 版,第 416 页。

“我便觉得医学并非一件紧要事，凡是愚弱的国民，即使体格如何健全，如何茁壮，也只能做毫无意义的示众的材料和看客，病死多少是不必以为不幸的。所以我们的第一要著，是在改变他们的精神，而善于改变精神的是，我那时以为自然要推文艺，于是想提倡文艺运动了。”愚弱、麻木国民的精神病患才是中国一系列失败、落伍的真正原因所在，是“病中国”的病根所在。因此，做一个医治中国国民精神病患的“思想医生”，就成为鲁迅探索中国现代化道路的首要选择。这也是鲁迅内在的“维新”、启蒙主义思想发展的必然逻辑，与早期的学医选择在内在思想逻辑上是一致的。

> 自然，做起小说来，总是不免自己有些主见的。例如，说到“为什么”做小说罢，我仍抱着十多年前所谓“启蒙主义”，以为必须是“为人生”，而且要改良这人生。我深恶先前的称小说为“闲书”，而且将“为艺术的艺术”，看作不过是“消闲”的新式的别号。所以我的取材，多采自病态社会的不幸的人们中，意思是在揭出病苦，引起疗救的注意。①

在曾经接受过医学训练和具有“立人”思想的鲁迅看来，中国农民，乃至中国国民都是有“病”的，都是“中国病人”，都中了封建专制思想文化毒素的毒。在《我怎么做起小说来》一文中，鲁迅阐明了其文学创作中存的以“超人”精英意识为核心的现代性审美思想视野下的“中国病人”心像：在这种现代性审美思想意识下的社会是“病态社会”，人是病态的、“不幸的人们”。“病苦”、“疗救”两个词汇进一步映现出鲁迅在小说中想象和建构人物形象的“中国病人”思维。鲁迅所说的“主见”，也就是鲁迅在小说创作中的“立人”现代性审美思想意识。鲁迅“立人”思想指向自身，即作为一个思想革命的启蒙者，是以尼采式的“超人”来要求启蒙者的精英意识，构成了鲁迅在文学创作过程中的现代性审美思想的内核。所以，鲁迅在以这种现代性审美思想来想象和建构农民形象的时候，“超人”式觉醒者看到

---

①　鲁迅：《我怎么做起小说来》，《鲁迅全集》第4卷，人民文学出版社，1981年第1版，第512页。

的“农民”必然就是奴性、愚昧、不觉悟的“中国病人”形象。鲁迅对“自病态社会的不幸的人们”的描写，“在揭出病苦，引起疗救的注意”来开启医治中国国民精神病患的自救之路，即成为一个真正的“人”。①

第二节　俄罗斯文学：鲁迅建构农民形象的思想资源

“但我的来作小说，也并非自以为有做小说的才能，只因为那时是住在北京的会馆里的，要做论文罢，没有参考书，要翻译罢，没有底本，就只好做一点小说模样的东西塞责，这就是《狂人日记》。大约所仰仗的全在先前看过的百来篇外国作品和一点医学上的知识，此外的准备，一点也没有。”② 这是鲁迅在《我怎么做起小说来》一文中说明自己小说创作的文本资源和思想渊源的一段话，从中可以看出外国现代小说作品对鲁迅文学创作的巨大影响。《域外小说集》就是鲁迅与弟弟周作人在日本阅读、绍介、翻译外国文学的一部作品集。因此，《域外小说集》也就成为透视分析鲁迅怎样接受外国文学，尤其是俄罗斯文学影响、如何想象和建构人物形象的一个极为重要的切入视角。

1909 年，周氏兄弟两人合作选译出版了《域外小说集》二册。

《域外小说集》第一册选译的作家作品是：〔波兰〕显克微支：《乐人扬珂》；〔俄国〕契诃夫：《戚施》、《塞外》；〔俄国〕迦尔询：《邂逅》；〔俄国〕安特来夫：《谩》、《默》；〔英国〕淮尔特（王尔德）：《安乐王子》。

第二册选译的作家作品是：〔芬兰〕哀禾：《先驱》；〔美国〕亚伦坡：《默》；〔法国〕摩波商（莫泊桑）：《月夜》；〔波斯尼亚〕穆拉淑微支：《不辰》、《摩诃末翁》；〔波兰〕显克微支：《天使》、《灯台守》；〔俄国〕迦尔

①② 鲁迅：《我怎么做起小说来》，《鲁迅全集》第 4 卷，人民文学出版社，1981 年第 1 版，第 512 页。

询:《四日》;〔俄国〕斯谛普虐克:《一文钱》。

这些作家作品只是鲁迅和周作人广泛阅读欧美各国文学的冰山一角而已。但鲁迅和周作人对这些作家作品的选择却是煞费了一番心思,体现了周氏兄弟的“转移性情,改造社会”的文学观念和文学理想。这些作家作品,以国别而言,有波兰、俄、英、美、法、波斯尼亚、芬兰7个国家,作家共计10人,作品共计16篇。其中,俄国作家有4人,作品7篇;波兰作家1人,作品3篇。在选译的16篇作品中,俄国和波兰的作品就占了10篇。对此,鲁迅在《我怎么做起小说来》中说:“但也不是自己想创作,注重的倒是在绍介,在翻译,而尤其注重于短篇,特别是被压迫的民族中的作者的作品。因为那时正盛行着排满论,有些青年,都引那叫喊和反抗的作者为同调的。……因为所求的作品是叫喊和反抗,势必至于倾向了东欧,因此所看的俄国,波兰以及巴尔干诸小国作家的东西就特别多。”①

19世纪上半期,随着商品货币经济的发展,俄国地主不断加重对农奴的剥削。农民的生活因而日趋恶化,生产积极性更为降低。这不仅影响农民的收入,也降低了地主土地的产量,从而造成农业生产的停滞不前。他们除了消极怠工,破坏地主财产外,还揭竿而起,浴血战斗。19世纪上半期,曾经发生过上千次的农民起义,使农奴制处于土崩瓦解的境地。1861年俄国农奴制的废除是一次资产阶级性质的改革。其结果是在一定程度上为资本主义的发展开辟了道路。根据沙皇政府颁布的新法令,农奴虽然得到了人身自由,但是由于改革得不彻底,获得自由的农民在经济上并没有得到根本的解放,所受的压迫依然存在。同时,资本主义生产方式迅速发展,又使大批农民破产,沦为无产者,农民问题依然极为突出。

农奴制的日趋危机和群众斗争的蓬勃发展,在思想意识上产生了强烈的反映,出现了革命民主主义的思想家和作家。他们的杰出代表是赫尔岑、别林斯基、车尔尼雪夫斯基和杜勃洛留波夫等。早在

① 鲁迅:《我怎么做起小说来》,《鲁迅全集》第4卷,人民文学出版社,1981年第1版,第511页。

18 世纪末，农民问题在俄罗斯文学中就已经被提出来了。在 19 世纪随着农奴生活状况的恶劣和农奴反抗斗争的激烈，俄国作家对农民痛苦生活更加关注。普希金、果戈理、涅克拉索夫、屠格涅夫、列夫·托尔斯泰等作家以其对农民的人道主义的同情和对农民为主体的人民的深厚的爱，创作了一系列表现农民生活的现实主义文学。农民成为俄罗斯作家展现俄罗斯真实社会生活、思考俄罗斯现代化道路、表现人性深度与广度的题材内容和思维内核。

> 我们完全可以说，整个俄国文学所描写的辉煌恢阔的艺术画面都是从农民这个中心辐射出来的：地主形象是在对农民的压榨剥削中被塑造出来的，官僚统治者是在对农民的专制统治中被刻画出来的，知识分子是在寻求农民解放以及探索通向农民、接近农民的道路的过程中被表现出来的，小市民的琐碎庸俗生活是在于他们对社会解放即农民解放的消蚀作用方面受到了作家的鄙视……在俄国，有哪一部杰出作品能与农民没有任何关系呢？有哪一个优秀作家没有直接或间接地表现过农民呢？可以断言，根本没有。
>
> 俄国文学的这个特点不是由它本身所决定的，而是由它描写的对象——俄国社会现实所规定的。农民在俄国人口中占着绝对大的比重，这制约着俄国社会生活的一切方面。没有农民，祖国就近于一个空壳；没有农民，人民就是一个空洞的概念；没有农民的解放，社会解放就没有多大价值；没有农民的参加，革命就难以成功……所以，在当时的俄国，农民就必然会撞入社会先进人士的眼帘，必然会涌进现实主义的艺术画廊。①

俄国贫穷落后、封建性专制、农民占人口极大比重的国情与 20 世纪初的中国极为相似。“中国有许多事情和十月革命以前的俄国相同，或者相似。封建主义的压迫，这是相同的。经济和文化的落

---

① 王富仁：《鲁迅前期小说与俄罗斯文学》，《纪念鲁迅诞生一百周年学术讨论会论文选》，鲁迅诞生一百周年纪念委员会学术活动组编，湖南人民出版社，1983 年 2 月第 1 版，第 438 页。

后，这是近似的。两个国家都落后，中国则更落后。先进的人们，为了使国家复兴，不惜艰苦奋斗，寻找革命真理，这是相同的。”①因此，精通日文和德文的鲁迅在日本接触世界各国优秀文学的时候，最终把接受的目光主要集中到俄国等东欧国家身上，并不是随意、偶然的，而是有着深刻的必然性。1840年后的中国到了20世纪初亡国灭种的危机日益剧增，以鲁迅为代表的知识分子对挽救中国、改造中国人素质的愿望愈加强烈。因此在外国文学的选择与接受方面，与中国国情、中国命运基本一致的俄罗斯、与中国作家一样有着深厚文化底蕴、有着一样的爱国忧民深厚感情的俄罗斯作家与俄罗斯文学就一下子吸引了鲁迅等人注视的目光。

> 那时就知道了俄国文学是我们的导师和朋友，因为从那里面，看见了被压迫者的善良的灵魂，的酸辛，的挣扎；还和四十年代的作品一同烧起希望，和六十年代的作品一同感到悲哀。我们岂不知道那时的大俄罗斯帝国也正在侵略中国，然而从文学里明白了一件大事，是世界上有两种人：压迫者和被压迫者！
>
> 从现在看来，这是谁都明白、不足道的，但在那时，却是一个大发现，正不亚于古人的发见了火的可以照暗夜、煮东西。②

正是这个“大发现”，正是这些以表现农民苦难生活为主要内容的、包含人道主义深厚感情的、凝聚着俄国知识分子对现代化道路探索与追求的俄罗斯文学为鲁迅提供了丰富而又广阔的思想资源，也为鲁迅的早期小说创作提供了优秀的文本资源。

比较而言，中国封建专制主义传统物质基础和文化势力更为强大，资本主义经济发展得更为缓慢、力量也更为薄弱，小农经济在中国社会占有极为重要的位置，是中国广大农村的主体性经济形式，因此，中国农民在整个社会生活中的地位、作用要比俄罗斯更重要和关键。所以，鲁迅在想象和建构农民形象的过程中，对中国农民的愚

---

① 毛泽东：《论人民民主专政》，人民出版社，1975年12月第1版，第3页。

② 鲁迅：《祝中俄文字之交》，《鲁迅全集》第4卷，人民文学出版社，1981年第1版，第460页。

昧、虚妄、保守和精神麻木的国民性病态进行分析性描写、刻画、批判，没有简单地对中国农民身上的优点进行讴歌，而是着重揭示农民在走向现代化路途所背负的旧有精神奴役创伤。

“对待农民的态度是连接鲁迅前期小说与俄罗斯现实主义文学的一个主要纽带，由这一点出发，使他们都成为充满博大的人道主义精神和深厚的人民热爱的文学，使它们都注重农民以及其他‘小人物’的艺术题材的选取和描写。”①在鲁迅小说创作过程中，描写农民生活、塑造农民形象的俄罗斯现实主义文学就已经成为鲁迅想象中国农民，即他与中国农民进行审美链接的一个极为重要、关键的思想与艺术资源。《域外小说集》第二册中的《一文钱》就是俄罗斯作家斯谛普虐克对农民的苦难生活进行分析性描写的一篇。《一文钱》中的受尽地主、长老、商人盘剥的农民形象，为鲁迅想象中国农民提供了思想视角和文本资源。

第三节　“病中国”的“中国病人”病象与根源

“我们知道他有三个特色，那也是老于手术富于经验的医生的特色，第一个，冷静，第二个，还是冷静，第三个，还是冷静。你别想去恐吓他，蒙蔽他。不等到你开嘴说话，他的尖锐的眼光已经教你明白了他知道你也许比你自己知道的还更清楚。他知道怎么样去抹杀那表面的细微的，怎么样去检查那根本的扼要的。你穿的是什么衣服，摆的是那一种架子，说得是什么口腔，这些他都管不着，他只要看你这个赤裸裸的人，他要看，他于是几乎看了，虽然你会打扮的漂亮时新的，包扎的紧紧贴贴的，虽然你主张绅士的体面或女性的尊严。这样，用这种大胆的强硬的甚至于残忍的态度，他在我们里面看见赵家的狗，赵贵翁的颜色，看见说：‘咬你几口’的女人，看见青面獠牙的笑，看见孔乙己的窃偷，看见老栓买红馒头给小栓治病，看见红鼻子

---

① 王富仁：《鲁迅前期小说与俄罗斯文学》，《纪念鲁迅诞生一百周年学术讨论会论文选》，鲁迅诞生一百周年纪念委员会学术活动组编，湖南人民出版社，1983年2月第1版，第440页。

老拱和蓝皮阿五，看见九斤老太，七斤嫂，六斤等的一家，看见阿Q的枪毙——一句话，看见一群在饥饿里逃生的中国人。曾经有过这样老实不客气的剥脱么？曾经存在过这样沉默的旁观者么？……鲁迅先生告诉我们，偏是这些极其普通，极其平凡的人事里含有一切的永久的悲哀。"①这是张定璜在《鲁迅先生》一文中对鲁迅及其作品思想的深刻描述。张定璜所说的鲁迅这样"老于手术富于经验的医生的"三个"冷静"特征，感性而又极为传神地表达出了一个"目视"病态的中国社会里的"中国病人"的思想医生形象。"赵贵翁"、"孔乙己"、"老栓"、"小栓"、"红鼻子老拱"、"蓝皮阿五"、"九斤老太"、"七斤嫂"、"阿Q"等人物就是作为思想医生视野里下的"中国病人"代表。

鲁迅小说里的"中国病人"不仅具有医学症候，而且具有特定的社会环境沾染下而形成的"社会病症候"。《阿Q正传》中的阿Q患有一种自欺欺人的"精神胜利法"心理疾病。《白光》描写了一位科举考试失败者的幻听幻视的神经病症。小说人物的"医学症候"不仅是个体自我生理机体病态的呈现，而且在一定程度上也是社会运行机制、民族文化心理的群体病态反映。个体"医学症候"的真实性，充分显现了作为群体性的"中国病人"的"社会病症候"的真实性。鲁迅在小说中创作了如此多的生理上或精神上的病患现象，"意思是在揭出病苦，引起疗救的注意"，这种"病苦"既是人物个体的，也是所代表的群体性"中国病人"的；既是生理性的，更是精神、思想的。作为一个思想医生，鲁迅已经成功地揭示出病根，为疗救"病中国"里的"中国病人"提供了良好的病理标本。这里将对鲁迅乡土题材小说中的"中国病人"——中国农民形象进行分析。

一

鲁迅先生以"立人"思想为核心来揭示病症，推进国民性改造、

---

① 张定璜：《鲁迅先生》，转引自《茅盾论中国现代作家作品》，北京大学出版社1980年1月第1版，第47—48页。

“人的现代化”的代表作品就是《阿Q正传》。《阿Q正传》中的农民阿Q和他所在的未庄，成为愚昧病态的农民、落后农村的典型代表。阿Q式的“精神胜利法”、“革命幻想曲”体现了“病中国”里的“中国病人”所具有的精神病象。但是，在《阿Q正传》80多年接受史中，研究者对阿Q的理解是有很大差异的，甚至还出现了同一个人在不同时期对阿Q的矛盾性解读。葛中义在《〈阿Q正传〉研究史稿》的著作中详细概述了对阿Q的这种矛盾性研究。茅盾、冯雪峰、张天翼等人对阿Q的解读存在着前后差异。①其中，茅盾认为，把阿Q视为代表农民意识，是把阿Q缩小了，把《阿Q正传》的讽刺的意义缩小了，“觉得阿Q这人很是面熟，是啊，他是中国人品性的结晶呀”，而且代表的“又是中国上中社会阶级的品性”。②一年之后，即1923年茅盾又认为，“我又觉得‘阿Q相’未必全然是中国民族所特具。似乎这也是人类的普通弱点的一种。至少，在‘色厉而内荏’这一点上，作者写出了人性的普遍的弱点来了”。③

矛盾就在这里：在鲁迅对阿Q的叙述中，阿Q“没有固定的职业，只给人家做短工，割麦便割麦，舂米便舂米，撑船便撑船”，而且干活很卖力，“真能做”。阿Q的身份显然是一个失去土地的、在耕作和游荡之间维系生计的农民。然而，阿Q的心理状态和思维逻辑集中表现的“精神胜利法”却不像是普通农民所具有的。即，农民式的身份、生存状态与非农民式的思维逻辑和心理状态同时呈现于阿Q的身上。我们首先来考察一下阿Q“精神胜利法”的思想渊源。

1920年周作人在重新编定《域外小说集》的时候，他把归国之后翻译的一些小品也添加上了。这其中就有一篇是俄罗斯作家梭罗古勃的寓言《石子之经历》。《石子之经历》篇幅不长，内容如下：

> 市中大路，砌以砾石。车轮偶触一石，石乃迸出，自念曰：“吾何为久与群众杂处，吾甚愿得分居也。”

---

① 对阿Q的矛盾解读，可以参考葛中义的《〈阿Q正传〉研究史稿》的“《阿Q正传》研究历史概说”一章，青海人民出版社，1986年1月第1版。

② 茅盾：《茅盾全集》第18卷，人民文学出版社，1989年第1版，第160页。

③ 茅盾：《茅盾全集》第18卷，人民文学出版社，1989年第1版，第396页。

有童子经过，拾之而去。石念曰："吾欲旅行，今信得旅行矣。苟吾意志强，所欲自无不遂也。"

童子以石投一人家。石曰："吾欲飞，今飞矣。此理极明显，即因吾方欲之耳。"

石触窗上玻璃，玻璃碎，呼曰："无赖！汝何为者？"石答曰："汝不如退避佳！吾最恶当吾前路者。凡物皆为我利，此吾之格言也。"

石坠软榻之上，思曰："吾方飞翔，今且卧，稍休息耳。"

仆来，拾榻上石，投之窗外。石遂复坠于路，乃对其石友呼曰："诸兄胜常！吾方访一巨室，唯吾不喜贵介，心向平民，故今复返矣。"①

小石子在自己命运的沉浮遭遇中所产生的一系列心理，是一种无奈的自我解嘲，具有自欺欺人性质，意在掩盖无法自主的生活境遇、维持一种自我感觉良好的心理状态。这同阿Q的"精神胜利法"具有异曲同工之妙。显然，鲁迅在《阿Q正传》中借鉴了《石子之经历》的心理描写手法。这种心理描写的诙谐滑稽的可笑性质比较适合在报纸上刊载，达到娱乐并吸引读者的目的，同时也因为这种心理描写所具有的无奈、悲恸、绝望的深刻内蕴很适合揭示中国国民的精神麻木、自欺欺人的思想疾患，所以，鲁迅就借阿Q这一个肉体凡胎来揭示"中国病人"的思想疾患。但是，不幸的是，这种心理行为逻辑，大大超出了一个农民所可能达到的逻辑思维。缺少教育、没有知识的中国农民不仅没有阿Q那种清晰、复杂的心理思维，而且大多数处于不觉悟的、蒙昧的生存状态和混沌的思维状态。这也就是茅盾所因为闰土和王胡可以是农民（主要是贫农和雇农）的艺术形象代表，而阿Q"他身上所集中着的缺点并非完全都是农民——尤其是雇农的"道理所在了。如果说，作为一个农民形象来说，鲁迅描写的闰土是非常成功的，那么阿Q则争议颇多，他是一个外在行为与内在

① ［俄］梭罗古勃：《寓言·石子之经历》，《域外小说集》，周作人译，群益书社，1920年版，第181—182页。

性格逻辑矛盾的、不成功的形象。

可以说，农民阿Q承载了过多的传统历史文化的重负，有着过多的负面形象特征，藉此形成了一个描写中国农民负面形象的文学创作模式，乃至在现当代思想文化史上形成一个对农民进行污名化的思维模式，而这对中国农民是不够公正的。①鲁迅的这种内在矛盾性的审美思维，一方面是鲁迅本人的以小说为思想维新的“立人”审美理想的制约，自然在始创时期的作品就具有所谓“格式的特别”、“表现的深切”；另一方面也是中国现代文学始创的一个“磨合”期，艺术形式与思想内容的完美结合需要更多的艺术实践。

因此，对于阿Q形象的判定，我认为茅盾的第一印象感受是非常准的。茅盾在《阿Q正传》刊登到第四章的时候，针对有人对这部作品的责难，明确指出：“阿Q这人，要在现社会中去实指出来，是办不到的；但是我读这篇小说的时候，总觉得阿Q这人很是面熟。是啊，他是中国人品性的结晶呀！……而且阿Q所代表的中国人的品性，又是中国上中社会阶级的品性！”②对阿Q的“精神胜利法”的理解必须超越他的农民身份，站在一个“人”的维度，即茅盾所说的“中国人品性”这样一个普遍人性的角度上理解。

阿Q是作为“思想医生”的鲁迅在“超人”为最高尺度的现代性思想视野下的“中国病人”形象，是没有实现现代性的“人”，是指向鲁迅“立人”思想的“根柢”的。所以，“毋庸讳言，《阿Q正传》的画面中的乡土中国是相当阴暗的，而且鲁迅所强调的国民性的痼疾，也不无偏颇之处，这就是着力于中国农民的思想病态的揭示、忽视了中国农民品性上的优点的缘故。这虽然可以用‘良药苦口而利于病’来解

---

① 这与阿Q形象有一定的关系。当代学者葛红兵在《直来直去》就认为：“阿Q是一个在启蒙偏见之下被塑造出来的人物，因为他作为一个农民身上的正面要素五千年被低估了，更为主要的是，即使是这样一个身上正面要素被低估了的农民形象，其被当作反面典型加以认定的东西，依然有许多值得我们再探讨的。但是，直到如今，中国文学界对此并无真正的反思，因而它依然主宰着许多中国当代作家对农民的认识，有的时候这种主宰是有形的，有时候这种主宰是无形的。”当代世界出版社，2004年4月第1版，第35页。

② 茅盾：《茅盾全集》第18卷，人民文学出版社，1989年第1版，第160页。

释，但也和鲁迅当时对于历史的认识有关系。”①但也正是这样，《阿Q正传》很好的实现了鲁迅作为一个“思想医生”的揭出“病苦”的思想意图，不失为一部深刻的文学杰作。

二

《阿Q正传》作为一部文学杰作，不仅在于它描绘了阿Q独特的“精神胜利法”，而且还在于它生动鲜活地表现了一贫如洗的农民阿Q的“革命幻想曲”，使鲁迅先生所描绘的“死水似的”中国农村具有了些时代的波澜。不同于“精神胜利法”的非农民思维，阿Q的“革命幻想曲”具有典型的“病中国”农民心理。

阿Q在走投无路之际到城市里与“革命”的第一次接触，即观看要被杀头的革命党。“阿Q的耳朵里，本来早听到过革命党，今年又亲眼见过杀掉革命党。但他有一种不知从哪里来的意见，以为革命党便是造反，造反便是与他为难，所以一向是‘深恶而痛绝之’的。”②虽然作为被统治阶级，但阿Q的思想意识却是正统的统治阶级的。所以，深受统治阶级思想毒化的阿Q就会对革命、革命党抱有一种来自深层潜意识的排斥与厌恶，自然对杀害革命党的反动性会惘然无知，而且还会兴高采烈地欣赏这难得的好戏。

革命形势的发展，迫使城里的举人老爷把财产转移到乡下来了，随之而来的还有未庄财主的不安、“一群鸟男女的慌张”，这让一贫如洗的阿Q多少感到快意。革命对举人老爷、赵太爷等人的冲击，改变了阿Q对革命的情感倾向。打倒旧世界秩序的革命与穷苦农民有着天然的感情。因此，最初厌恶、敌视革命的阿Q开始欢呼革命。

在“近来用度窘”和中午“两碗空肚酒”力量的作用下，阿Q开始了自己的“革命幻想曲”，大声高喊“造反了”。对此，“未庄人都用了惊惧的眼光对他看。这一种可怜的眼光，是阿Q从来没有见过的，

① 茅盾：《茅盾全集》第24卷，人民文学出版社，1985年第1版，第494页。

② 鲁迅：《阿Q正传》，《鲁迅全集》第1卷，人民文学出版社，1981年第1版，第513页。

一见之下，又使他舒服得如六月里喝了雪水。”因此，“他更加高兴的走而且喊道：‘好，……我要什么就是什么，我欢喜谁就是谁。’”①

显然，阿Q在举人老爷、赵太爷等人的忧虑与不安中，看到了将要来临的革命剥夺地主老爷各种特权的威力，也在未庄人惊惧的、可怜的目光中觉察到了革命所带来的、满足阿Q各种欲望的力量，而喊出了“我要什么就是什么，我欢喜谁就是谁”的话语。继而在土谷祠，阿Q做了一个美美的梦，描绘了一幅“革命幻想曲”的图景：

“这时未庄的一伙鸟男女才好笑哩，跪下叫道，‘阿Q，饶命！’谁听他！第一个该死的是小D和赵太爷，还有秀才，还有假洋鬼子，……留几条么？王胡本来还可留，但也不要了。……

“东西，……直走进去打开箱子来：元宝，洋钱，洋纱衫，……秀才娘子的一张宁式床先搬到土谷祠，此外便摆了钱家的桌椅，——或者也就用赵家的罢。自己是不动手的了，叫小D来搬，要搬得快，搬得不快打嘴巴。……

“赵司晨的妹子真丑。邹七嫂的女儿过几年再说。假洋鬼子的老婆会和没有辫子的男人睡觉，吓，不是好东西！秀才的老婆是眼胞上有疤的。……吴妈长久不见了，不知道在那里，——可惜脚太大。”②

在阿Q的“革命幻想曲”图景中，我们不仅看到了阿Q打倒地主老爷的革命积极性，还令人惊讶地发现阿Q内心深处的“革命”是一种旧式的改朝换代工具的思想，“革命”只不过是以前的奴隶变成了新的奴隶主，而不是真正现代意义上的现代革命。正如鲁迅在杂文《圣武》中所提出的，阿Q“革命幻想曲”显现了老中国农民所具有的典型封建专制思想特征，“简单地说，便只是纯粹兽性方面的欲望的满足——威福，子女，玉帛，——罢了。然而在一切大小丈夫，却要算最高理想了。我怕现在的人，还被这理想支配着”。③“威福，子女，玉

① 鲁迅：《阿Q正传》，《鲁迅全集》第1卷，人民文学出版社，1981年第1版，第513页。
② 鲁迅：《阿Q正传》，《鲁迅全集》第1卷，人民文学出版社，1981年第1版，第515页。
③ 鲁迅：《鲁迅全集》第1卷，人民文学出版社，1981年第1版，第355页。

帛"依然是阿Q内心世界所追逐的目标，阿Q依然是被封建专制思想控制下的不自由的思想奴隶，"革命"无非是统治与被统治关系的颠倒而已，是从前的奴隶做了今天的主子而已，成为阿Q满足个人"纯粹兽性方面的欲望"。从前一起受难的同伴在"革命"后依然是被作践的奴隶，而且做了奴隶主的奴隶比过去的主子还要狠。"暴君治下的臣民，大抵比暴君更暴；暴君的暴政，时常还不能餍足暴君治下的臣民的欲望。……暴君的臣民，只愿暴政暴在他人的头上，他却看着高兴，拿'残酷'做娱乐，拿'他人的苦'做赏玩，做慰安。"①

阿Q的"革命"显然不是真正意义上的现代革命性质。这种封建专制思想主导下的"革命"永远只是轮回的奴隶统治。而真正的"革命是并非教人死而是教人活的"。②

鲁迅一针见血地指出："中国人向来就没有争到过'人'的价格"，中国人所处的时代无非是"一，想做奴隶而不得的时代；二，暂时做稳了奴隶的时代"的两个时代的轮回而已。阿Q的"革命幻想曲"形象地阐释了鲁迅的这一深刻思想见解，揭示出病中国的病征全像和病征的思想根源，即中国人灵魂深处的封建专制思想和奴性意识。深受各种压迫的中国农民本来是反抗压迫、积极投身革命的主要力量，但是，长期的封建专制思想的毒化和封建专制工具的迫害使得中国农民往往具有一种安于现状、不敢反抗的奴性意识，即使在忍无可忍的情况下起来革命，那也是盲目的、纯粹处于生存危机的反抗，往往成为改朝换代的奴隶制轮回的工具。中国农民从来就没有产生过独立自主的革命意识，从来就缺乏追求自由、民主的思想观念。因而，与革命具有天然的感情的中国农民，却不仅没有成为中国革命的主力军，反而在无形中成为中国革命的主要障碍。

鲁迅的《药》充分印证了这一点。夏瑜是一个真正的革命者，他在牢房里还劝牢头造反，在监狱里宣扬"大清的天下是我们大家的"的革命思想。但是，这样的现代革命者，不仅没有实现革命的理想，

---

① 鲁迅：《鲁迅全集》第1卷，人民文学出版社，1981年第1版，第366页。
② 鲁迅：《鲁迅全集》第4卷，人民文学出版社，1981年第1版，第297页。

被反动政府杀害了，而且他的革命思想也无情地遭到了他为之奋斗的民众的嘲笑：民众不仅不理解夏瑜的高尚革命举动，而且视之为疯子，革命者的鲜血竟然成为治疗肺病患者的人血馒头。整个乡土中国社会“有贵贱，有大小，有上下。自己被人凌虐，但也可以凌虐别人；自己被人吃，但也可以吃别人。一级一级的制驭着，不能动弹，也不想动弹了。”[①]夏瑜不仅被反动社会上层势力所杀害，乡土中国社会下层民众也在无形之中成为“无名杀人团”中的嗜血者。人血馒头不仅隐喻了中国辛亥革命的失败，而且还表征了中国农民的愚昧、奴性、不觉悟的精神疾患，说明了乡土中国现代化进程中实行真正意义上的革命的艰难。

鲁迅先生正是以“思想医生”的锐利无比的目光，以打破“瞒和骗的文艺”的精神界战士的勇气，呼唤：“自然，也不满于现在的，但是，无须反顾，因为前面还有道路在。而创造这中国历史上未曾有过的第三样时代，则是现在的青年的使命！”[②]要“创造这中国历史上未曾有过的第三样时代”、完成这一艰巨的历史任务，就非得彻底破除中国人，尤其是中国农民的封建专制思想和奴性意识，确立一种真正的自由、民主的现代思想，否则中国人便依旧只能处在一部分人想作主子而不可得，一部分人暂时做稳的可悲局面；没有“人的现代化”，也就永远实现不了“人”的国家——现代民族国家。革命，也不过是“争夺一把旧椅子”而已。[③]

阿Q的“革命幻想曲”虽然有着种种封建专制思想毒素成分，辛亥革命最终也失败了，但是在专制思想笼罩下的、做奴隶的阿Q们已经骚动不安了。我们已经有理由期待一个中国农民摆脱封建专制文化思想的束缚，祛除精神上的疾患，并组织起来成为乡土中国现代化历史进程的主力军的时代。虽然，那是一个漫长而又极为艰难的历史过程。但是，毕竟真正的具有“人”的意识的思想者已经出现了。

---

① 鲁迅：《鲁迅全集》第1卷，人民文学出版社，1981年第1版，第215页。
② 鲁迅：《鲁迅全集》第1卷，人民文学出版社，1981年第1版，第213页。
③ 鲁迅：《鲁迅全集》第4卷，人民文学出版社，1981年第1版，第301页。

在以往的《阿Q正传》研究中，研究者往往把批判的目光集中于“阿Q”身上，而对阿Q所在的未庄世界所具有的沉重的、压抑性黑暗力量分析不够，没有显示出鲁迅《阿Q正传》的思想价值及农民自身主体性建立的艰难过程。

从未庄世界里的其他人物与阿Q的关系、他们对阿Q的物质与精神的压迫就可以发现，阿Q所生存的乡间世界里的黑暗力量彻底剥夺了他的生存权和他仅有的生命尊严。所以，阿Q的悲剧不仅仅在于“精神胜利法”缺点，还在于以赵太爷为代表的上层人物对他的迫害、未庄闲人对他的精神打击和人格侮辱、未庄女人对他的嫌恶、王胡小D们对他的蔑视、无形的封建性文化势力等构成的有形与无形的多重体系的压抑性乡村结构。

在形象组合的人物世界中，我们还应看到，阿Q与王胡、小D等乡村弱势群体的关系上，阿Q对与自身同等境遇的弱势群体，不是同情、互助，恰恰相反的是，表现出蔑视、厌恶、对立、欺压。阿Q也具有未庄恶人们“以强凌弱”特点（他自己就遭受过这样的欺侮），欺侮过与他相似的王胡、小D们。阿Q在某一时刻，也曾成为欺压他的黑暗力量中的一员，成为“吃人”群族的一员。由此，可以体会到鲁迅先生创造的阿Q形象所具有的更深刻悲剧所在，感受到阿Q所生存的未庄世界的可怕的、多重的压抑性黑暗力量。对这种无名的压抑性黑暗力量，鲁迅多次指出过，“社会上多数古人模模糊糊传下来的道理，实在无理可讲；能用……死了多少人物”，“他们是可怜人；不幸上了……做了无主名的牺牲”。①

即使在改革开放的新时期，社会经济变革使农民有了更多的生存渠道和生存方式，在生存权有了初步保障之后农民能够有了初步的觉醒，挺起了腰板。但是，乡村上层势力依然通过各种方式编织一种新的威权大网，普通农民的权益依然受到侵扰，无法获得完整的生命尊严和完全的个体人格独立性。新的威权大网自然而又“合法”地

① 鲁迅：《我之节烈观》，《鲁迅全集》第1卷，人民文学出版社，1981年第1版，第124—125页。

存在着，以至于成为没有具体解构目标的、无法突破的“无物之阵”。乡村世界的上层压抑性势力具有巨大的统合能力，这不仅是因为社会经济结构、政治制度有着不尽合理的一面，而且还因为传统乡村文化中的封建性文化心理的根深蒂固。

第四节　童年生命体验视阈与“桃花源”纯朴农民形象

在鲁迅著译年表中有这样一段介绍：

一八九二年（光绪十八年 壬辰）十二岁

入三味书屋读书，塾师寿镜吾。

幼年时代常随母亲鲁瑞到农村外祖母家，接触了一些农民生活。①

鲁迅由于母亲鲁瑞出身于农民的关系，经常到外祖母家里，所以他与真实的农村、农民有了实际的接触。鲁瑞性格坚强，品质高尚，自修到能够读懂文学作品的程度，对鲁迅影响很大。鲁迅在祖父入狱后常住外婆家，使他有更多机会接触农民孩子，了解到农村许多有趣的事：

> 我素不知道天下有这许多新鲜事：海边有如许五色的贝壳；西瓜有这样危险的经历，我先前单知道他在水果店里出卖罢了。
>
> “我们沙地里，潮汛要来的时候，就有许多跳鱼儿只是跳，都有青蛙似的两个脚……”
>
> 阿！闰土的心里有无穷无尽的希奇的事，都是我往常的朋友所不知道的。他们不知道一些事，闰土在海边时，他们都和我一样只看见院子里高墙上的四角的天空。②

鲁迅幼年对农村生活的接触使他获得了极为重要的农民孩子式

① 鲁迅：《鲁迅著译年表》，《鲁迅全集》第16卷，人民文学出版社，1981年第1版，第3页。

② 鲁迅：《故乡》，《鲁迅全集》第1卷，人民文学出版社，1981年第1版，第479页。

的观察视角和关于农村、农民真实生活的生命体验。在乡下的一些时间里，鲁迅了解到了农民的痛苦生活和勤劳善良的品质，“我孩子时候，在斜对门的豆腐店里确乎终日坐着一个杨二嫂，人都叫伊‘豆腐西施’。但是擦着白粉，颧骨没有这么高，嘴唇也没有这么薄，而且终日坐着，我也从没有见过这圆规式的姿势”。“他头上是一顶破毡帽，身上只一件极薄的棉衣，浑身瑟索着；手里提着一个纸包和一支长烟管，那手也不是我所记得的红活圆实的手，却又粗又笨而且开裂，像是松树皮了。”①这些极富有农民身体特征的细节性描写，是得益于鲁迅年幼时与农村里的农民接触和细心观察的结果的。鲁迅在乡下母亲家与一些农民的交往成为他创作农民题材的作品的深厚生活基础。

童年生命体验深深嵌入艺术家的心灵世界之中，成为艺术家审美意识的思想内核。在鲁迅的文学世界中，因为亟亟于文学思想启蒙和对“病中国”的“中国病人”的揭出病因，进行疗救的目的，“思想医生”目视下的中国农村、中国农民必然是病态的、萧瑟的，在具体的审美想象过程中直接封存了来自童年时代对农村、农民的生命体验，使之符合革命的将令，与反封建文化思潮一致。但是，童年生命体验并不会因为这种封存、区隔而被心理世界中的其他思想同化，始终是一个独立的、具有深刻影响力的思想意识内核，而且随着艺术家审美创作实践的丰富，会不时的从封闭与区隔中跳跃出来，成为审美意识不可漠视的思想内核。

“我有一时，曾经屡次忆起儿时在故乡所吃的蔬果：菱角、罗汉豆、茭白、香瓜。凡这些，都是极其鲜美可口的；都曾是使我思乡的蛊惑。后来，我在久别之后尝到了，也不过如此；惟独在记忆上，还有旧来的意味存留。他们也许要哄骗我一生，使我时时反顾。”②儿时的生活记忆与生命体验在艺术家打开审美意识之门的时候，已

---

① 鲁迅：《故乡》，《鲁迅全集》第1卷，人民文学出版社，1981年第1版，第481—482页。

② 鲁迅：《朝花夕拾·小引》，《鲁迅全集》第2卷，人民文学出版社，1981年第1版，第229—230页。

经悄悄来到了艺术家的意识的视野。1922 年 10 月，鲁迅创作了小说《社戏》，这是一部与以往的揭示“中国病人”病因的“国民性改造”系列截然不同的小说。《社戏》可以说是鲁迅的童年生命体验对“思想医生”身份的一次反叛，是其童年生命体验对因现代性思想而带来的审美区隔的一次突破，有关农村、农民的童年生活记忆得以顺利地进入了审美意识之中，鲁迅对中国农民的想象与建构也由此进入了一个全新的审美视域，从中我们看到了中国农民的另一个真实性的形象。

农民不再愚昧、麻木、精神痛苦和心灵扭曲，扭曲的不是乡下人，反倒是在城里读书的孩子们；农民是纯朴的、欢快的，农民之间是和谐愉悦的，是辛弃疾笔下的“醉里吴音相媚好”、“溪头卧剥莲蓬”的自然自由生命景象。

一　《社戏》：饱蕴鲁迅童年生命体验的抒情小说

《社戏》是鲁迅先生在回忆童年生活记忆的基础上写出来的、具有丰富的童年生命体验的抒情小说。

> 那地方叫平桥村，是一个离海边不远，极偏僻的，临河的小村庄；住户不满三十家，都种田，打渔，只有一家很小的杂货店。但在我是乐土：因为我在这里不但得到优待，又可以免念“秩秩斯干，幽幽南山”了。
>
> 和我一同玩的是许多小朋友，因为有了远客，他们也都从父母那里得了减少工作的许可，伴我来游戏。在小村里，一家的客，几乎也就是公共的。我们年纪都相仿，但论起行辈来，却至少是叔子，有几个还是太公，因为他们合村都同姓，是本家。然而我们是朋友，即使偶尔吵闹起来，打了太公，一村的老老少少，也决没有一个会想出“犯上”这两个字来，而他们也百分之九十九不识字。①

---

① 鲁迅：《社戏》，《鲁迅全集》第 1 卷，人民文学出版社，1981 年第 1 版，第 562 页。

小说叙述的地方是一个叫平桥村的、极偏僻的农村。这里的人们种田、打渔，自给自足，“他们也百分之九十九不识字”，封建礼教传统极其微弱，孩子们免除念“秩秩斯干，幽幽南山”之苦，因此，对我这个十多岁的苦于“秩秩斯干”的孩子来说，平桥村就是“乐土”。“我”可以尽情开心地玩，可以看社戏，而是再不会有《五猖会》中父亲对读书的逼迫、考核，以至索然无味了。

正是在这种封建礼教传统极为微弱的平桥村，“我”的身心得到了真正的解放。十几个少年得到了大人的允许自己开大船到临近的赵庄看戏。

> 两岸的豆麦和河底的水草所发散出来的清香，夹杂在水气中扑面的吹来；月色便朦胧在这水气里。淡黑的起伏的连山，仿佛是踊跃的铁的兽脊似的，都远远的向船尾跑去了，但我却还以为船慢。他们换了四回手，渐望见依稀的赵庄，而且似乎听到歌吹了，还有几点火，料想便是戏台，但或者也许是渔火。
>
> 那声音大概是横笛，宛转，悠扬，使我的心也沉静，然而又自失起来，觉得要和他弥散在含着豆麦蕴藻之香的夜气里。①

鲁迅先生绝大部分乡土小说对中国农村、农民的描述都充满着一种非常沉重、郁闷、悲愤、伤感的气氛。《药》中的“秋天的后半夜”、“遍身油腻的灯盏”、“咳嗽”、“窸窸窣窣”，开篇就形成了一种压抑性氛围；《明天》开篇的一句话就是“没有声音，——小东西怎了？”，本来一个在夜晚充满劳作声音和小孩子声音的房子，突然“没有声音”了，死亡、绝望、窒息的感觉让人恐怖；《风波》的基调是九斤老太对人间世事的“一代不如一代”的言说；《故乡》则是“严寒”、“阴晦”、“苍黄”、“萧瑟”、“没有一些活气”的“悲凉”，《祝福》中的鲁镇“天色愈阴暗了，下午竟下起雪来，雪花大的有梅花那么大，满天飞舞，夹着烟霭和忙碌的气色，将鲁镇乱成一团糟”，祥林嫂就在人们的新年祝福声中死去了。

---

① 鲁迅：《社戏》，《鲁迅全集》第1卷，人民文学出版社，1981年第1版，第564页。

但是，在《社戏》，我们感受到的却是“轻松”、“舒展”的一种说不出的喜悦。鲁迅对农村的审美意识也一改原有的萧条、压抑、悲凉的灰色主调，而是由“碧绿”、“清香”、“宛转”、“悠扬”、“沉静”等词汇透露出来的和谐、愉悦的暖色调。潺潺的船头激水、碧绿的豆麦田地、河底的水草所发散出来的清香、朦胧的月色、踊跃的铁的兽脊似的、淡黑的起伏的连山、宛转悠扬的笛声、含着豆麦蕴藻之香的夜气，“我”视野所及的农村景象，无不充满了诗情画意，“飞一般”的行进速度既表达了少年们看戏的急迫心情，也充分传达了少年们的无比喜悦之情。当然，这种对农村的暖色调描绘与鲁迅先生以前对农村的灰色叙述并不矛盾：《社戏》里的农村是不受封建礼教专制思想文化控制的，是没有“秩秩斯干，幽幽南山”礼教毒素的乐土，因此，对平桥村的暖色调描写是合理的，表达了中国农村的一种真实性的面貌。

这一班少年看戏回来时都说很疲乏，因为太用力，而且许久没有东西吃。岸上的田里，乌油油的都是结实的罗汉豆，他们就想偷一点来煮吃。

> “阿阿，阿发，这边是你家的，这边是老六一家的，我们偷那一边的呢？”双喜先跳下去了，在岸上说。
>
> 我们也都跳上岸。阿发一面跳，一面说道，“且慢，让我来看一看罢，”他于是往来的摸了一回，直起身来说道，“偷我们的罢，我们的大得多呢。”一声答应，大家便散开在阿发家的豆田里，各摘了一大捧，抛入船舱中。双喜以为再多偷，倘给阿发的娘知道是要哭骂的，于是各人便到六一公公的田里又各偷了一大捧。①

这一群农村少年偷田间里的罗汉豆吃的行为与心理描写也极为生动，词语间透露着一种纯朴自然的童真趣味。孩子们要“偷”罗汉豆，首先要偷的是自家田里的，其次才到六一公公田里“偷”。我们知道在农村，路上饿了随便采摘一些瓜果蔬菜吃是不叫偷的，也没有人去责骂的。所以，对孩子们晚上采摘罗汉豆煮着吃的行为，我们感到

---

① 鲁迅：《社戏》，《鲁迅全集》第1卷，人民文学出版社，1981年第1版，第568—569页。

的是农村孩子们生命无拘无束的自由与机灵可爱。

第二天，六一公公没有责骂双喜他们"偷"罗汉豆，而只是惋惜地批评他们"不肯好好的摘，踏坏了不少"。对于六一公公的惋惜，双喜以"我们请客。我们当初还不要你的呢"来回答六一公公，言外之意就是，我们请客吃了你的罗汉豆是看得起你，否则还不要呢。而且双喜还以"你看，你把我的虾吓跑了！"，反过来指责六一公公破坏了他的捕虾机会。六一公公没有继续责问双喜，而是对"我"说"请客？——这是应该的。"而当"我"对六一公公的罗汉豆说好时，六一公公竟然不胜感激，非常得意，还特意送给母亲和我一大碗煮熟的罗汉豆吃的，对母亲极口夸奖我，说"小小年纪便有见识，将来一定要中状元。姑奶奶，你的福气是可以写包票的了。"这不仅显示了双喜的灵活机智，看出双喜与六一公公之间颇为融洽的关系，而且还看出农民心地的热情、纯朴、善良。

在没有封建礼教毒化的农村里，农民不再具有"病中国"里的病象特征，不再是"中国病人"，而是在一种明快、温馨、和谐的农业文明"桃花源"氛围中自由生存。《社戏》就是一首具有明朗风格的乡村抒情诗，迥然独立于鲁迅的众多揭示"中国病人"病苦的小说，它开创了中国现代抒情小说的先河，为中国现代小说的发展确立了一种新的思维模式。同时，《社戏》也以对中国农村、农民形象的正面刻画，丰富了鲁迅先生文学世界中的农民形象类型，为后来的中国农民正面形象的塑造提供了原型。

丰子恺说："天地间最健全的心眼，只是孩子们的所有物，世间事物的真相，只有孩子们能最明确、最完全地见到。"①鲁迅先生正是借助童年生命体验，看到了中国农民性格中的另一面"真相"，从而与现代性思想视野下的"中国病人"式的中国农民构成了对话与互补，为我们对中国农民的思考带来多种维度的可能。或许这种对立、对话、互补使我们更能够理解中国农民的复杂性，也在一定意义上更加接

---

① 丰华瞻、戚志蓉编：《丰子恺散文选集》，上海文艺出版社，1981年5月第1版，第21页。

近中国农民的全貌。

二　闰土:鲁迅童年生命体验与启蒙思想的审美对接

鲁迅这种童年生命体验审美视阈下的文学书写,在《故乡》中同样存在,不过在身受启蒙现代性思想影响的鲁迅那里,被置换成为另一幅“启蒙现代性图景”,所以,在《故乡》中我们同时看到了两种审美视阈以及这两种审美视阈对接之后的独特审美效果。

> 深蓝的天空中挂着一轮金黄的圆月,下面是海边的沙地,都种着一望无际的碧绿的西瓜,其间有一个十一二岁的少年,项带银圈,手捏一柄钢叉,向一匹猹尽力的刺去,那猹却将身一扭,反从他的胯下逃走了。①
>
> 先前的紫色的圆脸,已经变作灰黄,而且加上了很深的皱纹;眼睛也像他父亲一样,周围都肿得通红,这我知道,在海边种地的人,终日吹着海风,大抵是这样的。他头上是一顶破毡帽,身上只一件极薄的棉衣,浑身瑟索着;手里提着一个纸包和一支长烟管,那手也不是我所记得的红活圆实的手,却又粗又笨而且开裂,像是松树皮了。②

这是鲁迅先生在《故乡》里所描述的农民闰土的两幅画像。前一幅是少年闰土的画像,“深蓝的天空”、“金黄的圆月”、“碧绿的西瓜”、“银圈”这些词汇所表现出来的斑斓五彩,生动鲜活地烘托出了一个活泼、英俊少年的形象;后一幅是三十年后的中年闰土的画像,脸由紫色变作灰黄,眼睛“周围都肿得通红”,“红活圆实的手,却又粗又笨而且开裂,像是松树皮”,鲁迅通过对前后画像不同色彩的描绘、肢体器官的前后对比,充分表现出了一位从活泼、英俊少年变为愁苦、衰败、麻木的农民形象。破毡帽与极薄的棉衣与以前银项圈(而且闰土

---

① 鲁迅:《故乡》,《鲁迅全集》第1卷,人民文学出版社,1981年第1版,第477页。

② 鲁迅:《故乡》,《鲁迅全集》第1卷,人民文学出版社,1981年第1版,第481—482页。

的儿子“颈上没有银项圈了”)对比表明了农民闰土生活的每况愈下，已经是穷困潦倒了；现在是“手里提着一个纸包和一支长烟管”，而以前是“手捏一柄钢叉，向一匹猹尽力的刺去”，“提”与“捏”、“刺”，“纸包、长烟管”、“钢叉”，手的动作姿态、力量感与所拿物品的差别，深刻表明了少年闰土与成年农民闰土的生活处境、精神状态的极度差异，表达出了闰土为代表的中国农民所遭受的物质苦难和精神困境。

少年闰土形象有着鲁迅先生本人的童年生活记忆，是鲁迅童年生命体验下的审美想象与建构。从少年闰土到中年农民闰土的形象转变，不仅仅是因为时间的关系，更为重要的是社会的压迫和封建思想文化的毒害，体现了鲁迅先生的现代性思想批判视野。“多子，饥荒，苛税，兵，匪，官，绅，都苦得他像一个木偶人了。”在“思想医生”的“目视”中，鲁迅看到的不仅是有形的社会压迫，而且更感受到了无形的封建思想文化对农民的精神束缚。

> 我这时很兴奋，但不知道怎么说才好，只是说：
>
> “阿！闰土哥，——你来了？……”
>
> 我接着便有许多话，想要连珠一般涌出：角鸡，跳鱼儿，贝壳，猹，……但又总觉得被什么挡着似的，单在脑里面回旋，吐不出口外去。
>
> 他站住了，脸上现出欢喜和凄凉的神情；动着嘴唇，却没有作声。他的态度终于恭敬起来了，分明的叫道：
>
> “老爷！……”
>
> 我似乎打了一个寒噤；我就知道，我们之间已经隔了一层可悲的厚障壁了。我也说不出话。

这是“我”与闰土在三十年后相见的一幕，也是令人无比心酸的一幕。昔日的童年伙伴不仅受到社会各方面的压榨、盘剥，而且在精神上也是受到封建礼教思想的毒害，恭敬、分明称呼“我”为“老爷”！“我们之间已经隔了一层可悲的厚障壁了”，再也无法回到童年时期的友谊了。闰土拣好了香炉和烛台的行为，进一步认证了他的精神愚昧、麻木。

鲁迅先生的其他许多农民形象，如阿Q、单四嫂子、九斤老太、爱姑等都在一个大的背景之下叙述，细节描写不够精致；小说往往重视的是鲁迅本人的思想、情感的传达，并不是丰满、典型的农民形象的建构。范家进在博士论文《现代乡土小说三家论》就归纳出鲁迅描写农村的乡土小说的两个重要特性："其一是理念色彩的浓重，其二是乡村生活细节的某种'虚化'痕迹及'失真'现象。"[①]但是，《故乡》对人物形象的建构基本脱离了范家进所说的两个特性。农民闰土的描写非常细致、具体、形象、传神，既体现了农民生存的经济处境，也表现出了农民的思想"病征"；既表现出了中国农民性格中原本就有的灵活、机智、有活力的一面，也显现了中国农民被剥削阶级所盘剥、被封建思想文化所毒害而造就的悲哀、麻木、愚昧的"木偶人"一面。因此，鲁迅所刻画的闰土是较为全面反映中国农民性格品质的人物形象。闰土身上所体现的少年时期的活泼、机灵与中年时期的愁苦、愚昧、麻木，是鲁迅童年生命体验与现代性思想审视的对接、碰撞与融合。

《故乡》无疑是一篇极为精彩的农民文学经典，不仅刻画出了农民形象的多样性、农民存在境遇的丰富性以及很强的质感性，而且展现了一个古老的乡土中国在人类文明变迁中的审美嬗变的现代性痛苦。

鲁迅先生以五四时期发现的"人"的真理为思想内核形成了"人"的现代性审美思想视野，在借鉴外国优秀文学，尤其是俄罗斯文学的进步思想和艺术形式的基础上，对"病中国"的专制文化及其制度、国民的"国民性"的深刻批判中，创造了兼有深刻的思想性和高超的艺术性的现代白话小说，构成了五四时期新文学的一个"小说中国"高峰，彰显了新文学的"实绩"。

"病中国"和"桃源乐土"是鲁迅先生在不同生命时期对乡土中国的两极对立认知图景，与之相对应的农民形象一类是"愚昧农民"，一类是"纯朴农民"。鲁迅对"病中国"里的"愚昧农民"的揭示，引起了

---

① 范家进：《现代乡土小说三家论》，上海三联书店，2002年6月第1版，第22页。

此后中国知识分子“疗救”的注意，对于推进农民思想意识的觉醒，无疑有着巨大的思想价值。这在当代依然有着很强的精神启示，是一种不可逾越的思想资源。

但是，我们毕竟还要看到，鲁迅的“病中国”认知理念毕竟是在西方现代性启蒙思想主导下形成的，是具有明显“他者”性质认知图式，存在着审美想象的盲点。在西方现代性思想影响下，鲁迅对旧中国的思想文化、制度体系形成了一种“病中国”的思维认知。为了达成国民对“病中国”认知理念共识，鲁迅以审美想象的方式把旧中国病入膏肓的不可救药性转化为对文学叙事对象的极致性病态描绘。在这种文学构想下，凋敝衰败的农村和深受封建思想毒害、没有文化知识的农民就被鲁迅纳入了“病中国”的审美想象体系之下，转换为一种“中国病人”的文学形象。因此，鲁迅“病中国”的审美认知视野下的农民，如阿Q，承载了过多的传统历史文化的重负因素，有着过多的负面形象特征；藉此形成了一个描写中国农民负面形象的文学创作模式，乃至在现当代思想文化史上形成了一个对农民污名化的思维模式，而这对中国农民是不够公正的。“愚昧农民”的认知图景一旦塑造出来，就成为印证“病中国”认知理念的形象依据，服务于“国民性改造”的思想主题，以至于形成“农民愈是愚昧——中国愈是病态——国民改造愈是迫切”的逻辑链条。从鲁迅肇始，到20年代的“乡土文学”，出现了一个大力渲染乡土农民愚昧病态的文学潮流；流弊所及，在新时期文学中农民形象“愚昧化”、“病态化”、被嘲讽戏耍，一再出现。当代学者葛红兵认为：“阿Q是一个在启蒙偏见之下被塑造出来的人物，因为他作为一个农民身上的正面要素五千年被低估了，更为主要的是，即使是这样一个身上正面要素被低估了的农民形象，其被当作反面典型加以认定的东西，依然有许多值得我们再探讨的。但是，直到如今，中国文学界对此并无真正的反思，因而它依然主宰着许多中国当代作家对农民的认识，有的时候这种主宰是有形的，有时候这种主宰是无形的。”①

---

① 葛红兵：《直来直去》，当代世界出版社，2004年第1版，第35页。

《社戏》与以往的揭示“中国病人”病因的“国民性改造”系列小说成鲜明对比，是鲁迅对西方现代性思想认知图式的突破，成为鲁迅想象乡土中国和中国农民的另外一个重要精神向度。这源于他童年对乡土农村的“桃源乐土”的切身生命体验。《社戏》就是鲁迅先生在回忆童年生活记忆的基础上写出来的、具有丰富的童年生命体验的抒情小说。作为一首具有明朗风格的乡村抒情诗，《社戏》不仅迥然独立于鲁迅的众多揭示“中国病人”病像的小说，重要的是以对中国农村、农民形象的正面刻画，塑造了一种新颖的“另类”农民形象，丰富了鲁迅先生文学世界中的农民形象类型，为后来的中国农民正面形象的塑造提供了原型。所以说，《社戏》开创了中国现代抒情小说的先河，为中国现代小说的发展确立了一种新的思维模式，为中国文学中的农民形象塑造提供了“另类形象”。

但是，囿于西方现代性的思想模式，对于鲁迅《社戏》塑造的这一正面农民形象，以往的研究者往往把它简单地归为一种农业文明的文学叙事，而没有意识到《社戏》所描绘的物质简单、人际和谐、精神丰足的乡土生命空间对新世纪新农村建设和当代乡土文学的启示意义。令人思考的是，不仅鲁迅先生存在审美想象的盲点与局限，即使今天的研究者依然存在着同样的审美盲点与局限。

随着人类文明的演变，农民做为一种身份与群体的存在可以终结，但是，作为人类生存的思想故乡和精神家园，土地是人类的一种永恒的眷恋情结所在。因此，开创现代乡土抒情小说、展现农村和谐的生命空间和塑造农民正面形象的《社戏》就构成了一种文学史的意义和指向未来的文学维度。

第三章
文化人类学视阈下沈从文的农民观及其“湘西世界”

1890年,法国画家高更厌倦了巴黎的现代文明生活,搬到南太平洋的原始部落的小岛上居住。高更向往着原始文明的明净与健康,抛弃现代文明以及古典文化的伪饰,回到更简单、更基本的原始生活方式中去,去过原始人的生活。在太平洋小岛上,他画出了许多具有原始风味的名作,如《我们从哪里来?我们是谁?我们往哪里去?》,直至今天仍然给予我们以新的启迪。高更的回归原始文明的行为不是偶然的,从18世纪以来,以卢梭为代表的法国思想家,就开始了对人类现代文明的反抗与反思。文化人类学就是这样一股思潮,以人类原始文化为自己的研究对象,从原始文明中探寻治疗现代文明文化弊病的药方。

文化人类学在现代中国的传播分为两个阶段:第一阶段从20世纪初至20年代末,是西方人类学开始传入我国的时期;第二阶段从20世纪30年代至40年代,人类学在中国有了初步的发展。1895年,赫胥黎《天演论》中译本在中国的问世,标志着文化人类学在中国发展的开始。1903年,作为北大前身的京师大学堂就最先在国内设置“人类学”的课程。1903年,清政府颁布的《奏定大学堂章程》将人种学列为选修课。到1913年,北洋政府教育部规定:大学文科哲学门、历史学门、文学门、动物学门和地理学门设人类学课程。蔡元培先生任校长期间(1917—1927),北大开设了人类学讲座。蔡先生在介绍人类学、民族学以及创建我国现代人类学、民族学学科方面是重要的奠基者。1928年，社会科学研究所成立，蔡元培在研究所中增设了民族学组，亲任主任兼研究员，这是我国近现代史上第一个民族学研究组织。文化人类学家费孝通到英国学习文化人类学后，在导师马林诺夫斯基的指导下，用功能学派的方法，分析在江南农村的田野调查材料，写下了《中国农民的生活〈江村经济〉》、《乡土中国》、《乡土重建》等揭示乡土中国农民社会结构的著作，对中国农村和农民生存状态进行功能主义分析，至今仍闪耀着思想的光辉。文化人类学在文学方面产生了重要的影响，一批具有人类学意味的文学作品在现代文坛出现。1920年代的“乡土文学”具有很浓郁的文化人类学与民俗学意味。在众多现代文学作家中，沈从文是受文化人类学影响最大的作家。

没有受到中国传统文化影响的少数民族地区所葆有的自由、武勇、刚健的文化以一种全新的理念进入了五四先进知识分子重建中华文化的视野。在拥有西方人类学思想的京派学院文人的眼中，像苗族聚居的原始地区的文化是远离以中国传统儒家文化为根基的传统社会原始地区的民族，是在西方文化外另一种建设新文化的源泉之所在。金介甫在《沈从文传》中，认为沈从文从北京大学周作人、顾颉刚、刘半农等许多教授处学到了社会学、人类学、神话学、心理学等现代知识，已经接触到了J. H. 鲁宾逊、T. J. R. 安格乐、J. 克伦等人的人类学理论。①

苗族的少数民族血统、古老楚文化的熏染、童年与湘西大自然相通的心灵、少年时期复杂的人生经历和独特的知识结构，都成为沈从文一生享用不尽的独异的具有文化人类学意义的湘西文化资源。从湘西边城走出的沈从文，走出了地理上的湘西，却永远走不出心中的湘西。在北京的求知、生活、创作过程中，沈从文在周作人、废名、胡适、徐志摩、朱光潜等人的影响下，逐渐在自己的文学创作中确立了“乡下人”的思想视角和写作模式。沈从文正是以“乡下人”的视角对

---

①　[美]金介甫的《沈从文传》，符家钦译，国际文化出版公司，2005年10月第1版，第196页。

这种宽广悠久的民族、历史、文化、民俗、人情进行不断“回想”、不断“发现”，想象和建构出了一个具有独特气质的湘西大地，塑造了具有优美自然人性与原始生命强力的、具有深刻内在矛盾冲突的农民形象，为中国现代文学确立了一种独特的“乡土抒情诗”的叙事风格，“从边城走向世界”，走向未来。

第一节 湘西，沈从文想象农民的“文化人类学”地理

凌宇先生在《从边城走向世界——对作为文学家的沈从文的研究》一书的开篇就说：“沈从文不是‘天外来客’，他和他的文学活动始终不过是中国现代文学这一历史发展过程的产物。……我们的研究应该上升到这样的高度：从广阔的历史视野出发，审视我们民族的文学在历史上究竟以一种什么样的方式存在？这种存在的一切内因和外因是什么？它对这个民族的文学和文化心理产生过什么影响？依照其内部矛盾诸方面的运动，又会将民族的文学与文化心理引向什么方向？”①凌宇先生的话启示我们对沈从文的研究，必须“从广阔的历史视野出发”，从沈从文所出生的湘西这一独特的历史文化、民族心理结构所形成的精神地理出发，深入探究其文学诞生的原因。

沈从文出生的湘西，历来被排斥在文明社会之外。据湘西州志记载，秦代设置黔中郡，郡治在今沅陵县城西二十里，治理湘西地区。西汉改黔中郡为武陵郡。武陵有五溪，即雄溪、满溪、酉溪、沅溪、辰溪，全为蛮夷所居，故谓五溪蛮。生活在这里的土著居民历代被鄙夷为“贪残难训”的土蛮和苗蛮，被统治者作为讨伐和征服的对象。正所谓：“后经两晋、南北朝及唐、五代、宋、元、明、清，无时不有征苗事起。几乎每届花甲一周，就要出事一次，从来未有百年安居无事也。

---

① 凌宇：《从边城走向世界——对作为文学家的沈从文的研究》，三联书店，1985年12月第1版，第3页。

每出事一次，皆争斗数年，杀至剧烈又平靖，平靖之后，又复杀戮，势成循环天演之数。”①这种严酷的生存环境铸就了湘西土著民族蛮强、尚武、酷爱自由与生命，富有原始生命强力以及宿命的悲剧观等民族性，在长期的历史过程中积淀为湘西文化的一部分。湘西少数民族历史作为一种集体无意识，作为一种独特的文化人类学资源，渗透于生于湘西、受教育于湘西社会人事“大书”的沈从文的生命中，深深地嵌入沈从文的审美心理结构的意识深层，深刻地影响了他对湘西大地、湘西苗族农民审美想象与建构，成为沈从文审美想象中宽广的精神地理。

沈从文的童年见闻进一步增强了这种审美心理结构：

> 我那时已经可以自由出门，一有机会就常常到城头上去看对河杀头。每当人已杀过赶不及看那一砍时，便与其他小孩比赛眼力，一二三四计数那一片死尸的数目。或者又跟随了犯人到天王庙看他们掷筊。看那些乡下人如何闭了眼睛把手中一副竹筊用力抛去，有些人到已应当开释时还不敢睁开眼睛。又看着些虽应死去还想念到家中小孩与小牛猪羊的，那分颓丧那分对神埋怨的神情，真使我永远忘不了。也影响到我一生对于滥用权力的特别厌恶。
>
> 我刚好知道“人生”时，我知道的原来就是这些事情。②

这种起始于几千年前、又发生于当前的历史地理记忆无疑是永生难忘的，是深入生命灵魂的。

湘西不仅有着几千年的苗汉冲突的历史，而且在文化上还比较完整地保存了楚文化的余韵遗风。楚人、苗人、土家人曾长期共同生活在一起。楚国曾经深入了苗、土家先民聚居的五溪蛮地区，在湘西形成了崇信人、神、鬼共生的神巫文化。在秦统一以后，这种巫风随着楚文化主体逐渐融入中原文化而趋于消失，却比较完整地保

---

① 石启贵：《湘西苗族实地调查报告》，湖南人民出版社，1986年12月第1版，第33页。

② 沈从文：《沈从文文集》第九卷，花城出版社、三联书店联合编辑出版，1984年7月第1版，第126页。

存在处于湘西荒山僻壤的苗族和土家族中。20世纪初，湘西巫风极盛。“岁暮年末，居民便装饰红衣傩神于家中正屋，捶大鼓如雷鸣，巫者穿鲜红如血衣服，吹镂银牛角，拿铜刀，踊跃歌舞娱神。”①这种巫鬼文化经历数千年流传，在湘西形成了崇信独特的文化心理氛围，孕育了沈从文多思善幻的艺术气质。湘西巫神文化独特的神秘和富有浪漫色彩的迎神、酬神、娱神等仪式表演不仅成为沈从文反复书写的对象之一，更是激发他众多神奇瑰丽想象的文化资源。因此，湘西所留存下来的楚巫文化构成了沈从文精神地理的重要一部分，是沈从文精神地理的文化内核，是飘逸、瑰丽、神秘而又浪漫的楚文化之魂灵。

湘西独有的少数民族文化人类学历史、文化特征使沈从文作为一个文学家的精神心理结构有一种深刻的历史、文化的思想内涵。而且湘西地域所独具的自然地理特征，由于一种因缘际会的关系，在沈从文的童年心灵世界中领悟、体验到一种醇厚的“美”。

沈从文在《从文自传》一书中，叙述了自己在湘西所接受的教育。沈从文叙述自己不仅在童年的生活中见到了当地统治者疯狂屠戮苗族农民的可怖景象，“但革命印象在我记忆中不能忘记的，却只是关于杀戮那几千无辜农民的几幅颜色鲜明的图画”，而且，重要的是自己在接受小学教育的同时，还“仍然不放下那一本大书”，即来自湘西优美大自然的熏陶。

> 到这学校我仍然什么也不学得，生字也没认识多少，可是我倒学会了爬树。几个人一下课就在校后山边各自拣选一株合抱大梧桐树，看谁先爬到顶。我从这方面便认识约三十种树木的名称。因为爬树有时跌下或扭伤了脚，刺破了手，就跟同学去采药，又认识了十来种草药，我开始学会了钓鱼，总是上半天学钓半天鱼。我学会了采笋子，采蕨菜。后山上到春天各处是野兰花，各处是可以充饥解渴的刺莓，在竹篁里且有无数雀鸟，我便

---

① 沈从文：《沈从文文集》第四卷，花城出版社、三联书店联合编辑出版，1984年7月第1版，第330—331页。

跟他们认识了许多雀鸟，且认识许多果树。①

沈从文不仅记述了学校里面的自然景物和自己在学校里自由自在、充满童趣的自然人性的生活，而且他还记录了在上学路途上的所见所闻和美不胜收的、“色、香、味”俱佳的大自然。

沿路有无数人家的桃树李树，果实全把树枝压得弯弯的，等待我们去为它们减除一分担负。还有多少黄泥田里，红萝卜大得如小猪头，没有我们去吃它，赞美它，便始终委屈在那深土里！除此以外，路塍上无处不是莓类同野生樱桃，大道旁无处不是甜滋滋的地枇杷，无处不可得到充饥果腹的山果野莓。口渴时无处不可以随意低下头去喝水。至于茶油树上长的茶莓，则长年四季都可以随意采，不犯任何忌讳。即或任何东西没得吃，我们还是依然十分高兴。就为的是乡场中那一派空气，一阵声音，一分颜色，以及在每一处每一项生意人身上发出那一股不同臭味，就够使我们觉得满意！我们用各样官能吃了那么多东西，即使不再用口来吃喝，也很够了。②

这种充溢着色、香、味的美丽的想象大自然，就是沈从文在童年时期的一本“色香具备内容充实”的大书，“也似乎比读半年书还有益处”。③正是这本湘西大自然的“大书”伴随沈从文度过了枯燥的读书生活，丰富和发展了沈从文对湘西大自然之美的具体、细致而又深刻的感悟力，使沈从文形成了健康、自然的人性，为日后沈从文对自然之美的独到、深刻的表现力，以及他的“乡下人”的自然人性审美观奠定了坚实基础。可以说，湘西的优美大自然，是沈从文进行文学创作的精神地理的又一重要部分，是有着坚实、具象的、审美意义的自然地理。

---

① 沈从文：《沈从文文集》第九卷，花城出版社、三联书店联合编辑出版，1984年7月第1版，第130页。

② 沈从文：《沈从文文集》第九卷，花城出版社、三联书店联合编辑出版，1984年7月第1版，第136—137页。

③ 沈从文：《沈从文文集》第九卷，花城出版社、三联书店联合编辑出版，1984年7月第1版，第137页。

因此，作为审美历史地理的湘西少数民族历史、审美文化地理的楚巫文化，以及审美自然地理的湘西大自然，三者共同构成了沈从文想象湘西、想象湘西农民的精神地理。所以，美国沈从文研究专家金介甫先生认为：“沈从文作为一个作家，他的边疆根子是紧紧靠拢艺术的源泉，而这种艺术又是在人们心中深深扎根的。”[①]即湘西，是沈从文进行审美想象的思想、艺术与精神的不尽源泉。

可见，沈从文绝不是什么“天外来客”，而是千年湘西历史、文化、自然地理所综合作用而成的“千年孤独”的文学家。凌宇先生说：“从湘西到北京，沈从文跨越的不只是几千里的地理距离，它同时跨越了一个甚至几个时代的历史空间，进入一个陌生的世界。”[②]凌宇所说的无疑是很正确的，但却没有指出，其实沈从文还没有到北京之前，湘西就已经是有着几千年的历史、文化、自然所形成的精神气质了，只不过是还没有化为具体的文字形态而已，但思想的胚胎已经形成了。真正实现化“气”为“形”的契机，还是沈从文接受了新文学的影响、离开湘西到北京去之后了。

第二节　文化人类学思想与沈从文的苗族农民形象书写

沈从文早期并没有自视为苗族人。在当时的社会现实中，对苗族的“民族歧视仍极严重”。在一般汉族人眼中，苗人是愚蛮可怖而又带有几分神秘色彩的少数民族。刚走出湘西的沈从文，也会持当时湘西社会以汉人为贵，以苗人为耻的普遍观点，更不会承认自己有苗族血统。

五四新文化运动却改变了沈从文的命运，而且也改变了沈从文

① ［美］金介甫：《沈从文传》，符家钦译，国际文化出版公司，2005年10月第1版，第125页。

② 凌宇：《从边城走向世界——对作为文学家的沈从文的研究》，三联书店，1985年12月第1版，第52页。

对苗族的传统看法。五四新文化和人类学思想使湘西由落后野蛮之地变成重建中国刚健新文化的智慧、灵性、活力的精神资源之地，苗族农民在自己的文学作品中被沈从文想象成为改造奴性愚昧的中国农民的自由、刚强、勇武、富有激情和原始生命强力的形象。

> “一九二二年左右，‘五四’运动余波到了湘西。我正在酉水流域保靖县一个土著部队中，过了好几年不易设想的痛苦怕人生活，也因之认识了些就中国一小角隅好坏人事。在这种情形下，来和新书报接触，书报中所提出的文学革命意义，和新社会理想希望，于是扇起了我追求知识、追求光明的勇气，由一个苗区荒僻小县，跑到百万市民居住的北京城。”①

正是五四新文化运动的启蒙，沈从文抛弃了以往的生活方式。“为了读过些新书，知识同权力相比，我愿意得到智慧，放下权力。我明白人活到社会里，应当有许多事情可作，应当为现在的别人去设想，为未来的人类去设想，应当如何去思索生活，且应当如何去为大多数人牺牲，为自己一点点理想受苦，不能随便马虎过日子，不能委屈过日子。”②

五四新文化运动以“打倒孔家店”的激进姿态，彻底否定中国传统文化；同时寄希望于破旧立新，在西方现代性思想的引导下建设一种能挽救颓败的中华民族的新的、更有活力的文化。如李大钊所描述的德意志民族回春一样，“掊击时政，攻排旧制，否认偶像的道德，诅咒形式的信仰，冲决陈腐之历史，破坏一切固有之文明，扬布人生复活国家再造之声”就成为五四先进知识分子的使命。③塑造奴性国民的中国传统文化受到了前所未有的贬斥。早在晚清时期，梁启超在《新民说》中专门有《尚武》篇，集中阐述了他的尚武观点。梁启超

---

① 沈从文：《沈从文文集》第十一卷，花城出版社、三联书店联合编辑出版，1984年7月第1版，第67页。

② 沈从文：《沈从文文集》第九卷，花城出版社、三联书店联合编辑出版，1984年7月第1版，第221页。

③ 李大钊：《“晨钟”之使命》，《文学运动史料选》第一册，北京大学、北京师范大学、北京师范学院中文系中国现代文学教研室主编，上海教育出版社，1979年5月第1版，第11页。

极力效法斯巴达、德意志、俄罗斯的尚武教育，他认为，这些国家称雄扬威，国民性格进取刚健都是尚武的结果。在他看来，要使国民尚武，必须增加“三力”：心力，胆力，体力。五四时期，陈独秀也从“力”的角度来启蒙人们超越自卑。他指陈中国的儒家文化不尚力的弊病，极力提倡中国教育中要有一些“兽性教育”。

> 日本福泽谕吉有言曰：“教育儿童，十岁以前应以兽性教育为主，十岁以后，当以人性教育为主，……强大之族，人性，兽性同时发展而其他或仅得兽性，或仅得人性而兽性全失，是皆堕落衰弱之民也。”
>
> 兽性之特长谓何？曰意志顽狠，善斗不屈也；曰体魄强健，力抗自然也；曰依赖本能，不依他为活也；曰顺性率真，不伪饰自文也。皙种之人，殖民事业遍于大地，唯此兽性故；日本称雄亚洲，唯此兽性故。……
>
> 吾每见吾国曾受教育之青年，手无缚鸡之力，心无一夫之雄，面白腰细，妩媚若处子，畏寒怯热，柔弱似病夫。以如此心身薄弱之国民，将何以任重而致远乎？①

鲁迅先生曾经专门译述小说《斯巴达之魂》，借斯巴达的故事，来鼓励中华民族的尚武精神。鲁迅先生指出，人＋兽性＝西洋人；人＋家畜性＝某一种人。鲁迅批评中国人没有“兽性”，只剩下“人性”，于是渐渐成了驯顺的一群。“野牛成了家牛，野猪成了家猪，狼成了狗，野性是消失了，但只使牧人喜欢，于本身并无好处。”②只有人性而没有兽性的民族是一个身心不健全的、懦弱的民族。因而鲁迅极力赞美人的原始生命力。

在五四新文化运动开启者的尚武、尚力、提倡兽性主义的主张观照下，没有受到中国传统文化影响的少数民族地区所葆有的自由、武勇、刚健的文化以一种全新的理念进入了五四先进知识分子重建中

---

①　陈独秀：《陈独秀文章选编》（上），三联书店，1984年6月第1版，第88—89页。

②　鲁迅：《略论中国人的脸》，《鲁迅全集》第3卷，人民文学出版社，1981年第1版，第414页。

华文化的视野。在拥有西方人类学思想的京派学院文人的眼中，像苗族聚居的原始地区的文化是远离以中国传统儒家文化为根基的传统社会原始地区的民族，是在西方文化外另一种建设新文化的源泉之所在。

1918 年，周作人与刘半农在北京大学成立了采风社，大力提倡研究各地区的民间文化，到 20 年代更是运用文化人类学与民俗学的观点对民间文化作理论阐释。在周作人、顾颉刚等教授的推动下，对地域文化的关注和研究成为建设中国新文化的一股热潮。此时的北京大学在蔡元培的倡导下，大力提倡学术自由，采取兼容并包的原则，不拘一格任用教师；在学生教育方面，向一切求知的人开放，对不注册的旁听生没有任何限制。沈从文正是得益于这种开放式办学，成为一个不注册的旁听生，汲取到了新鲜、深刻、丰富的各类知识，尤其是来自西方的现代思想。

西方的文化人类学对现代艺术具有深刻的影响。西方现代派的艺术作品可以追溯到原始艺术作品。文化人类学认为原始人类的原始艺术包含了现代人所匮乏的、被遮蔽的人类最本真的生命体验和创造力，通过对人类原始艺术的追溯、探源来重新获得艺术的灵性与智慧。五四新文化运动在推倒中国传统文化的同时，积极引进西方现代文化；而西方现代文化又启发了中国原先就存在的、没有被传统文化所侵蚀的少数民族原始文化。少数民族原始文化在一种全新的理念观照下，由落后、愚昧文化一跃成为改造中国传统文化的具有原始生命强力的强势文化。沈从文从北京大学周作人、顾颉刚、刘半农等许多教授处学到了社会学、人类学、神话学、心理学等现代知识。沈从文显然受到了此种思想的影响，在思想意识中肯定了自己的苗族身份，并依据这种思想的逻辑，以现实社会中低人一等的苗族农民为审美想象与建构的对象，书写具有原始生命强力的湘西和湘西农民，以之为新文学和新文化的重建提供新的灵感、智慧和创造力。

在西方的文化人类学思想的影响下，沈从文根据苗族民间传说，加以楚风巫俗式的瑰丽想象，用赞美的抒情口吻描述了具有原始生命强力的部族，创作了一系列富有浪漫色彩的酷爱自由、勇武、纯洁、果敢诚实、一掷千金、健康聪慧的苗族农民形象，建构了湘西这块神性大地的一类不受人类“文明”束缚的自然人性形象。

“族长儿子龙朱年十七岁，为美男子中之美男子。这个人，美丽强壮像狮子，温和谦驯如小羊。是人中模型。是权威。是力。是光。种种比譬全是为了他的美。其他的德行则与美一样，得天比平常人都多。”①可见，龙朱无论是外貌，还是内在品质，都是一个高贵无比的人，是完全不同于汉人的。而且白耳族人的爱情彻底摒弃了任何外在物质性的因素，纯粹以双方的情感的契合为唯一准则。因为在白耳族人看来，“女人们对于恋爱不能发狂，不能超越一切利害去追求，不能选她顶欢喜的一个人，不论是白耳族还是乌婆族，总之这民族无用，近于中国汉人，也很明显了”。②

《媚金·豹子·与那羊》小说中的豹子有豹子般的勇猛、刚强，对心爱的人有着赤诚无比、热烈执著的爱。媚金，白脸苗族中顶美的女子，在心爱的人没有赴约前来时，不愿在说谎人面前受欺，刚烈地自杀而死。情人豹子为寻找一只能够称心的羊来取信于媚金而耽搁了时间。当他到达赴约地点看到媚金自杀的惨剧后，也拔刀自尽，魂随媚金而去。

《七个野人与最后一个迎春节》中七个野人是年长的师傅和六个徒弟。他们“勇敢诚实，原有的天赋，经过师傅德行的琢磨，智慧的陶冶，一个完人应具的一切，在任何一个徒弟中全不缺少。他们把这年长人当作父亲，把同伴当作兄弟，遵守一切的约束，和睦无所猜忌，在欢喜中过着日子。他们上山打猎，下山与人作公平的交易。……他们做工吃饭，在世界上自由的生活，全无一切苦楚”。③他们愿意自由平等地生活下来，宁可要神来主宰，也不要总不大可靠的官，认为有了官以后麻烦也就随之而来。七个野人毅然离开了奴性的大多数人

① 沈从文：《沈从文文集》第二卷，花城出版社、三联书店联合编辑出版，1984 年 7 月第 1 版，第 363 页。

② 沈从文：《沈从文文集》第二卷，花城出版社、三联书店联合编辑出版，1984 年 7 月第 1 版，第 369 页。

③ 沈从文：《沈从文文集》第八卷，花城出版社、三联书店联合编辑出版，1984 年 7 月第 1 版，第 319 页。

群，为对抗官府的欺压、追求彻底的自由平等、反抗奴隶式的生活而躲进山洞中，成为不必遵守社会义务、不受拘束、坚守民族风俗的自由人。

沈从文在《凤子》中描述了湘西的一处极偏僻的角隅上，以另外一种意义无所依附而独立存在的苗族城镇。这里“农民勇敢而安分，且莫不敬神守法。商人各负担了花纱同货物，洒脱的向深四十庄里走去，平民作有无交易，谋取什一之利。……人人洁身信神，守法爱官。……一切事保持一种淳朴习惯，遵从古礼。”①显然，这里的人们过着一种人与人、人与大自然和谐的生活，一种符合大自然和谐秩序的自然人生活。

从以上沈从文的描述中，我们可以看出，作品中的苗族农民依然比较完整地保持着原始的风俗人情，生命里依然葆有尚武的勇敢、爱的激情和对大地、神灵的忠诚信仰。这种源于大地的武勇、激情与信仰曾是汉族农民祖先所拥有的品格。但是，随着农业文明的发展、文化专制力量的加强，汉族农民渐渐被专制的桎梏所束缚、压抑，勇敢坚强的民族血性被所谓的“文化”阉割掉，中国农民患上了奴性、精神麻木、愚昧的思想疾病。而且，随着中国封建专制文化的发展，不仅汉族农民患上了奴性愚昧病征，苗族人的固有民族血性也日渐受到侵蚀：

> 血管里流着你们民族健康的血液的我，二十七年的生命，有一半为都市生活所吞噬，中着在道德下所变成虚伪庸懦的大毒，所有值得称为高贵的性格，如像那热情、与勇敢、与诚实，早已完全消失殆尽，再也不配说是出自你们一族了。
>
> 你们给我的诚实勇敢，热情，血质的遗传，到如今，向前证实的特性机能已荡然无余，生的光荣早随你们已死去了。皮面的生活常使我感到悲恸，内在的生活又使我感到消沉。我不能信仰一切，也缺少自信的勇气。
>
> 我只有一天忧郁一天下来。忧郁占了我过去生活的全部，

---

①　沈从文：《沈从文文集》第四卷，花城出版社、三联书店联合编辑出版，1984 年 7 月第 1 版，第 330 页。

> 未来也仍然如骨附肉。你死去了百年另一时代的白耳族王子，你的光荣时代，你的混合血泪的生涯，所能唤起这被现代社会蹂躏过的男子的心，真是怎样微弱的反应！想起了你们，描写到你们，情感近于被阉割的无用人，所有的仍然还是那忧郁！①

面对乡土社会被侵蚀的扭曲的人性及其生活方式，沈从文以重建文明、重建社会的勇气，在湘西这片具有原始气息的大地上，通过对龙朱、豹子、媚金、七个野人等湘西苗族农民的描写，寻找到了湘西苗族农民曾具有、今天依然具有的原始生命强力。这些湘西原始性质的农民所葆有视独立自由为生命、以感情契合为爱情婚姻唯一准则的生存范式，无疑与20世纪现代中国知识分子视野下的病态的、奴性的、麻木的中国广大汉族农民形成了强烈的对比，为20世纪中国农民的“人的现代化”提供了可以参照、乃至是转化的文化体系。湘西农民性格所具有的现代思想性质，也为祛除奴性、塑造自由、独立的现代思想的中国农民提供了一种原生于中国的改造路径。正如苏雪林曾经指出的，沈从文创作的具有原始气质的湘西农民形象，“就是想借文字的力量，把野蛮人的血液注射到老迈龙钟颓废腐败的中华民族身体里去使他兴奋起来，年轻起来，好在二十世纪舞台上与别个民族争生存权利”。②

第三节 “湘西世界”农村女子形象的多重内涵

自1929年步入高等学府执教，沈从文在与京派学者密切的交往中知识视野得以扩大，对中国新文学史全面系统的研究也进一步拓宽了他的创作思路，逐渐淡化了自己的苗族身份，代之以一种“乡下人”的叙事视角，文化人类学的审美视阈呈现出更为深沉与自然的优

---

① 沈从文:《沈从文文集》第二卷，花城出版社、三联书店联合编辑出版，1984年7月第1版，第862—863页。

② 苏雪林:《沈从文论》，原载《文学》，1934年9月，第3卷3期。

美善良人性的思想理念。1930年,沈从文在《生命的沫》题记中说,自己还是愿意返回到"说故事的故事"那种生活上去,坐在城市的房子里,耳朵里永远响的是拉船人声音,狗叫声,牛角声音,心中喜欢用一支笔画出乡村典型的脸同心。"我实在是个乡下人。说乡下人我毫无骄仇也不在自贬,乡下人照例有根深蒂固永远是乡巴佬的性情,爱憎和哀乐自有它独特的式样,与城市中人截然不同!他保守,顽固,爱土地,也不缺少机警却不甚懂诡诈。他对一切事照例十分认真,似乎太认真了,这认真处某一时就不免成为'呆头傻脑'。……一个乡下人之所以为乡下人,如何显明具体反映在作品里。"①所以,作品中要表现的是一种"近乎贴近土地生长农民的本性"。②

沈从文的"乡下人"的审美视角和思维方式是其文化人类学审美视阈的延续和深化。沈从文从湘西到北京,"跨越的不只是几千里的地理距离,它同时跨越了一个甚至几个时代的历史空间,进入一个陌生的世界"。③沈从文在湘西所生存的世界既葆有原始部族的原始生活方式和尚武、侠义、激情、神话的原始思维方式,也有汉族高度发达的农业文明的长期濡染而形成的田园文化特征以及农业文明的思维方式,而当时的北京已经处于农业文明的价值、思维方式和存在秩序被彻底怀疑、打倒,工业文明已经来临的时代,所以沈从文在北京体验到的不仅是个人生存的艰难、与城市生活的格格不入,从更大的视角来看是处于原始文明、农业文明及工业文明的三种不同的价值理念和思维方式的碰撞与挤压,"正是旧中国在苦难挣扎中受锻炼社会变动最剧烈的时期,……性情拘迂保守的我,前后约二十年中,占主要活动的工作,还是文学创作中的短篇小说"。④沈从文痛苦地体验

---

① 沈从文:《沈从文文集》第十一卷,花城出版社、三联书店联合编辑出版,1984年7月第1版,第43—44页。

② 沈从文:《沈从文文集》第十一卷,花城出版社、三联书店联合编辑出版,1984年7月第1版,第58页。

③ 凌宇:《从边城走向世界——对作为文学家的沈从文的研究》,三联书店,1985年12月第1版,第52页。

④ 沈从文:《沈从文文集》第十一卷,花城出版社、三联书店联合编辑出版,1984年7月第1版,第70页。

到，“丑的东西虽不全是罪恶，总不能使人愉快，也无从令人由痛苦见出生命的庄严，产生那个高尚情操。我们活到这个现代社会中，已经被官僚，政客，肚子大脑子小的富商巨贾，热衷寻出路的三流学者，发明烫发的专家和提倡时髦的成衣师傅，共同弄得到处够丑陋！一切都若在贪欲沸腾的泥淖里辗转，不容许任何理想生根”，对此有着文化人类学和文化重建价值理念的他认为“这自然是不成的！人生应当还有个较高尚的标准，也能够达到那个标准，至少还容许在文学艺术上创造几个标准，希望能从更年青一代中去达到那个标准。因为不问别的如何，美就是善的一种形式，文化的向上也就是追求善或美的一种象征。竞争生存固十分庄严，理解生存则触着生命本来的种种，可能更明白庄严的意义”。①“贪欲沸腾”是工业文明追求利润最大化的典型特征，因此沈从文的批驳工业文明理念的“乡下人”审美想象视角与思维方式就具有了一种美与善的双重价值意义，美在这里成为一种最高的善的隐喻与象征。

沈从文“乡下人”的审美理念，就不是工业文明所表征的“在沙基或水面上建造崇楼杰阁”，“我只想造希腊小庙。选山地作基础，用坚硬石头堆砌它。精致，结实，匀称，形体虽小而不纤巧，是我理想的建筑。这神庙供奉的是‘人性’”。②在这一审美理念下的艺术形式是“我要实现的本是一种‘人生的形式’，一种‘优美，健康，自然而又不悖乎人性的人生形式’。我主意不在领导读者去桃源旅行，却想借重桃源上行七百里路酉水流域一个小城小市中几个愚夫俗子，被一件普通人事牵连在一处时，各人应有的一分哀乐，为人类‘爱’字作一度恰如其分的说明”。③《边城》就是沈从文在这种“乡下人”的审美理念下对乡土中国农村、农民的美与善的想象与建构。

---

① 沈从文:《沈从文文集》第十一卷，花城出版社、三联书店联合编辑出版，1984年7月第1版，第48—49页。

② 沈从文:《沈从文文集》第十一卷，花城出版社、三联书店联合编辑出版，1984年7月第1版，第42页。

③ 沈从文:《沈从文文集》第十一卷，花城出版社、三联书店联合编辑出版，1984年7月第1版，第45页。

一

“我知道的并不比任何人多。对于广泛的人生种种，能用笔写到的只是很窄很小一部分。……我虽明白人应在人群中生存，吸取一切人的气息，必贴近人生，方能扩大他的心灵同人格。”①1930年，沈从文的文学创作由原先彰显苗族身份的农民形象叙事，扩展为消隐民族身份的融苗、汉民族为一体的普通农民形象叙事。沈从文在《边城》中描写了一个美丽而又善良的青年女子翠翠。“翠翠在风日里长养着，把皮肤变得黑黑的，触目为青山绿水，一对眸子清明如水晶。自然既长养她且教育她，为人天真活泼，处处俨然如一只小兽物人又那么乖，如山头黄麂一样，从不想到残忍事情，从不发愁，从不动气。”②翠翠的心中没有一点社会性杂质，有的只是与青山绿水相融合的纯净晶莹。正如蓝棣之先生在分析翠翠这一人物形象时所言，“翠翠仿佛生活在历史、政治、文化、知识、学问之外”，“翠翠的成长是生命的自然成长”。③

翠翠的纯朴自然人性美，首先来自茶峒的山水美。“那条河水便是历史上知名的酉水，新名字叫作白河。白河下游到辰州与沅水汇流后，便略显浑浊，有出山泉水的意思。若溯流而上，则三丈五丈的深潭皆清澈见底。深潭为白日所映照，河底小小白石子，有花纹的玛瑙石子，全看得明明白白。水中游鱼来去，全如浮在空气里。两岸多高山，山中多可以造纸的细竹，长年作深翠颜色，逼人眼目。近水人家多在桃杏花里，春天时只需注意，凡有桃花处必有人家，凡有人家处必可沽酒。夏天则晒晾在日光下耀目的紫花布衣裤，可以作为人家所在的旗帜。秋冬来时，房屋在悬崖上的，滨水的，无不朗然入目。

---

① 沈从文：《沈从文文集》第十一卷，花城出版社、三联书店联合编辑出版，1984年7月第1版，第41页。

② 沈从文：《沈从文文集》第六卷，花城出版社、三联书店联合编辑出版，1984年7月第1版，第75页。

③ 蓝棣之：《边缘颠覆中心——沈从文〈边城〉症候式分析》，《名作欣赏》，1999年第3期，第51页。

黄泥的墙，乌黑的瓦，位置则永远那么妥帖，且与四周环境极其调和，使人迎面得到的印象，实在非常愉快。”①

翠翠的纯朴自然人性美，其次是渊源于茶峒人所具有的重义轻利、守信自约的纯朴民风。管理渡船的爷爷、过渡的客人、河沿上的农民、屯戍的士兵都是诚实勇敢的人，也爱利，也仗义。“由于边地的风俗淳朴，便是作妓女，也永远那么浑厚，遇不相熟的人，做生意时得先交钱，再关门撒野，人既相熟后，钱便在可有可无之间了。妓女多靠四川商人维持生活，但恩情所结，则多在水手方面。……他们生活虽那么同一般社会疏远，但是眼泪与欢乐，在一种爱憎得失间，揉进了这些人生活里时，也便同另外一片土地另外一些年轻生命相似，全个身心为那点爱憎所浸透，见寒作热，忘了一切。”②因此，茶峒这地方的人，从不思索自己的职务对于本人的意义，只是静静地、忠实地在那里活下去，“一切总永远那么静寂，所有人民每个日子皆在这种单纯寂寞里过去。一分安静增加了人对于‘人事’的思索力，增加了梦。在这小城中生存的，各人也一定皆各在分定一份日子里，怀了对于人事爱憎必然的期待”。③整个《边城》中的大地、河流、白塔、篁竹、老人、孩子、黄狗等等的一切都是那样安宁、谐和、自然、从容不迫，大地、人、动植物共同构成了一个诗意的、纯朴的美与善的世界。

《萧萧》中的女主角萧萧也是大自然的女儿。“这小女子没有母亲，从小寄养到伯父种田的庄子上，出嫁只是从这家转到那家。因此到那一天这小女人还只是笑。她又不害羞，又不怕，她是什么事也不知道，就做了人家的媳妇了。……萧萧嫁过了门，做了拳头大丈夫的小媳妇，一切并不比先前受苦，这只看她半年来身体发育就可明白。风里雨里过日子，像一株长在园角落里不为人注意的蓖麻，大枝大叶，日增茂盛。这小女人简直是全不为丈夫设想那么似的，一天比一

---

① 沈从文：《沈从文文集》第六卷，花城出版社、三联书店联合编辑出版，1984年7月第1版，第78页。

② 沈从文：《沈从文文集》第六卷，花城出版社、三联书店联合编辑出版，1984年7月第1版，第81—82页。

③ 沈从文：《沈从文文集》第六卷，花城出版社、三联书店联合编辑出版，1984年7月第1版，第79页。

天长大起来了。”①童养媳在中原地区往往是要受到虐待的，虽然在湘西依然有这种不好的习俗，但是成为童养媳的萧萧每天就是照看幼小的丈夫，帮着做些力所能及的杂事，并没有人刻意逼迫她，所以每天有时还能够咯咯地笑，会做很好很爽快的梦，也会有无意间看一阵变换无端的黄边紫心葵花的享受。

沈从文小说中的男主人公虽然生活在社会的各种漩涡之中，与社会打各种交道，但也是大自然中孕育生长的男子，也同样不失大地所赋予他们的优美、善良、自然的人性。《边城》中翠翠的祖父活了七十年，从二十岁起便守在这小溪边，静静地很忠实地在那里活下去。大老和二老的父亲顺顺，大方洒脱，欢喜交朋友，慷慨而又能济人之急，为人既明事明理，正直和平，又不爱财。两个孩子，豪放豁达，不拘常套小节，年轻的为人聪明而又富于感情。

翠翠、萧萧及其祖父、顺顺、大老、二老等人身上都体现了优美善良的自然人性。他们都是在青山绿水的大自然化育之下的、显现着大自然美好德性的地之子，具有不被工业文明异化、扭曲的自然淳朴人性。这些优美善良的自然人性，在工业文明侵蚀乡村伦理文化、民俗、思维观念、生活方式的时代，在金钱计较取代人情侠义、虚伪奸诈取代诚实本分、挥霍贪婪取代勤俭知足的时代，就具有了极大的思想价值和伦理意义。

二

沈从文在 1922 年从湘西走出来之后，就一直生活在都市化的工业文明时代之中。虽然童年和少年在湘西的生活记忆、审美体验成为沈从文审美经验的核心理念，然而不可否认的是，沈从文的文学创作之路的选择、审美理念的确立、审美思维的语言工具都是在现代都市文明语境下完成的，都经过了都市文明笼罩下的现代思想视野的

① 沈从文:《沈从文文集》第六卷，花城出版社、三联书店联合编辑出版，1984 年 7 月第 1 版，第 220—222 页。

浸染。毫无疑问，穿透过重重的湘西精神地理的包裹，我们就会看到沈从文审美理念中的深层潜意识中的现代文明思想。可以说，沈从文的“乡下人”叙事视角之下还隐含着一种现代文明的审美思想视角。

在阅读沈从文的文学作品中，我们会体验到一种矛盾、复杂的况味：沈从文一方面向读者展现一个无比优美的桃花源性质的人间美境，主人公善良纯朴、健康美丽、正直诚实；另一方面，又使读者随着故事的发展产生一种莫名的哀愁。就像《边城》开篇中叙述翠翠的家世一样，翠翠的父母为什么“一同去生却无法聚首”？仅仅是因为“一个违悖了军人的责任，一个却必得离开孤独的父亲”？既然是这样一个原因，那么翠翠是不是有一天也要面临着这一种两难选择？事实上，当翠翠长养到对人事有些期待的年龄，她忽然起了一个怕人的想头：“假若爷爷死了？”可见，母亲当年的两难选择依然困惑着翠翠。翠翠的祖父也隐隐感到翠翠长大了，他心想：翠翠总有一天会要走的。但不敢提这件事。而且，祖父面对翠翠不顺利的婚事，生发出一种忧愁：因为他忽然觉得翠翠一切全像那个母亲，而且隐隐约约便感觉到母女二人共同的命运。

为什么不幸、忧愁与美丽、善良的人儿同在？细细咀嚼沈从文的小说中的这种复杂而又矛盾的况味，十分耐人寻味。

从作家创作审美视角看，这与沈从文个人独特的审美追求有关。沈从文在作品中就提醒读者与批评家注意到这一点：

> 即或有一两个作品给你们留下点好印象，那仍然不能不说是失败！因为我作品能够在市场上流行实际上近于买椟还珠。你们能欣赏我故事的清新，照例那背后的热情却忽略了；你们能欣赏我文字的朴实，照例那作品背后隐伏的悲痛也忽略了。……这并非你们的过失，只是你们的不幸。造成你们不幸的是这一个现代社会。①

---

①　沈从文：《沈从文文集》第十一卷，花城出版社、三联书店联合编辑出版，1984年7月第1版，第44页。

沈从文提醒读者不要忽略“背后的热情”、“背后隐伏的悲痛”，就在于沈从文不仅仅是以“乡下人”的眼睛看世界，而且身居都市、沉浸于现代文明理念的沈从文还以一种“现代文明”的思想视野在审视着湘西大地和湘西农民。沈从文的文学作品呈现出一种复杂的、混合的对农村和都市具有双重批判的审美理念。具体来说，在湘西农村题材作品中，一方面是对农民的淳朴自然人性的赞美，另一方面还隐含着对农民生命意识蒙昧的批判。沈从文不仅书写了湘西富有神性的大地之美，表现出了湘西农民的优美自然人性，更为隐蔽的是，沈从文还写出了神性大地之美与大地之子的悲剧性毁灭。这种悲剧性的毁灭正是沈从文所要表达的、提醒读者的“背后隐伏的悲痛”。这种大地神性和农民自然人性之美的悲剧性毁灭，使沈从文小说呈现出一种深刻、巨大的张力，同时以这种毁灭性的悲剧让人重新深刻地认识大地之美和善，唤起人类对大地之美和农民自然天性的爱惜之意，为乡土中国的“人的现代化”探索提供新的路径。

因此，沈从文并没有停留在对自然人性状态中的优美、善良品质进行单一的赞美，他还对农民自然存在的蒙昧的生命意识进行了现代文明思想视野的审视。在沈从文小说中，我们不仅看到了人性善良德性，还看到了人性蒙昧的一面。

小说《一个女人》叙述了一个名叫“三翠”的女人的一生。三翠的名字是与贤惠善良连在一起的。人人这样不吝惜赞美她，因为她能做事、治家。同时不缺少一个逗人心宽的圆脸。三翠勤劳、能干、质朴无华、完全乐观。小说行文中多次提到三翠做梦。概括起来，三翠的梦集中分为三种内容，代表了她的心灵世界中的三种情感体验与三种生命价值的依托。文中三翠的梦出现在她13岁开始做童养媳的时候：

> 她成天做事，做完了——不，是做到应当睡觉的时候了，——她就上到家中特为预备的床上，这床是板子上垫有草席，印花布的棉被，她除了热天，全是一钻进了棉被就睡死了。睡倒了，她就做梦，梦到在溪里捉鱼，到山上拾菌子，到田里拴示线，到菜园里放风筝。那全是小时做女儿时的事的重现。日里

> 她快乐，在梦中她也是快乐的。在梦中，她把推磨的事忘掉了，把其余许多在日里做来觉得很费神的事也忘掉了。有时也有为噩梦惊吓的时候，或者是见一匹牛发了疯，用角触人，或者是涨了水，满天下是水，她知道是梦，就用脚死劲抖，即刻就醒了。醒了时，她总是听到远处河边的水车声音，这声音是像同谁说话，成天絮絮叨叨的，就是在梦中，她也时常听到它那俨然老婆子唱歌神气的声音。虽然为梦所吓，把人闹醒，但是，看看天，窗边还是黑魖魖的不见东西，她就仍然把眼睛闭上，仍然又整到溪里捉鱼去了。①

“日里她快乐，在梦中她也是快乐的。”梦中与梦外，对三翠而言，只是具体的事情的差别，梦中的事“全是小时做女儿时的事”，梦外的事则添加了一些大人所做的日常琐事，但是，三翠依然乐观，在梦外也还是能够“听到远处河边的水车声音，这声音是像同谁说话，成天絮絮叨叨的，就是在梦中，她也时常听到它那俨然老婆子唱歌神气的声音”。可见，无论是梦里还是梦外，对三翠来说都是一样真实具体可感的美妙有趣的生活不可分割的一部分。三翠既生活在梦外，又生活在梦里；或者说，对三翠而言，无所谓梦里，也无所谓梦外，她的生活感觉就是似梦而又非梦一般的飘逸美妙，自然般存在着。

但时代变了，公婆去世了，丈夫当兵去了。三翠在家中依傍瘫子干妈、抚养年幼的儿子生活。她仍然生活在一种乐观之中。“人还是同样的善良，有值得人欢喜的好处在。虽身世遭逢，在一个平常人看来已极其不幸，但她那圆圆的脸，一在孩子面前仍然是同小孩子一样发笑。生活的萧条不能使这人成为另一种人，她才十八岁！”②但是，此时的梦与往日不同了。

> 她近来梦到的总是落雪。雪中她年纪似乎很轻，听到人说及做妇人的什么时，就屡屡偷听一会。她又常常梦到教书先生，

---

① 沈从文：《沈从文文集》第八卷，花城出版社、三联书店联合编辑出版，1984 年 7 月第 1 版，第 413—414 页。

② 沈从文：《沈从文文集》第八卷，花城出版社、三联书店联合编辑出版，1984 年 7 月第 1 版，第 421 页。

> 取皇历，讲“关关雎鸠”一章。她梦到牛栏上打鼾的那个人，还仍然是在牛栏上打鼾，大母牛在反刍的小小声音也仿佛时在耳边。还有，爹爹那和气的脸孔，爹爹的笑，完全是四年前。①

这时遭遇许多变故的三翠，已经失落了以往的天真。她梦到的依旧是充满笑声与诗意的年青生活。但是，梦中的诗意与笑声，与梦外三翠的失意与哭声已经成为鲜明的对比。然而，生活的变故依然没有改变三翠的自然天性，她依然生活在已有的习俗惯性中。“她是一个在习惯下生存的人，在习惯下她已将一切人类美德与良心同化，只以为是这样才能生活了。她处处服从命运，凡是命运所加于她的一切不幸，她不想逃避也不知道应如何逃避。她知道她这种生活以外还有别种生活存在，但她却不知道人可以选择那机会不许可的事来做。”②

多年后，三翠的儿子长大了，她开始有了新的野心。此时她的梦又有了新的内容：

> “她梦到儿子成人，接了媳妇。她梦到那从前在牛栏上睡觉的人穿了新衣回家，做什长了。她还梦到家中仍然有一只母牛，一只小花黄牛，是那在牛栏上睡觉的人在外赚钱买得的。……一个儿媳已快进门了。她做梦，只梦到抱小孩子，这小孩子却不是睡在牛栏上那人生的。”③

至此，三翠梦的内容已经变为对儿子未来生活的一种想象。这种想象是建立在三翠自己的人生经验基础上的，但也体现了中国农村女子生命存在方式与人生命运的轮回。这种轮回，或者是喜剧的，或者是悲剧的，无论命运如何，但是主人公的生命意识都是一样的，都是一种自然状态下生存的蒙昧。

在《一个女人》中，沈从文不仅多次描绘了三翠的梦，而且文中出

---

①② 沈从文：《沈从文文集》第八卷，花城出版社、三联书店联合编辑出版，1984年7月第1版，第425页。

③ 沈从文：《沈从文文集》第八卷，花城出版社、三联书店联合编辑出版，1984年7月第1版，第425—426页。

现了许多数字，都是有关三翠的年龄的。沈从文对三翠年龄的重点“说明”，说明了什么呢？第一次关于三翠做梦的描绘中，说三翠“她才是十三岁的女孩子。她夜里醒时听到牛栏上的打鼾声音，知道他是睡得很好的”。①结婚三年后，三翠的生活发生了变故，爹爹去世，丈夫当兵一去无音信，“她才十八岁！”十多年后，“她抱了周年的孙儿到雪地里看他人接新嫁娘花轿过身时，她年纪是三十岁。”②

在沈从文淡淡浅浅的叙述与对三翠年龄叙述的感叹与平静无声的句号中，我们仍然可以听到作者的片片痛惜之声和丝丝哀婉而又悲愤的叹息。一个具有令人崇敬的自然天性的农村女子，生命就这样年轻、无声的蒸发，就这样度过了一个生命周圈的轮回。显然，三翠是一个从不会思索生命价值与意义的、完全处于浑沌惯性状态中的人，是与翠翠一样“生活在历史、政治、文化、知识、学问之外”的自然存在。

梦里梦外的人生梦，象征性地表达了沈从文对“睡死”的、昏睡不醒的蒙昧人生的痛惜、悲愤与叹息。三翠的“睡死”的梦一般的生活，也是属于鲁迅所描述的铁屋子里的昏睡不醒的人群中的一员的，都处于生命的蒙昧、不觉醒状态，只不过三翠是在原始纯朴遗风遗俗延续的惯性生存而已。

与三翠同样是童养媳的萧萧，虽然不像三翠一样经常做梦，但是一样有一颗与大自然相感应的心灵。“天亮了，虽不做梦，却可以无意中闭眼开眼，看一阵面前空中变幻无端的黄边紫心葵花。”③而且，因为有一个见过了许多世面的祖父使萧萧的生命多了些思考。

在《萧萧》中出现了一类独特的人物形象是“女学生”。萧萧因为祖父的关系，而与“女学生”发生了一种独特的联系。祖父在夏夜歇凉讲述路过当地的女学生传闻时，取笑萧萧，说萧萧长大了将来也会

① 沈从文：《沈从文文集》第八卷，花城出版社、三联书店联合编辑出版，1984年7月第1版，第414页。

② 沈从文：《沈从文文集》第八卷，花城出版社、三联书店联合编辑出版，1984年7月第1版，第426页。

③ 沈从文：《沈从文文集》第六卷，花城出版社、三联书店联合编辑出版，1984年7月第1版，第221—222页。

做女学生！在萧萧的想象中，这是不利于自己的事，因而回答不做“女学生”。后来，萧萧“知道”女学生是这样一种人：

“她们穿衣服不管天气冷热，吃东西不问饥饱，晚上要到子时才睡觉，白天正经事全不作，只知唱歌打球，读洋书。她们都会花钱，一年用的钱可以买十六只水牛。她们在省里京里想往什么地方去时，不必走路，只要钻进一个大匣子中，那匣子就可以带她到地。她们在学校，男女一处上课，人熟了，就随意同那男子睡觉，也不要媒人，也不要财礼，名叫‘自由’。她们也做州县官，带家眷上任，男子仍然喊作老爷，小孩子叫少爷。她们自己不喂牛，却吃牛奶羊奶，如小牛小羊；买那奶时是用铁罐子盛的。她们无事时到一个唱戏地方去，那地方完全像个大庙，从衣袋中取出一块洋钱来(那洋钱在乡下可买五只母鸡)，买了一小方纸片儿，拿了那纸片到里面去，就可以坐下看洋人扮演影子戏。她们被冤了，不赌咒，不哭。她们年纪有老到二十四岁还不肯嫁人的，有老到三十四十还好意思嫁人的。她们不怕男子，男子不能使她们受委屈，一受委屈就上衙门打官司，要官罚男子的款，这笔钱她有时独占自己花用，有时同官平分。她们不洗衣煮饭，也不养猪喂鸡；有了小孩子也只花五块钱、十块钱一月，雇人专管小孩，自己仍然整天看戏打牌，读那些没有用处的闲书……”①

这种脱离窘迫的现实生存压迫，自由自在地读书、恋爱、做官、不必操劳家务、不受委屈的生活与萧萧的实际的人生呈现截然相反的状态。但是，萧萧在经祖父说明下，“心中却忽然有了一种模模糊糊的愿望，以为倘若她也是个女学生，她是不是照祖父说的女学生一个样子去做那些事？不管好歹，做女学生并不可怕，因此一来却已为这乡下姑娘体念到了”。②小说中的一段话特别耐人寻味：

---

① 沈从文：《沈从文文集》第六卷，花城出版社、三联书店联合编辑出版，1984 年 7 月第 1 版，第 223—224 页。

② 沈从文：《沈从文文集》第六卷，花城出版社、三联书店联合编辑出版，1984 年 7 月第 1 版，第 224 页。

“祖爹，明天有女学生过路，你喊我，我要看看。”

“你看，她们捉你去作丫头。”

“我不怕她们。”

“她们读洋书念经你也不怕？”

“念观音菩萨消灾经，念紧箍咒，我都不怕。”

“她们咬人，和做官的一样，专吃乡下人，吃人骨头渣渣也不吐，你不怕？”

萧萧肯定的回答说：“也不怕。”

……因为有这样一段经过，祖父从此喊萧萧不喊“小丫头”，不喊“萧萧”，却唤作“女学生”。在不经意中萧萧答应得很好。①

在乡下环境中，萧萧不可能去做一个女学生，“乡下的日子也如世界上一般日子，时时不同。世界上人把日子糟蹋，和萧萧一类人家把日子吝惜是同样的，各有所得，各属分定”②。萧萧不仅没有得到“女学生”那样的读书、恋爱等新生活的自由，而且依旧生活在旧的生活惯性之中。尤其形成鲜明对照的是，萧萧在混沌之中与雇工花狗发生了关系，在事情败露之后，萧萧没有一点自由的选择，任人按照旧习处置。萧萧日后因生了一个可爱的儿子，才摆脱被“发卖”的旧规。后来，“在儿子结婚的这一天，萧萧抱了自己新生的月毛毛，都在屋前榆腊树篱笆看热闹，同十年前抱丈夫一个样子”。③这句包含着沈从文无限悲哀与愤懑的精彩话语，竟然与《一个女人》结尾中对三翠的蒙昧命运轮回描述惊人地一致！

小说文本中“萧萧答应得很好”是反语，它进一步显现了沈从文对萧萧命运关照的深切。行文至此，我们感受到的已经不是一丝丝叹息，而是沈从文的浓烈沉重的悲愤——对美好善良的人们所承受的蒙昧生活的深深悲哀、憾恨。萧萧在“女学生”这一现代文明的思想产物镜子对照下深刻显现了她自己拥有自然天性的另一面：自我

---

①②　沈从文：《沈从文文集》第六卷，花城出版社、三联书店联合编辑出版，1984 年 7 月第 1 版，第 225 页。

③　沈从文：《沈从文文集》第六卷，花城出版社、三联书店联合编辑出版，1984 年 7 月第 1 版，第 235 页。

生命意识的蒙昧，那“一颗糊糊涂涂的心”。①

联系《边城》中的翠翠与母亲相似的不幸命运，我们就可以看到沈从文笔下这些优美、善良的年青漂亮女子，她们都过着一种近乎蒙昧的生活，有着一种轮回的不幸命运。这种不幸就在于生命的蒙昧，自我意识的不觉醒。正是“乡下人”与“现代文明”的两重视野，使沈从文笔下的神性大地在呈现美与善的同时，表现了乡下人的生命意识蒙昧的另一面。由此，我们也就会明了《边城》中逼迫翠翠父母自杀的无形的力量与原因所在了。沈从文的作品独树一帜，不仅仅在于他的作品中写到了神性的大地、优美善良的大地之子，而且还在于它独特的“乡下人”尺度与现代文明视角，及其两者复杂深刻的视阈融合。

第四节 “湘西世界”农民形象变迁与沈从文“孤独”的文化理想

中国现代工业化进程可以追溯到清朝末年的“洋务运动”。“洋务运动”过程中，中国建立了应用现代技术、可以大规模生产的工业企业。20 世纪初，在一战期间忙于战争的帝国主义国家无暇对中国进行经济侵略，中国工业企业获得了一个难得的发展机遇，到 20 世纪 30 年代形成了一个资本主义工业发展的黄金时代。与工业化相伴而来的资本主义内在文化矛盾冲击着农业文明的乡土中国，构成了沈从文所说的中国现代社会变动的历史背景。“表面上看来，事事物物自然都有了极大进步，试仔细注意注意，便见出在变化中堕落趋势。最明显的事，即农村社会所保有那点正直素朴人情美，几乎快要消失无余，代替而来的却是近二十年实际社会培养成功的一种唯实唯利庸俗人生观。敬鬼神畏天命的迷信固然已经被常识所摧毁，然而做人时的义利取舍是非辨别也随同泯没了。‘现代’二字已到了

① 沈从文：《沈从文文集》第六卷，花城出版社、三联书店联合编辑出版，1984 年 7 月第 1 版，第 229 页。

湘西，可是具体的东西，不过是点缀都市文明的奢侈品大量输入，上等纸烟和各样罐头在各阶层间作广泛的消费。”①

风格与沈从文接近的废名，在自己的文学作品中想象和建构了一个在五四时代被众多知识分子所遗弃的农业文明世界。在废名想象和建构的文学世界里，人物和他生活的区域都具有一种诗意与美好性情，人的善和大自然所展现的美融为一体，相互印证、相互濡染、共生共存、相互观照，如所谓唐人绝句“相看两不厌，只有敬亭山”。废名在这里编织着优美、善良、真情与爱的故事，是对五四时期对中国农业文明的传统文化彻底否定的一种反动，表达了废名对乡土中国文化重建的一种独特思考：中国农业文明时代的传统文化也能够以一种积极的力量参与中国现代文化的建设。但是，沈从文与废名于内在的文学追求、作品所蕴含的思想内涵都有着鲜明的差异。

沈从文在《论冯文炳》中对废名的《桃园》等作品与自己的《雨后》等作品进行了细致的比较：

> 冯文炳君所显的是最小一片的完全，部分的细微雕到，给农村写照，其基础，其作品显出的人格，是在各样题目下皆建筑到“平静”上面的。有一点忧郁，一点向知与未知的欲望，有对宇宙光色的炫目，有爱，有憎，——但日光下或黑夜，这些灵魂，仍然不会骚动，一切与自然谐和，非常宁静缺少冲突。……《雨后》作者倾向不同。同样去努力为仿佛我们世界以外那一个被人疏忽遗忘的世界，加以详细的注解，使人有对于那另一世界憧憬以外的认识，冯文炳君只按照自己的兴味做了一部分所欢喜的事。使社会的每一面，每一棱，皆有机会在作者笔下写出，是《雨后》作者的兴味与成就。用黔慎的笔，作深入的解剖，具强烈的爱憎，有悲悯的情感。表现出农村及其他去我们都市生活较远的人物姿态与言语，粗糙的灵魂，单纯的情欲，以及在一切由生产关系下形成的苦乐，《雨后》作者在表现一方面言，似较冯文炳君

---

①　沈从文：《沈从文文集》第七卷，花城出版社、三联书店联合编辑出版，1984年7月第1版，第2页。

为宽而且优。①

可见，沈从文以对社会大变动下的乡村民风与农民性格的变迁为叙述中心，一方面去展现“那一个被人疏忽遗忘的世界”，并对那个世界中农民的优美善良美好品性“加以详细的注解”；另一方面又描绘出在冲突和变动中农民自然优美人性的失落，“使人有对于那另一世界憧憬”来表现“粗糙的灵魂，单纯的情欲”；但是，废名仅仅局限于“平静”的一面，人物的灵魂，“仍然不会骚动，一切与自然谐和，非常宁静，缺少冲突”。

除了展现“被人疏忽遗忘的世界”以外，沈从文还充分描写了现时代历史大变动中的古老湘西农民的灵魂挣扎、蜕变。五四新文化运动之后，随着社会剧烈的历史变动和资本主义工业化经济的侵蚀而带来的文化矛盾，“一种可怕的庸俗的实际主义正在这个社会各组织各阶层间普遍流行，腐蚀我们多数人做人的良心做人的理想，且在同时还像是正在把许多人有形无形市侩化，社会中优秀分子一部分所梦想所希望，也只是糊口混日子了事，毫无一种较高尚的情感，更缺少用这情感去追求一个美丽而伟大的道德原则的勇气”②，在这样一种时代状况之下，“吾人的生命力，是在一个无形无质的‘社会’压抑下，常常变成为各种方式，浸润泛滥于一切社会制度，政治思想，和文学艺术组织上，形成历史过去而又决定人生未来。”③

对此，沈从文进行追问：“我们人的意志是个什么形式？在长期试验中有了些什么变化和进展？它存在，究竟在何处？它消失，究竟为什么而消失？一个民族或一种阶级，它的逐渐堕落，是不是纯由宿命，一到某种情形下即无可挽救？会不会只是偶然事实，还可能用一种观念一种态度将它重造？我们是不是还需要些人，将这个民族的自尊心

---

① 沈从文：《沈从文文集》第十一卷，花城出版社、三联书店联合编辑出版，1984 年 7 月第 1 版，第 100—101 页。

② 沈从文：《沈从文文集》第十卷，花城出版社、三联书店联合编辑出版，1984 年 7 月第 1 版，第 81 页。

③ 沈从文：《沈从文文集》第十一卷，花城出版社、三联书店联合编辑出版，1984 年 7 月第 1 版，第 50 页。

和自信心，用一些新的抽象原则重建起来？对于自然美的热烈赞颂，对传统世故的极端轻蔑？是否即可从更年轻一代见出新的希望？”①

这种对乡土中国的新思考，重现在沈从文的《长河》等作品中。《长河》延续了《边城》中的抒情诗的笔调来书写湘西自然地理的优美景色，但在这种“常”中我们也体会出了其中的“变”：秋本来就是一个风景美丽达到极致的季节，也是一个“秋风秋雨愁煞人”的美趋于消逝的季节；是一个既“优美”而又有些“凄凉”之意的季节。这不仅表现在自然地理风景的描绘方面，而且表现在人物形象的塑造上。在《长河》中，既刻画了老水手、腾长顺、天天等性格美好、善良、正直、淳朴的人物形象，也塑造了蛮横、凶狠、欺压一方的保安队长的角色。

滕长顺因为家业兴旺、年龄较大和为人义道公正、勤劳能干，受到当地农民的敬仰，因此在村中公共事务中居领袖地位。两个儿子像父亲一样人缘好，仗义守信。“至于几个女孩子，因为作母亲有管教，都健康能勤，做事时手脚十分麻利。终日在田地里太阳下劳作。皮肤都晒成棕红色。家庭中有大有小，父母弟兄姊妹齐全，因此性格明朗爽快，为人和善而真诚，欢喜高声笑乐，不管什么工作都像是在游戏，各在一种愉快竞争情形中完成。三个女儿就同三朵花一样，在阳光雨露中发育开放。……这一家人都俨然无宗教信仰，但观音生日、财神生日、药王生日，以及一切传说中的神佛生日，却从俗敬香或吃斋，出份子给当地办会首事人。一切农村社会传统的节会与禁忌，都遵守奉行，十分虔敬。”②显然，这里的人物内在品质和外在行为依然葆有湘西古朴自然优美的遗风，但是这种优美性情和古朴民风正受到巨大的侵蚀。

《长河》中一段农民对“新生活运动”的灰色幽默想象，从一个侧面反映出了广大农民在大变动时代的心理恐慌、焦虑、挫折与裂变。沈从文在不经意间叙述乡下人对城里人、城里事情太隔膜的背景下，

---

① 沈从文：《沈从文文集》第十卷，花城出版社、三联书店联合编辑出版，1984 年 7 月第 1 版，第 80 页。

② 沈从文：《沈从文文集》第七卷，花城出版社、三联书店联合编辑出版，1984 年 7 月第 1 版，第 22 页。

以一位农村妇女的问话开始灰色幽默的：

妇人搭上去说："大哥，我问你，'新生活'快要来了，是不是真的？我听太平溪宋团总说的，他是我舅娘的大老表。"

一个男的信口开河回答她说："怎么不是真的？还有人亲眼见过。我们这里中央军一走，'新生活'又来了。年岁虽然好，世界可不好，人都在劫数，逃脱不得。人说江口天王菩萨有灵有验，杀猪，杀羊许愿，也保佑不了！"

妇人正因为不知道"新生活"是什么，记忆中只记起五年来，川军来了又走了，共产党来了又走了，中央军来了又走了，现在又听人说"新生活"也快要上来，不明白"新生活"是什么样子，会不会拉人杀人。因此问了许多人，人都说不明白。现在听这人说已有人在下面亲眼看到过，显见得是当真事情了。既真有其事，保不定一来了到处村子又是乱乱的，人呀马呀的挤在一处，要派夫派粮草，家家有分。这批人马刚走，另外一群就来了，又是派夫派粮草，家家有分。现在听说"新生活"快要上来了，因此心中非常愁闷。竹笼中两只小猪，虽可以引她到一个好梦境中去，另外那个"新生活"，却同个锤子一样，打在梦上粉碎了。

她还想多知道一点，就问那事事充内行的乡下人，"大哥，那你听说他们要不要从这里过路？人马多不多？"

那男子见妇人认真而担心神气，于是故意特别认真地说："不从这条路来，哪还有第二条路？他们说来就来，说走就走。我听高村人说，他船到辰州府，就在河边眼看到'新生活'下船，人马可真！机关枪，机关炮，六子连，七子针，十三太保，什么都有。委员司令骑在大白马上，把手那么叉着对民众说话，（鼻子嗡嗡的，摹仿官长声调）诸位同胞，诸位同志，诸位父老兄弟姊妹，我是'新生活'。我是司令官。我要奋斗。"①

对于不能把握与理解的陌生事物，农民往往心生恐惧之意，这不

① 沈从文：《沈从文文集》第七卷，花城出版社、三联书店联合编辑出版，1984 年 7 月第 1 版，第 25—26

是因为农民保守，而是来自于沉重的生活教训。《长河》中的农民对“新生活”的恐惧认知，一方面是由于城乡体制的分割造成的乡下农民信息的闭塞，另一方面是来自以往痛苦的生活经验。就如文本中所说的，那个妇女虽然不知道“新生活”是什么，但已有的近几年记忆告诉她，“新生活”好像不是什么好东西，就像是“川军来了又走了，共产党来了又走了，中央军来了又走了”一样留下可怖的痛苦记忆，因而才会生发出这样的询问“现在又听人说‘新生活’也快要上来，不明白‘新生活’是什么样子，会不会拉人杀人”。“新生活”本来是一场重铸中国国民精神、改造国民生活习性的社会运动，但是乡下农民却把它有声有色地想象为“在河边眼看到‘新生活’下船，人马可真！机关枪，机关炮，六子连，七子针，十三太保，什么都有”的一支“来了又走了”的杀人放火、掠财扰民的匪军，一下子粉碎了农妇的由竹笼小猪带来的“好梦境”，陷入无尽的恐惶之中。

“新生活”本来是 20 世纪 30 年代蒋介石发动的从改造国民的日常生活入手、旨在改造社会道德与国民精神的一场大规模运动。新生活运动的一些出发点和用意是好的，但是遭到了农民的嘲笑与拒绝。由于连年的激烈社会变动和工业化经济侵入，湘西农民的利益一再受到侵害，原先的纯朴民风、原始习俗及农民的自然优美的品性都侵蚀殆尽，“农村社会所保有那点正直素朴人情美，几乎快要消失无余，代替而来的却是近二十年实际社会培养成功的一种唯利庸俗人生观。敬鬼神畏天命的迷信固然已经被常识所摧毁，然而做人时的义利取舍是非辨别也随同泯没了。‘现代’二字已到了湘西，可是具体的东西，不过是点缀都市文明的奢侈品大量输入，上等纸烟和各样罐头在各阶层间作广泛的消费”，“前一代固有的优点，尤其是长辈中妇女祖母或者姑母行勤俭治生忠厚待人处，以及在素朴自然景物下衬托简单信仰蕴蓄了多少抒情诗气氛，这些东西又如何被外来洋布煤油逐渐破坏，年轻人几乎全不认识，也毫无希望可以从学习中去认识。”①

① 沈从文:《沈从文文集》第七卷，花城出版社、三联书店联合编辑出版，1984 年 7 月第 1 版，第 2—3 页。

不仅那个妇女、两个乡下男人莫名、老水手也对“新生活”感到即将来临的迫害以及莫名恐惶与忧虑，而且事实上，在当地享有一定声望的橘子园主人滕长顺和他的女儿已经受到了一种真实的迫害的担忧：当地保安团队长不仅想以无赖的手段侵夺橘子园财产，而且还对滕长顺的三女儿夭夭产生了邪念。

如果说，《长河》里的农民面临的还只是一种欺诈、迫害的忧虑，而在《贵生》中贵生受到的则是一种实实在在的压迫。他的美好的梦、希望被打得粉碎，农民贵生的性情发生巨大裂变，原先与《边城》、《长河》中的人物一样的美好善良的自然天性也随之消逝。

农民贵生是一个勤劳能干、健康有力、乐于助人、憨态可掬、硬朗自重的雇农，远近村子上的人，都和他相熟、喜欢他，具有《边城》、《长河》中的农民一样优美纯朴的自然天性。他与一个铺子老板一家人来往特别多。“贵生和铺子里人大小都合得来，手脚又勤快，几年来，那杂货铺老板娘待他很好，他对那个女儿也很好。山上多的是野生瓜果，栗子榛子不出奇，三月里他给她摘大莓，六月里送她地枇杷，八九月里还有出名当地、样子像干海参、瓤白如玉如雪的八月瓜，尤其逗那女孩子欢喜。女孩子名叫金凤。”①后来在铺子老板和金凤都有意招贵生做女婿的时候，“贵生和一切乡下人差不多，心上也有那么一点儿迷信。女的脸儿红中带白，眉毛长，眼角向上飞，是个‘克’相；不克别人得克自己，到十八岁才过关！因这点迷信他稍稍退后了一步，杂货商人装的套不灵，不成功了。可是一切风总不会老向南吹，终有个转向时”。②由于乡下农民的这点迷信，贵生的看似板上钉钉的姻缘发生了逆转。就在贵生决定准备提亲的当天，却传来金凤要给地主五老爷作妾的坏消息。在五老爷办喜宴的厨房里，鸭毛伯伯遗憾地与贵生对话：

“贵生，说真话，我看杂货铺杜老板和那丫头先前对你倒很

---

① 沈从文：《沈从文文集》第六卷，花城出版社、三联书店联合编辑出版，1984 年 7 月第 1 版，第 340 页。

② 沈从文：《沈从文文集》第六卷，花城出版社、三联书店联合编辑出版，1984 年 7 月第 1 版，第 352 页。

有心，旁观者清，当局者迷，你还不明白。其实只要你好意思亲口提一声，天大的事定了。天上野鸭子各处飞，捞到手的就是菜，二十八宿闹昆阳，阵势排好了，先下手为强，后下手遭殃。你不先下手，怪不得人！”

贵生说，“鸭毛伯伯，你说的是笑话。”

鸭毛伯伯说，“不是笑话！一切是命，半点不由人。十天以前，我相信那小丫头还只打量你同她俩在桥头推磨打豆腐！”说的当真不是笑话，不过说到这里，为了人事无常，鸭毛伯伯却不由得不笑起来了。①

天性善良优美的贵生本来可以与相识、爱慕已久的金凤成就一段美好的姻缘。但是，想娶黄花女冲冲霉运而看上了金凤的五老爷破灭了贵生的最初的、也是最后的梦。一向诚实、憨态、性情温和的贵生的心理发生了巨大的裂变，当晚一把火烧掉了那个铺子和自己的房子，也烧掉了贵生人生的梦想和往昔的自然天性。

至此，这篇作于1937年的小说，完成了沈从文以“乡下人”视角对湘西农民形象的最终想象，即由最初的对农民优美善良的自然天性的描绘，到表现农民这种自然天性被侵蚀的心理忧虑，到最后《贵生》中农民自然天性的裂变与销蚀。

沈从文这种以“乡下人”的视角想象和建构中国农民形象的创作模式，一方面是对鲁迅所开创的乡土记忆回溯的写作方法的借鉴，对废名的农村题材小说的学习与借鉴，另一方面也是湘西的独特自然地理与湘西农民的自然人性般的生活在沈从文心灵记忆中的重构。由于社会的剧烈变动和资本主义工业化以其工业品对湘西自然经济的侵蚀，湘西社会的原始性质的纯朴民俗、单一的宗教信仰、文化心理结构都受到了侵蚀和破坏，湘西农民所葆有的自然人性也随着社会整体文化氛围的“堕落”而渐渐销蚀。沈从文的“乡下人”视角不仅描绘了湘西农民所具有的优美善良的自然天性，“认识这个民族的过

---

① 沈从文：《沈从文文集》第六卷，花城出版社、三联书店联合编辑出版，1984年7月第1版，第360页。

去的伟大处”，而且还表现了这种自然天性的被瓦解、销蚀的过程，即这个民族的“目前堕落处”，以湘西农民的美的悲剧品格建构了一种巨大的悲剧力量。正是这种无比悲恸的悲剧，复魅了湘西大地的神性和湘西农民的自然天性之美，从而吟唱出了一首真挚、优美、深刻而又悲壮的“乡土抒情诗”。面对种种堕落和由此引起的疑虑，沈从文大声呼喊，谴责一种基于不义习惯的惯性生活的无奈延续，使如三翠、萧萧等多数善良优美天性的人活得卑曲而痛苦，死得糊涂而悲惨，更可怕的是，这种蒙昧的、悲剧性的命运还将在下一代年轻人身上轮回！

因此，沈从文呼吁一场“清洁”运动：“我们实希望人先要活得尊贵些！我们当前便需要一种‘清洁运动’，必将现在政治的特殊包庇性，和现代商业的市侩气，以及三五无出息的知识分子所提倡的变相鬼神迷信，于年青生命中所形成的势利、依赖、狡猾、自私诸倾向完全洗刷干净，恢复了二十岁左右头脑应有的纯正与清朗，来认识这个世界，并在人类驾驭钢铁征服自然才智竞争中，接受这个民族一种新的命运。我们得一切重新起始，重新想，重新作，重新爱和恨，重新信仰和怀疑……”①

沈从文多次强调文学对社会重造、文化重建的工具作用，认为“文学的意义，不只是替人刮头挖耳，自己得钱吃饭了事，他许可有一个奢侈的欲望，比一般人所得友谊与敬爱还多。他还许可在他那工作上，希望工作成为一种翻腾社会摇动信仰的力。他可以从那效率上，证实自己比别人更坚实存在到世界上”。②翻腾社会、重造社会，消解人的贪婪欲望、恢复人类的情感理性，解放人类体现了一种超越工业文明弊端的后工业文明思想意识。

正是在“一切重新起始，重新想，重新作，重新爱和恨，重新信仰和怀疑……”的思想视界中，沈从文不仅对现在的现代工业文明遮蔽

---

① 沈从文：《沈从文文集》第十卷，花城出版社、三联书店联合编辑出版，1984年7月第1版，第111页。

② 沈从文：《沈从文文集》第十一卷，花城出版社、三联书店联合编辑出版，1984年7月第1版，第11页。

人的情感与灵性、腐蚀人的善良好品质进行了批判，而且他还看到了原始农业文明对人自我独立意识的遮蔽和人生命意识的蒙昧。人类怎样才能既摆脱都市文明的罪恶，又能脱离生命的蒙昧，走向生命的本真与自由？沈从文的作品提出了一个超越时代的、农业文明和工业文明所无法解决的问题，达到了一种伟大深度。

沈从文曾经谈论过自己与作品在中国现代文坛的异端性，“虽十分认真写了许多作品，它的得失成毁都还缺少应有理解。或许正如朱光潜先生给我作的断语，说我是个喜欢朋友的热情人，可是在深心里，却是一个孤独者”。①沈从文作品的不被人理解和他内心的孤独感都来源于他对历史、现实与未来的深刻洞察，来源于他对农业文明、工业文明及其生存范式的质疑：

“也许再过五十年，一个年轻读者还希望从我这些仿佛艳而不庄作品中，对于某种女人产生一个崇高优美的印象，但是作者本人却在完成这个工作时，俨然即已死去了。虽死而依旧存在，当前存在于衰弱疲乏心脏跳跃上，明日存在于故事章句段落间，未来存在于年轻男女为爱所中时的叹息与微笑里。一个人生命之火虽有时必熄灭，然而情感所注在有生命处却可以永不熄灭。”②是的，“情感所注在有生命处却可以永不熄灭”的。在人类文明的探索中，孤独的思想探索者的火种是最珍贵的思想财富，它将在人类思想先知的薪火相传中，永不熄灭。孤独的思想者必将在超越时空的精神对话中相遇，寻找到真正的知音。

---

① 沈从文：《沈从文文集》第十一卷，花城出版社、三联书店联合编辑出版，1984 年 7 月第 1 版，第 89 页。

② 沈从文：《沈从文文集》第十一卷，花城出版社、三联书店联合编辑出版，1984 年 7 月第 1 版，第 53 页。

第四章
二十年代文化政治力量对中国农民的多维认知与审美思考

1895年，严复从中国封建社会秦朝对农民的愚民政策、奴役统治谈起，一针见血地指出农民所遭受的长达千年之久的奴役统治和因此而带来的农民心理内化了的奴隶意识。对此，严复提出了著名的"鼓民力、开民智、新民德"的"三民"学说。梁启超继承并展开了严复提出的三大改造中国民众命题，借鉴欧洲、日本政治小说变革社会、唤醒国民的启蒙作用，发表了《新民议》、《新民说》等论文，提出了以小说"新民"的现代性思想启蒙路线。

梁启超以"小说"来"新民"的现代性思考显然是以拥有知识的城乡小资产阶级为主体的，对中国农民的主体性及其重要性的认识，还有一段很长的距离。此时的新民之民还是处于被改造的客体对象，以农民为主体的国民尚没有成为决定中国命运的革命主力军。

五四新文化运动之后，中国知识分子对中国农民的认识主要有三种类型：一是继续鲁迅先生的启蒙思想的、视中国农民为"中国病人"思维模式的启蒙主义者，对中国农民的落后愚昧继续进行批判，在文学创作上体现为20年代的"乡土文学"，如台静农、蹇先艾、许杰、彭家煌等人笔下的病态的中国农民形象；二是既希望改造中国农民的物质贫困和精神愚昧状况，又不认可阶级论的社会改良派，如胡适、周作人、梁漱溟、晏阳初、黄培源等人，他们组织"新村运动"、乡村建设运动、平民职业教育运动等对中国农民进行物质和精神改造，希望藉此来更新中华民族的精神血液，改变中国农民的自私、愚昧、迷信、贫困、麻木的精神面貌，进行乡土中国的现代化建设；三是接受或受到了马克思主义阶级斗争学说影响的知识分子，他们或是中国早期的马克思主义者，或是受马克思主义影响的中国国民党左翼人士，认为中国农民是一个遭受封建地主阶级、官僚资产阶级和帝国主义压迫的阶级，是中国革命的天然同盟者、主力军，在文学世界中体现为革命文学中走向革命的觉醒者农民形象。

第一节　早期马克思主义者对乡土中国农民问题的认识

随着外来资本主义经济的入侵和中国农村经济的破产，中国人对俄国无产阶级革命认识的进一步深入，马克思的阶级斗争学说在中国社会得到更广泛的传播，因而对中国农民的阶级性认识渐渐占据了思想界的先锋性重要位置。我们先来分析1920年代早期马克思主义者对乡土中国农民问题的认识。

李大钊先生是中国最早的马克思主义者，他不仅是最先把马克思主义介绍给中国知识界的先驱者，而且还是最早以阶级斗争的观点来认识中国农民、积极召唤中国“革命文学”的革命先驱者。早在1916年，李大钊对文学的认识就是基于创立新的现代民族国家、建立现代文明的目的之上的，与梁启超的“小说新民”思想是一致的，“由来新文明之诞生，必有新文艺为之先声，而新文艺之勃兴，尤必赖有一二哲人，犯当世之不讳，发挥其理想，振其自我之权威，为自我觉醒之绝叫，而后当时有众之沉梦，赖以惊破”。[①]对于“新文艺”的具体思想内容和表现形式，李大钊并没有超越梁启超等人的文艺思想视野。1917年3月，李大钊在《俄国革命之远因近因》一文中分析风起云涌的俄国革命的时候，特别提出了“革命文学之鼓吹”的革命因素，认为：“俄国之文学，人道主义之文学也，亦即革命主义之文学也。其

---

①　李大钊：《李大钊文集》上卷，人民出版社，1984年10月第1版，第180页。

思想家、著作家有所评论、有所创作，莫不以人道主义为基础，主张人性之自由发展，个人之社会的权利，以充丰俄罗斯国民生活之内容。……如哥尔哥罗奇之《田舍》，慈尔改捏夫之《猎夫日记》，涅库拉索夫之诗章，半皆诉农民之疾苦，而代泄其哀怀者也。他如龚加罗夫所著之《平凡之一生》，杜士泰夫士奇所著之《贫之人人》，皆捧满腔之同情，倾注于惨酷之社会。而赫尔金之《谁之罪》，俾善士奇之《贵族之领地》，则又关于改善家庭问题者也。就中尤以赫尔金、伯伦士奇二氏为革命文学之先觉。"[①]李大钊不仅早早地提出了"革命文学"的概念，而且还就"革命文学"对俄国革命的巨大推动作用进行了具体细致的分析，远远早于中国左翼作家对"革命文学"的提出。[②]同时，李大钊把"农民之困苦"列为俄国革命发生的第五个因素。"俄国社会，分为四等阶级即贵族、僧侣、市民、农民是也。其中以贵族、僧侣为最有势力，而以农民为最苦，农民之数又占其全人口十分之九。农奴之制虽经解放，而一般农民之地位，终未进于改善之域也。此其原因五。"[③]可见，李大钊已经把农民视为革命的一个重要的积极性因素之一。但是，李大钊对农民的积极性因素的认识还停留在一般的革命作用上，并没有看到农民是革命发生、成功的根本性因素。1919年，李大钊发表了著名的《青年与农村》，认为："要想把现代的新文明，从根底输入到社会里面，非把知识阶级与劳工阶级打成一气不可。我甚望我们中国的青年，认清这个道理。……我们中国今日的情况，虽然与当年的俄罗斯大不相同，可是我们青年应该到农村里去，拿出当年俄罗斯青年在俄罗斯农村宣传运动的精神，来作些开发农村的事，是万不容缓的。我们中国是一个农国，大多数的劳工阶级就是那些农民。他们若是不解放，就是我们国民全体不解放；他们的苦痛，就是我们国民全体的苦痛；他们的愚暗就是我们国民全体的愚暗；他们生活的利病，就是我们政治全体的利病。去开发他们，使他

---

① 李大钊：《李大钊文集》上卷，人民出版社，1984年10月第1版，第346—347页。

② 中国左翼作家对"革命文学"的提出最早见于1922年之常的文章《支配社会底文学论》中。1925年茅盾的、蒋光慈的"革命文学"概念提出为1928年左右。

③ 李大钊：《李大钊文集》上卷，人民出版社，1984年10月第1版，第348页。

们知道要求解放、陈说苦痛、脱去愚暗、自己打算自己生活的利病的人，除去我们几个青年，举目昏昏，还有那个？”[①]李大钊对中国现代文明的建立根本途径在于“非把知识阶级与劳工阶级打成一气不可”的认识是非常深刻的，对中国农民在中国革命的重要性认识是极有见地的，但是，我们还应该看到李大钊的这种深刻见解，是建立在俄国民粹主义的思想基础上的，对中国农民、中国革命及其“革命文学”的认识都是基于人道主义、而不是阶级性的思想视野。

直到 1919 年，李大钊才开始运用阶级的现代性思想意识来分析中国革命，认识中国农民。在 1919 年 7 月 6 日发表题为《阶级竞争与互助》的文章中，李大钊开始提出马克思的阶级竞争（斗争）学说。“这个阶级竞争说，是 Karl Marx 提倡的，和他那经济的历史观很有关系。……他在《共产党宣言》里说过：‘所有从来的历史都是阶级竞争的历史。’又说，‘从来社会的历史都在阶级对立中进行’。他的意思就是说，自太古土地共有制崩坏以来，凡过去的历史社会的经济构造都建设在阶级对立之上。所谓阶级就是指经济上利害相反的阶级。具体讲出来，地主、资本家是有生产手段的阶级，工人、农夫是没有生产手段的阶级。”[②]这是初步具有马克思主义思想的中国知识分子运用阶级斗争学说对中国农民的阶级性分析。之后，李大钊发表了如《马克思的历史哲学与理恺尔的历史哲学》、《唯物史观在现代史学上的价值》、《社会主义与社会运动》等许多宣传马克思主义的文章，向社会介绍马克思主义；同时，李大钊对马克思主义的认识日渐深入。1921 年 7 月 1 日，李大钊在《俄罗斯革命的过去与现在》中详细分析了俄国社会主义革命与俄国农民的关系：

> 俄罗斯全人口中（大俄罗斯及各州均其在内）有百分之八十至八十五是农民，是业农者保守性极强，沉沦于俄罗斯人的无情、愚昧、忍耐、服从的生活之中，除去关于土地的改革，他们直与革命没有关系，或者还立于反对的地位……当时俄国的人民

---

① 李大钊：《李大钊文集》上卷，人民出版社，1984 年 10 月第 1 版，第 648—649 页。
② 李大钊：《李大钊文集》下卷，人民出版社，1984 年 10 月第 1 版，第 17 页。

总有一万万农民，极其守旧，故革命运动的事业不能不担在少数智识阶级的肩上，少数人作牺牲多数人幸福，几乎是人类进化史上的公例了。①

李大钊在该文中客观地分析了俄国农民对俄国革命的无动于衷的、乃至是反动的因素作用，表达了对知识阶级引领革命作用的肯定。

1925年12月30日，李大钊发表《土地与农民》一文，从中国历史上的历次农民平均地权运动入手，分析中国农民与土地的关系，认为在经济落后的、半殖民地半封建的乡土中国社会，农民约占总人口百分之七十以上，在全人口中占主要的位置，农业尚为其国民经济之基础。故当估量革命动力的时候，不能不注意到农民是其重要的成分。②李大钊在文中还以详尽的资料图表论证出"自耕农与佃农是农民中最多数最困苦的阶级"的观点，指出"中国农民在帝国主义压迫之下已日趋于难境，重以兵祸连年，流离失所。入民国来，苛捐杂税，负担日重，各省田赋，有预征至数年后者。佃农及雇工所受的压迫，比自耕农更甚。凡有大地主地方的佃农，处境尤其苦痛而艰窘"的濒临破产的生存状况，在叙述广东、河南等地兴起的农民运动之后，得出了"中国的浩大的农民群众，如果能够组织起来，参加国民革命，中国国民革命的成功就不远了"的结论。③

李大钊对中国革命与中国农民的关系的认识已经达到了一个新的水平，但是，他还是局限于知识分子的精英思想视野之下，没有认识到中国农民与中国革命二者之间所具有的本质一致性。毕竟，对中国农民与中国革命关系的认识是一个不断推进的过程，是在中国革命、中国革命文学实践过程中得出来的思想与文学结晶。但是，难能可贵的是，李大钊已经开始运用阶级性的思想意识来认识乡土中国与中国农民了。

---

① 李大钊：《李大钊文集》下卷，人民出版社，1984年10月第1版，第468—469页。
② 李大钊：《李大钊文集》下卷，人民出版社，1984年10月第1版，第824页。
③ 李大钊：《李大钊文集》下卷，人民出版社，1984年10月第1版，第833—834页。

俄国十月革命送来的马克思主义不仅深刻地影响了李大钊，也深深地影响了瞿秋白。而且瞿秋白以记者的身份到俄国的亲身经历，使得他对俄国的无产阶级革命有着更为具体、细致、深刻的观察。1921 年瞿秋白在《苏维埃俄罗斯之经济问题》中论述了农民在俄国革命中的重要位置："一九一七年两次革命后，农民才成功的。农民人数居全俄百分之八十，群众运动的力量非常伟大。十月革命以'农民均分土地'为口号，所以大得农民的同情。劳农政府的成立虽说是工业的无产阶级的革命之胜利，形式上固然革命都在城市中发端的，然而革命时所有军队中农民非常之多(见杜洛斯基的《十月革命》)。不得他们的同情决不能成就此'社会革命'的伟业。农民因共产党(那时还叫'布尔什维克')以推翻地主为标志，大家兴高采烈地去帮助他们。"①在文中，瞿秋白还注意到了苏维埃俄罗斯对农民所进行的阶级划分，"依共产主义，当先分析农民间的阶级取其中之有社会主义精神者，认定为农村经济中的主干，由'他'去行农村经济的革命。因此共产党认定农民中之最贫困者，绝无生产工具及土地，即有亦极少。这种人叫作'贫农'(Begnota)，于各农村间组织'贫农委员会'。贫农委员会在乡间所掌职权很大，一切赏罚都归他管。"②

1923 年 6 月，《新青年》改为季刊，成为中共中央理论刊物，瞿秋白任主编。他在该刊创刊号"共产国际号"的发刊宣言中说："《新青年》杂志是中国革命的产儿。中国旧社会崩坏的时候，正是《新青年》的诞辰。于此崩坏的过程中，《新青年》乃不得不成为革新思想的代表，向着千万重层层压迫中国劳动平民的旧文化，开始第一次的总攻击。……五四运动以来，更足见中国社会之现实生活确在经历剧烈的变迁过程，确有行向真正革命的趋势，所以《新青年》的精神能波及于全中国，能弥漫于全社会。《新青年》乃不期然而然成为中国真革

① 瞿秋白:《瞿秋白文集》政治理论编，第一卷，人民出版社，1987 年 3 月第 1 版，第 275—276 页。

② 瞿秋白:《瞿秋白文集》政治理论编，第一卷，人民出版社，1987 年 3 月第 1 版，第 278 页。

命思想的先驱。中国现时的旧社会，不仅是宗法社会而已，他已落入世界资本主义的虎口，与世界无产阶级同其命运。因此，中国黑暗反动的旧势力，凭借世界帝国主义要永久作威作福，中国资产阶级自然依赖世界资本主义而时时力谋妥协。于是中国的真革命，乃独有劳动阶级方能担负此等伟大使命。……所以《新青年》的职志，要与中国社会思想以正确的指导，要与中国劳动平民以智识的武器。《新青年》乃不得不成为中国无产阶级革命的罗针。"①瞿秋白在总结《新青年》推翻封建专制思想文化的革命意义的基础上，结合时代背景的变迁，要求《新青年》杂志要与无产阶级同命运，要给农民为主体的劳动平民阶级提供"智识的武器"。不仅如此，瞿秋白还针对《新青年》与文学的关系，主张：

> 《新青年》当表现社会思想之渊源，兴起革命情绪的观感。社会科学本是要确定社会意识，兴奋社会情感，以助受压迫被剥削的平民实际运动之进行。所以对于一般的思想及情绪之流动，都不得不加以正确的分析及映照。一切文学艺术的流派，本没有抽象的"好"与"坏"，在此中国社会忙于迎新送旧之时，《新青年》应当分析此等流派之渊源，指出社会情绪变动的根由，方能令一般的意识渐渐明晰，不至于陷于那混沌颟顸等于飞蛾投火的景象。再则，现时中国文学思想，——资产阶级的"诗思"，往往有颓废派的倾向，此旧社会的反映，与劳动阶级的心声同时并呈，很可以排比并现，考察此中的动象；亦可以借外国文学相当的各时期之社会的侧影，旁衬出此中的因果。尤其要收集革命的文学作品，与中国麻木不仁的社会以悲壮庄严的兴感。②

瞿秋白在这里所主张的"当表现社会思想之渊源，兴起革命情绪的观感"的《新青年》及其要求的"收集革命的文学作品"，表现的不再是基于人道主义上的阶级同情，而是一种真正的"劳动阶

---

① 瞿秋白：《瞿秋白文集》政治理论编，第二卷，人民出版社，1988 年 8 月第 1 版，第 6—8 页。

② 瞿秋白：《瞿秋白文集》政治理论编，第二卷，人民出版社，1988 年 8 月第 1 版，第 10 页。

级的心声”，是凸现阶级意识的、真正具有无产阶级革命性质的革命文学。可以说，瞿秋白已经走出了李大钊的基于人道主义的“革命文学”思想，真正树立起了以阶级意识为思想核心的革命文学观。

五卅运动之后，瞿秋白在分析中国社会各阶级力量关系时，认为：“乡村的小资产阶级——农民，他们的劳动差不多百分之七十都被士绅土豪买办军阀帝国主义剥削了去，这是帝国主义军阀之统治的经济基础。五卅之后，广州、河南的农民组织发展为全国农民运动的先锋，并且一般的经济恐慌，预征田赋和灾害，使农民的地位窘迫到万分，反抗运动自然而然到处的爆发。……国民革命之中，如今已经有无产阶级领导，又有真正革命政党的工作，这种农民运动如果纳入农民协会的轨道，有相当的农民政纲，立刻便可以成为极伟大的革命力量。……这一革命的伟大力量正在滋生猛长呢。”①1926 年 9 月，瞿秋白在题为《世界的农民政党及农民协会——赤色农民国际与国际农民运动的历史》的一篇长文中详细梳理了世界各国农民在一战前后从保守力量转变为革命力量的过程，从理论上打破了马克思在《德法农民战争》中对农民保守性质的规定，为农民作为革命的积极性重要力量的观点提供了理论支持，认为农民已经成为革命的动力。

1927 年 4 月 11 日瞿秋白为毛泽东的《湖南农民运动考察报告》写了序言，积极帮助该书出版，留下了佳话，也表明了瞿秋白与毛泽东在对乡土中国革命与农民的关系上认识的高度一致性。1927 年 4 月，大革命失败后瞿秋白及时总结失败教训，在《农民政权与土地革命》一文中，分析了中国社会结构状况：

乡村之中的土豪乡绅，实际上是乡村里的小政府：一省的督军是一省的军阀，一村的乡绅便是一村的军阀，这些土豪乡绅在农村之中包揽一切地方公务，霸占祠族庙宇及所谓慈善团体、公

---

① 瞿秋白：《瞿秋白文集》政治理论编，第四卷，人民出版社，1993 年 7 月第 1 版，第 36—37 页。

益团体的田地财产，欺压乡民，剥削佃农，作威作福，俨然是乡里的小诸侯，军阀的政权自然是经过他们而剥削农民的，他们替军阀、县官包办捐税，勒索种种苛例；他们可以自己逮捕农民，私刑拷打，甚至于任意杀戮，如活埋、烧死等等惨剧，都是他们的惯技。军阀所用以统治农民的力量，正在于有土豪乡绅的封建宗法政权做他们的根基。……所以要推翻帝国主义军阀对于中国的统治和剥削，便必须彻底改变现存的土地制度，为此，亦就更加要彻底扫除封建宗法式的土豪乡绅在农村中的政权。必定要农民得有享用土地的权利，保证农村经济的自由发展，必定要农民能够组织自己的政权，拥护劳动平民的权利，筑成平民政权的巩固的基础，然后国民革命方能成功。换句话说，便是中国国民革命应当以土地革命为中枢。中国没有土地革命，便绝不能铲除帝国主义军阀之统治和剥削的根基。①

瞿秋白对乡土中国社会阶级结构的分析是鞭辟入里的，切中了乡土中国革命的要害，为乡土中国革命指明了路径，即“现时中国革命的新阶段，……就是使国民政府的政权之基础，实现于更深更广的民众；换句话：便是建立农民政权，实行土地革命”。②

与留学日本的李大钊、到过俄罗斯的瞿秋白相比，土生土长的毛泽东对中国革命、中国农民有着更深层的观察与思考。1925 年 12 月，毛泽东发表《中国社会各阶级分析》。在文中，毛泽东开篇就提出了一个关系中国革命成败的根本问题：“谁是我们的敌人？谁是我们的朋友？这个问题是革命的首要问题。中国过去一切革命斗争成效甚少，其基本原因就是因为不能团结真正的朋友以攻击真正的敌人。革命党是群众的向导，在革命中未有革命党领错了路而革命不失败的。”③但是，在中国共产党内部对中国农民的认识有着两种不正确

---

① 瞿秋白：《瞿秋白文集》政治理论编，第四卷，人民出版社，1993 年 7 月第 1 版，第 578—580 页。

② 瞿秋白：《瞿秋白文集》政治理论编，第四卷，人民出版社，1993 年 7 月第 1 版，第 583 页。

③ 毛泽东：《毛泽东选集》第一卷，人民出版社，1991 年 6 月第 2 版，第 3 页。

的倾向，一种是陈独秀为代表的，只注意同国民党合作，却忘了农民；另一种是以张国焘为代表，只注意工人运动，而忘了农民，认识不到中国农民是中国革命的力量源泉，是中国革命的最广大的同盟军。毛泽东的认识无疑是中国马克思主义知识分子对乡土中国、中国农民认识所达到的最深刻的见解，是对中国农民所蕴涵的无比巨大的积极革命力量的最充分的肯定。而且，毛泽东还对中国农民进行了阶级分析，认为："绝大部分半自耕农和贫农是农村一个数量极大的群众。所谓农民问题，主要就是他们的问题。半自耕农、贫农和小手工业者所经营的，都是更细小的小生产的经济。"①在详细分析中国社会各个阶级性质后，毛泽东得出一个结论："综上所述，可知一切勾结帝国主义的军阀、官僚、买办阶级、大地主阶级以及附属于他们的一部分反动知识界，是我们的敌人。工业无产阶级是我们革命的领导力量。一切半无产阶级、小资产阶级，是我们最接近的朋友。那动摇不定的中产阶级，其右翼可能是我们的敌人，其左翼可能是我们的朋友——但我们要时常提防他们，不要让他们扰乱了我们的阵线。"②

1926年，毛泽东对中国农民在中国革命、中国现代化历史进程中的作用有了更为全局性整体认识。这年9月1日，毛泽东在《国民革命与农民运动》中开宗明义地阐明了农民与中国革命的本质关系："农民问题乃国民革命的中心问题，农民不起来参加并拥护国民革命，国民革命不会成功；农民运动不赶速地做起来，农民问题不会解决；农民问题不在现在的革命运动中得到相当的解决，农民不会拥护这个革命。"但是，"这些道理，一直到现在，即使在革命党里面，还有许多人不明白。他们不明白经济落后之半殖民地革命最大的对象是乡村宗法封建阶级（地主阶级）。经济落后之半殖民地，外而帝国主义内而统治阶级，对于其压迫榨取的对象主要是农民，之所以实现其压迫与榨取，则全靠那封建地主阶级给他们以死力的拥护，否则无法

① 毛泽东：《毛泽东选集》第一卷，人民出版社，1991年6月第2版，第6页。
② 毛泽东：《毛泽东选集》第一卷，人民出版社，1991年6月第2版，第9页。

行其压榨。所以经济落后之半殖民地的农村封建阶级，乃其国内统治阶级国外帝国主义之唯一坚实的基础，不动摇这个基础，便万万不能动摇这个基础的上层建筑物。"①毛泽东对乡土中国社会阶级结构的分析，与瞿秋白非常接近，但对于中国农民对中国革命所具有的全局性、根本性作用认识，毛泽东显然比瞿秋白认识得更为彻底、更为深刻。如果说五四运动中的周作人发现了"人"，那么大革命运动中的毛泽东则发现了"中国农民"。②

随着北伐胜利喜讯的到来，中国大地上的农民运动也掀起了高潮，形成了一个空前的农村大革命。"很短的时间内，将有几万万农民从中国中部、南部和北部各省起来，其势如暴风骤雨，迅猛异常，无论什么大的力量都将压抑不住。他们将冲决一切束缚他们的罗网，朝着解放的路上迅跑。一切帝国主义、军阀、贪官污吏、土豪劣绅，都将被他们葬入坟墓。"③农民在乡里造反，搅乱了乡绅们的酣梦。消息传到城里来，城里的绅士立刻大哗。从中层以上社会、中上级军官至国民党右派，极力侮蔑，说："糟得很。"对于封建专制地主势力对农民运动的这种侮蔑，毛泽东深入湖南农村，在仔细调查的基础上撰写了《湖南农民运动调查》。④《湖南农民运动调查》批驳了对农民运动的侮蔑，深刻有力地揭示出农民运动的巨大价值意义，针锋相对地高度评价为"好得很"。

针对国民党右派侮蔑农民运动是"痞子运动"、"惰农运动"的说法，毛泽东针锋相对地指出农民运动的领导者，决不是所谓的"痞

---

① 毛泽东：《毛泽东文集》第一卷，人民出版社，1993 年 12 月第 1 版，第 37 页。

② 毛泽东对中国农民的"发现"是在对许多人不断污蔑和否定农民的辩驳中完成的，对中国农民的污名化并没有因此而停止，直至当代对中国农民的污名化并没有中止，也许，我们还需要对中国农民进行新的发现，需要对中国农民有新的认知思维。

③ 毛泽东：《毛泽东选集》第一卷，人民出版社，1991 年 6 月第 2 版，第 13 页。

④ 有趣的是，毛泽东的这篇著名调查报告在中国共产党的机关刊物《向导》刊登了前半部分，由于陈独秀等人的反对，没有刊完。后来，它受到了瞿秋白的高度重视和热烈支持。在瞿秋白的支持下，毛泽东的《湖南农民运动调查报告》得以顺利出版，而且瞿秋白还专门为该书撰写了序言，赞扬了中国农民运动、中国农民在革命中的积极性作用，肯定了农民拥有土地的权利。从中，我们可以看到在早期中国共产党内部对农民问题的认识也是不统一的，是在革命实践过程中不断深化的。

子”、“惰农”，而是中国农村革命的“先锋”。毛泽东对农民中的富农、中农、贫农对革命的不同观感，指出：

据长沙的调查：乡村人口中，贫农占百分之七十，中农占百分之二十，地主和富农占百分之十。百分之七十的贫农中，又分赤贫、次贫二类。全然无业，即既无土地又无资金，完全失去生活依据，不得不出外当兵，或出去做工，或当乞丐的，都是“赤贫”，占百分之二十。半无业，即略有土地，或略有资备，但吃得多，收得少，终年在劳碌愁苦中过生活的，如手工工人、佃农（富佃除外）、半自耕农等，都是“次贫”，占百分之五十。这个贫农大群众，合共占乡村人口百分之七十，乃是农民协会的中坚，打倒封建势力的先锋，成就那多年未曾成就的革命大业的元勋。

至此，中国农民和中国革命中的农民运动才得到了真正应有的地位、价值，为革命文学中的农民形象的想象与建构提供了阶级性的现代思想视野。

毛泽东对中国农民在中国革命、中国现代化历史进程中的作用有了全局性的整体认识。毛泽东在《国民革命与农民运动》中阐明农民与中国革命的本质关系。毛泽东在文中对乡土中国社会阶级结构的分析突出显示了中国农民对中国革命所具有的全局性、根本性的作用。如果说五四运动中的周作人发现了“人”，那么大革命运动中的毛泽东则发现了“中国农民”。对中国农民的发现，意义是极为深远的。这是中国现代化历史进程中的一个极为重要的思想认识，是对乡土中国现代化所独具的社会特性的深刻把握，标志着中国现代化政治视野对农民的真正发现。一条具有乡土中国特色的现代化道路勾勒出了朦胧的现代轨迹。

第二节　《中国农民》：各种政治力量对乡土中国农民问题的思考

在共产党人的帮助下，中国革命的伟大先行者孙中山先生也逐渐认识到，农民是我们中国人民之中的最大多数，如果农民不参加革命，就是我们革命没有基础。如果这种基础不能巩固，革命便要失败。1924 年孙中山提出“联俄、联共、扶助农工”三大政策，意味着国民党对农民认识的深化。从 1924 年开始，中国共产党和中国国民党实行合作，联合进行北伐战争，国民革命取得了实质性进展，农民运动在各地风起云涌。

一

第一次国共合作之后，不仅早期的中国马克思主义者认识到中国农民的重要性，而且中国国民党内的众多左翼人士也认识到了农民在中国国民革命中的决定性地位，并形成了一种中国国民革命本质上就是一场农民革命的共识。1926 年 1 月，以中国国民党中央执行委员会农民部名义印行的指导农民运动的刊物《中国农民》创刊。《中国农民》杂志不仅刊登中国国民党左翼人士的关于农民问题的文章，也刊登了诸如毛泽东、彭湃、李立三等中国共产党人的文章，以及俄国、日本人写的一些关于农民问题的文章，比较完整地呈现了当时不同党派人士对乡土中国农民问题的理解、认识，同时也深入阐释、传播了关于中国革命是一场农民革命、农民是中国革命成败的关键力量的历史共识。

担任国民党农民部部长的陈公博在《中国农民》杂志的发刊词中，就阐述了农民在中国革命中的作用：“我们要实行农民革命，目的上简单说句话，即是‘为求国家之自由平等’，手段上简单地说句话，即是对内打倒军阀，对外打倒帝国主义。所以，我们在宣传方面是唤起民众，在实力方面是结合民众。然而所谓民众，究竟是什么人？自然大多数是农民。”①不同于严复、梁启超等人“民众”概念的含糊性，具体指向了农民。而且，陈公博还进一步指出，纵使将来工业化了，

① 陈公博：《中国农民·发刊词》第一卷第一期，中国国民党中央执行委员会农民部印行，1926 年 1 月。

实际上在很远的将来还是以农立国的基础，并分析了农民存在的现状："农民今日的地位，外之受帝国主义经济侵略的摧残，内之受军阀重税苛捐的压迫，最下一层还受着宗法社会封建社会遗下一班劣绅土豪地主恶霸的榨取，因着这种地位，遂使我们农民不能直接参加国民革命，反而使我们国民党先要用全力来做农民运动的工作。"

> 我们在中国袖着手不说革命则已，要革命除了农民运动之外，更向那里去运动？
>
> 我们不唤起民众则已，要唤起民众，除了农民之外，更向那里唤起？
>
> 我们不谈民生主义则已，要实行民生主义，除了向农民着手之外，更向那里着手？
>
> 廖仲恺曾说，"不是为农民利益的，都是反革命"。我们亲爱的同志，都要十二分记着。①

在发刊词的结尾处，陈公博进一步结合孙中山先生的革命主张，来分析农民问题在中国革命中的极端重要性，农民是中国革命的中心问题。而且还意味深长地引用廖仲恺的话来作为评价一个人、一个集体乃至一个政党是革命还是反革命的标准。

在《中国农民》第6、7期合刊中，陈公博发表《农民运动在中国国民革命中的地位》文章，进一步论述农民运动的本质以及存在的问题。陈公博在分析俄国革命显现出的强大的农民力量，认为"现在的世界，就是农工们的世界"，提出"中国国民革命，就是农民革命，想国民革命成功，就要农民一齐起来奋斗"的主张。②显然，陈公博的观点明显受到了苏联革命和五四时期"劳工神圣"思潮的影响，表达了这一时期国共进步人士的时代共识。中国国民党这一时期通过的《农民运动在国民革命中之地位决议案》就展现了陈公博等当时国民党进步人士的共识：

---

① 陈公博：《中国农民·发刊词》第一卷第一期，中国国民党中央执行委员会农民部印行，1926年1月。

② 陈公博：《农民运动在中国国民革命中的地位》，《中国农民》第一卷第六、七期合刊，中国国民党中央执行委员会农民部印行。

半殖民地的中国国民革命便是一个农民革命，换句话讲，半殖民地中国国民革命运动便是一个伟大的农民解放运动。在经济的观点上和群众的观点上，农民问题是国民革命的一个中心问题，国民革命能否进展和成功，必以农民运动能否进展和成功为转移。占人口最大多数和占经济地位最重要的农民如果不起来，中国的国民革命绝对不能有真正成功的希望。所以农民运动在中国革命运动中，是一个最重要的地位，农民运动问题便是国民革命运动中的根本问题。①

从这个毛泽东等中国共产党推动通过的《农民运动在国民革命中之地位决议案》，我们就可以看出当时不论是共产党还是国民党，都已经认识到农民在中国革命中的中心地位，都认同中国革命的本质就是一场农民革命，农民将在这场翻天覆地的革命中发挥根本性的作用。②就连日后投靠帝国主义和大资产阶级的蒋介石也不得不认为，力量强大的农民在中国革命中地位的重要。

在1926年召开的工农联合大会上，时任北伐军总司令的蒋介石代表“兵”出席会议，做《工农兵大联合报告》。蒋介石从自己指挥军队进行两次东征和南路作战的亲身经历，来讲述农民对军事胜利所起到的重要作用，“农工大众，都以实力来帮助，又作向导的。有任运输的，有侦探敌情的，有借给粮食的，并且每经过一个市镇，每克复一个城邑，一般的工农大众，不是策划慰劳我们，就是很热烈的欢迎我们，鼓励了不少勇气”。③蒋介石不仅分析了农民在军事作战中的重要作用，同时也敏锐指出了农民运动在旧军阀那里所受到的摧残，提醒正处于蓬勃发展的农民运动：“其他以前在国民军下面的地方，工会农会都可以自由发展，但此后怕都要被两大军阀摧残净尽，中国的

① 《农民运动在国民革命中之地位决议案》:《中国农民》第一卷第六、七期合刊，中国国民党中央执行委员会农民部印行。

② 毛泽东是当时中国国民党中央执行委员会农民部的委员，不仅参加会议，而且在其中发挥着重要的决策性作用，《中国农民》杂志就记录过毛泽东参加农民部会议的情况。

③ 蒋介石:《工农兵大联合报告》，《中国农民》第一卷第六、七期合刊，中国国民党中央执行委员会农民部印行。

工农群众，现在又到了很困难很危险的时期。说到这里，我有一句话要贡献于各位的，就是我们工农群众，要得到最后的胜利，以后一定有很多想不到的挫折，被军阀和帝国主义走狗来摧残我们农工。不过我们要预备对这种反动势力拼命奋斗，愈受挫折愈强硬，百折不回来得到最后的胜利。"①令人气愤的是，日后的事实证明那个所谓的摧残农工的"军阀和帝国主义走狗"不是别人，而恰恰就是蒋介石本人。

在工农联合大会上，共产党人李立三做了《出席赤色职工国际经过报告》。在报告中，李立三提醒劳工大众，要注意防备"新式工贼"："什么是改良派？我们可以叫他做新式的工贼！此等新式的工贼，比旧式的工贼要厉害千百倍，何以故？因旧式的工贼已经在他自己的脸上打上了一面招牌，我们一见即知他是工贼了。而现在的新式的工贼，他们外面却挂了很好看的面具，心里面却藏了一把刀，天天帮助资本家想法子来杀我们。我们若疏忽，便要上他的当。"②李立三的警示不是空穴来风，就连国民党内部也传达了类似的隐忧，如陈公博就要求设法防备"革命中的反动"、提高国民党的纪律要求。③

二

《中国农民》杂志在宣传政党力量对中国农民问题的政治主张之外，还大力提倡对乡土中国农民生存现状和农民文化心理作具体细致的社会调查，来为中国革命提供翔实的数据资料，因而大力倡导了调查研究之风。谭平山、毛泽东、彭湃、李大钊、彭公达、邓演达等国共两党人士曾就乡土中国农民问题作过具体的调查研究，分析农民问题出现的各种原因，探寻农村文化教育现状，揭示农民文化心理，

---

① 蒋介石：《工农兵大联合报告》，《中国农民》第一卷第六、七期合刊，中国国民党中央执行委员会农民部印行。

② 李立三：《出席赤色职工国际经过报告》，《中国农民》第一卷第六、七期合刊，中国国民党中央执行委员会农民部印行。

③ 陈公博：《农民运动在中国国民革命中的地位》，《中国农民》第一卷第六、七期合刊，中国国民党中央执行委员会农民部印行。

提出诸多解决农民问题的方案措施，从而大大推动了乡土中国农民问题的研究。

曾在中共五届一中全会上当选为农民部长、国共合作期间担任武汉国民政府委员兼农民部部长的谭平山，在《中国农民》第二卷第一期上发表《中国农村经济状况——土地分配情形之报告》，以翔实的数据揭示出了农村土地分配的实际情形。他认为："自从外国资本侵入之后，因新式交通的便利，农村经济很快的被工业品的输入和大规模的原料的榨取所破坏了，穷困和阶级的分化，是一天甚似一天，在农村中发生了商业资本家，和新地主，经过长久时期的军阀们破坏的战争，和在极残酷的政治，以及经济的压迫之下，整个的农业，已被完全的毁坏了。"①为了证明这种观点，谭平山对农村土地分配状况进行了分析。

> 土地分配给农民的组织如下：
> 1. 全中国人口为447,154,953
> （按北京交通部1922年的统计）
> 2. 农民为380,081,909（占全国人口85%）
> 农村中的经济地位和形势：
> A. 附着于土地人口
> a. 雇农：26,073,610口＝6.81%
> b. 贫农：
> 1. 佃农：72,890,130口
> 2. 半佃农：53,098,855口
> 总计为126,069,985口，占33.16%
> c. 小农：116,074,985口，等于占30.54%
> d. 中农：27,147,785口，占7.14%
> e. 富农和地主：14,271,570，占3.375%
> B. 不附着于土地人口，共70,314,004口，占18.51%②

①② 谭平山：《中国农村经济状况——土地分配情形之报告》，《中国农民》第二卷第一期，中国国民党中央执行委员会农民部印行，1927年6月。

谭平山结合数据分析出，“贫农和小农占全农民人口 63.70%，而且生活程度异常的低劣”[1]，这是中国革命最可依靠的力量。在中国革命运动中，如何看待农民的主体力量，以及如何对待农民运动中农民提出的利益要求？这成为困扰革命的一个根本性问题。对此，谭平山指出，“我们千万不可有一种利用别人做革命毛病，即如要利用工人的时候，他便请工人来参加革命，为了政治上的便利起见的时候，有时把工人的利益来牺牲。在农民运动中也有同样的现象。当农民与地主冲突的时候，军队往往助地主去杀死农民。……农民参加革命，不能来做人的工具，是为求它本身的利益。同志，尤其是做农民运动的同志，对党的错误，时时要负责纠正。”[2]早在 1926 年，思想敏锐的谭平山就觉察到革命运动中一些人对农民工人的态度采取了一种利用的、策略性的机会主义，而不是从内心里真正认同农民工人的利益要求，求得农民大众的解放，仅仅把农民工人视为可以利用的革命工具，在胜利的时刻可以随时丢弃乃至毁灭的工具。遗憾的是，谭平山的警示竟真的被后来的革命发展历史所证实。国民党右派在取得北伐胜利后不久，就丢弃了这个工具，乃至开始了大肆屠杀农民运动和工人运动同志的反革命行为。

谭平山不仅分析了农民生存经济状况，指出要保护、支持农民运动，可贵的是，他没有停留在简单的赞美农民运动的表面，而是从社会文化心理层面分析中国农民精神状况中一些负面的心理意识。“雇农有机会是想做佃农，做了佃农又想做自耕农，做了自耕农又想做地主。农民群众的普遍心理，是小资产的心理。小资产阶级是站在革命与反革命之间的。有时可以做革命，有时可以做反革命，所以农民的地位，是很危险的。且农民要做革命的领导者，也是不可能的，所以一定要与工人结合，我们做农民运动的同志，时时不要把工人运动忘记。”[3]显然，谭平山对农民文化心理的分析是深刻的，提出

---

① 谭平山：《中国农村经济状况——土地分配情形之报告》，《中国农民》第二卷第一期，中国国民党中央执行委员会农民部印行，1927 年 6 月。

②③ 谭平山：《国民革命中的农民问题》，《中国农民》第一卷第一期，中国国民党中央执行委员会农民部印行，1926 年 1 月。

农民运动要与工人运动相结合，同时提出了一个如何克服农民的心理动摇意识、保护农民革命的积极性是极为重要的问题。

农民运动大王彭湃结合自己的农民运动实践发表了《海丰农民运动报告》的文章，在《中国农民》杂志上连载。彭湃在报告的第三节里集中分析了海丰一带为代表的中国农民的受教育、文化、心理意识等状况，为认识当时的中国农民提供了一份难得的文化档案。

> 海丰虽有中学师范高等小学国民小学之设，但只限于城市中的地主们或富商的儿孙们才能得到教育的机会。至于农民呢？只有负担资产阶级的儿孙们的教育经费。全县教育经费之收入约百分之五十到七十五抽诸农民，而农民到不知教育是什么东西！全县的农民能自己写自己名字者不到百分之二十，其他百分之八十连自己的名字都不会写的。
>
> ……我们对农民谈到中国受帝国主义军阀祸害国民的政治问题，叩其意见们大都是保留其数千年来的旧观念："真命天子不出世，天下是不会太平的，真命天子一出来，连枪都不会响了，便马上可以做皇帝。"对于经济方面如关贫穷种种痛苦压迫的问题，他们大都说："这是天命使然"，并且"没有得到好风水"。
>
> 乡间完全没有阅报演讲团平民学校之设，不过有唱戏唱曲及舞狮种种之娱乐机关，然其中的戏剧歌曲文章几千年来差不多是一样。①

在这样贫瘠的受教育状况中，农民的愚昧自然是可想而知的，而且还因为没有文化不仅不能翻身解放，而且还要代代承受着地主劣绅官吏的政治压迫和经济剥削，形成一种恶性循环。彭湃进一步归结了农民文化愚昧和精神麻木的深层原因，"所以农民的思想一半是父传子子传孙的传下去，一半是从戏曲的戏文中所应向而形成了一个很坚固的人生观。以反抗（革命）为罪恶，以顺从（妥协）为美德。对于旧教育（如满清时的八股先生）教其安分守己、顺从地主、尊崇皇

---

①　彭湃：《海丰农民运动报告》，《中国农民》第一卷第一期，中国国民党中央执行委员会农民部印行，1926 年 1 月。

帝为农民所最欢迎，如新教育反抗命运风水等，都为农民所讨厌。他如菩萨鬼怪等说更为农民所信仰，这通通都是压迫阶级欲使农民世世代代为其奴隶而赐与这些不成文化的文化。”①彭湃的分析是非常深刻的，也是他在海丰开展农民运动所亲身感受的，这昭示着农民运动不仅需要进行经济领域的对土地进行重新分配、在政治领域解放农民，同时也要在文化教育领域解放农民，而且要彻底打破几千年传下来的传统文化思想是一个极为艰巨而又漫长的任务。

早期共产党人彭公达在《中国农民》上发表的《农民的敌人及敌人的基础》，详细分析了乡土中国农民的 6 种敌人——帝国主义、军阀、官僚、买办阶级、地主、劣绅，特别指出帝国主义给中国乡村社会所带来的结构性的裂变，农民日益贫困，财富日益集中在一少部分地主官僚资本家手中，不同阶级处于严重的对立状态。②这对于进一步分析中国农村社会结构变迁、开展农民运动提供了理论支持。文章针对大革命时期中国共产党存在着的“右”和“左”两种错误倾向，毛泽东在《中国农民》发表的《中国社会各阶级的分析》指出分清敌友“是革命的首要问题”，“我们的革命要有不领错路和一定成功的把握，不可不注意团结我们的真正的朋友，以攻击我们的真正的敌人”。③毛泽东在文章中具体地分析了中国社会各阶级、阶层的经济地位、由经济地位决定的对待革命的不同态度、各阶级的相互关系等，指出国民革命的中心问题是农民问题，从而回答了中国革命的对象、动力、性质和前途等一系列根本问题，推动了农民运动理论和中国新民主主义革命运动理论的发展。

《中国农民》杂志不仅刊登关于农民问题的政治主张，传播国共合作期间的农民问题的决议案，阐释国共两党的农民主张，深入分析从晚清以来农民生存的苦难日甚一日的深层原因所在，揭示农民深

---

① 彭湃：《海丰农民运动报告》，《中国农民》第一卷第一期，中国国民党中央执行委员会农民部印行，1926 年 1 月。

② 彭公达：《农民的敌人及敌人的基础》，《中国农民》第一卷第三期，中国国民党中央执行委员会农民部印行，1926 年 3 月。

③ 毛泽东：《中国社会各阶级的分析》，《中国农民》第一卷第三期，中国国民党中央执行委员会农民部印行，1926 年 3 月。

层的文化心理意识。而且,《中国农民》杂志还发表不少苏联、德国人在中国的演讲报告,刊载了一些国外农民运动理论的文章,如刘伯垂翻译的日本佐野学的《社会革命与农民运动》、邹敬芳翻译的 W. P. Miljutin 的《社会主义和农业问题》等论文,大大开拓了这一时期农民运动理论视野,促进中国农民运动理论和实践的形成与发展。

1927 年 4 月 12 日,蒋介石发动了"四·一二"事变,大肆屠杀工人和农民,成为他自己所提出的摧残农工的"军阀和帝国主义走狗"。农民运动何去何从,成为当时武汉国民政府的一个极为紧迫、不得不作出回答的问题。对此,当时负责农民运动的邓演达就非常焦虑,认为必须迫切解决农民的土地问题,却一时找不到出路。《中国农民》第二卷第一期发表的《土地问题的各方面》就显示出邓演达在蒋介石叛变革命之后对土地问题的观点。

> 本党对于这个严重的问题,做了些什么工作呢?虽然有过许多很好的决议,但是现在还没有充分的利益,给予农民。农民依旧受苦,所以农民对本党的观念,还是很疲缓。……
>
> ……土地问题有待解决,不自现在始,数千年来已经存在了。历史告诉我们。农民要解决的大问题,即土地问题。不过土地问题到现在更重要了,土地问题若果不能解决,我们可以说革命必不能成功。
>
> ……土地委员会,如何解决这个问题,不能用一种远远的,官僚式的调查方法。应用一种革命的,敏捷的手段,定出确实的方案来,因为农民对于土地的要求,已经迫在眉睫了,等不得我们从从容容去调查统计。
>
> 蒋介石从前是很努力的。现在却反动了,这并不是某个人的问题,这是强固的封建社会的经济制度凝成的。在封建社会之下农民须供给百分之五十以上的生产与地主,地主却与驻防军勾结,于是产生了官僚政治。①

---

① 邓演达:《土地问题的各方面》,《中国农民》第二卷第一期,中国国民党中央执行委员会农民部印行,1927 年 6 月。

邓演达对当时农民运动的态势、利益要求的理解是准确的，提出的解决措施与毛泽东后来在井冈山革命根据地的解决土地的革命措施有极为相似之处，不同的是邓演达仅仅处于一种革命设想阶段，没有寻找到一种"革命的，敏捷的手段"，而毛泽东领导的工农红军则不仅充分认识到中国农民问题和中国革命的关键所在，重要的是从实践上开启了土地革命，呼应农民的根本利益要求，带领中国农民走向真正意义上的翻身解放。

重新翻阅1920年代的期刊杂志，我们会发现，不仅中国早期共产党人认识到农民在乡土中国现代化进程的地位，中国国民党左派人士、其他文化社会力量也认识到了农民群体的重要价值和作用。对中国革命就是农民革命、中国革命的中心问题就是农民运动问题是有着时代的共识的，不同的是，国民党右翼叛变了革命，共产党却团结国民党左翼等进步人士，投入到了发动农民运动的革命进程之中。

第三节 "农民艺术"：乡土中国对作家的现代性审美召唤

1920年代各种文化政治力量对乡土中国农民问题的探寻，发现了中国农民在中国革命历程中的地位和作用，推动了中国革命的现代化进程，极大的影响了中国知识分子对农民的认识，在文学审美想象中产生了一种新的形象塑造要求。

1923年12月，茅盾发表《"大转变时期"何时来呢？》一文，敏锐地发现反对"吟风弄月"的恶习、"醉罢"、"美呀"的所谓唯美的文学、颓废倾向的文学，是最近两三月来文坛上常常听到的论调。对此，他从社会政治趋于黑暗、中国知识阶级中了名士思想的毒以及唯美派作家也没有产生好作品等方面分析了文坛发生变化的原因，大力主张"附着于现实人生的，以促进眼前的人生为目的"的现代"活文学"，大声呼唤"我希望从此以后就是国内文坛的大转变时期”。①

1924年11月，茅盾留苏的弟弟沈泽民发表的《文学与革命的文学》是一篇极为重要的理论文章。沈泽民在文中明确指出：“就是在现在，我们显然看出，在文学方面像在各种方面一样，已有诞生一种新的精神的必要了。一个极大的变动正在涌起；社会的全组织正在瓦解，旧的阶级已自己走到他的灭亡的道路，新的阶级正在觉悟起来凝聚他自己的势力。像罗丹所雕刻铜器时代的人一样，世界的无产者正从沉睡中醒来，应着时代的号声的宣召，奔赴历史所赋与他们的使命。从黑暗到光明、从苦痛到解除苦痛，这一个暴风雨的时代啊！”在这样的暴风雨、大话剧的时代，民众要求文学者“用锐敏的同情，了解被压迫者的欲求，苦痛与愿望，用有力的文学替他们渲染出来；这在一方面，是民众的痛苦的慰藉，一方面却能使他们潜在的意识得具体的表现，把他们散漫的意志，统一凝聚起来。一个革命的文学者，实是民众情绪生活的组织者，这就是革命的文学家在这革命的时代中所能成就的事业！”②沈泽民的深刻之处不仅在于明确指出了文学的新时代风貌以及对作家的革命召唤，而且具体点明了作家创作革命文学的途径、革命文学的本质特征。在这种“革命的文学”话语语境中，茅盾开始了对受压迫最为严重的农民群体的艺术思考。

> 农民艺术这个名词成立已久，例如弥爱的表现农家生活的图画，范尔冷(Verlaine)的田园诗，克鲁农夫(KIuyev)的农民诗，都是表现农民的痛苦极为透彻，至于为老实的资产阶级艺术拥护者所憎恶，因而此等农民艺术常被认为无产阶级艺术——这是错误的。无产阶级艺术绝非仅仅描写无产阶级生活即算了事，应以无产阶级精神为中心而创造一种适应于新世界(就是无产阶级居于治者地位的世界)的艺术。无产阶级的精神是集体主义的，反家族主义的，非宗教的。然而农民的思想则正相反。

---

①　茅盾：《“大转变时期”何时来呢?》，《文学研究会资料》上篇，河南人民出版社，1985年10月第1版，第113页。

②　沈泽民：《文学与革命的文学》，《文学研究会资料》上篇，河南人民出版社，1985年10月第1版，第127—128页。

> 农民中的佃户虽然也是无产阶级，而最大多数的自耕农也是被压迫者，过的生活极困难，但是实际上农民的思想多倾向于个人主义，家族主义，宗教迷信的。所以然之故，半因农民的经济条件与劳工不同，半亦因落后的农业生产方法使他们不懂得合作，没有阶级意识。旧有的农民艺术里便充满了农民的此等个人主义的家族主义的和宗教迷信的思想。①

这是1925年5月到10月，茅盾连续在《文学周报》上发表《论无产阶级艺术》的系列文章之一。茅盾在清晰地梳理无产阶级文艺的源头、发生条件、内容、形式，为无产阶级文艺做出了较为完整的理论阐释的同时，提出了受压迫群体之一的农民艺术观点。比较于旧的农民艺术，茅盾先生提出了新的农民艺术应该具有的内涵，就是祛除旧的农民“个人主义，家族主义，宗教迷信”思想，而代之以新的“集体主义”的无产阶级的精神，来塑造新的阶级意识的农民新形象。

茅盾先生的这种要求无疑是代表了新的无产阶级美学原则的崛起，但是这也在无形之中遮蔽乃至泯灭了农民群体所具有的旧的思想负累，毕竟农民的旧的思想意识不是一天就能够改变的，即使改变也是需要一个过程，一个灵魂蜕变的过程。因此，仅仅简单地因为要塑造无产阶级农民艺术就一天把农民都塑造成为“集体主义”的无产阶级精神的形象，无疑是不符合艺术真实原则的，其人物形象无可避免地带有假大空的虚假艺术成分。

1927年3月25日，许幸之在革命军占领上海的第三日写出了《艺术家与农民革命》的文章，从中不难看出作者对农民革命的激情。面对农民革命的迅猛发展，许幸之提出了艺术家如何在“农民向贵族资本家革命的时代”以艺术的形式参加农民革命、创作“农民文艺”的问题。

> “亲切的农民来告诉我们，你们艺术家们，你们莫要再替贵族和资本家们做宣传工作了。他们在社会上已经作了许多不可

---

① 茅盾:《论无产阶级艺术》,《文学研究会资料》上篇，河南人民出版社，1985年10月第1版，第136—137页。

掩饰的罪恶，现在是我们平民是无产阶级向他们革命的时期。……你们诗人文学者，你们画家雕刻家必须参加我们的农民革命，你们的诗和小说画和雕刻，也必须描写我们农民的生活，必须以我们农民的风俗习惯来做你们艺术的题材，你们描写出来的诗和小说，绘画和雕刻，也必须教我们农民们都能了解。"①

许幸之的呼吁是切中时弊的，因为新兴的左翼文学思潮虽然一味强调"第四阶级"、"工农大众"，但是相对于乡土中国国情、具体的文学创作来说都是泛泛而谈，没有真正深入中国农民、体现农民生活的革命文学作品。

也就是说，虽然左翼作家已经意识到了阶级性的现代思想意识，但是怎样表现阶级意识，无论是理论上还是实践上都没有确立起来，都处于探索之中。乡土中国的国情使左翼文学理论涂抹上了一层乡土色彩，即左翼理论的探索在涉及文学艺术形式的时候，都具体指向了中国农村与中国农民。

应该说，许幸之这篇文章不仅仅是一时兴致所至的即兴发挥之作，他所提出的艺术主张和创作要求，都代表一种正在蓬勃发展的新兴革命主体对文学艺术所做出的审美召唤。一个农民革命的时代已经到来，它已经开始召唤与之相适应的新的美学原则和美学形象世界。当然这种农民革命尽管遭遇了重大历史挫折，但是令人匪夷所思的是，这种新的无产阶级、农民艺术召唤却并没有受到阻止，反而在农民革命最低潮的时期，爆发出了一种"革命文学"、"左翼文学"的审美潮流。当然，这种农民艺术的审美召唤的历史完成，还是在农民革命发展的高潮时期——延安革命那里得以真正完成。

1920年代轰轰烈烈的农民革命运动不仅对茅盾、徐兴之这样早期共产主义者以新的阶级审美召唤，纷纷提出受压迫阶级的农民艺术，而且对郁达夫等一些党派意识不强的知识分子作家产生了深刻

① 许幸之：《艺术家与农民革命》，《创造社资料》上册，福建人民出版社，1985年1月第1版，第151页。

的影响。

1927年9月郁达夫在《农民文艺的提倡》一文中指出了要提倡不同于从前的、只以赞颂田园风景和称许农民生活的高尚为能事的新型农民文艺，这为作家对中国农民文艺的关注、重视提供了一种极为重要的精神维度和思想资源。

> “文艺是人生的表现，应当将人生各方面全部都表现出来的。现在组成我们的社会的分子，不单是游惰的资产阶级，凶悍的军人阶级，和劳苦的工人阶级而已。在这些阶级之外，农民阶级，要占最大多数，最大优势。而我们中国的新文艺，描写资产阶级的堕落的是有了，讽刺军人的横暴残虐的是有了，代替劳动者申诉不平的是有了，独于农民的生活，农民的感情，农民的苦楚，却不见有人出来描写过，我觉得这一点是我们的新文艺的耻辱。
>
> ……所以我们在此地想和从事于文艺创作的诸君，好好的商榷一下，或者亲自到农民中间去生活，将这一块新文艺上的未垦地开发出来，或者对于乡村的文学青年，加以征搜奖励，使他们有生气勃勃的带泥土气的创作产生出来。在革命运动吃紧的现在，在农民运动开始的现在，我觉得这一种工作，必有良好的结果可收，我希望大家能够注意分一点出来，来提倡这泥土的文艺，大地的文艺。”①

郁达夫对农民文艺的提倡是建立在把农民视为一个独立的阶级力量的认知前提上的。郁达夫的这种阶级想象是以农民为中国现代化根柢和主体的阶级想象，是以“农民阶级，要占最大多数，最大优势”为表现主体的农民本位的文学想象。郁达夫的农民文艺观提出的“亲自到农民中间去生活”的文学生产方式对后来的抗战文学的“下乡运动”以及后来的延安解放区的“深入生活”产生了影响。同时，郁达夫要求农民文艺应该是鲜活生动、“有生气勃勃的带泥土气

---

① 郁达夫：《郁达夫文集》第5卷，花城出版社、三联书店香港分店，1982年7月第1版，第282页。

的创作的”，是一种从大地上孕育而生的“泥土的文艺，大地的文艺”，是一种农民、大地本位的文学创作，对后来赵树理等人的农民文学有着较深的影响。

但是遗憾的是，郁达夫虽然提出了这种农民本位的农民文艺主张，但是却没有在文学创作中实践这一农民本位的理论主张。直到1940年代，赵树理的出现，才实现了郁达夫所提倡的“有生气勃勃的带泥土气的创作”的“泥土的文艺，大地的文艺”。

第四节　“乡土中国”的变迁与阶级性审美理念的诞生

在五四文学和左翼文学之间是有着内在的精神血脉相连的，二者之间是有着一道隐秘的精神桥梁相通的。“从文学‘自身’来说，左翼文论与五四以来以人性解放为旨归的文学思想和兼容并包的创作状态之间呈现出一定程度的断裂，但还是隐伏着几个方面的历史联系，例如，五四的‘思想革命’的主张已包含着社会革命的意向；五四作家普遍的平民意识和偶或出现的‘劳工神圣’的口号可以通连左翼‘文学大众化’的提倡；五四虽有多种创作流派，而其中较多倾向于真实反映现实的朴素的写实主义，好像是为左翼强调‘现实主义’作了铺垫。到了左翼文论的后期，由于鲁迅、茅盾、冯雪峰、胡风等左翼作家和理论家的努力，更逐渐自觉地与五四文学传统相接续，并在演进中深化。”①

随着时代形势的发展，以落后农民占主体的苏维埃俄国社会主义革命的成功对探寻乡土中国现代化道路的中国知识分子影响巨大。在各种现代性思潮中，宣扬阶级斗争、暴力革命等思想的马克思主义在中国渐渐深入中国知识分子的心灵世界，成为一种占据重要地位的思想派别。作为五四时期文坛上两大主力阵容的文学研究会

---

①　王铁仙：《绪论：中国左翼文论的是非功过》，《中国左翼文学思潮》，华东师范大学出版社，2005年4月，第1版，第2—3页。

与创造社，它们中的许多作家也正在随着时代的发展而发生着思想的质变，其文学观念也在发生着质变。以往的研究中多数都从创造社的后期转变来叙述中国左翼文学的发生，但事实上，文艺界最早倡导左翼革命文学的是文学研究会。对此，田仲济先生在《文学研究会的现实主义思想》一文中有过论述：

> 无产阶级革命文学的倡导，我们一直以为最早提出的是创造社或太阳社，例如一九二三年五月，郭沫若在《创造周报》第三期上发表了一篇《我们的文学新运动》，提出"我们的运动要在文学之中爆发出无产阶级的精神，精赤裸裸的人性。我们的目的要以这生命的炸弹来打破这毒龙的魔宫。"在同一期《创造周报》上还有郁达夫的《文学上的阶级斗争》，喊出，"世界上受苦的无产阶级者，在文学上社会上被压迫的同志，凡与有权有产阶级的走狗对敌的文人，我们大家不可不团结起来。"蒋光赤在一九二四年八月《新青年》季刊第三期上发表过《无产阶级革命与文化》，一九二四年办《春雷周刊》，专门提倡革命文学。文学研究会的提倡无产阶级革命文学，好像就很少有人提及了。实际上在一九二二年四月，就有人提出，"第四阶级者要想扭断这条铁索。非将现在底经济组织推翻不可，非特无产阶级者联合起来，革第三阶级的命不可。"从而提倡血泪的、革命的、自然主义的文学，以这样的文学来推动进行俄国式的革命。①

仔细分析，我们就会看到文学研究会提倡的"为人生的文学"与"革命文学"是有着内在的精神联系的。1921 年 1 月 4 日，文学研究会在成立之初的宣言中就明确宣称，"将文艺当作高兴时的游戏或失意时的消遣的时候，现在已经过去了。我们相信文学是一种工作，而且又是于人生很切要的一种工作；治文学的人也当以这事为他终身的事业，正同劳农一样。"②可见，文学研究会作家所秉持的文学观是

① 田仲济：《文学研究会的现实主义思想》，《文学研究会资料》中篇，河南人民出版社，1985 年 10 月第 1 版，第 749 页。

② 周作人等：《文学研究会宣言》，《文学研究会资料》上篇，河南人民出版社，1985 年 10 月第 1 版，第 1 页。

一种严肃、客观、真诚、为人生的观点。文学研究会同人观点的相近,并不说明他们之间没有差异。相对于周作人的人道主义人性观之下的“为人生”的文学,郑振铎的文学观点与他拉开了明显距离。1921 年,郑振铎在《文学旬刊》第 6 期发表《血和泪的文学》,提出“我们现在需要血的文学和泪的文学似乎要比‘雍容尔雅’‘吟风啸月’的作品甚些吧:‘雍容尔雅’‘吟风啸月’的作品,诚然有时能以天然美来安慰我们的被扰的灵魂与苦闷的心神。然而在此到处是榛棘,是悲惨,是枪声炮影的世界上,我们的被扰乱的灵魂与苦闷的心神,恐总非他们所能安慰得了的吧。……记住!记住!我们所需要的是血的文学,泪的文学,不是‘雍容尔雅’‘吟风啸月’的冷血的产品。”①提倡为人生的、客观的、表现“血和泪的文学”的文学观是以文学研究会为代表的五四文学走向左翼文学道路上贯通的精神血脉。即现实主义,是以文学研究会为代表的五四文学与左翼文学内在相通的精神血脉。

不仅如此,文学研究会的一些作家在文学对社会的能动作用上,也有着与中国左翼文学一致的精神认同:1921 年,耿济之在《〈前夜〉序》中,对文学改造社会、人生的功用力量与价值进行了深刻的分析:“换言之,文学作品的制成应当用作者的理想来应用到人生的现实方面。文学一方面描写现实的社会和人生,另一方面从所描写的里面表现出作者的理想,其结果:社会和人生因之改善,因之进步,而造成新的社会和新的人生。这才是真正文学的效用。”②为此,耿济之详细分析了《前夜》的作者屠格涅夫所具有革命倾向性的写作姿态:

> 屠格涅甫实在是厌弃白尔森涅甫和苏宾两人学问和艺术的事业,而推崇段沙洛夫这种切志救国,铁肩担道的精神。然而读者不要误会:屠格涅甫并不是反对学问和艺术的事业,他也知道这种事业在社会上是很重要的;但是在俄国“当时”所最为需要

---

① 郑振铎:《学和泪的文学》,《文学研究会资料》上篇,河南人民出版社,1985 年 10 月第 1 版,第 73 页。

② 耿济之:《〈前夜〉序》,《文学研究会资料》上篇,河南人民出版社,1985 年 10 月第 1 版,第 75 页。

> 的并不专是这种事业，却是需要实地改造的力量和精神。他在自己小说里不但对于白尔森涅甫和苏宾表示蔑视的意思，并且一切否认与他同时的各种人。小说里有一处可以证明出他的意思，他说：像放沙格夫这种人现在是没有的了，所有的只是喧嗓者，鼓锤子，和从空虚移到虚空的人。这句话真是骂尽俄国当时的人，形容尽俄国当时社会的情形！所以这篇小说实在是俄国青年的兴奋剧，凡读着这本书，便明白自己的责任并不在于空虚飘茫的言论，而在于实地去做改造社会的工作。此书一出，俄国不少青年男女都觉悟过来，争着学段沙洛夫和叶林娜的榜样大张"争自由""谋解放"的旗帜，以做各种民间的运动，而促成社会的改革。由此可见文学与社会和人生实在是很有关系的。中国有句成语说："英雄造时势，时势造英雄"；现在可以换一句"文学造时势，时势造文学"的话了。①

耿济之对屠格涅夫的写作姿态和精神追求的分析极为精辟，而屠格涅夫的这种思想意识是被时代青年和后来的异域翻译家所理解、响应的，文学的确起到了无比巨大的改造人生、社会的作用。耿济之所引进的屠格涅夫的遗弃"学问和艺术的事业"，"切志救国，铁肩担道"的实地改造精神，与后来的中国左翼文学家宁肯牺牲文学的艺术性，也要追求文学的革命性宣传效果的文学理念，有着内在的血脉联系。耿济之的主张与阐释，不仅使我们看到了文学研究会与左翼作家在文学的工具价值理性方面的精神联系，而且为我们理解中国的"屠格涅夫"们和左翼文学提供了一面基于更高的利益、更高的理想、趋向终极性价值的镜子。

正是因为文学研究会与左翼文学有着这样相同的血脉和精神联系，所以在时代大转折的时候，文学研究会的作家向左翼作家的转化、提倡革命的文学就显得自然而然，这是中国现代文学在乡土中国的现实语境下的自然发展。

---

① 耿济之：《〈前夜〉序》，《文学研究会资料》上篇，河南人民出版社，1985年10月第1版，第77页。

中国工人阶级力量不断壮大，乡村社会中的农民阶级日益分化，贫雇农无产者渐渐成为革命的“第四阶级”主要力量。毛泽东的《国民革命与农民运动》和《湖南农民运动调查报告》已经在政治上指出了中国农民在中国革命中的主力军位置，看到了中国农民所蕴藏的巨大的积极革命力量，第一次发现了中国农民。

中国作家的左翼化推动了对农民积极革命性的发现。1926年，郭沫若等人的左翼化转变渐渐走向自觉。郭沫若在《文艺家的觉悟》中，从法国大革命谈起，认为现在进入了“第四阶级革命的时代”，进而斩钉截铁地说：“我们现在所需要的是站在第四阶级说话的文艺，这种文艺在形式上是写实主义的，在内容上是社会主义的。除此以外的文艺都已经是过去的了。包含帝王思想宗教思想的古典主义，主张个人主义自由主义的浪漫主义，都已经过去了。”①

1928年1月1日，由一群青年文艺者创办的《太阳》月刊问世，引发了“革命文学”的从酝酿期走向高潮期。《太阳》月刊创刊号的卷头语高呼要“向太阳，向着光明走！”为了正义和光明，要求奋斗，要求文学“开辟新的园土”、“栽种新的花木”——“革命文学”。1928年，创造社后期的干将冯乃超、李初梨与郭沫若、成仿吾等人一起推动了中国左翼文学的高潮的到来。在1928年1月15号的《文化批判》月刊上，冯乃超发表《艺术与社会生活》。他在文中对文学研究会中描写灰色人生的叶圣陶、表现中国农民精神病态的思想医生鲁迅、脱离创造社的郁达夫进行了批判，认为他们反映的是“负担没落的运命的社会”，“追悼没落的封建情绪，结局他反映的只是社会变革期中的落伍者的悲哀”，只有郭沫若一人是“实有反抗精神的作家”。②1928年2月1日，成仿吾在《从文学革命到革命文学》中表达了创造社作家左翼化的思想转变，提出明确的“革命文学”要求：

我们如果还挑起革命的“印贴利更追亚”的责任起来，我们

① 郭沫若：《文艺家的觉悟》，《创造社资料》上册，福建人民出版社，1985年1月第1版，第122页。

② 冯乃超：《艺术与社会生活》，《创造社资料》上册，福建人民出版社，1985年1月第1版，第156页。

> 还得再把自己否定一遍(否定的否定),我们要努力获得阶级意识,我们要使我们的媒质接近农工大众的用语,我们安以农工大众为我们的对象。
>
> ……以真挚的热诚描写在战场所闻见的,农工大众的激烈的悲愤,英勇的行为与胜利的欢喜!这样,你可以保障最后的胜利;你将建立殊勋,你将不愧为一个战士。①

1928年2月15日,李初梨在《怎样建设革命文学》中认为:"无产阶级文学是:为完成他主体阶级的历史的使命,不是以观照的——表观的态度,而以无产阶级的阶级意识,产生出来的一种斗争的文学",提出了革命文学的阶级性概念。所以,革命文学的阶级意识已经成为左翼作家的共识。

① 成仿吾:《从文学革命到革命文学》,《创造社资料》上册,福建人民出版社,1985年1月第1版,第169—170页。

第五章
阶级视阈下左翼作家的农民观与走向觉醒的农民

为了扩大革命文学的影响，彻底击溃五四文学的传统，创造社作家在提出自己的无产阶级革命文学立场、观点的同时，还对革命文学的艺术形式问题进行了具体的分析。这种具体分析是建立在对五四文学的主将鲁迅、茅盾、郁达夫、叶圣陶等人作品的批评基础之上，提出了对中国乡土社会、对中国农民的阶级性想象的新美学原则。

1928 年 1 月，冯乃超对叶圣陶、鲁迅、郁达夫进行了批判，认为他们反映的是"负担没落的运命的社会"，"追悼没落的封建情绪，结局他反映的只是社会变革期中的落伍者的悲哀"，在一种否定性的批判中建构一种积极的阶级性审美想象。1928 年 2 月，蒋光慈在《关于革命文学》中对革命文学的阶级性想象进行了理论阐述：

> 旧式的作家所表现的，何尝不是社会生活的一部分？不过他所表现的，是旧的倾向，是反动的一方面，而忽略了新的，能够创造光明的力量。革命的作家不但要表现时代，并且能够在茫乱的斗争生活中，寻出创造新生活的元素，而向这种元素表示着充分的同情，并对之有深切的希望和信赖……
>
> 革命的作家不但一方面要暴露旧势力的邪恶，攻击旧社会的破产，并且要促进新势力的发展.视这种发展为自己的文学的生命。在实际社会的生活中，一切被压迫群众不但是反抗统治

阶级的力量，而且是创造新社会的主人。[1]

蒋光慈已经清晰地阐述了左翼文学对中国农民为主体的民众形象的审美想象与建构方式，即由过去的“暴露”、“攻击”、“批判”转向为对“新的，能够创造光明的力量”、“新生活的元素”的寻找、发现、促进，由对愚昧、落后的被压迫者形象转向为“反抗统治阶级的力量，而且是创造新社会的主人”的新形象的塑造。在具体的文学审美想象方面，蒋光慈提出了反个人主义，表现集体主义和群众力量的文学创作原则：“革命文学应当是反个人主义的文学，它的主人翁应当是群众，而不是个人；它的倾向应当是集体主义，而不是个人主义。所谓个人只是群众的一分子，若这个个人的行动是为着群众的利益的，那么当然是有意义的，否则，他便是革命的障碍。革命文学的任务是要在此斗争的生活中，表现出群众的力量，暗示人们以集体主义的倾向。”[2]

在这个阶级性的思想共识和审美原则的一致性基础上，1930 年 3 月 2 日，鲁迅、郑伯奇、冯乃超、钱杏邨、蒋光慈等人发起成立了左翼作家联盟。“左联”的成立使“革命文学”从狭隘中走向更为宽广的“左翼文学”，在承继和断裂中使五四文学发展为具有新型性质的“左翼文学”。在“阶级性”的审美想象中，中国农民具有了新的性格特质：也由五四文学中的落后、愚昧的形象转化为新的革命阶级意识觉醒者。

第一节　茅盾“农村三部曲”：在愚昧与觉醒之间挣扎的农民

1925 年 4 月 8 日鲁迅在与许广平的通信中就对暴力革命进行

---

① 蒋光慈：《关于革命文学》，《“革命文学”论争资料选编》，人民文学出版社，1981 年 1 月北京第 1 版，第 143 页。

② 蒋光慈：《关于革命文学》，《“革命文学”论争资料选编》，人民文学出版社，1981 年 1 月北京第 1 版，第 144 页。

新的思考，"所以我想，无论如何，总要改革才好。但改革最快的还是火与剑"。①1930 年 5 月 8 日，鲁迅在《〈艺术论〉译本序》中对蒲力汗诺夫的农民观进行了批评，"对于农民层的革命底的可能力的过少评价。蒲力汗诺夫在对于民意党人的有害方面的斗争中，竟看不见农民层的种种革命底的努力了"。②现代中国知识分子对中国农民的认识在 20 世纪 30 年代已经发生了深刻的变化，充分认识到中国农民与乡土中国现代化的密切关系，意识到中国农民对中国革命的巨大积极性革命力量。因而，在文学作品中，中国左翼化的作家塑造了许多不同于以往的觉醒的、走向革命的农民形象。

在具体的审美想象中，从五四时期走过来的、原文学研究会作家茅盾等人对中国农民的想象并没有一下子就割断历史的联系，而是在真实地反映时代的中国农民变化以及中国农民原先存在的旧思想的羁绊，塑造了在愚昧与觉醒之间挣扎的农民形象，体现了在具体环境下农民从愚昧走向觉醒的艰难历程。

> 现在我还是坚持我从前的意见，我还是以为《呐喊》所表现者，确是现代中国的人生，不过总是躲在暗陬里的难得变动的中国乡村的人生；我还是以为《呐喊》的主要调子是攻击传统思想，不过用的手段是反面的嘲讽。如果我们能够冷静地考量一下，便会承认中国乡村的变色——所谓地下泉的活动，像有些批评家所确信的，只是最近两三年以来的事，而在《呐喊》的乡村描写发表的当时，中国的乡村恰正是鲁迅所写的那个样子。再如果我们是冷静地正视现实的，我们也应该承认即在现今，中国境内也还存在着不少《呐喊》中的乡村和那些老中国的儿女们。③

茅盾在"革命文学"的论争中反驳创造社对鲁迅及其作品的攻击，为鲁迅写作"死水似的乡村"里的"老中国的儿女们"进行了辩护。这些辩护反映了茅盾对乡土中国社会、中国农民的认识：茅盾一方面

---

① 鲁迅：《鲁迅全集》第 11 卷，人民文学出版社，1981 年第 1 版，第 39 页。
② 鲁迅：《鲁迅全集》第 4 卷，人民文学出版社，1981 年第 1 版，第 260 页。
③ 茅盾：《茅盾全集》第 19 卷，人民文学出版社，1991 年第 1 版，第 199 页。

认为，大革命后的乡土中国社会已经发生了深刻变化，“如果我们能够冷静地考量一下，便会承认中国乡村的变色——所谓地下泉的活动，像有些批评家所确信的，只是最近两三年以来的事”；但是，另一方面，茅盾依然保持着清醒的现实主义，认为这些“乡村的变色”也不过只是一部分村庄而已，而且在中国强大的封建地主势力的压迫下，这些“乡村的变色”有的很快就褪色了，在中国乡村社会深层结构并没有被撼动，依然在中国乡村社会维持旧的秩序，“如果我们是冷静地正视现实的，我们也应该承认即在现今，中国境内也还存在着不少《呐喊》中的乡村和那些老中国的儿女们。”因而，茅盾对中国农民的审美想象就具有了两个层面的认识，一方面既承认中国乡村、中国农民革命性的变化，另一方面又深刻地认识到大多数中国乡村深层结构的顽固以及大多数农民思想深层的愚昧与保守性，所以茅盾对中国农民的审美想象是丰富而又极为深刻的，其笔下的中国农民形象是复杂而又多面的。1932 年，茅盾开始创作的“农村三部曲”就鲜明地带有这一审美想象特征，塑造了新旧父子两代人在愚昧与觉醒之间的艰难挣扎。

早在 1927 年大革命失败后，茅盾在小说《蚀》三部曲的《动摇》中，除集中刻画了劣绅胡国光的一系列卑劣投机行为外，还间接地描写了一组模糊的农民群像。《动摇》小说中，在农民协会组织起来后，污蔑革命的谣言也就随之而起——“男的抽去当兵，女的拿出来公”。谣言之所以能够盛行，就是因为一些农民思想中存在的封建意识。

> 事情是不难明白的：放谣言的是土豪劣绅，误会的是农民。但是你硬说不公妻，农民也不肯相信；明明有个共产党，则产之必共，当无疑义，妻也是产，则妻之竟不必公，在质朴的农民看来，就是不合理，就是骗人。王特派员卓凡是一个能干人，当然看清了这点，所以在他到后一星期，南乡农民就在烂熟的“耕者有其田”外，再加一句“多者分其妻”。在南乡，多余的或空着的女子确是不少呀：一人而有二妻，当然是多余一个；寡妇未再醮，尼姑没有丈夫，当然是空着的。现在南乡的农民便要弥补这缺

憾，将多余者空而不用者，分而有之用之。①

因而，南乡农民也就发生了不尊重女性意愿的“公妻”行为。劣绅胡国光之所以能够煽风点火、投机成为委员，就是不断地利用了农民的愚昧、落后意识。在带领农民抗税的农协委员被县长拘留后，胡国光抓住这个机会，煽动农民对抗县党部，攫取个人私利：“县长将本案看得很轻，以为不过拘押了三个种田人，自有法律解决，不许民众团体及党部先行保释，这便是轻视民众！各位，轻视民众，就是反革命，反革命的官吏，惟有以革命手段对付他！”②

正是在胡国光等劣绅的欺骗性鼓动、资产阶级革命派方罗兰的软弱动摇和反动军队的反扑下，一场大暴乱不可避免地发生了。暴乱极为惨烈不堪，“在妇协被捉的三个剪发女子，不但被轮奸，还被他们剥光了衣服，用铁丝穿乳房，从妇协直拖到县党部前，才用木根捣进阴户弄死的。”③

在《动摇》小说中胡国光等土豪劣绅之所以能够一步步地攫取权力、破坏革命、离间农会与革命领导者的关系，除了资产阶级革命本身所具有的不彻底性、妥协性、动摇性这些原因外，农民自身愚昧、落后的封建思想意识与缺少主体性的盲动性格也是一个重要原因。因此，这时茅盾对农民的描写是模糊的、群像性质的，对农民的盲动、愚昧、落后乃至是专制性的思想进行的揭示与批判，依然继承了鲁迅对“老中国儿女”的病态批评品格，显现了他对农民的革命积极性认识的不足。

《春蚕》发表于 1932 年 11 月，是当时表现“丰收成灾”作品中的代表，也是茅盾第一篇真正以“乡土农村”为题材的作品。《春蚕》的创作灵感，来自报上的一则“浙东今年春蚕丰收，蚕农相继破产”的消息，小说创作的另一因素是茅盾对家乡蚕农生活的熟悉。1945 年茅盾在《我怎样写〈春蚕〉》一文中道出了详情：茅盾的祖母来自农村地

---

① 茅盾：《茅盾选集》第 2 卷，四川人民出版社，1982 年 7 月第 1 版，第 169 页。
② 茅盾：《茅盾选集》第 2 卷，四川人民出版社，1982 年 7 月第 1 版，第 210—211 页。
③ 茅盾：《茅盾选集》第 2 卷，四川人民出版社，1982 年 7 月第 1 版，第 231 页。

主家庭，喜欢养蚕，所以茅盾自小就对养蚕感兴趣，了解各种养蚕的知识。茅盾也耳闻目睹了当地乡镇蚕业市场、蚕农交易及由此带来的悲欢。

茅盾在“农村三部曲”中对农民也有不同于《动摇》的审美认知：“通常的看法总以为这一带的农民比较懒，爱舒服，而人秉性柔弱。但我的看法却不然。蚕忙、农忙的时期，水旱年成，这一带农民的战斗精神和组织力，谁看了能不佩服？……一九三〇年，这一带的农民运动曾经有过一个时期的高潮。农民的觉悟性已颇可惊人。诚然，在军阀部队‘吃粮’的，很少这一带的农民，向来以为他们‘秉性柔弱’的偏见大概由此造成。可是，根本的原因还是在于这一带的工业能吸收他们。事实早已证明，为了自己的利益，他们是能够斗争，而且斗争得颇为顽强的。”“这是我对于我们家乡一带农民的看法。根据这一理解，我写出了《春蚕》中那些角色的性格。”①

《春蚕》中的老通宝的父亲一生勤俭忠厚，儿子阿四、儿媳四大娘都是勤俭的，小儿子阿多年纪轻、有点不知深浅，但都有着农民勤劳质朴的优点。然而，老通宝和儿子阿多两代人之间却有着巨大的差异，《春蚕》开篇中老通宝的一句感叹“真是天也变了”拉开了小说叙述的新时代背景。老通宝在回忆中重新温习了一遍祖父时代勤俭致富的发家史和现在家业的衰落，“老通宝家养蚕也是年年都好，十年中间挣得了二十亩的稻田和十多亩的桑地，还有三开间两进的一座平屋。这时候老通宝家在东村庄上被人人所妒羡，也正像‘陈老爷家’在镇上是数一数二的大户人家。可是以后，两家都不行了；老通宝现在已经没有自己的田地，反欠出三百多块钱的债”。②这一方面引起了老通宝的无比伤感，另一方面也引起了老通宝对外来的资本主义经济及其产品的憎恨。深受传统思想毒害的“老中国儿女”——老通宝意识不到自己经济破产的真正原因，而是在愚昧、迷信中寻找因果联系：一是认为当年老祖父杀死的“小长毛”的结；二是相信陈老

① 茅盾：《茅盾全集》第23卷，人民文学出版社，1996年第1版，第213—214页。
② 茅盾：《茅盾全集》第8卷，人民文学出版社，1985年第1版，第314页。

爷“铜钿都被洋鬼子骗去了”的话，因而在心中形成了一个仇视洋鬼子的情结：

> 洋鬼子怎样就骗了钱去，老通宝不很明白。但他很相信陈老爷的话一定不错。并且他自己也明明看到自从镇上有了洋纱，洋布，洋油，——这一类洋货，而且河里更有了小火轮船以后，他自己田里生出来的东西就一天一天不值钱，而镇上的东西却一天天贵起来。他父亲留下来的一分家产就这么变小，变做没有，而且现在负了债。老通宝恨洋鬼子不是没有理由的！他这坚定的主张，在村坊上很有名。五年前，有人告诉他：朝代又改了，新朝代是要“打倒”洋鬼子的。老通宝不相信。为的他上镇去看见那新到的喊着“打倒洋鬼子”的年轻人们都穿了洋鬼子衣服。他想来这伙年轻人一定私通洋鬼子，却故意来骗乡下人。后来果然就不喊“打倒洋鬼子”了，而且镇上的东西更加一天天贵起来，派到乡下人身上的捐税也更加多起来。老通宝深信这都是串通了洋鬼子干的。
>
> 然而更使老通宝去年几乎气成病的，是茧子也是洋种的卖得好价钱；洋种的茧子，一担要贵上十多块钱。……
>
> “世界真是越变越坏！过几年他们连桑叶都要洋种了！我活得厌了！”①

老通宝对洋鬼子、洋机器的憎恨、恐惧心理在《秋收》中也有一段精彩描写：“老通宝站得略远些，瞪出了眼睛，注意地看着。他以为船上那突突地响着的家伙里一定躲着什么妖怪，——也许就是镇长土地庙前那池潭里的泥鳅精，而水就是泥鳅精吐的涎沫，而且说不定到晚上这泥鳅精又会悄悄地来把它此刻所吐的涎沫收回去，于是明天镇上人再来骗钱。”②老一代农民老通宝对洋鬼子的仇恨，可以上源于1900年的义和团运动中中国农民对洋人的激愤心理。这种对洋鬼子的愤恨心理一方面是对外国资本主义经济侵略的自然反映，另

---

① 茅盾：《茅盾全集》第8卷，人民文学出版社，1985年第1版，第315—316页。
② 茅盾：《茅盾全集》第8卷，人民文学出版社，1985年第1版，第365页。

一方面也是与农民思想视野的狭隘、保守联系在一起的。而在老通宝对洋水车的“妖魔化”想象里，农民的思想狭隘、保守又是与愚昧、迷信裹在一起的；老通宝的愚昧、迷信还体现在他那数不清的敬神媚神的行为中，尤其是视荷花为“白虎星”、晦气的封建迷信思想，从而显示了乡土中国老一辈农民灵魂中病态的一面。

在《秋收》中，老通宝的“老中国儿女”形象得到进一步的建构。青黄不接的夏季，饥饿的农民开始“吃大户，抢米囤”反抗不公道的命运，阿多等人也积极参与了斗争。老通宝对此是极力反对的，以他自己的人生经历“他的一贯的推论于是就得到了：‘造反有好处，长毛应该老早就得了天下，可不是么？’”[①]因此，在几十年的人生中，老通宝坚守自己家从祖父下来代代“正派”，他自己也是从二十多岁起就死心塌地学着镇上老爷们的“好样子”，一心想翻身，重新实现自耕农的小康之梦，然而春夏蚕丝的跌价大大破坏了他的梦，使他害了一场大病。随着秋天的临近，老通宝在战胜了旱魃，看着沉甸甸的稻穗，心中又重新鼓起希望的时候，但是米价暴跌的事实给了他沉重的一击，最后在迷茫、困惑、悲痛、不甘心中去世。“当他断气的时候，舌头已经僵硬不能说话，眼睛却还是明朗朗的；他的眼睛看着多多头似乎说：‘真想不到你是对的！真奇怪！’”[②]

与老通宝的愚昧、迷信、仇洋、保守、懦弱相比，儿子阿多在文本中展现的是一代新型的农民形象。哥哥阿四有些迷信，对荷花的“白虎精”有些相信。但是，阿多则坚决不信，对父亲关于不要接触“白虎精”的警告不以为然。在对待“吃大户、抢米囤”运动中，阿多积极坚定，是村庄里的带头者。《残冬》中，反抗意识进一步觉醒的阿多勇敢地从旧有的老通宝和哥哥阿四的生活方式中走出来，准备去寻觅一条彻底翻身求解放的革命之路。

茅盾在《读〈倪焕之〉》中清晰反映了他对中国农民的审美想象具有了两个层面的认识：一方面既承认中国乡村、中国农民革命性的变

---

① 茅盾：《茅盾全集》第8卷，人民文学出版社，1985年第1版，第347页。
② 茅盾：《茅盾全集》第8卷，人民文学出版社，1985年第1版，第368页。

化，另一方面又深刻地认识到大多数中国乡村深层结构的顽固以及大多数农民思想深层的愚昧与保守性。所以茅盾对中国农民的审美想象是丰富而又极为深刻的，其笔下的中国农民形象、性格是复杂而又多面的。老通宝的形象是比较成功的，写出了“老中国儿女”在时代变化波动中的内在灵魂世界。但是，对新一代觉醒的、走向革命的农民形象阿多的刻画中，茅盾的描写还比较粗糙，缺少关键性的细节描写，如阿多的革命意识是如何觉醒的，经历了怎样的心理挣扎，茅盾都没有呈现出来；而且阿多领导的斗争还是处于自发的经济性抗争之中，因此阿多离真正的阶级意识的觉醒、成为一个自觉的革命者还有一段很长的距离。但是，毕竟“老中国儿女”的中国农民已经开始了新的生活目标方式，迈出了革命性的一步。

第二节　洪深“农村三部曲”：李全生形象的过渡意义

20世纪30年代的中国左翼文坛上，与茅盾的《农民三部曲》和叶紫的《丰收》等作品中所想象与建构的旧式农民和在愚昧与觉醒之间挣扎的新一代农民形象不同的是，丁玲的《水》、吴组缃的《一千八百担》等小说中明显出现了一种集体主义的农民群体形象叙事。

在小说《水》中，农民喊出了：“起来是要起来的，可是不是抢，是拿回我们的心血。告诉你，只要是谷子，都是我们的血汗换来的。我们只要我们自己的东西，那是我们自己的呀！……”①农民觉醒起来了，虽然还停留在经济斗争的自发层面上，但是已经深刻意识到地主经济剥削的本质以及夺回自己劳动果实的道义合理性。但是，由于小说篇幅所限，这些农民群体的形象叙事仅仅是一种人物形象的“速写”，农民形象出现概念化、扁平化的艺术局限。这种新型农民形象

---

① 丁玲：《丁玲文集》第2卷，湖南人民出版社，1983年12月第1版，第405页。

的艺术局限在洪深的“农村三部曲”、蒋光慈的《咆哮了的土地》、叶紫的《星》中得到了一定程度的修正。对照蒋光慈的《咆哮了的土地》、叶紫的《星》，洪深的“农村三部曲”具有特殊的意义和价值，剧中的农民形象在具有坚定斗争和反抗意识的同时，又缺乏进一步的革命理论的指导，是一个具有从愚昧农民形象到坚定的农民革命者之间的过渡意义的农民形象。

1930年洪深的戏剧《五奎桥》，以及后来发表的《香稻米》、《青龙潭》构成了30年代的另一个“农村三部曲”，塑造了一个与地主阶级进行坚定斗争的农民李全生形象。

《五奎桥》是“农村三部曲”中对农民形象刻画最为突出的一部。在剧中，以李全生为代表的农民与五奎桥的主人周乡绅进行的斗争中，五奎桥是全剧矛盾冲突的焦点。

> 这座五奎桥不仅仅是一座桥，而是一个重要的象征了。“五奎”，一般乡下人迷信是司理命运的天上的星宿；桥名五奎，或者还许是对于科举时代那读书人的功名际遇的一种颂祷。事实上这座桥的来历，果然是因为前清某某年间，本城一家姓周的，一门两代，出了一位状元、四个举人，于是衣锦还乡，除了重新在祖坟上树石人石马，又把祖坟前河流上原有的一顶小桥，修理了改名五奎，一以纪念盛事，二以保全风水，作为周家的私桥。后来，周氏子孙又添买了许多田，并且在祖坟后面盖造了一所祠堂，冬天下乡来收租米；时时便也修理此桥。直到现在，这座桥还是周乡绅家对于乡下人的一种夸耀，迷信、愚昧、顽旧的制度，封建势力、地主的特殊利益，乡绅大户欺压平民的威权！似乎五奎桥存在一日，这些一切，也是安如磐石，稳定地存在着的。①

全剧一开始在叙述五奎桥的历史来历的时候，就把五奎桥想象、建构为一座“对于乡下人的一种夸耀，迷信、愚昧、顽旧的制度，封建

---

①　洪深：《洪深文集》第一卷，中国戏剧出版社，1957年11月第1版，第185页。

势力、地主的特殊利益，乡绅大户欺压平民的威权”的桥，成为压迫农民的各种封建势力的象征，是阶级压迫的实在象征物。因此，周乡绅把五奎桥看得和祖坟一样重要，而以李全生领头的农民们也决意要把它拆除掉。因此，农民与地主围绕拆除五奎桥的斗争，就升华为一场农民被压迫、阶级觉醒、推翻地主统治阶级的阶级斗争。洪深的这种阶级叙事是与他在1930年参加左联后的思想转变分不开的。

早在1928年，洪深就在《属于时代的戏剧》论文中提出了戏剧的时代性理论问题。他主张戏剧是表现人生的，而人生又是流动的、进步的、变迁的，“一个时代有一个时代的精神与状态，有特殊的思想，人事与背景，所以除非作者偷懒，不曾亲自去阅历人生、观察人生、了解人生、直接的纪录人生；而只是人云亦云、抄袭了、偷取了、摹仿了别人的作品；仅仅写出有技术而无意义的戏剧而外；凡一切有价值的戏剧，都是富于时代性的。换言之，戏剧必是一个时代的结晶，为一个时代的情形环境所造成，是专对了这个时代而说话，也就是这个时代隐隐的一个小影。戏剧不能没有时代性，因为人生先是不能不分时代的。”①1930年前后，洪深在农村生活了一段时间，对农村农民有了更多的认识。加入左联后，左联倡导的革命文学和阶级斗争理论对他的创作产生了直接的影响：“因参加左翼作家联盟，友人们不断与以教导，我个人的思想，对政治的认识，开始有若干改变。这两部戏所表现的企图，因之也较为明确。我是想说，地主乡绅们，执行‘六法’维持秩序的官吏们，放高利贷的资本家们，代表帝国主义者深入农村进行经济侵略的买办们，以及依附他们为生的鹰犬走卒们，由于他们在旧社会所处的地位，是不可能不剥削农民，不可能不压迫农民的。制度决定了他们的品性，制度规定了他们的行为。制度不推翻，他们自然继续作恶的。”②因而，洪深在这部戏剧中想象、建构了一种“阶级斗争”叙事，并在阶级叙事中着意塑造了一个坚定的、为被压迫阶级农民的利益而斗争的先进农民形象李全生。

---

①　洪深：《洪深文集》第一卷，中国戏剧出版社，1957年11月第1版，第448页。

②　洪深：《洪深文集》第一卷，中国戏剧出版社，1957年11月第1版，第493—494页。

李全生二十五六岁，是一个青年农民，家中只有一位母亲。别人劝他不要出头，说斗不过势力强大的周乡绅；而且周乡绅已经亲口说过要照应李全生，来拉拢他。但是，李全生严辞拒绝周乡绅的照应，“只要这个水，到了我的田里，我就有了生路了。干什么要人家来可怜我，行善积福的养活我呀”，而且反问，“再说，村里还有好些别的种田人呢，周乡绅也想都养活他们么？……我是不怕的。我宁愿做周乡绅的冤家对头。”①李全生不仅立场坚定、斗争坚决，有着很强的阶级意识，不是为了个人的私利而是为了村里多数农民的利益而斗争，而且他还清醒地意识到了时代发展的趋势，“今年乡绅们是不中用了，今年周乡绅天大的势力也镇压不住乡下人的了。要是乡绅们的势力排场还可以威吓得乡下人不敢动，周乡绅也用不着教人成天成夜地坐在桥上看守着了。他口里尽管凶，要捉这个，要办那个，可是乡下人不领他的教，一定要拆他的桥，他心里也相信的了。老实说，现在不是乡下人怕周乡绅，要算是周乡绅怕了乡下人了。”②

在左翼革命文学理论的影响下，洪深以一种阶级性叙事想象、建构了农民形象李全生的坚定、清醒的阶级斗争意识。但是，这种阶级性叙事夸大了农民李全生的性格品质。显然，作为一个普通自耕农的李全生具有一种宽广的思想视野，被赋予了一种勇于斗争、不怕牺牲的集体主义的思想品质。但是，在没有外来先进思想资源的背景下，仅仅依靠一个自耕农的个人道德品格和思想视野，李全生是很难具有这种集体主义思想品质、阶级斗争意识的。洪深在一开始就把五奎桥的斗争提高到一种推翻“顽旧的制度，封建势力、地主的特殊利益”的斗争，奠定阶级斗争的叙事基调。虽然文本中的斗争极为激烈，然而，仔细推究起来，我们就会发现，其实李全生的斗争在本质上是一种自发的经济性抗争，而不是一场阶级斗争。而且李全生等人的要求并不高：

> 我们求过你不知有多少次数了，今天再求你一次，请你立刻

---

① 洪深：《洪深文集》第一卷，中国戏剧出版社，1957年11月第1版，第193页。

② 洪深：《洪深文集》第一卷，中国戏剧出版社，1957年11月第1版，第197—198页。

让我们拆桥，我们总会记得你的好处，说不定也有回答你的一日的。而且我们已经商量了，我们自己聚钱，将来造一座更大更好的桥还你。①

可见，李全生拆桥的主要目的，也是唯一目的就是为了让洋水龙通过来为桥东的稻田浇水。即李全生鼓动农民拆桥的动机是出于一种纯粹的经济上的考量，而完全没有思想乃至政治意识形态的意图。李全生等人承诺在拆完桥、浇完地之后，替周乡绅造一座"更大更好的桥"。而且在斗争的态度上，李全生对周乡绅还存有一丝的幻想，乞"求"周乡绅能够同意他们拆桥，说日后会"报答"的。在文本的形象想象与建构中，作为人物形象的李全生其具体言语行为与洪深先生在文本中的阶级叙事意图产生了一种背离，形成了作者意识与人物形象思想的矛盾。因此，把五奎桥视为各种封建势力进行阶级压迫的实在象征物的思想仅仅是洪深先生的，而不是剧作人物李全生的，可以说，洪深的阶级性叙事的创作意图并没有很好地贯彻下来，农民形象李全生与真正的革命的阶级斗争者有着巨大的距离。在貌合神离的形象叙事中，李全生已经具有了左翼文学革命者形象的一些外在轮廓：集体主义、立场坚定、牺牲精神等。

透视洪深的剧作《五奎桥》想象与建构的农民形象李全生，我们看到了一种不同于茅盾的"农村三部曲"、叶紫的《丰收》的新的农民形象叙事。但是，在内在本质上，李全生依然没有走出阿多、立秋等青年农民形象的乡村传统思想背景与自发性经济抗争动机。

因此，李全生是介于茅盾等人的塑造的农民形象与蒋光慈等人塑造的农民形象之间的过渡型农民，即已经具有了新型革命农民的某些思想品质，但又在内在思想上缺乏真正阶级性革命意识，具有不彻底的革命性的农民形象。

然而，从艺术真实的美学原则来看，正是由于李全生所表露出的阶级坚定性和斗争的自发性之间的内在冲突，构成了一种巨大的艺

---

①　洪深：《洪深文集》第一卷，中国戏剧出版社，1957 年 11 月第 1 版，第 225—226 页。

术张力，使人物形象具有一些左翼文学所匮乏的生活质感真实性，在最大程度上忠实了生活真实。

第三节 叶紫《丰收》：走向觉醒与反抗的农民

无独有偶，与茅盾《农村三部曲》中的“父与子”两代人矛盾冲突、丰收成灾的故事叙事情节、展现艰难觉醒“老中国儿女”农民形象极为接近的作品是30年代年轻的作家叶紫的小说《丰收》。《丰收》发表之后，就引起了茅盾先生的注意，并对它进行了高度评价。“《丰收》是两万字以上的短篇小说，写水灾以后的农民如何盼望丰年，如何千辛万苦躲过了旱魃，又要担心水患，幸而丰收了，意识落后的老农云普叔望着田里的粒粒黄金叠起了无数美丽的幻想，可是谷价狂跌和地主的高利贷剥削，还有团防捐，救国捐，剿共捐等等，立刻把云普叔的幻想打得粉碎。他磕了无数响头，花了一席酒筵，苦求地主老爷和局长老爷‘高抬贵手’，当然没有用，他的满仓新谷都被武力押收去了。‘丰灾’是近来文坛上屡见的题材，但是我们要在这里郑重推荐《丰收》，因为此篇的描写点最为广阔；在二万数千言中，它展开了农事的全场面，老农的落后意识和青年农民的前进意识，‘谷贱伤农’以及地主的剥削，苛捐杂税的压迫。这是一篇精心结构的佳作。”①

被茅盾先生称为“精心结构的佳作”的作者叶紫是一位亲眼目睹农民运动兴起、发展、高潮、被镇压全过程的革命青年。在湖南农民运动中，叶紫全家都投入了革命工作。一九二六年，叶紫进入黄埔军校武汉三分校学习。1927年大革命失败之际，父亲、二姐在益阳殉难。叶紫也从此走上了漂泊流浪的道路。因此，鲁迅先生在为叶紫《丰收》作的序言中说：“作者还是一个青年，但他的经历，却抵得太平天下的顺民的一世纪的经历，在转辗的生活中，要他‘为艺术而艺

① 茅盾：《茅盾全集》第19卷，人民文学出版社，1991年第1版，第498页。

术'，是办不到的。"①叶紫在《丰收》自序中说："这里面，只有火样的热情，血和泪的现实的堆砌。毛脚毛手。有时候，作者简直像欲亲自跳到作品里去和人家打架似的！……"②

在流浪生涯中，叶紫到处闯荡，想学剑仙，杀掉仇人；也曾下过决心，当过乞丐，到深山古庙，拜访过许多尼姑，和尚，卖膏药和走江湖的人；后来，还到军阀部队中挨鞭子、吃耳光，冲锋陷阵干了两年，但是最终又悄悄地逃出了这一个陷人的火坑。在不断的颠沛流离中，农民运动的血腥记忆一直压迫着叶紫，一方面使他噩梦连连、痛苦不堪，另一方面也使叶紫清醒地意识到自己的责任："年龄渐渐地大了，痛苦一天甚似一天地深刻在我的心中。我不能再乱冲乱闯了……我要埋着头，郑重地干着我所应当干的事业。……"③

> 就在这埋头的时候，我仍旧是找不到丝毫的安慰的。于是，我便由传统的旧诗，旧文，旧小说，鸳鸯蝴蝶派的东西，一直读到文学研究会，创造社，太阳社，以及新近由世界各国翻译过来的文学作品……
>
> ……那是郁积在我的心中的千万层，千万层隐痛的因子，像爆裂了的火山似的，紧紧地把我的破碎的心灵压迫着，包围着，燃烧着，使我半些儿都透不过气来……
>
> 于是，我没有办法一边读，一边勉强地提起笔来也学着想写一点东西。这东西，我深深地知这是不能算为艺术品的，因为，我既毫无文学的修养又不知道运用艺术的手法。我只是老老实实地想把我的浑身的创痛，和所见到的人类的不平，逐一地描画出来；想把我内心中的郁积统统发泄得干干净净……
>
> 我所发表的几个短篇小说和一些散文，便都是这没有技巧，没有修辞，没有合拍的艺术的手法，只不过是一些客观的，现实

---

① 鲁迅：《鲁迅全集》第6卷，人民文学出版社，1981年第1版，第220页。

② 叶紫：《叶紫文集》（下），胡从经编，湖南人民出版社，1983年11月第1版，第542页。

③ 叶紫：《叶紫文集》（下），胡从经编，湖南人民出版社，1983年11月第1版，第507—508页。

社会中不平的事实的堆积而已。然而，我毕竟是忍不住的了！因为我的对于客观现实的愤怒的火焰，已经快要把我的整个的灵魂燃烧殆毙了！①

痛苦郁积的心灵与破碎的灵魂一旦和革命文学接触，即刻达到了让灵魂燃烧的燃点与足够的氧气。叶紫所提到的“文学研究会，创造社，太阳社，以及新近由世界各国翻译过来的文学作品……”这些作品为他提供了充足的养料，尤其是创造社和太阳社的革命文学理论及其作品与郁积在叶紫心中的农民革命运动往事极为吻合，二者在叶紫的心中立即化合、融解、发酵、酝酿成诗一样充满革命激情的革命文学。鲁迅与苏联作家高尔基是叶紫深深敬仰的精神导师，尤其是鲁迅先生为叶紫的文学创作提供了具体的指导和支持。

左翼革命文学的学习为叶紫具体审美想象提供了文学创作理论，叶紫认定“新的世界完全是大众的。大众的内容，大众的情绪，一直到大众的技术。”“我们这几个无名小卒们，不敢有丝毫的妄想，只要求能够老老实实地攀住时代的轮子向前进。在时代的核心中把握到一点伟大的题材来作我们创作的资料。我们不梦想起着这个庞杂的大混战来占据这文坛的一个角角儿；我们只求多认识几个无名的朋友，共同来开拓一条新的出路！”②努力描写农民大众、表现农民大众的情绪、反映时代的革命趋向成为叶紫的农民观审美思想核心，熟悉的、痛苦不堪的、时时纠结于内心世界中的农民运动的革命往事就成为叶紫文学审美想象的“时代的核心中的伟大题材”，想象农民就成为叶紫革命文学的主题形象叙事。

胡从经在《血火淬炼的新星——叶紫》中总结道：“检视叶紫所作总计为十六篇的全部短篇小说，其中就有九篇是以农民运动以至土地革命作背景的，还有两篇也或多或少地反映了农村中的阶级剥削与阶级对立，也就是说农村阶级斗争题材的作品有十一篇之多，占了

① 叶紫：《叶紫文集》（下），胡从经编，湖南人民出版社，1983 年 11 月第 1 版，第 508 页。

② 叶紫：《叶紫文集》（下），胡从经编，湖南人民出版社，1983 年 11 月第 1 版，第 511—512 页。

叶紫短篇创作中的绝对优势比重。”①

《丰收》就是叶紫在左翼文学的时代背景和世界无产阶级革命文学的滋养下，结合自己独特的人生际遇、自觉运用左翼革命文学理论的较为成功的左翼文学作品。叶紫在1933年5月2日编辑日记中写道：

> “云普叔是我自己的亲表叔，当家乡那里来一个年老的公公告诉我关于他们的状况时，我为他流了一个夜晚的眼泪。自己做了流浪人，家乡的消息茫然了许久，不料竟有这样大的变动。
>
> 立秋已经被团防局抓去枪毙了，是在去年九月初三日的早晨。
>
> 为了纪念这可怜的老表叔和年轻英勇的表弟，这篇东西终于被我流着眼泪的写了出来。我诚挚地在这里希望读者诸君，能给我些严厉指摘的评语，好让我能多有些长进。”②

云普叔和立秋是叶紫《丰收》中的一对“父与子”。云普叔为代表的老一代中国农民依然是愚昧、不觉悟，这不仅反映在云普对关帝爷爷灵塔的迷信，而且还反映在众多农民抬关帝爷爷求雨的事情上。曹云普本像老通宝一样本分、勤劳、一心幻想依靠自己的诚实劳动来改变命运的农民。但是，残酷的现实一次又一次地撕裂他的佃农致富之梦。去年的水灾中，云普爷爷和六岁的虎儿吃观音粉吃死，一家八口人变成六口。但是，曹云普有着坚韧的品性和对土地的坚实信仰。因此，在连年的兵灾水旱毫无保障下，云普叔仍然卖掉了自己仅有的一所屋子，来租何八爷的田种。

饥饿一直折磨曹云普等贫苦农民，从去年五月到现在他没吃过一顿饱饭。青黄不接的季节，曹云普再次到何八爷家借粮被拒，被逼无奈只好卖掉十岁的女儿，暂时度过了饥荒。另外一件让曹云普生气的是，近来儿子立秋变了，什么事情都欢喜和他抬杠，总是那样懒

① 胡从经：《血火淬炼的新星——叶紫》，《叶紫文集》（上），胡从经编，湖南人民出版社，1983年11月第1版，第18—19页。

② 叶紫：《叶紫文集》（下），胡从经编，湖南人民出版社，1983年11月第1版，第519—520页。

懒地不肯做事，有时候简直是个不孝的东西！曹云普不时地痛骂立秋为“狗日的东西”，表现出农民在家庭中专制的一面。

今年的天气经过了这两次巨大的风波终于变好了，家中虽然没有一粒米了，然而云普叔的脸上却浮现着满面的笑容。禾苗肥大，标线结实，是十多年来所罕见，云普叔心中充满了巨大的希望，开始了对未来的幻想：

> 然而云普叔并没有作过大的幻想，他抓住了目前的现势来推测二十天以后的情形那是真的。他举目望着这一片油绿色的原野，看看那肥大的禾苗，一线一线快要变成黄金色的穗子，几回都疑是自己的眼睛发昏，自己在做梦。然而穗子禾苗，一件件都是正确地摆在他的面前，他真的欢喜得快要发疯了啊！
>
> ……开始一定要饱饱地吃它几顿。……立秋少普都要定亲，立秋简直是处处都表示需要堂客了。就是明年下半年吧，给他们每个都收一房亲事，后年就可养孙子，做爷爷了……①

与父亲的乐观成鲜明对比的是，儿子立秋对秋天的丰收并不抱有幻想，而是很清醒地意识到社会各种剥削势力地压迫。他觉得现在已经不全是要下死力做功夫的时候了；谁也没有方法能够保证这种工作，会有良好的效果。历年的天灾人祸，把这颗年轻人的心房刺痛得深深的。眼前的一切，太使他感到渺茫了，而他又没有方法能把自己的生活改造，或是跳出这个不幸的圈围。而且出路还是那样的迷茫。他不知道要用什么方法，才可以开拓出这条迷茫的出路。“无意识地，他又想起不久以前上屋癞大哥对他鬼鬼祟祟说的那些话来，现在如果细细地把它回味，真有一些说不出来的道理：在这个年头，不靠自己，还有什么人好靠呢？什么人都是穷人的对头，自己不起来干一下子，一辈子也别想出头。而且癞大哥还肯定地说过：不久的世界一定是我们穷人的！”②显然，立秋有着不同于因循守旧、相信命

---

① 叶紫：《叶紫文集》（上），胡从经编，湖南人民出版社，1983年11月第1版，第77—78页。

② 叶紫：《叶紫文集》（上），胡从经编，湖南人民出版社，1983年11月第1版，第58页。

运、奴隶式生活的父亲一代农民的新思想，对贫困的命运进行新的反思。但是，又缺乏先进的革命理论指导，挣扎于愚昧于与觉醒之间，处于迷茫的状态。

立秋朦胧的抗争意识在老一代农民眼里是一种变坏的现象，得不到“老中国儿女”的理解，反而受到了污蔑：“近来常有一些人跑来对云普叔说：立秋这个孩子变坏了，不知道他天天跑出去，和癞老大他们这班人弄做一起干些什么勾当。个个都劝他严厉地管束一下，以免弄出大事。”①于是曹云普与儿子立秋也就有了一段思想交锋。曹云普是“一辈子没有想过什么鸡巴法子，只知道要做，不做就没有吃的”，是一种典型的顺从的奴隶思想；而立秋已经具有了独立思考问题的意识，对地主、官僚等各种剥削势力对农民的阶级压迫、农民的必然破产的命运有了清醒的认识。但是，立秋的反抗意识还是一种自发性的经济性抗争，就是小说中所提到的“癞大哥”其思想也是一种纯朴的革命意识，还没有升华到一种真正的革命的阶级斗争意识。立秋对革命道路的寻找，对未来生活“出路”的探寻依然是迷茫的，是在愚昧与觉醒之间挣扎的新一代农民形象。

秋收后，虽然谷价暴跌，但是曹云普仍旧是要督促儿子打禾后晒草，晒谷，上风车，终日不停地劳动着。他还留有最后一丝幻想：这样可爱的救命宝，宁愿留在家中吃它三五年，决不肯烂便宜地将它卖去。这原是自己大半年来的血汗呀！所以他决定安排“打租饭”来博取地主老爷们一点同情的怜悯心。然而，即使曹云普的眼泪跑出来了，用最后的哀告乃至跪下来了向老爷们像拜菩萨一样地叩了响头，也没有博得他们的怜悯心。可以吃三五年的谷子全部被强行抢走，而且还差三担三斗五升多捐款。

父与子在一个黑暗无光的午夜进行了一场新的对话。父与子最终达成了一种和解，曹云普开始理解儿子的言行，有点迟疑地感到儿子的选择是对的。“十五六年农民会的影子”对曹云普而言不再是一

---

① 叶紫：《叶紫文集》（上），胡从经编，湖南人民出版社，1983年11月第1版，第68页。

个模糊的失败的、血雨腥风的记忆，而是变成了一种新的希望与期待。

叶紫对曹云普这一“老中国儿女”的旧式农民形象的刻画极为生动，曹云普的心理世界和内心情感表达得非常细致，比茅盾《农村三部曲》中的旧式农民老通宝形象刻画得更为具体、感人，形象叙事更为细节化，人物形象也更为丰满。在茅盾和叶紫小说中的两对“父与子”中，对“父亲”的旧式农民的形象普遍要比对在觉醒之中的“儿子”形象描写得细致，更为着力，即两个作者对旧式农民形象叙事要比新式农民要来得更为具体、真实、感人。而且，所谓的“新式农民”立秋、阿多身上依然背负着沉重的因循的思想负担，依然在愚昧与觉醒之间挣扎，离真正的革命觉醒者还有一段很长的路要走。也正因为如此的形象刻画，茅盾和叶紫的农民形象才显得更为真实，有着更为强大的艺术感染力，区别于当时许多纯粹革命概念叙事的革命文学，在艺术和思想上都取得了很高的成就。①对此，鲁迅先生有过高度评价：“这就是作者已经尽了当前的任务，也是对于压迫者的答复：文学是战斗的！”②

第四节　蒋光慈《咆哮了的土地》：阶级意识觉醒的农民革命者群体

蒋光慈不仅是革命文学的提出者，而且也是一个革命文学的实践者。在他所创作的多部小说作品中，尤以长篇小说《咆哮了的土地》震撼人心，塑造了一个千年以来被压迫的农民群体的觉醒，以及在觉醒过程中传统文化束缚所带来的芜杂和艰难。

---

① 在《丰收》四版中，叶紫提到，“这本小册子在今年底半个年头之内，——三月至九月——居然重版了三次”。可见读者对小说作品的喜欢程度，这充分证明了叶紫对新旧两代农民形象叙事获得了读者的广泛认可，取得了巨大的成功。参见《叶紫文集》（下），湖南人民出版社，1983 年 11 月第 1 版，第 544 页。

② 鲁迅：《鲁迅全集》第 6 卷，人民文学出版社，1981 年第 1 版，第 220 页。

这乡间依旧是旧日的乡间。

靠着山丘，傍着河湾，零星散布着的小的茅屋，大的村庄，在金黄色的夕阳的光辉中，依旧是没有改变一年以前的形象。炊烟随着牧歌的声浪而慢慢地飞腾起来，仿佛是从土地中所发泄出来的伟大的怨气一样，那怨气一年复一年地，一日复一日地，总是毫无声息地消散了广漠的太空里。乌鸦成群地翱翔着，叫鸣着，宛然如报告黄昏的到临，或是留恋那夕阳的西落。那树林葳蕤的处所，隐隐地露出一座楼阁的屋顶，那景象仿佛是这乡间的圣地，而在它周围的这些小的茅屋，大的村庄，不过是穷苦的窝巢而已。

一切都仍旧，一切都没有改变……①

小说以“依旧”、“旧日”、“一年复一年地，一日复一日地”、“仍旧”等表示时间停滞不前的词汇来开篇，似乎是描述一个鲁迅式的“死水似的农村”；但是不祥的乌鸦的叫声已经泄漏了“从土地中所发泄出来的伟大的怨气”，毕竟一个非常的“革命时代”来临了：

但是，这乡间又不是旧日的乡间了。

在什么隐隐的深处，开始潜沉着不稳的水浪。在偶尔的，最近差不多是寻常的居民的谈话中，飞动着一些生疏的，然而同时又是使大家感觉得异常的兴趣的字句：“革命军”……“减租”……“土地革命”……“打倒土豪劣绅”……这些字句是从离此乡间不远的城市中带来的，在那里听说快要到来革命军，或者革命军已经到来了。②

“革命”作为一个陌生的现代性词汇已经不期然传到了农民们的耳朵里。这是左翼革命文学不同于鲁迅、沈从文，也不同于茅盾、洪深之处，另一种直接介入革命历史进程之中、直接书写农民革命者的革命文学。早已潜藏着各种社会矛盾的乡村已经处于革命的前夜之中。“年轻的乡人们却与他们的前辈正相反。这些消息好像有什么

①② 蒋光慈：《蒋光慈文集》第二卷，上海文艺出版社，1983年6月第1版，第157页。

魔力似的，使他们不但暗暗地活跃起来，而且很迫切地希望着，似乎他们将要从'革命军'的身上得到一些什么东西，又似乎他们快要赴欢娱的席筵，在这席筵上，他们将痛痛快快地卸下自己肩上的历年积着的重担，而畅饮那一种为他们所渴望的、然而为他们所尚不知道是什么滋味的美酒。"①在骚动不安的革命前夜中，农民对压迫他们的地主阶级的高楼大屋已经由原先的羡慕、敬佩转变为一种憎恶、仇恨的心理。

在革命的阶级叙事中，一个极为耀眼的、革命的农民领导者——参与煤矿罢工斗争而后回到家乡的张进德——首先进入了阅读者的视野。"张进德是一个没有家室的人。曾有过一个衰老的母亲，他是很爱她而且是很孝顺她的。然而不幸她于他最后一次的回矿里时死去了。自从母亲死去了之后，这乡间已经没有什么东西可以牵得住张进德的一颗心了，——在这乡间他不但没有房屋，没有田地，以及其他什么财产，而且连一个亲人都没有了。"②他孤身一人，没有任何家庭财产，寄住在荷表姐家中，是个一无所有的革命者。这种革命者身份的设定为后来的革命文学、乃至解放区文学、样板戏中的革命英雄形象叙事开了先河。张进德将煤矿工人的革命斗争思想带到乡间。他说，地主家里的一切都是农民挣出来的，现在农民应当将自己的东西收回来。这种革命启蒙解除了传统思想对农民的蒙蔽，"使着许多农民开始照着别种样子看待世界，思想着他们眼前的事物，他们宛然如梦醒了一样，突然看清了这世界是不合理的世界，而他们的生活应当变成为别一种的生活"。③张进德的思想意识中有一种革命使命感。"他明白他这次的回乡，虽然是不得已的事，但是他想，他的任务是在于'改造'，无论走到什么地方他都应当不要忘记了这个……"④

作为一个清醒的、自觉的革命者，张进德不仅有着革命的使命

① 蒋光慈：《蒋光慈文集》第二卷，上海文艺出版社，1983年6月第1版，第158页。
② 蒋光慈：《蒋光慈文集》第二卷，上海文艺出版社，1983年6月第1版，第160页。
③ 蒋光慈：《蒋光慈文集》第二卷，上海文艺出版社，1983年6月第1版，第159页。
④ 蒋光慈：《蒋光慈文集》第二卷，上海文艺出版社，1983年6月第1版，第162页。

感，而且在革命过程中不断对自己思想意识深层中的传统思想进行反思与清理。在关帝庙开展革命工作时，张进德看着神像进行反思：就是在不久以前，他，还是一个无知的乡下人，深深地迷信着菩萨，敬仰关帝，来过关帝庙烧香叩拜。但是，现在他抛弃了一切的迷信，而且清楚地意识到自己所从事的革命事业的伟大性质，“关帝爷所知道的不过是什么兴汉灭曹，不过是什么空洞的忠义，而现在他，张进德却做着为关帝爷所没梦想得到的事业：这农会是要推翻地主的统治，这是被压迫阶级的反抗运动呵！……”①

蒋光慈对农民革命者张进德的形象建构不仅体现于他与传统封建思想的彻底决裂上，而且还深入张进德的情感深处，对张进德的原始自然的人道主义情感以一种阶级化的价值尺度进行评判：

> 他见着胡小扒皮的这种倔强的态度，不禁暗暗有点纳罕起来：这小子真是一个硬汉呢！……不知为什么，一瞬间，张进德为一种怜悯的心情所激动着了，陡然地怜悯起他面前的牺牲物来。“我与他既无仇恨，何苦这样对待他呢？一夜的苦头谅他也受够了，不如把他放了罢……”想到这里，不知从什么地方刮来一阵微寒的晨风，使得思想着的张进德惊颤了一下，即刻改转过来了他的思想。“张进德，你发了疯吗？何三宝不是说他要来杀死你和你的同志吗？也许他不是你个人的仇人，但是他是农会的仇人啊……”②

以上这段心理描写是很有意味的，不仅表现了张进德作为一个农民在革命初期所具有的单纯的人道主义情感，而且具体刻画了张进德从农民式的个体的人性情感升华为一种革命者的集体主义的阶级意识，“也许他不是你个人的仇人，但是他是农会的仇人啊”深刻地表达出张进德思想意识的阶级性升华，体现出了一个革命觉醒者应有的阶级性的集体主义思想意识以及一个农民从煤矿罢工斗争者到农民革命运动的觉醒者、领导者的革命、阶级思想不断成长与巩固的

① 蒋光慈：《蒋光慈文集》第二卷，上海文艺出版社，1983年6月第1版，第261页。
② 蒋光慈：《蒋光慈文集》第二卷，上海文艺出版社，1983年6月第1版，第313页。

心理历程。①

蒋光慈以审美想象的方式成功建构了一个农民革命者形象张进德。但是，让人质疑的是，张进德的革命使命感、坚定明晰的阶级意识从何而来的？就像是"革命"词汇从城市来到农村一样？显然，小说开始对张进德就想象定位为一个自觉的、觉醒的革命者，对农民与革命者之间的思想距离是如何消除的，采取了一种隐讳的、模糊的叙事姿态；即使文本中不多的关于张进德的农民式情感、思想意识升华为鲜明的阶级意识，蒋光慈也没有对张进德的意识升华做出符合逻辑的思想演变，而是以一种虚无缥缈的外物——"不知从什么地方刮来一阵微寒的晨风"——使张进德惊颤了一下即刻改转思想，使张进德这一觉醒的农民革命者形象具有一种先验的革命素质。因此，一出场就具有革命品质、缺乏革命思想谱系传承、演变的张进德，其形象所具有的觉醒的、革命的特质成为无源之水、无本之木，在读者接受中大打折扣。

蒋光慈不仅建构了没有上级组织领导的、先验的、理想的革命者农民张进德，而且还塑造了革命启蒙下的普通的农民形象，如刘二麻子、李木匠、吴长兴、王贵才、毛姑等。但是，张进德革命启蒙下的农民与小说文本所表述的革命觉醒者有着一定的距离。随着小说叙事的展开，我们看到张进德启蒙的农民——刘二麻子、李木匠、吴长兴等人——只是一些阿 Q 式的农民，他们所谓对革命的理解、以及参加革命的动机都存在着问题。

刘二麻子是在乡间做散工的，有工作的时候，他为人做工，没有人找他的时候，他便打柴到城里卖。因为穷和天生了一脸大而深的麻子，刘二麻子想娶老婆而终于娶不到手，对此非常焦急、失望、悲哀，认为不能娶老婆而枉生一世。革命军到来的消息使他产生了新

---

① 中国左翼革命文学对农民自我意识的觉醒是以对地主阶级的残酷剥削与压榨的认知为起点的。无论是叶紫的《丰收》、洪深的《五奎桥》，还是蒋光慈的《咆哮了的土地》都是以地主的残酷剥削、农民的彻底破产来召唤农民的阶级性意识，只有茅盾的《农村三部曲》是个例外，点明了洋鬼子的来自外国帝国主义与国内金融资产阶级的剥削是农民加速破产的一个重要原因，"地主"背负了一个道义上的罪名，成为中国革命必欲除之而不可的历史障碍的反动名词。

的幻想："他就好像自身的痛苦因着革命军的到来一切都解决了似的，好像从今后没有老婆的他可以娶老婆了，受穷的他可以不再受穷了，甚至于他的那麻脸也可以变为光脸。……他想那便什么事都解决了，受苦的可以幸福，作恶的可以定罪……"①

可见，刘二麻子参加革命的最初和最大的动机是渴望娶老婆、分田地。对此，张进德对他进行启蒙，要他别老是想着娶老婆的事情！这世界是太不公平了。我们穷光蛋要起来反抗，要实行土地革命，将地主打倒，土地归自个耕种。但是，事实上，刘二麻子对革命的理解并没有超越阿Q对"子女、玉帛"的幻想。即使在后来真正成为一个农民革命的参加者，建立起来了革命的阶级意识，也没有摆脱掉旧有的传统农民起义思想和封建意识，在一次喝醉酒之后，对革命女性何月素企图进行强暴。

与刘二麻子娶老婆的革命性幻想相比，王贵才和李木匠参加革命则是处于一种深刻的复仇心理。"王贵才快要走到自己的家门口了。一路中他幻想着一些关于革命的事情……他想了许许多多对付'这老东西'的方法，他想，顶好将他拖到水田里，鞭打着他照牛一般地拖着犁耙耕地……当他想象着李敬斋抱着犁耙耕地的那一种狼狈的情形，他不禁很得意地笑起来了。"②

当然农民刘二麻子的娶老婆意图和王贵才、李木匠的复仇心理，从人性的角度来看是可以理解的；但是，作为一个革命者而言，是具有思想局限的，还不具有现代性的自由、民主思想。蒋光慈没有一味地故意拔高普通农民革命者地思想意识，而是真实刻画出了典型的普通农民参加革命的心理。

农村女性对革命军到来的消息是欢迎的，内心中充满了革命的希望。吴长兴的老婆——荷姐——因为听说革命军是主张男女平等的，丈夫不能打老婆，而隐隐地起了一层欢欣的波纹。王毛姑的平静生活也因为革命者李杰到她家宣传革命而产生了波澜："在此以前，

---

① 蒋光慈：《蒋光慈文集》第二卷，上海文艺出版社，1983年6月第1版，第201页。
② 蒋光慈：《蒋光慈文集》第二卷，上海文艺出版社，1983年6月第1版，第167页。

她只知道这乡间的贫乏的，简陋的生活，只知道有钱的人们，例如李家老楼的人穿好的，吃好的，住好的，而他们，做庄稼的穷人过的是不好的日子，而这日子是将永远地继续下去，无变更的可能，而且差不多也没有变更的必要。她只知道她现在还没有出嫁，等到出嫁了之后，那当然是嫁给一个身份和她相等的人一个农家的儿子，也和她的妈妈所经过的一样，帮助丈夫做庄稼，烧锅，生儿子……现在毛姑却觉到了，那就是除开这种平常的沉滞的，单调的生活而外，另外还有一种别的，为她所不知道的，也许是有趣的生活。”[①]革命使荷姐像换了一个人似的，彻底转变了宿命论的陈旧思想观念，生命焕发出勃勃的生机。但是，小说中对这些农村女性的描写过于简略，没有充分刻画出她们的性格特征与精神面貌。

小说中的老式农民也有了一些新的变化，不同于茅盾小说中的老通宝和叶紫《丰收》里的云普叔。王贵才的父亲依旧是本分、因循守旧、精神麻木，对儿子王贵才积极参与革命的事情极为反对，以为是不守本分、瞎闹，“什么革命不革命，不是我们种田人的事情”。在做农民的生活史中，王荣发从没想过要改变自己的命运。对于穷困的生活，他迷信地归因于生前造了孽，或是他家的坟山不好，也许他的“八字”生来就是受苦的命，而恭顺地做东家的顺民，从没起过什么反叛的、不平的心情。对于他，这种田的有种田的命，做老爷的有做老爷的命。田地是东家的，佃户应当守着纳租的本分。从前他是这样想，现在他还是这样想。但是现在的时代不同了，老式农民王荣发的内心世界也发生了变化。

> 但是，别要看老人家对于这种叛逆的思想的恐怖，对于自己的儿子的愤恨，在一种什么深处，也许就在那枯老了的骨髓里，或是心灵里，总还不时地冒出一点不平静的浪沫来，使着他本能地感觉到他的儿子的思想，符合着一种什么到现在还未被人承认的真理。
>
> 在气愤渐渐消逝了的时候，于是他又不禁从别一方面想道：

① 蒋光慈：《蒋光慈文集》第二卷，上海文艺出版社，1983 年 6 月第 1 版，第 245 页。

"也许他的思想是对的，谁晓得！现在的世道是变了。也许这个世界的脸孔要改一改……说起来，我们种田的人也真是太苦了！风里雨里，一年四季到头，没有快活的日子过……唉，也许贵才是对的，让他去！……"①

旧式农民王荣发虽然依旧保守、迷信宿命论，但是在农民革命浪潮的冲击下，也开始对不公正的命运进行思考，原先陈旧的思想开始动摇。可见，革命思想已经进入了中国思想最为保守、传统思想影响最为深刻的"老中国儿女"农民群体之中，这与茅盾等人的旧式农民形象有着明显的不同，"老中国儿女"思想产生了新的变化。

因此，在《咆哮了的土地》小说中，蒋光慈较为成功地建构了三类农民形象：一是农民革命的领导者——觉悟了的先进农民形象，如张进德；二是参加革命的普通农民形象，如刘二麻子、李木匠、荷姐、王毛姑等；三是思想已经有所变动的旧式农民形象，如王荣发。这三类农民形象群体构成了一个立体的农村革命图景，在原有的左翼革命文学的基础上第一次建构了真正觉醒的、革命者的农民形象，扩展了农民形象类型，在中国农民革命处于低潮之际，为中国农民革命的发展提供了革命的精神资源和有效的文化力量，在很大程度上鼓舞了农民大众的阶级斗争。

① 蒋光慈：《蒋光慈文集》第二卷，上海文艺出版社，1983 年 6 月第 1 版，第 173—174 页。

第六章

救亡视阈下东北作家群的农民观与“地之子”的双重觉醒

吉登斯在《现代性的后果》一书中认为，现代性作为自身得以成立的动力、制度性维度、与日常生活的联系方式，都是与历史传统断裂开来的，具有一种断裂的现代性特质。抗日救亡就具有这样一种断裂的现代性特质。[①]对于几千年专制文化传统下的奴性农民而言，它们千年以来过着一种一成不变的奴隶生活，并形成视革命为反动的奴隶文化根性。即便是五四新文化运动也没有撼动古老农民的奴性文化，即便是1920年代的农民运动，也没能真正改变这种奴性文化的保守、愚昧现状，但是，抗日救亡时代，愚昧的、保守的、奴性的中国农民被逼迫着走向了一条反抗、斗争与觉醒的道路，一条通往民族解放、社会解放和个体精神解放的自由之路，一条断裂的现代性道路。

1931年“九·一八”事变，揭开了日本法西斯帝国主义侵华战争的序幕。美丽富饶的东北地区由于国民党的不抵抗政策而迅速沦陷，东北民众开始了耻辱的亡国奴生活，变为封建地主和日本帝国主义的双重奴隶。战争造成了成千上万的难民，野蛮残酷的侵略者烧杀掳掠造就了无数家庭的悲剧；战争带来的灾难不仅严重破坏了城市，而且深入偏僻的农村，惊扰了无数与世无争的、愚昧麻木的农民。战争在扼杀农民大众生命的时候，以一种血腥的事实促醒愚昧混沌

① [英]安东尼·吉登斯：《现代性的后果》，译林出版社，2000年版。

的农民走向了一条艰难的抗争之路。农民在抗争中得到了战争的洗礼，在获得了民族解放的过程中，自身的陈旧思想意识也得到了观照、审视与更新，成为具有现代性思想的新人。

以萧军、萧红、端木蕻良、骆宾基、李辉英、舒群、罗烽、白朗等为主的东北作家群的诞生就是这个特定历史时期的文学现象。民族矛盾、战争冲突、内部的阶级压迫、封建思想的残余等构成了东北作家群小说创作的重要内容。在深刻地经历过那种离乡背井、被迫流亡的人生磨难和情感体验，东北作家群在进行审美想象时，总是激荡着强烈的爱憎、难以抑制的激情、深重的苦痛和忧伤等浓郁的主观情绪，凝聚着雄健的阳刚之气，呈现出"崇高"的美学风格。农民成为东北作家群描写的主要形象群体。但是，东北作家群笔下的农民形象，不同于左翼革命文学对中国农民的阶级意识觉醒的阶级性叙事，即以父与子冲突为代表的新旧两代农民和阶级意识觉醒的新式农民形象的想象与建构。东北作家群对农民形象的想象与建构集中体现了东北地区农民的地方特征。他们一方面描写了东北农民的民族意识觉醒、奋起抗争，成为民族解放斗争中的坚实的可依赖的大地般力量；另一方面还突出表现了东北农民身上所具有的传统封建思想毒化和呆滞凝固的生活方式所造成的精神戕害。因此，东北作家群对农民的想象与建构体现了双重的主题叙事特征——民族解放主题和反封建的思想解放主题。

东北作家群最早描写了东北沦陷区人民的苦难和斗争，把我国反帝爱国文学创作推向一个新阶段，开辟了现代文学题材的新领域，体现出极为强烈的民族叙事特征，表现了农民身上所蕴藏的巨大功德、不可被征服的民族力量；同时，还清醒地揭示出农民因几千年的精神奴役创伤所具有的愚昧麻木的奴性思想，表达在寻求民族国家解放的过程中反封建思想束缚的迫切性和必要性，呈现出一种严肃深刻的反封建、人性解放的现实主义特征。

冯雪峰曾指出，抗日战争"并不是单单的反抗外族，却是在反对日本帝国主义的行动里面也同时反映着民族内部的革命"，其"最高目标和意义是反对帝国主义，而同时又非实行着反对封建的任务不可”。[①]东北作家群文学创作中的这种双重解放主题的叙事特征，反映出东北农民的困苦和灾难不仅是帝国主义强权侵略的结果，而且也是封建主义的长期奴役所造成的，表达了东北农民不但是日本法西斯帝国主义的有力抵抗者，而且是中国反封建主义的主力军的深刻思想。因此，在抗战文学的宏大合唱中，东北作家群双重叙事特征既是一种对当前现实的强烈反响，也是一种对古老传统思想的沉痛击打，发出了独特的激越、慷慨、沉痛而又幽深声音，以一个卓然特立的文学群体在血与火的时代显现于现代中国文坛。

第一节　刺刀下被迫觉醒的奴隶：李辉英的农民观及其审美想象

李辉英自幼熟悉农村生活，与农民孩子一起玩耍，中学期间接触到一些五四新文学进步书籍、杂志，熟悉鲁迅、叶圣陶等人的文学作品。“九·一八”事变后，李辉英开始酝酿以抗日为题材的小说，以笔作刀枪，投入抗日救亡的工作。“做为生养在东北大地上的一份子，我不能放弃任何可以打击敌人的具体行动。……我非武人，但因报国不容袖手，于是联想到纵然不能真刀真枪与倭寇拼个你死我活，目前应以手中掌握的一支笔，横扫妖氛，取得最后的胜利大有必要。拿破仑曾经说过一支笔胜过十万支毛瑟枪的话，可见笔管原是杀敌致胜的武器，好好的运用才是。”[②]

1931年12月，李辉英的第一篇反映抗日的短篇小说《最后一课》修改完毕，投寄给丁玲主编的左联杂志《北斗》。1932年1月20日，小说发表于《北斗》第二卷第一期，有力地鼓舞了李辉英的创作热情，使他从此走上了文学创作的道路。1932年5月应丁玲之约，李辉英创作了以东北农民反抗日本帝国主义的“万宝山”历史事件为背

---

① 冯雪峰：《谈“根底”》，《雪峰文集》第3卷，人民文学出版社，1983年版。

② 李辉英：《三十年代初期文坛二三事》，《李辉英研究资料》，马蹄疾编，春风文艺出版社，1988年6月第1版，第112页。

景的长篇小说《万宝山》,引起了文坛的注意。由于写作经验的不足和对万宝山事件新闻的简单了解,李辉英对农民的审美想象还不够成熟。茅盾先生以"东方未明"的笔名对李辉英在《万宝山》中对农民的想象与建构提出了批评:"作者既已忘记了日本帝国主义的经济侵略,并且也忘记了东北军阀官僚对于农民的剥削。他把万宝山的农民写成了逍遥自得的自由民。"①。虽然《万宝山》在艺术水准和思想深度还不够成熟,但是作者的现实主义的手法、朴素流畅的语言,真实、生动地揭露了日本帝国主义的侵略阴谋和野心,描写出东北农民抗日的情绪和复仇的怒火,取得了积极的社会效果。

1932 年,李辉英为了积累创作素材,进一步来揭露和控诉日本帝国主义侵略罪行,冒着生命危险返回东北,对伪满洲国的吉林、长春、哈尔滨、沈阳、大连等地进行实地考察。在《还乡记》散文中,李辉英以一种充满着爱与善的深沉感情来观照东北故乡的农民:

> 路旁的农田,有些农民在撒种了,忙忙碌碌的,我相信在他们之中,固然有些人是极端服从的顺民,但是,有的人,也许还是一心不二的做着战士,时机一到,他们就会有所作为。
>
> ……
>
> 偶然看到几个农民,看他们那种淳厚的样子,又是爱慕又是感伤,如果我是个相信因果善报的人,一定相信他们的后代不该再受到帝国主义的压迫的。②

显然,李辉英对东北地区的农民怀有一种来自生命深处的感情体验。这种对故乡农民的情感体验源于童年时期的农村生活和来自祖父的教导。李辉英自小就住在一个乡村之中,虽然家境富裕,但并没有割断他与贫穷农民孩子的交往:"我的乡村,那些庄稼人,他们就这么一代一代的代代相传,一直活到如今。风哟,雪哟,隆冬哟,严寒哟,似乎都不能撼动他们坚强意志的分毫!二十四节气歌,既是他们

---

① 茅盾:见《李辉英研究资料》,马蹄疾编,春风文艺出版社,1988 年 6 月第 1 版,第 189 页。

② 李辉英:《李辉英代表作》,中国现代文学馆编,华夏出版社,1998 年 1 月第 1 版,第 346—351 页。

的行事历，他们习惯于适应环境，也安排好了饮食起居。我们的庄稼人一直不歇的耕耘着那一大片土地，从立夏到大寒，明年依然如此，他们是一季复一季，一年又一年这么做着的。”①更为重要的是，东北大地的广漠辽远深深地嵌入了农民的意识之中，大地的土气以一种奇异的精神形态深入肺腑地聚结为独特的气质——东北人，尤其是与大地时时刻刻接触的东北农民的土地精神气质。李辉英曾深情地回忆祖父对自己的教导以及他从中获得的对农民、对大地的情感体验。

> 土气本来在一般人的眼光中，仿佛代表低贱的意思，假如有人当面说你有点土头土脑，那便是把你看成了低贱的动物。可是我，似乎又是从小一开始就沾上了土气。那又该是祖父给我的启示。当我上私塾的前一日，祖父把我们一同入学的孩子们，拉到后园去，后园除了长些果树外，还种了一些菜地，祖父指着菜地说：
>
> “孩子们，你们明天上学了，是件好事。将来念好书，不愁争不到功名。不论你们将来谁当大官，千千万万不能忘本——忘了根。根是什么？就是土地。庄稼长在土中，没有土，长不成籽粒；人也是一时一刻离不开土地的，就是死，也得埋在土里，所以，人无论生死，全离不开土，土是人的根本。”
>
> 祖父的话，说到我的心坎里，像是在我的心中扎了根。所以，纵令学中有人偶尔说我很土气，我不但不恼，反而得意于我不曾忘本。人既然不能忘本，更不怕人家说你土气。
>
> ……偏好逐渐发展，常常可以巩固某种观念。自从我在某次近乎土气的和同学们抗衡后，我愈发为保有自己的一点土气而骄傲。我对那轻视我的人厉声叫道：
>
> “没有乡下老土包，谁养活你们城里人！土气——土气怕什么。哪一个人不是靠着土地生长的？土气代表我的特色，代表

① 李辉英：《李辉英散文选集》，马蹄疾编，百花文艺出版社，1986年1月第1版，第52页。

我的家乡，代表我的出身，也代表我的根本！”①

李辉英的农民观就是在把土地作为人类审美的根源的深刻认识的基础上，来理解整日与大地相伴的农民，产生了一种视农民为中国文明历史的创造者、为精神文化和血统气质的生命之根的情感认同。仔细审视李辉英的文学创作，我们会发现在1950年他去香港之前的多数文学作品是与东北乡土有关的，多数作品在取材上都有一个观照农民的写作视角。李辉英审美思想视野下的农民形象体现出一种深切细致的心理描写，蕴涵着一种对普通农民的平等的、人道主义关怀，当然其中也不乏鲁迅式的深刻思想解剖。他的短篇小说《丰年》就是其中一个表现民族与反封建的双重叙事的典型的文本。

李辉英在《丰年》自序中谈到小说的鲜明突出的抗日民族叙事特征，“从前我是迷恋着‘文艺作品是给人作消遣品的，’所以写出来的东西，总是在美酒，女人——一句话，在享乐上兜圈子。可是，紧跟着，‘九·一八’事变，日本帝国主义的军队蹂躏了我的故乡，‘一·二八’沪战，日本帝国主义的炮火，又摧毁了我攻读的学校……我彷徨，我恐慌，我悲哀，我更气愤，终至，激起我反抗暴力的情绪！‘醒醒罢，把你作小说的笔锋改改方向不行么？’我醒了，从昏沉的梦中惊醒了，自己这样问着自己。‘你该把那种抒写闲情逸致的笔调，转为反抗你的敌人的武器！比如：暴露日本帝国主义在东北压迫，屠杀，欺骗我们弱小民族的一类事情。同时，你也应该抓住现社会的其中一点，说上一些该说的话。’”②李辉英从纯文艺叙事中走出来，书写具有深刻民族意识和流亡体验的东北抗日文学。

近傍晚时分，天气凉了一些。太阳压上西山，临别作着媚眼，时隐时现地抖动着它那最后一线的光芒。古树低声长吟，沉沉的。关帝庙的晚钟，一声声地有节奏地传出来，悠扬而又带有清新的意味。河里面流动着的浅水，水面上浮出一层雾气，黑森

---

① 李辉英：《李辉英散文选集》，马蹄疾编，百花文艺出版社，1986年1月第1版，第56—58页。

② 李辉英：《〈丰年〉自序》，《李辉英研究资料》，马蹄疾编，春风文艺出版社，1988年6月第1版，第123—124页。

> 森地向下水流去。三五成群的麻雀，绕着屋檐，洞口“吱吱”地叫，“噗啦噗啦”地飞，像一面跳着傍晚的舞蹈，像又奏着睡前的清曲。牛马进到厩栏里，猪回到圈栅里，鸡鸭回到窝架里，……呈现在村中的傍晚，除去唏嘘的秋虫做着最后的挣扎的低吟外，只是一抹浓重的沉静。①

小说《丰年》所体现的氛围与茅盾、叶紫、蒋光慈等人的左翼文学作品极为相似，“傍晚时分”、“最后一线的光芒”、“古树”、“晚钟”、“黑森森的水面”、“唏嘘的秋虫”等所有这些幽暗灰色的词汇一方面表现出古老乡村陈旧因循的生活方式，另一方面也隐约表达了这种因循生活方式即将面临终结的困境，这“一抹浓重的沉静”只不过是“最后的挣扎的低吟”而已。古老的乡村之所以再也无法延续这种因循的生活方式，不是因为像蒋光慈所描绘的来自一种民族内部的阶级斗争的危机，而是来自民族外部的——外族侵略者以一种最为野蛮、残暴的方式终结了它。《丰年》里的农民世界中处处时时显现着日本侵略者的影子。

小说开篇就展现了农民孙三的内心世界，说在他内心里有一种一点不痛快的地方，消失了笑脸，而且不但他孙三一家，整个王家屯都是这样。其中原因就是：“立春，官家就派人四乡贴告示，下令说日本人有命令，火车道两旁五里地之内，不准播种高粱，怕将来庄稼长出来后，潜藏胡子。”②屯里的杨玉全就没有听官家的命令，在离火车道还不过二里地偷偷地种了高粱。后来被查到了，硬叫玉全在半天内翻田，还罚他五千吊。玉全哭喊着跑半天才凑上五千吊，孝敬了官家，把长出二寸多长的绿油油的小苗都翻了，另种上了晚黄豆。算一算，罚钱、高粱种、种地人工、开销共掏出一万多吊。对此，孙三实在有些生气，认为日本人比官衙门人还不讲理，并怀念从前的生活。“从前，既没有胡匪，也没有日本人。官家，都是为民做事的，是人都

---

① 李辉英：《丰年》，《东北作家群小说选》，王培元编，人民文学出版社，1992 年 6 月第 1 版，第 10 页。

② 李辉英：《丰年》，《东北作家群小说选》，王培元编，人民文学出版社，1992 年 6 月第 1 版，第 1 页。

不想发外财，平平静静各人作各人的事。近年来，任什么事都不那样了，以庄稼人本身来说，拿捐拿租一年比一年重，胡子到处有，日夜睡不安觉，东西也一年比一年贵，租粮卖不上大价钱。人心也没有从前好。日本人打进来，把东三省硬占着，说也怪，偏占东三省，不开拔，冒出这帮黑煞神，无恶不作，欺压良民连大气都有点不敢出。还常常打仗，打起仗不管不顾，烧房子，毁庄稼，炸死人，……"①虽然，孙三对日本人的不合理规定生气，但是最终还是以一个顺民的心态来进行理解，并不想对此有所反抗，寄希望于"这帮黑煞神"，能够主动"开拔"，不攘扰自己的一亩三分地即可，而没有一点反抗、斗争的心理。

孙三内心里真正关心惦记的是自己土地上的收成。

> 孙三究竟为眼前黄澄澄的庄稼勾引得乐到忘去了一切憎恨与厌恶，看到那些由雨水调和才生长得这么适度的庄稼，整个身心为之松快了，畅适了，竟然深深地出了一口长气，一面自语着："唉，真是天年，兵荒马乱年头，倒难得这样好收成。"
>
> 真是，一年以来，哪一月在附近地方没有过战争！日本兵打胡子，胡子自己说是义勇军，看起来又都是正牌庄稼人，说要打日本，他们为什么不种地，干那样事情！每次打，总有些人死；每次，总有些房屋烧毁了，庄稼糟蹋完了；这不是兵荒马乱的年头么。就说火车道，也还不是时常就让人扒断了，好几天好几天不能通火车！荒乱年头，想不到是个丰年。②

孙三只是顾念自己的一亩三分地的收成，目光、视野更是极为局限。他不仅不理解义勇军的抗日斗争行为，对日本人说义勇军是"胡子"的诬蔑半信半疑，而且在内心世界里，把日本侵略军和义勇军一同视为兵荒马乱的、打乱他正常生活的"乱源"，反对一切流血斗争。在血与火的激烈考验中，中国传统思想中的事不关己、高高挂起、凡事不出头、不反抗、作顺民的自私哲学和奴隶思想在孙三身上得到典

---

① 李辉英：《丰年》，《东北作家群小说选》，王培元编，人民文学出版社，1992年6月第1版，第12页。

② 李辉英：《丰年》，《东北作家群小说选》，王培元编，人民文学出版社，1992年6月第1版，第2—3页。

型展现。孙三的这种不分是非、混乱的认识还反映了一种小私有者——自耕农的短视、自私、愚昧、昏暗的思想意识和思想视野。

在战争远离自己的时候，孙三是漠不关心的；当战争真正迫近自己的时候，孙三对侵略者和抗日志士都不满意，而是寄希望于神灵保佑。“丰年看来没有了，他因此不免有些痛恨义勇军：要没有他们，哪会打仗？不管怎样，千万不要打到王家屯，只求能过去半个月，就好了。孙三想起山神庙平常许些小愿，差不多是灵验的。”①孙三来到山神庙前，一连磕了三个响头，请求神灵保佑屯里不要发生变故；再过半月就可以完成的一个丰收，是不容有别样意外的。磕完头，孙三立即宽了心，升起了快乐的心情。孙三和茅盾《春蚕》中的老通宝一样都是思想愚昧、迷信的，只是老通宝面临的是饥饿的压迫，而孙三头顶的威胁是侵略者的刺刀。

而且不仅孙三如此，整个屯里的农民都是这样愚昧。

> 人人都希望在许愿上能得到个好结果。他们怕战争，愿意和平，但战争偏来照顾他们。他们原是不管官家也好，日本兵也好，义勇军也好，胡子也好，只求能让庄稼人家太太平平过日子就行，但这点愿望也希求不到，偏有战争，偏又离他们的屯子很近。他们想把自己脱出圈子以外偏又不能；因为他们究竟是世界上人类中的一分子，所住的地方又是地球上的一个小的部分，无论如何，不能不与外界接触，任其独自生存的。……
>
> 不错，就是因为现在的世界变了，像孙三所发过的牢骚似的，所以他们的独处苟安的思想，是不被容许的了。然而，他们都没有想到这一层，仅以为世道的坏，因为人心不古，由此，一切奸诈、虚假、欺骗、抢劫、强占（日本兵应列入这里面的）、战争，……都有了，人世因此乱了起来。他们历年所受的苦痛，尽管怎样层出不穷，让苟安退让的心情，把偶然冲动的反抗气势，全压下去了，而最后的归结是“信凭命运”。生在闭塞的乡村，他

---

① 李辉英：《丰年》，《东北作家群小说选》，王培元编，人民文学出版社，1992 年 6 月第 1 版，第 7 页。

们死到脑后也不能知道外面的世界是变成怎样的了，所以使他们只能有大清时代的种种思想与期望。①

事实上，作为一个偏僻的"老中国儿女"的旧式农民孙三等人并没有什么民族、国家之类的宏大概念的，有的只是眼前的个体的利益和一种农民对土地的真实而深切感情，更谈不上什么反抗、斗争意识。他们就是鲁迅先生所说的被封建专制思想毒化了的和被专制压迫恐惧了的、一心想成为"太平犬"的、"坐稳了奴隶的时代"的奴隶。

孙三虽然切实憎恶着战争：战争，是他最大的仇敌，战争将要夺去他的生命，将要夺去他一家人的生命，他不自觉地就喊出了"干吗要打仗！"的声音。孙三心中也曾有过"偶然冲动的反抗气势"，但是，在冷静下来之后，深入灵魂深处的奴隶思想和顺民意识又让他认为反抗就是犯罪，是反叛，造反，不是安分良民应该干的。

然而他这时的内部，正有着矛盾的心思。当他上半天被困在大殿里，那时他自己以为有过前此未有的过激思想，就是，倘然能脱去身上的束缚，无论如何一定要想法同日本鬼干一干的。现在，经小队长一阵沉重的演说，随即激起一身的热血与勇气，但是，忽然一反想，他立时觉得那要干的事是危险的，是孟浪的，他就不同意小队长的言论了。他以为，一个庄稼人，管他受多少苦，那只能说是命运不挤，不能有非分的行动。一个庄稼人他一生的职分就该是种地，种地是他应尽的义务，应负的责任，而对于官府，只是绝对服从。庄稼人应该把希求放在"每年能得一个丰收"，此外，什么事都不应该参与。他又记起祖辈流传的格言：多事不如少事，少事不如无事。——老人的话是对的，决定了他的行动，他接受了后者的意见，他仍然要在乱世之下作一个顺民。②

---

① 李辉英：《丰年》，《东北作家群小说选》，王培元编，人民文学出版社，1992 年 6 月第 1 版，第 18 页。

② 李辉英：《丰年》，《东北作家群小说选》，王培元编，人民文学出版社，1992 年 6 月第 1 版，第 58 页。

我们看到在孙三的奴隶思想和顺民意识的背后，还有一种愚昧的农民“职分”意识。孙三像一只工蚁那样本分地从事农业工作，寻求一点点养活自己的物质，缺少一种西方现代的公民参与国家的政治意识和超越土地的精神独立与自由，惯于做土地的奴隶、做统治者的奴隶，缺少一种能够审视自我、反思自我的、从土地分离出而又与土地相融合的主体独立性。

但是，不幸的是，孙三们所处的是“想做奴隶而不得的时代”。战争的不期而遇逼迫孙三开始了审视与反思。虽然这种审视与反思依旧带有过去的奴隶思想和顺民意识。但是，毕竟已经开始有了动摇、质疑与追索。屯里的农民杨玉全已经加入了反抗的队伍，在大队里干起来，挖战壕，修土垒，忙忙碌碌的。虽然还是有一种矛盾的心情，孙三开始乐于送给义勇军好的吃喝，送点零用的东西给他们用，但是并没有参与实际的工作。

战争是惨烈的，山神爷保护不了孙三；侵略者也并没有因为他是顺民而放过他。孙三的家都被烧光了，一家人除了在屯边守屯的二儿子生死未卜，只有他抱着六岁的孙子逃到田地里，其余的人，连他女婿家几个人，全炸死了。战争以一种极为残酷的方式促使孙三觉醒，使他彻底断绝奴隶的思想，意识到顺民在战争时代也是做不成的，只有起来进行抗争。“这么的，他一反从前的态度，变本加厉地痛恨着日本兵，同情二儿子的加入义勇军，确认义勇军的反抗是对的！从几年来所受的压迫与苦痛中，他更确凿地觉得该有个抬头的一天，而义勇军正是给百姓们争取抬头日子的军队！什么听天由命，什么神灵保佑，什么作顺民，都不应该再干了。他觉得自己的事情，只有自己起来干，才能求出一条像样的生路！”[①]因此，孙三决定，自己年龄大了，即便不能到前方去打仗，还是可以在后方做些零碎的有益于抗日斗争的事。

可见，李辉英在《丰年》中成功地刻画出孙三这样一个典型的“老

① 李辉英：《丰年》，《东北作家群小说选》，王培元编，人民文学出版社，1992 年 6 月第 1 版，第 67—68 页。

中国儿女”的旧式农民形象，表现了他身上的浓重的封建奴隶思想和顺民意识，细致而又真切地表达了“老中国儿女”所背负的传统思想负累及其在战争中的艰难觉醒过程。

刺刀下的孙三们没有屈服、没有被血腥吓倒，反而以一种大地般坚韧的性格彻底抛弃了思想负累，加入了民族抗战的大叙事之中。当然，我们看到的这种民族意识的觉醒，与作为个人的独立主体性的觉醒还有一段距离，但是毕竟已经突破了以往的奴隶思想和顺民意识，产生了寻求自由与解放的可贵的抗争意识。抗日战场上浴血斗争的孙三们，在摆脱“亡国奴”的异族侵略枷锁的同时，也必将涅槃重生，铸就一种自由和解放意识，为实现人的彻底解放和主体性人格的建立提供了可能。

第二节　“生死场”“猪狗”的精神觉醒：萧红的农民观及其审美想象

美国的萧红研究专家葛浩文先生在《萧红评传》中，对萧红与农民的关系以及萧红作品中的农民形象进行了分析。他说：“呼兰本地有两件事对萧红有很大的影响：一是当地的农家生活，另一是她的孤独和寂寞。虽然她出生于士绅之家，但她童年的许多时间都在邻近的农家消磨。农民生活在她脑海中有着不可磨灭的印象，因此她日后两本重要作品的主角都是农民。”①“在萧红大部分成功的作品中，农人的故事还是极占分量；她对农民的态度是错综复杂的——是一种兼混着怜悯与憎恨的情感。她之所以为农人们仗义执言的主要原因，是农人们一向受那些贪得无厌的地主们，城市中的市侩们、军阀的部队、列强侵略者以及反复无常的大自然所加之无穷迫害。在萧红心目中，那些农人既可怜可悲，又勇武可爱。他们受尽虐待，但又极端顽强。他们并不聪明，因此他们往往是悲惨命运的保持

① ［美］葛浩文：《萧红评传》，北方文艺出版社，1985年8月第1版，第14页。

人。……萧红对农人的看法是忠诚的，她认为农人每天与环境挣扎，辛勤工作以谋糊口，不仅是个社会亟待解决的问题，而且农村实况也是个非常值得报道的体裁。”因此，葛浩义断定，“由于萧红的几部小说和几个短篇，她便成为二十世纪初期最前卫而最有成就的东北农民生活代言人”。①

葛浩文对萧红及其作品的归纳、分析与判断是基本准确的，但是他在萧红的农民观“是错综复杂的——是一种兼混着怜悯与憎恨的情感”的分析上是有所背离的。萧红由于自幼与父亲和继母的紧张关系，而对以父亲为代表的上层地主阶级充满了强烈的憎恶之情、对农民有着一种人道主义的同情与悲悯。萧红在《蹲在洋车上》散文中叙说了童年中的一段自己与下层农民车夫之间的事：好心的车夫把“我”送回家，而调皮的“我”蹲在车上玩“乡巴佬蹲东洋驴子”给祖父母看，祖父因停车时“我”摔下来而打了农民车夫，并拒绝付钱。对此，幼小的萧红非常难过，同情被压迫的车夫，“所以后来，无论祖父对我怎样疼爱，心里总是生着隔膜”。②在进入文坛之前，萧红因为拒绝父亲的“豢养”，而经历了一段较长的颠沛流离的生活，即使后来与萧军较为固定地生活在一起，也经常处于饥肠辘辘的境遇。萧红看破了地主、高利贷者、军阀、官僚的迫害，亲身经历、深切体验着下层农民的悲惨处境：“这破落之街我们一年没有到过了，我们的生活技术比他们高，和他们不同，我们是从水泥中向外爬。可是他们永远留在那里，那里淹没着他们的一生，也淹没着他们的子子孙孙，但是这要淹没到什么时代呢？”③

据铁峰介绍，“九·一八”事变后，东北农村经济发生严重危机。萧红的叔伯们想把危机转嫁到佃户身上，强行增加佃户的地租，削减长工的工资，引起佃户、长工们的强烈不满。萧红出于对贫苦农民的同情，劝叔伯们不要增加地租、削减长工的工钱，从而引起了家里的愤恨，认为她是大逆不道。大伯父将萧红毒打后关在一间仓房里，并

① ［美］葛浩文：《萧红评传》，北方文艺出版社，1985 年 8 月第 1 版，第 161—164 页。
② 萧红：《萧红全集》，哈尔滨出版社，1991 年 5 月第 1 版，第 909 页。
③ 萧红：《萧红全集》，哈尔滨出版社，1991 年 5 月第 1 版，第 901 页。

派人去县城拍电报给萧红父亲，催他立即回来处置萧红。从此，萧红对这个地主家庭彻底失望。①

萧红在《生死场》之前发表的一些作品也可以清晰地显示出她对农民的感情态度。收入《跋涉》集中的《王阿嫂的死》、《看风筝》、《夜风》等小说不仅表现了像王阿嫂这样的被地主阶级残忍迫害的普通农民的生存悲剧，而且还描写了像刘成那样的坚定的乡村反抗者。1935年发表的《生死场》是萧红对东北农民想象与建构的代表之作，是东北作家群中最出色、最成功的文学作品。鲁迅先生在《生死场》序言中对小说做出高度评价："这自然还不过是略图，叙事和写景，胜于人物的描写，然而北方人民的对于生的坚强，对于死的挣扎，却往往已经力透纸背；女性作者的细致的观察和越轨的笔致，又增加了不少明丽和新鲜。精神是健全的，就是深恶文艺和功利有关的人，如果看起来，他不幸得很，他也难免不能毫无所得。"②聂绀弩在《萧红选集》序言中回忆了萧红本人对自己作品与鲁迅作品的比较：

> 她笑说："……鲁迅的小说的调子是很低沉的。那些人物多是自在性的，甚至可说是动物性的，没有人的自觉，他们不自觉地在那里受罪，而鲁迅却自觉地和他们一起受罪。如果鲁迅有过不想写小说的意思，里面恐怕就包括这一点理由。但如果不写小说，而写别的，主要的是杂文，他就立刻变了，从最初起，到最后止，他都是个战士，勇士，独立于天地之间，腰佩翻天印，手持打神鞭，呼风唤雨，撒豆成兵，出入千军万马之中，取上将首级如探囊取物！即使在说中国是人肉的筵席时，调子也不低沉。因为他指出这些，正是为反对这些，改革这些，和这些东西战斗。"
>
> ……我们也谈《生死场》。
>
> 我说："萧红，你说鲁迅的小说的调子是低沉的。那么，你的《生死场》呢？"

① 铁峰：《萧红年谱》，《萧红全集》，哈尔滨出版社，1991年5月第1版，第1321页。
② 萧红：《萧红全集》，哈尔滨出版社，1991年5月第1版，第54页。

她说：“也是低沉的。”沉吟了一会儿，又说：“也不低沉。鲁迅以一个自觉的知识分子，从高处去悲悯他的人物。他的人物，有的也曾经是自觉的知识分子，但处境却压迫着他，使他变成听天由命，不知怎么好，也无论怎样都好的人了。这就比别的人更可悲。我开始也悲悯我的人物，他们都是自然奴隶，一切主子的奴隶。但写来写去，我的感觉变了。我觉得我不配悲悯他们，恐怕他们倒应该悲悯我咧！悲悯只能从上到下，不能从下到上，也不能施之于同辈之间。我的人物比我高。这似乎说明鲁迅真有高处，而我没有或有的也很少。一下就完了。这是我与鲁迅不同处。”①

显然，萧红对农民的想象与建构带有一种不同于鲁迅式的高高在上的俯视，而是以一种平等的、深入农民内心世界的、带有自然主义色彩的平视姿态来观照人物的灵魂。历经离乱、饥饿、被人冷眼漠视的萧红乃至于觉得自己也是“自然的奴隶”，一点也不比他们强。正是这样的平视、深入人物灵魂的挖掘，使萧红的作品在当时的抗日文学作品中独树一帜，其想象和建构的农民形象跨越了历史时空的场域，具有了一种经典的意义。

老子说，天地不仁，以万物为刍狗。《生死场》里的僻远的东北农民混沌蒙昧，过着猪狗一般的日子。沈从文的《边城》等作品中也描绘了生命意识蒙昧的农民，由湘西独特的精神地理学所孕育出的蕴涵大自然精华的土地之子：他们虽然混沌蒙昧，却在一种自然的理性之下遵循着美与善的生命规范。但是，在萧红的审美想象中，农民在东北僻远、粗犷、蛮荒的自然地理之下过着一种与此顺应的、荒芜的精神生活，像猪狗般地混沌、蒙昧：

在乡村，人和动物一起忙着生，忙着死……

外面落着毛毛雨。忽然二里半的家屋吵叫起来！傻婆娘一向生孩子是闹惯了的，她大声哭，她怨恨男人：

① 聂绀弩：《〈萧红选集〉序》，人民文学出版社，1981年5月第2版，第3—4页。

"我说再不要孩子啦！没有心肝的，这不都是你的吗？我算死在你身上！"

惹得老王婆扭着身子闭住嘴笑。过了一会傻婆娘又滚转着高声嚷叫：

"肚子疼死了，拿刀快把我肚子给割开吧！"

吵叫声中看得见孩子的圆头顶。

在这时候，五姑姑变青脸色。走进门来，她似乎不会说话，两手不住的扭绞：

"没有气了！小产了，李二婶子快死了呀！"

王婆就这样丢下麻面婆赶向打鱼村去。另一个产婆来时，麻面婆的孩子已在土炕上哭着。产婆洗着刚会哭的小孩。

等王婆回来时，窗外墙根下，不知谁家的猪也正在生小猪。①

这里人和猪狗一样不知道为什么而生，只是随着大自然的规律而生生死死。人与猪狗并没有什么区别。金枝的母亲因为无数青色的柿子暴怒，厮打自己的女儿："母亲一向是这样，很爱护女儿，可是当女儿败坏了菜棵，母亲便去爱护菜棵了。农家无论是菜棵，或是一株茅草也要超过人的价值。"②这里的农民自身没有价值感，人还不如菜棵、茅草的价值。"房后草堆上，狗在那里生产，大狗四肢在颤动，全身抖擞着。经过一个长时间，小狗生出来。""暖和的季节，全村忙着生产。大猪带着成群的小猪喳喳的跑过，也有的母猪肚子那样大，走路时快要接触着地面，它多数的乳房有什么在充实起来。"萧红一再在那里描述春天季节猪狗怀孕、哺育的事情，与乡村女人的生产置于同一个审美想象的空间场域之中，产生了一种令人惊异的描写效果：作为异类于猪狗的人，作为有智慧和意识的人，却过着猪狗般的岁月，竟然与猪狗"同类生生死死"。甚至，在农民自己眼里，还不如猪狗值钱。

---

① 萧红：《萧红全集》，哈尔滨出版社，1991年5月第1版，第99—100页。

② 萧红：《萧红全集》，哈尔滨出版社，1991年5月第1版，第74页。

在萧红的审美想象视野中，女性意识是较为突出的。由于自身的女性性别意识和自身婚恋的众多波折，萧红对女性被迫害、被侮辱的命运有着丰富而深切的感受认识，即使在临终前，萧红依旧将自己的不幸命运与自身的女性性别画上了等号。在萧红的审美想象中，农村女性的命运更是极其不幸的。但是，萧红不是从某种思想意识出发(如鲁迅先生对农村女性悲剧的建构，祥林嫂、爱姑、九斤等人身上的不幸都显现着某种封建思想文化毒素的迫害)，而是直接截取农民女性的原生态的生活，对其生活的各种不幸进行细节性的描摹，以一种具象的方式生动呈现出农村女性的无声的悲哀。农村女性的生产过程是生命的生与死的连接点，典型的对比体现生的喜悦与死的悲哀。因此，萧红对许多孕妇生产过程进行了描摹。农村孕妇的生产一方面带有男性传宗接代的使命，因而带有某种喜悦的期待，但是，一旦生了女孩，则又陷入了地狱的深渊；另一方面，由于农村医疗条件的极端简陋，孕妇的生产没有任何医疗保障，从而充满了某种与死神搏斗的凶险，孕妇与婴孩都面临着死神的威胁，所以农村孕妇的生产更多地笼罩着某种不可言喻的悲哀。

> 黄昏以后，屋中起着烛光。那女人是快生产了，她小声叫号了一阵，收生婆和一个邻居的老太婆架扶着她，让她坐起来，在炕上微微的移动。可是罪恶的孩子，总不能生产，闹着夜半过去，外面鸡叫的时候，女人忽然苦痛得脸色灰白，脸色转黄，全家人不能安定。为她开始预备葬衣，在恐怖的烛光里四下翻寻衣裳，全家为了死的黑影所骚动。
>
> ……赤身的女人，她一点不能爬动，她不能为生死再挣扎最后的一刻。天快亮了。恐怖仿佛是僵尸，直伸在家屋。……
>
> “装死吗？我看看你还装不装死！”
>
> 说着他拿起身边的长烟袋来投向那个死尸。母亲过来把他拖出去。每年是这样，一看见妻子生产他便反对。
>
> 日间苦痛减轻了些，使她清明了！她流着大汗坐在幔帐中，忽然那个红脸鬼，又撞进来。什么也不讲，只见他怕人的手中举起大水盆向着帐子抛来。最后人们拖他出去。

大肚子的女人，仍胀着肚皮，带着满身冷水无言的坐在那里。她几乎一动不敢动，她仿佛是在父权下的孩子一般怕着她的男人。

她又不能再坐住，她受着折磨，产婆给换下她着水的上衣。门响了她又慌张了，要有神经病似的。一点声音不许她哼叫，受罪的女人，身边若有洞，她将跳进去！身边若有毒药，她将吞下去。她仇视着一切，窗台要被她踢翻。她愿意把自己的腿弄断，宛如进了蒸笼，全身将被热力所撕碎一般呀！……

这边孩子落产了，孩子当时就死去！用人拖着产妇站起来，立刻孩子掉在炕上，像投一块什么东西在炕上响着。女人横在血光中，用肉体来浸着血。①

萧红这样细致地描写农村孕妇的苦难的生产过程，她对这一生产过程命名为“刑罚的日子”。这“刑罚”的苦难不仅仅来自女性自身的痛苦，而且还来农村男性的暴力侵犯。不仅难产使孕妇痛苦不堪，更多的羞辱和痛苦来自醉酒的男人的厉声斥责和可怕的毒打。

小说里成业与婶婶的一席对话，也充分反映出农村女性的被欺凌、被侮辱的不幸命运。成业的婶婶对他说，等你娶过来，她会变样，不和原来一样，她的脸是青白色；你也再不把她放在心上，你会打骂她。以前做姑娘的时候，你叔叔也唱过毛毛雨这曲子哩。成业与金枝偷偷发生了性关系，在得知金枝怀孕和她母亲不同意的情况下，他没有一点责任感，反而萌生出一种占便宜的心理：“男人完全不关心。他小声响起：‘管他妈的，活该愿意不愿意，反正是干啦！’”②男性农民的愚昧、蛮横、压迫成为了农村女性不幸的一个重要根源；而农村女性的不觉醒进一步加深了她们的不幸与痛苦。

虽然萧红的小说“叙事和写景，胜于人物的描写”，但是我们依然从一些叙事线索中发现人物的性格与思想特征。小说里贯彻始终的男性农民形象是二里半和赵三。二里半是一个典型的“老中国儿女”

① 萧红：《萧红全集》，哈尔滨出版社，1991年5月第1版，第96—98页。
② 萧红：《萧红全集》，哈尔滨出版社，1991年5月第1版，第76页。

的旧式农民，小说开篇就是以二里半寻找山羊起笔的，最后也是以他与那只山羊的分离来收笔的。他有着传统农民对牲畜的深厚感情，在自己的山羊迷失后不顾一切地疯狂寻找；在看到王婆把老马准备送下汤锅时，连说“下不得，下不得”。小说以这样的语言叙说二里半的家：“菜田的边道，小小的地盘，绣着野菜。经过这条短道，前面就是二里半的房窝。”、“土房的窗子，门，望去那和洞一样。”[①]用“房窝”、“洞”来形容二里半的房子，隐喻着贫穷的他过着猪狗一般的奴隶生活。二里半的老婆麻面婆有些弱智，孩子是罗圈腿，但是他并不像村里的其他男人那样随意打她们。日本鬼子的残暴引起了村民的反抗意识，在李青山讲述革命军的事情的时候，二里半始终缺乏兴致，在一边打瞌睡。后来，村民准备反抗，在找不到公鸡的时候有人提议杀二里半的老山羊来盟誓。“小伙子们把山羊抬着，在杆上四脚倒挂下去。山羊不住哀叫。二里半可笑的悲哀的形色跟着山羊走来。他的跛脚仿佛是一步一步把地面踏陷。波浪状的行走，愈走愈快！他的老婆疯狂地想把他拖回去，然而不能做到，二里半惶惶的走了一路。”[②]虽然二里半口头上对使用山羊宣誓没什么意见，但是听到自己养了十多年的、与自己朝夕相处的山羊哀鸣，还是极其难受。因此，在赵三等人抗日激情涌动、高呼誓死不做亡国奴的时候，二里半内心最着急的是如何找到一只公鸡来替换下老山羊！“寡妇们也是盟誓，也是把枪口对准心窝说话。只有二里半在人们宣誓之后快要杀羊时他才回来。从什么地方捉只公鸡来！只有他没曾宣誓。对于国亡，他似乎没什么伤心。”[③]在赵三等众人审视、愤恨、怒骂的目光中，他领着山羊回家去了。这样一个农民与羊的个人感情超过民族、国家的仇恨的二里半，在鬼子杀死老婆、孩子之后，他决定留下老山羊，毅然投身“人民革命军”去打日本鬼子，艰难地开始了从奴隶到民族战士的角色转变。

赵三是小说中的另一种类型的具有反抗意识的农民。为了反对

① 萧红：《萧红全集》，哈尔滨出版社，1991 年 5 月第 1 版，第 56—57 页。
② 萧红：《萧红全集》，哈尔滨出版社，1991 年 5 月第 1 版，第 124 页。
③ 萧红：《萧红全集》，哈尔滨出版社，1991 年 5 月第 1 版，第 126 页。

地主加租，赵三与李青山等人组织了“镰刀会”准备除掉地主恶棍，进行减租斗争。不幸的是，赵三错伤了一个小偷，被抓进监狱。“镰刀会”因为少了赵三而衰弱了，消灭了。更不幸的是赵三因为受了地主的恩惠，被从监狱里放出来，在李青山再来找他的时候，赵三对自己以前的行为有了忏悔的意识。

> “除他又能怎样？我招灾祸，刘二爷也向东家（地主）说了不少好话。从前我是错了！也许现在是受了责罚！”
>
> 他说话时不像从前那样英气了！脸是有点带着忏悔的意味，羞惭和不安了。五婆坐在一边，听了这话她后脑上的小发卷也像生着气：“我没见过这样的汉子，起初看来还像一块铁，后来越看越是一堆泥了！”
>
> 赵三笑了：“人不能没有良心！”
>
> 于是好良心的赵三天天进城，弄一点白菜担着给东家送去，弄一点土豆也给东家送去。为着送这一类莱，王婆同他激烈地吵打，但他绝对保持着他的良心。①

地主还把他给小偷治病的买牛钱返还了一半给他。视野狭窄的农民赵三就这样被地主的小恩小惠俘虏了。赵三的忏悔一方面是由于思想视野的狭窄，不知道更大的阶级压迫的道理，只顾及了自己的处境的改变；另一方面也是由于传统农民的那种知恩必报的所谓“良心”意识。

年盘转动了，日本鬼子来到赵三的村子烧杀掳掠。长时期意志消沉的赵三一度又找回了从前的抗争意识感觉。李青山召集村民在暗室中悄悄商量起事，赵三面对昏暗的灯光恍惚又回到了组织“镰刀会”的感觉，兴奋得一夜未睡。他开始逢人便讲亡国，救国，义勇军，革命军等出奇的字眼，回来得晚。“老头子好像已在衙门里做了官员一样，摇摇摆摆着他讲话时的姿势，摇摇摆摆着他自己的心情，他整个的灵魂在阔步！”②“赵三只知道自己是中国人。无论别人对他讲

---

① 萧红：《萧红全集》，哈尔滨出版社，1991 年 5 月第 1 版，第 91 页。

② 萧红：《萧红全集》，哈尔滨出版社，1991 年 5 月第 1 版，第 122 页。

解了多少遍，他总不能明白他在中国人中是站在怎样的阶级。虽然这样，老赵三也是非常进步，他可以代表整个村的人在进步着，那就是他从前不晓得什么叫国家，从前也许忘掉了自己是那国的国民。”①因此，对赵三的抗日激情，我们应该有更深入的分析。显然，赵三对抗日斗争的积极参与，只是源于他对侵略者罪行的仇恨以及自己内心世界中的没有磨灭的抗争激情，并不意味着他对抗日斗争的性质有了明确的认识，事实上，农民赵三和李青山等人并没有民族、国家的观念，只是盲目地、自发地进行斗争。

对二里半、麻面婆等众多农民而言，日本鬼子的到来只不过是旧有的生死场中的一个新的变数与更替而已。这里的农民、妇女依旧过着猪狗般的奴隶生活，只不过增添了一些更多的人为制造的死亡灾难，但是生命最终的意义，对他们而言，都是一样的死亡与毁灭的结局。只不过，过去是死在地主阶级（东家）的残酷剥削中，现在是死在小鬼子的刺刀下而已。

虽然，赵三、李青山依然不知道什么是阶级，但是已经有了所谓的“亡国奴”意识，知道了自己是“中国人”，要“中国旗子”。

> 寡妇们和亡家的独身汉在李青山喊过口号之后，完全用膝头曲倒在天光之下。羊的脊背流过天光，桌前的大红蜡烛在壮默的人头前面燃烧。李青山的大个子直立在桌前：“弟兄们！今天是什么日子！知道吗？今天……我们去敢死……决定了……就是把我们的脑袋挂满了整个村子所有的树梢也情愿，是不是啊？……是不是……？弟兄们……？”
>
> 回声先从寡妇们传出：“是呀！千刀万剐也愿意！”
>
> 哭声刺心一般痛，哭声方锥一般落进每个人的胸膛。一阵强烈的悲酸掠过低垂的人头，苍苍然蓝天欲坠了！
>
> 老赵三立到桌子前面，他不发声，先流泪：
>
> “国……国亡了！我……我也……老了：你们还年青，你们去救国吧！我的老骨头再……再也不中用了！我是个老亡国

① 萧红：《萧红全集》，哈尔滨出版社，1991年5月第1版，第125页。

奴，我不会眼见你们把日本旗撕碎，等着我埋在坟里……也要把中国旗子插在坟顶，我是中国人！……我要中国旗子，我不当亡国奴，生是中国人，死是中国鬼……不……不是亡……亡国奴……”①

就是这些愚昧、无知、猪狗般生生死死的农民在亡国毁家的危机中，从因循的、宿命的“生死场”中觉醒起来，走向了新的抗日“敢死场”，这是一支盲目的又清醒的抗日力量，是一支自发的又自觉的革命力量。随着赵三的流泪和二里半的觉醒，生死场中的男人们、女人们组成了抗日斗争的革命主力军。“生死场”中的因循的、宿命的生与死的苦难存在因之具有了一种新的意义：民族的新生、国家的新生。②

一个新的问题随之而出：农民自身能否在一个新的“生死场”中获得新生呢？“猪狗”般生存的农民能否在这一新的“生死场”获得趋向“人”的蜕变？二里半、赵三、李青山和那些无名的寡妇们的心灵世界的转变已经为之提供了可能。

萧红在《生死场》中以对东北农村农民生活的原生态的描摹成功地完成了一种激励抗战的民族国家意识形态的传播，也在民族叙事之中蕴含了一个深刻的民族灵魂改造的问题。

第三节　走上抗争之路的奴隶：萧军的农民观及其审美想象

萧军生于辽宁西部的一个农村——下碾盘沟。这个村庄深藏在

① 萧红：《萧红全集》，哈尔滨出版社，1991年5月第1版，第125页。

② 对此，聂绀弩评价萧红写的农民有一种鲁迅小说中没有的东西，就是写出了集体的农民形象，即认为萧红所写的那些人物，当他们是个体时，都是自然的奴隶；但当他们一成为集体时，由于他们的处境的变化由量变到质变，便成为一个集体英雄了，人民英雄，民族英雄了。但他们由于个体的缺陷，也还只是初步的、自发的、带盲目性的集体英雄。参见聂绀弩：《〈萧红选集〉序》，人民文学出版社，1981年5月第2版，第4—6页。

大山之中，没有使人流连的自然风景，也没有深厚肥沃的文化土壤。恶劣的自然生态环境与残酷的阶级压迫使山里的农民生存极为艰辛，因此这里的农民形成了一种坚韧刚烈、崇尚武功的性格特征。许多贫困无奈的农民当起了打家劫财、杀人越货的充满绿林侠义与匪气的“胡子”。自幼就在绿林“胡子”的影响下生活的农民产生了一种畸形的价值观，“小子要横，丫头要浪”，他们长大后或者当兵，或者学手艺，或者干脆上山当盗。萧军幼年时期，母亲因不堪丈夫的粗暴虐待，吞食鸦片自杀。童年的萧军一直对父亲充满着强烈的憎恶与仇恨意识，自幼就很坚强、不屈服，有一种顽强的、不受羁押束缚的自由天性。

萧军只有在祖父母和五姑姑那里才能得到亲情温暖，尤其是祖母擅长“说书”的本领对萧军的性格影响很大。没有任何精英文化传统和知识背景的乡村，却有一种源远流长的民间说书习俗，以一种民间的方式传递着民族文化、民族血性基因。祖母心中装满了许多历史小说评书故事。评书故事里的人物成为萧军童年意识世界里的想象的英雄传奇与崇拜偶像，是祛除单极化的乏味的乡村现实世界、连接遥远历史时空的农村唯一民间文化形态，同时也是塑造农村少年性格、志向、梦想的唯一民间文化力量。这些传统的小说成为蒙昧无知的萧军最早的文学想象物。《杨家将》里嫉恶如仇、不畏强暴，在擂台上打死潘仁美作恶多端的儿子的杨七郎，《呼家将》中誓死复仇的呼延庆，《薛家将》中坚强英勇的薛刚，在年幼的萧军心中印上了深深的影子。祖母响亮的、具有艺术节奏的声音对他而言充满了无上的魅力，那些讲不完的故事，极大地丰富了萧军的想象力，产生了无穷的瑰丽幻想，培养了萧军纯朴的审美意识。

辽西故乡童年生活，使萧军自幼熟悉东北农民的各种生活习俗和人情世事，不仅形成了萧军坚强乐观、正直刚烈、永不屈服、尚武、粗暴等性格特征；而且在其心灵世界中形成了对农民等各色人物进行审美想象的东北乡村的美学趣味、人物形象的风格，形成了萧军对农民进行审美想象与建构的精神内核。

1933年春天，萧军开始了长篇小说《八月的乡村》的创作。《八月的乡村》的素材是舒群的朋友、磐石游击队的领导人、中共党员傅天飞同志提供的。1933 年春傅天飞把磐石游击队惊心动魄的抗日斗争有声有色地讲给舒群听，后又讲给萧军和萧红听。萧军感动于磐石游击队同日寇浴血斗争的故事，决心以磐石抗日游击队的英雄事迹为题材，加上自己在军队里的经历，写一部东北农民觉醒，以自己的鲜血和生命参与抗日救亡战争的作品。在 1935 年 8 月上海容光书局发行的“奴隶丛书之二”，即署名“田军”的《八月的乡村》的“书后”中，萧军对“奴隶丛书”做了一个“小启”：“我们陷在‘奴隶’和‘准奴隶’这样地位，最低我们也应该作一点奴隶的呼喊，尽所有的力量，所有的忍耐。——‘奴隶丛书’的名称，便是这样被我们想出的。”① 而在小说结尾的部分，安娜与萧明分离之际，悲哀地吟唱一曲《奴隶之爱》，表现失去祖国、失去自由、没有爱的权利的奴隶的悲哀。可见，萧军的《八月的乡村》，是为东北沦陷之后处于“奴隶”地位和时刻面临着成为亡国奴的“准奴隶”而写的，是为了唤醒在愚昧的宁静中沉睡的农民而写的，也是为了鼓励那些在沦陷区进行艰苦卓绝的抗日“革命人民军”而写的，因此萧军着力表现“在满洲和日本帝国主义者，一直作血的斗争的义军，他们从同志们的血，敌人的血，以及本身流出的血瀑里面，长成了智慧和聪明，拧制成了血的甲胄和纪律！本身在巩固，在扩大，在不断扩掘着斗争的路……”，而且萧军坚信，“最终的胜利，也还是属于有海一般广大群众拥护的一面；人民需要的一面”，因此，“我伤心，这部书不会为那正在斗争的弟兄们能读到。如果，只要他们之中有一个人能读到它，我便什么全满足了！我期待着”。②

在这种审美想象和期待之中，萧军在《八月的乡村》中想象、建构了四种农民形象类型。一是小红脸这样的葆有农民趣味、意识的普通农民战士类型；二是意志不够坚定、情感较为丰富、个人欲望与个

---

① 田军：《八月的乡村》“书后”，奴隶社出版，上海容光书局发行，1935 年 8 月初版，第 6 页。

② 田军：《八月的乡村》“书后”，奴隶社出版，上海容光书局发行，1935 年 8 月初版，第 3—4 页。

人主义意识突出的唐老疙疸类型；三是坚定、勇敢、果断的铁鹰队长类型的农民革命者；四是“老中国儿女”的旧式农民形象。

1. 农民小红脸形象

农民小红脸有着喜好吸烟的习惯，每当他的小烟袋咬在嘴上的时候，他心中就升起一种快活、悠闲幸福的感觉。平时小烟袋很少离开他的嘴，而现在小烟袋已经一整天没在他的嘴里出现过了。“他一只手并不舍开，还在摩挲着烟袋。同时开始在思想：为什么还不该停下歇歇，让他吃一袋烟呢？枪声不已经没有了吗？他侧开头，避开前面别人脑袋的障碍，睄一睄走在更前边的‘领队’。——他还是不松懈，没有思虑的走在前面——小红脸近乎失望了！他想还是不如作农民时候自由多了！他可以随便什么时候吃一袋烟。就是在手里提着犁杖柄手，也是一样哪，也可以使小烟袋很安全的咬在嘴里呢！那样的日子不会有了！不会再有一个太平的春天和秋天给他过了！他远远看着那边的田野在叹息！”①小红脸虽然已经加入了革命军队的行列，但是在内心深处对以往的农民式的自由田野生活依旧充满了向往；而且对革命的认识，依然是停留在旧阶段，小红脸等农民对什么“同志”、什么“赞成”语词依旧觉得陌生。

在小红脸默默地想着过去的太平日子的时候，他对抗日革命斗争充满了新的期待与幻想：

> 什么时候他再可以自由的咬着烟袋去耕地？是不是马上就可以来的？那个神秘的日子来到的时候，是不是可以将欺负过他的人们，和硬占了他的田地的日本人，杀得一个不剩？他的老婆可以不再挨饿了吗？孩子们呢，可以同有钱的孩子们一样，到学堂里去念书，不再到铁道附近上拾煤渣……
>
> 这些可怜的题目，一直在小红脸的心里埋藏着。他有多少次要去问问萧明，可是当这青年人的眼睛一看到他的时候，他就如获了解答样。在眼睛里，似乎永久埋着这样一句话：

① 萧军：《萧军代表作》，中国现代文学馆编，华夏出版社，1998 年 8 月第 1 版，第 4 页。

——这是一定的。[1]

诚然，以小红脸为代表的农民对人与人平等的新世界的向往、对推翻压迫与剥削自己的各种反动势力的要求是无可非议的，也是农民的一种自发性的、推动革命发展和民族解放的革命动力。以萧明为代表的革命领导者也给予了小红脸等农民一种庄严的承诺“这是一定的”。但是，我们还应看到，小红脸思想意识中的要把压迫自己的敌人——地主和侵略者“杀个不剩”，体现了农民的一种单纯、而又具有封建专制意味的革命观。所以，在陈柱决定枪毙地主王三东和他的老婆之后，小红脸在一个屋角，悠闲地吸着烟袋，看着这不常有的现象。显然对陈柱司令员的处决意见和枪毙地主的枪声，小红脸非常满意，而且从中进一步看到了光明“新世界”的曙光，因而在内心世界中对陈柱有了一种亲近的感觉，而对质疑枪毙地主必要性的萧明有了一种疏远的感觉。

革命无疑要消灭各种压迫，包括阶级压迫和民族压迫，但是革命要消灭的对象应该是剥削人与压迫人的社会制度，打败侵略者、铲除侵略者的侵略势力，而不是针对压迫者与侵略者个体的肉体消灭，虽然战场上对作为侵略者个体的敌人进行你死我活的拼杀是必须的，但也是有限制的，一旦胜利，是不准许杀害俘获的敌人的。因此，在进行消灭阶级压迫、民族压迫斗争的时候，还有一种紧迫的思想革命，即消除封建专制思想、封建礼教文化在农民心灵中的隐性存在及其对农民心灵的压迫。小红脸已经成为战场上的一个合格的守纪律的战士，但是，在思想上并没有经历现代性革命思想的洗礼，在潜意识中还隐藏着封建性的专制和封建礼教文化思想。

封建礼教文化思想主要体现于小红脸等农民战士对萧明与安娜爱情的冷嘲热讽、编造谣言上：

无端绪的一些意念，像无数不规则的长蛇，穿走他的每个心孔。疼痛，难堪，不安宁……他想起近日来梁兴对他的轻薄和侮

---

① 萧军：《萧军代表作》，中国现代文学馆编，华夏出版社，1998年8月第1版，第6页。

蔑，小红脸，李三弟……几个一同逃亡出来的伙伴，对他全生疏的隔离着。更不堪是年青队员们专为安娜和他造出不良的谣言，在同志们中间被当作奇迹一般的谈讲。

——我们的萧同志，真行啊！

——什么鸡巴女同志！也一样爱小白脸！他妈的，俺们这样大老黑，革他娘的一辈子命，把自己革死了，也不会有人爱……

——还是当兵的好，开到哪里驻防，“窑子”可以随便逛。侍候不好，就是一顿蛮皮带！什么他妈的叫“恋爱”？反正一个男子就应该有个女人，一个女人就应该有个男人……什么他妈叫“恋爱”？

——你说话应该文明点，现在咱不是“革命军”了吗？当“革命军”的，万不能再像当兵时候一样野蛮的啦！

——当革命军，就应该像个革命军样！那，萧同志怎么能……和高丽小姑娘吊膀子啊？这样还算革命军吗？简直他妈叫吊膀子军吧！

——司令那家伙，尽装聋瞎……

——……

——……

这样说话，常常是使萧明尽可能的听到的时候，他们才说。可是他们对安娜在表面上，也还是那样敬爱着。①

在革命中，萧明与安娜产生的爱情竟被许多农民战士视为“吊膀子”，视为男人与女人的一种相互的性需要，没有理解“爱情”，更谈不上对女性的理解与尊重。虽然，小红脸、梁兴、李三弟等农民已经经过了抗日革命战争的考验，但是，他们还没有经过现代思想意识的洗礼，即使摆脱了外族的奴隶身份，但依旧是封建思想的奴隶。

---

①　萧军：《萧军代表作》，中国现代文学馆编，华夏出版社，1998 年 8 月第 1 版，第 133—134 页。

2. 农民唐老疙疸形象

唐老疙疸是《八月的乡村》中萧军所想象与建构的第二类农民形象。他有着年青、健壮的身体，也有着丰富的情感与青春的欲望。虽然参加了人民革命军，但是他对自己的情人李七嫂念念不忘，以至于在站岗守望之际，偷偷地跑到李七嫂那儿与她偷情。李七嫂虽然责问他为什么不去守望而跑到这里来，但是对情人的到来，她还是满心眼里欢迎的，并满足了他的欲望。唐老疙疸因在李七嫂这里的偷情而造成了耽误，引起了铁鹰队长的斥责并被送到司令部作检查。但是，这依然不能挥走李七嫂在唐老疙疸心中的影子，李七嫂的形象不时地在战斗的间隙擒住了他。

在人民革命军执行退却命令的时候，唐老疙疸一个人冒着敌机轰炸的危险从后面跑回来，把李七嫂接到王家堡子里去。但是，三天之后，王家堡子变成了废墟，日本鬼子开进来了，其中的一个鬼子到外边把在草地里躲避的李七嫂发现了，打死了她的孩子，奸淫了昏迷过去了的她。"李七嫂无止境的流着泪，无止境的悲伤着……她没有勇气，去看看头颅碎在石头上的小东西。那会更加深刺痛她的心！她怨恨那个宽肩膀的农民，那个青年的情人！为什么他会不知道她在这里苦难着？打仗便什么全忘了吗？连自己的情人也一样？她要去寻他，现在除开他，她觉得生命的希望，像灯一般地不可靠！起始她的希望是生活在孩子的身上，现在呢，她又把她的希望，无把握地系在了唐老疙疸的身上！——唐老疙疸是生活在不断斗争的群里的。……一种力，一种复仇的力；求生的意识兴奋她，可是当她一瞥间，无意又看到那小东西的时候，她又软弱的睡下！愤恨被悲哀所淹泯……"①而此时唐老疙疸因为看守俘获的鬼子而无法分身，心里惦记着李七嫂。当战斗结束退却的时候，他们发现了抱着死去了的孩子在树下沉睡的李七嫂。在用冷水浇李七嫂后，铁鹰队长命令全队集合，准备扔下李七嫂不管，以免耽搁时间，让敌人追上。

---

① 萧军：《萧军代表作》，中国现代文学馆编，华夏出版社，1998 年 8 月第 1 版，第 63 页。

“同志们，我们不能在这里耽误！——那个女人应该扔掉她，敌人容易追到我们——”铁鹰队长眼睛经过唐老疙疸的脸上停止住。

——那个女人扔掉她——这句话如一枚靠近的榴弹炸裂了的轰鸣，使唐老疙疸失了知觉。他抖颤着，复苏一般流着眼泪！无顾忌提起了抗议：

“这不能，队长同志！那个女人不能扔她……”

“什么理由？——”铁鹰队长坚定的瞧着他。人们如静肃的一群乌鸦样，排列的直起脖子，在倾听：

“没什么理由……什么理由也没有……把枪给你们吧……我不去革什么命……我陪她在这里，一同教日本兵用刺刀捅得稀糊烂……你们走吧……要不，你们就把我枪毙……可得连她……”他跑到倚在树下七嫂的跟前拍着说：

“……连她一同枪毙……我是反革命了……同志们……对不起呀！怎样办呢？队长同志……”

他当真将步枪放在地上，随着把解下来的子弹袋，也一同放在了枪的近边。蹲伏了身子，使自己的脸埋在膝盖上，开始纵声大哭！

铁鹰队长阴沉了，举起眼睛来询问这群不动的乌鸦；乌鸦们也是用眼睛询问这个平常什么也不曾被动摇过的“铁鹰”。

一种可怕的沉默！一种悲伤的沉默！①

面对铁鹰队长的决定，唐老疙疸的心灵世界中掀起了波澜，一个农民式的对自己情人的纯朴真挚的、无限怜悯的同情冲垮了革命思想的堤坝，使他提出了抗议，乃至于决定放弃革命，与自己的情人同生死。铁鹰队长对李七嫂的弃之不顾一方面说明了抗日人民军处境的凶险，另一方面也说明了中国农民革命所具有的思想局限——总是排斥、拒绝人性的、人道主义的情感存在，为了集中最大的革命力

① 萧军：《萧军代表作》，中国现代文学馆编，华夏出版社，1998 年 8 月第 1 版，第 71 页。

量而牺牲了许多个体性的情感诉求。当然，这其中也包含着铁鹰队长本人对女性的蔑视与不尊重。唐老疙疸没有理会铁鹰队长的"革命话语"的规劝，没有听谁的劝告，爬向了丛草去伏下李七嫂那里。我们在看到唐老疙疸革命性不够坚定的同时，也看到了唐老疙疸那没有被革命教条所束缚的纯朴真挚的情感、对自己情人誓死不渝的忠贞道义和对女性的理解、尊重、发自灵魂深处的爱。我们显然不能赞扬唐老疙疸放弃革命的选择，但是我们同样不能否定唐老疙疸对李七嫂的真挚感情。在唐老疙疸这个农民身上，不够坚定的革命思想局限和赤诚的人性的高洁同时并存。这就是农民唐老疙疸，萧军建构了这一个独特的农民战士。

3. 铁鹰队长形象

铁鹰队长曾是一个农民，当过兵，当过胡子，现在他也来加入"人民革命军"。他坚强勇敢、意志坚定，杀起敌人向来是毫不留情，对待革命战士要求严厉，人们绰号叫他"铁鹰"，象征他的勇猛和敏捷。

铁鹰队长对唐老疙疸与李七嫂偷情误事极为愤怒、不理解。当革命军决定集体退却的时候，唐老疙疸一个人独自离队回去寻找李七嫂。铁鹰队长大骂："倒霉的东西，为一个娘们子，什么全忘了！命也不要了！弟兄们的命也不要了——非给敌人捡蛋不可……"①同时，他的心中升起了一种疑问：

> "李七嫂是怎样个女人？唐老疙疸这样着了迷！谁看见过？"铁鹰怀着一种说不出的腼腆，同时也还矜持。虽然他不是怕别人说他不严肃，事实严肃并不在谈说女人。他一向是矜持的。无论在同志的面前，在司令的面前。这固然不是资产阶级的军队，但他总觉得革命军的纪律比资产阶级的军队，更要严肃，更要认真。他无时无刻不想要模范地，没有温情，作个铁般军官样子的队员。②

---

①　萧军：《萧军代表作》，中国现代文学馆编，华夏出版社，1998年8月第1版，第47页。

②　萧军：《萧军代表作》，中国现代文学馆编，华夏出版社，1998年8月第1版，第48页。

出于一种革命领导者的意识自觉，铁鹰队长对女性有一种自觉的排斥。但是，当队员向他介绍李七嫂是一个大乳房，强壮，高傲、自尊，嘴唇是厚厚的，散发着一种强烈的女性魅力之后，“铁鹰队长看一看他微笑着。鼻子起着拱动的褶纹。温和的自己在想：——是这样一个来得的女人吗？——一种本能的力冲荡着他。还笼罩着淡淡一层嫉妒！——她怎么给唐老疙疸那家伙弄上了呢？”①显然，革命领导者的对女性排斥的意识自觉，只是不堪一击的镜面波纹，而水波下汹涌的是性意识潜流，铁鹰队长也毫不例外。但是，铁鹰队长以一种坚定的革命意志力，把这种暧昧的性意识潜流深藏于心灵之中，不让它扰乱自己以及所率领的革命军队。因此，他拒绝了唐老疙疸的要求，决定放下李七嫂不管。李七嫂得救了，但是在敌人的射击中，唐老疙疸为此付出了生命。

——睡吧！……孩子！睡着吧！妈妈的孩子！这是多么好的地方啊！你埋在这里！你的同志们……念着你……念着你……中国同胞们也念着你的呀……不要忘了，用你的血和肉……在这里培长起这树林……！

泪，湿着死人的胸，沾着活人的颊！这个王家堡子一个美丽青年农民，被情人的眼泪埋葬了！

李七嫂剥下了唐老疙疸的衣服，使自己穿上。子弹袋也束在腰里。提过了那步枪，又复跪倒在尸身近边！

——等着吧！妈妈为你去报仇！睡吧！睡在这里吧！你的同志们念着你咧！妈……妈妈念……着你咧！睡吧……念着你……

一种坚决的，忍受的步子，蹈着野篙，踏着落在地上的树枝，踏着碎细的月光，踏着茫茫的夜，没过了山冈。②

李七嫂在埋葬完自己的孩子和唐老疙疸之后，义无反顾地踏

---

① 萧军：《萧军代表作》，中国现代文学馆编，华夏出版社，1998年8月第1版，第48页。

② 萧军：《萧军代表作》，中国现代文学馆编，华夏出版社，1998年8月第1版，第76页。

上复仇之路，追寻人民革命军的队伍。这个英勇的女人找到革命军，受到了队伍的热烈欢迎。“铁鹰队长深深地深深地，用自己的全心拥抱着这人群。他摩抚着李七嫂携来的步枪，眼睛向着人群，又轻轻地，轻轻地在脸颊上挂了两条泪流。”对唐老疙疸的死亡和李七嫂的英勇，铁鹰队长非常感动。但是，安娜和李七嫂的背影使他如遭受到一种侮辱一般的不安定。因为铁鹰队长一向认为女人是不能拿枪的，战胜敌人还是男人的任务。在过去的乡村岁月中，他潜移默化地形成了一种对女性的蔑视与强烈的男性中心主义意识。当胡子的时候，同别的伙伴一样也有女人伴着睡过，现在他作了革命军队长，他从来也不杀女人和老年人，也从没爱过女人。革命中，“当他一切什么全明白了以后，他变得软弱了一点！虽然他的身材还是那样挺直的，他打仗也还是比任谁全英勇！变得软弱的是他的心。他懂得了怎样思想；怎样非扑灭了日本军不可；怎样把同志看成比自己的弟兄更亲切；怎样遵守和奉行革命军的纪律……”①

革命使铁鹰队长的坚强的心变得柔软，对革命兄弟，对阶级姐妹有了一种新的思想感情，虽然内心中依然有一种性别歧视意识。但是，他已经在尝试着去理解、尊重女性，尊重感情的存在了。因此，在小红脸、梁兴、李三弟等人对萧明与安娜的爱情说三道四，乃至编造谣言侮蔑他们的时候，铁鹰队长体现了较高的革命品质。

> 只有铁鹰队长，从不曾打趣过萧明。他始终是一个铁一般严肃的人，有的时候他见到萧明，总是亲切的握紧他的手说：
>
> ——萧同志，近来部队里，对于你和安娜同志……谣言很不好！没有经过相当训练的队员们，他们有的性格还是很坏！他们过去受了不好环境的教养，应该原谅他们。同时你也应该努力克制点自己的感情！不要使自己和团体的任务受了损害！我

① 萧军：《萧军代表作》，中国现代文学馆编，华夏出版社，1998年8月第1版，第86页。

这不是劝告你，只希望你不要忽略了过去不久，同志唐老疙疸的故事那就好了……不是吗？李七嫂就埋在墙外面……①

铁鹰队长不仅没有参与对萧明的造谣议论，而且还能够以一种正面的、光明正大的、对同志和革命工作负责的态度，与萧明进行真诚的交流，鼓励萧明“努力克制点自己的感情！不要使自己和团体的任务受了损害！”

作为一个成长于农村环境的、曾有一段“胡子”经历的农民铁鹰队长，在革命的斗争中渐渐成长为具有现代思想意识的革命者，典型地说明了遭受地主阶级压迫和封建思想毒化的奴隶，在起来反抗阶级压迫、民族压迫的斗争中，同样可以取得反封建思想压迫的思想解放的胜利。

4.“老中国儿女”

同时，萧军在《八月的乡村》还简略地描写了鲁迅思想视界里的旧式农民——“老中国儿女”。这些生活在几千年封建思想的阴影下旧式农民对起来抗争的奴隶队伍——人民革命军打破了旧乡村秩序的“行为”，感到极为恐惧和不安。尤其是对革命军攻下小镇、打下地主王三东家、枪毙地主王三东并瓜分他的财产的行为，很是恐慌。佃户们互相传讲着地主家里发生的奇迹。在青年农民的心里，开始生长起青草，再也不能安静地工作了，一心一意也要去干革命军。村里的老年人对年轻农民热情欢迎革命军、打破乡村旧秩序的行为心生担忧。

老年的叹着气，没有力量能够把这些不驯顺的野马们，再锁在农具上，一年到头的拖呀拖……替地主们耕地，替地主们赚租银。老年人除开悲伤着自己，不会再有太平日子好过以外，还惋惜他们是快拖了一生，儿子们也快拖了半生，还没有拖到几顷地和几间自己的房子，只要是草和泥垛成的房子也可以。希望使他们灰心！眼前的庄稼不能收割；槽头耕地的牛马，一头也没了。一头头地没了。连一只小鸡全被过路的官兵杀尽。老人们

① 萧军：《萧军代表作》，中国现代文学馆编，华夏出版社，1998年8月第1版。

常常要找到一起，讨论着，在岗下王三东家里，住着的这些人，究竟是干什么的？不像官军，也不像胡子。青年的小伙子，每天向那里跑，一直到夜半才回家。回家还要大笑，高唱难懂的歌。

“我们报官去吧？”老头子孙兴提议着。

“报官干么？官军比胡子又多了什么？如今官军里又添了日本兵。谁报官还不把谁先打一顿吗？才怪呢！”有人反对他。

“要不，这怎样办哪？我们的庄稼眼巴巴的不能割；青年人一天比一天来得可怕了！简直他们也要叫那些天杀的拐了走，反了天。什么救国啦！打跑日本兵啦！土地收归种地的人种啦！……那些‘二扯子’们，每天回家里讲——这不是简直要造反吗？平白的别人的地，就归我们。好，固然谁都乐意，那就怕弄不成功啊！教官家弄了去，就得枪毙——连好人说毙还就毙，何况……还干过……依我看还是报官吧，我们落得做个安善良民。反正我们老百姓谁当‘皇上’给谁纳贡呗；种谁地给谁纳租呗。自己没饭吃，得自己挨饿。什么中国啦，日本啦，现在不是‘宣统’又回了朝吗？真龙天子一出世，天下也许就太平了……”①

虽然，萧军在《八月的乡村》中对这种“老中国儿女”着墨不多，但是萧军三言两语就简练地勾勒出来了曾在鲁迅、茅盾、蒋光慈、李辉英等人笔下呈现过的旧式农民形象来。在抗日救国的民族殊死搏斗中，旧式农民身上所具有的传统封建思想的束缚更加鲜明突出，他们思想极为陈旧、保守、愚昧，加上农民生产方式所带来的狭隘、自私的思想视野，成为半封建、半殖民统治的可靠的统治基础，甚至在农民个体与民族的、集体的利益发生可能的冲突的时候，这些“老中国儿女”为了坐稳“奴隶”的地位而出卖抗日革命战士，成为殖民压迫者的助手，成为助长殖民侵略者殖民行为的一种极为可怕的民间力量。虽然老农民孙三让自己儿子“报官”的行为是一种个人行为，但是事

---

① 萧军：《萧军代表作》，中国现代文学馆编，华夏出版社，1998年8月第1版，第113—114页。

实上，孙三的行为是得到其他人默许与支持的；他“做个安善良民”的思想动机在许多老农民那里有着思想与情感的共鸣。

因此，革命领导者对这些“老中国儿女”的思想启蒙就成为一种极为紧迫而非常必要的任务了。在李辉英的《丰年》中，血腥的殖民屠杀使旧式农民走上了抗日革命之路，显然，这些旧式农民的革命是不自觉的，思想意识依然有待革命的启蒙。《八月的乡村》中的革命领导者陈柱、萧明等人多次把农民们召集起来进行革命启蒙。

> 那是臭虫样的东西啊！吸着你们的血！
>
> 那些领袖，那些队员，什么全解释给他们听。虽然有时候也使他们不相信；也有时激起他们不明了的质问，可是那些人们，并不骂他们是浑蛋！
>
> 孙老头的二儿子，高高站在人圈的后面。想着他的爹，那个老头子，真是被臭虫们咬嚼一辈子了。他们也开始被臭虫们咬嚼了二十年。现在臭虫死了一个，他还要为它们悼惜。并且秃四还到城里去替王三东家报官，搬日本兵来打革命军！①

在革命思想的启蒙下，孙三的儿子把报官的事情告诉了革命军，坚定地支持革命军打击日本侵略者的革命斗争，成为抗日革命的支持力量。抗日革命血与火的斗争惊扰了“老中国儿女”千年来的旧秩序的生活，打碎了“老中国儿女”做安稳奴隶的可怜梦想，使他们蒙昧的自我主体意识渐渐觉醒，从乡村阶级压迫、民族压迫统治的民间基础性构成力量到转变为抗日革命斗争的支撑性民间基础力量。

萧军《八月的乡村》所想象与建构的这四类农民形象构成了东北乡村的一个立体的农民形象群体——他们有的是抗日革命斗争的领导者，有的是依然带有农民生活特征和审美趣味的普通战士，有的是革命意志不够坚定的、情感战胜革命纪律的有缺点的农民战士，有的是希望做安善良民、做安稳奴隶的旧式农民。所有这些农民形象，都在血与火的抗日革命战争中脱离了旧有的生活方式，不断与旧有的

---

① 萧军：《萧军代表作》，中国现代文学馆编，华夏出版社，1998 年 8 月第 1 版，第 116 页。

思想意识作斗争，渐渐觉醒、摆脱奴隶的思想底色，成为“新世界”、属于人的新生活的开创者。

乡土中国的“老中国儿女”——阶级压迫下的与外族殖民压迫下的奴隶——在抗日民族战争的血泊中觉醒，在民族新生的过程中，也获得了新的生命。

第四节 地之子的“力”之美：端木蕻良的农民观及其审美想象

端木蕻良的文学作品中最具思想震撼力和审美想象力的内容就是对大地、农民的书写。在《大地的海·后记》中，端木蕻良这样述说自己的作品《科尔沁旗草原》、《大地的海》与大地的深刻关系：“我写的都是一些关于土壤的故事。”①要探究端木蕻良书写大地、农民的审美根源，我们就必须从端木蕻良的身世说起。

端木蕻良心灵世界中有来自东北科尔沁大草原土地深处的、虔诚崇拜大地的情感基因，流淌着与大地生命融为一体的大地之子的血液。1912 年 9 月 25 日，端木蕻良出生于辽宁省昌图县城的北边鹭鹭树村庄里的曹氏大地主之家。他的祖先是关东开荒斩草时期的当地原始老户，有着对土地的虔诚崇拜意识，经过几代积累发展，到他曾祖父的时候，已经购置了五千多公顷的土地，成为当地最大的地主，过着贵族般的生活。到他父亲时期，曹氏家族渐趋衰落。他父亲喜欢收存中外各种政治、历史、文学书报。端木蕻良小时候就阅读过父亲收集的《红楼梦》等书籍，为他日后成为文学家提供了良好的文学环境。端木蕻良的母亲是一家佃农的女儿，被他父亲以一种野蛮的抢亲方式掠到曹家的，造成了两家长达几十年的仇恨。在端木蕻良十三四岁的时期，很会讲故事的母亲把曹氏家族的历史以及自己的不幸生活讲给他听，并且嘱咐他长大以后好好念书，把这些都写出

① 端木蕻良：《端木蕻良文集》第 2 卷，北京出版社，1999 年 5 月第 1 版，第 205 页。

来，让别人知道妈妈的苦处。①曹家的历史和母亲的不幸经历所形成的影子，深深印入了作家的心灵世界之中。因此，他对这个辉煌富有的家族既怀有一种神秘的荣耀感，又因为对母亲等农民不幸命运的强烈同情而产生的对自己家族罪恶的憎恶感。大地的荣耀历史和农民的不幸命运成为童年的端木蕻良认识世界的原初思想图式、生命底色。这种矛盾交织的情感意识、思想态度构成了端木蕻良的农民观及其审美想象张力场中的两个对立维度。

传播“人的真理”的五四运动对在天津读书的端木蕻良产生了影响。在“劳工神圣”思想和鲁迅的农村题材文学作品的影响下，端木蕻良开始练习写作，他的第一篇小说《真龙外传》就是 12 岁写成的。小说写的是一个耳朵不灵的长工的悲惨遭遇故事，从题目、主题中可以看到鲁迅《阿 Q 正传》的影子，可惜失传了。在从天津中学失学回家的时候，端木蕻良便走出自己的大院，来到那片厚实、肥沃的土地上细心地观察农民们的生活和劳作。东北农民们的欢乐、痛苦、希望、悲哀，甚至他们的跳大神习俗、传说、谚语、图腾信仰，都印在端木蕻良的心际之中，为他以后的文学创作积累了素材，也使他第一次如此贴近大地的心灵，倾听农民的灵魂。科尔沁旗草原的体验、天津中学接受的新思想和俄罗斯文学的影响，使端木蕻良下决心做一个像列夫·托尔斯泰那样把自己奉献给普通农民的作家。因此，端木蕻良便开始了一系列关于农民与大地的文学创作。

1932 年，端木蕻良于清华大学求学期间，在《清华周刊》第 38 卷第 12 期发表了他的第一篇小说《母亲》，开始小说创作历程。《母亲》就是以端木蕻良的母亲为人物原型的，后来这篇小说成为他的长篇小说《科尔沁旗草原》其中的一个章节。作为端木蕻良的第一部小说，《母亲》蕴涵了作家进行审美想象的最初的思想范式和来自生命深处的情感体验，蕴涵了端木蕻良日后文学创作的思想和情感的内核。正如学者王富仁先生在《文事沧桑话端木——端木蕻良小说论》中首先从解析《母亲》入手所分析的那样，“说到端木蕻

① 端木蕻良：《端木蕻良文集》第 1 卷，北京出版社，1998 年 6 月第 1 版，第 548 页。

良的独立性，我们不能不首先注意到他最早的一个短篇小说《母亲》，这篇小说的情节在他的第一部长篇小说《科尔沁旗草原》中也有描写。……在这里，重要的不是这个逼婚故事的本身，而是端木蕻良为什么写下了这个故事。”[①]王富仁先生对端木蕻良小说《母亲》创作意图的追问、深思是非常有意义的。端木蕻良在《大地的海》后记中已经对小说《母亲》与来自母亲的情感体验进行了阐述：“这明确的暗示，就浸印在我的血液里，我的美丽而纯良的母亲被掠夺的身世——一个大县城里的第一个大地主的金花少爷用怎样残苛的方法掠夺一个佃农的女儿——这种流动在血液里的先天的憎、爱，是不容易在我的彻骨的忧郁里脱落下去吧！而父系的这一族，搜索一切的智慧、迫害、镇压，来向母系的那族去施舍这种冤仇，也凝固在我儿时的眼里，永远不会洗掉。”[②]凝固不掉的以父系为代表的地主对以母系为代表的农民的阶级压迫冤仇，是驱使端木蕻良进行小说创作的主要情感动力。小说《母亲》以受压迫、受侮辱的被害者叙述视角标明了端木蕻良的爱憎分明的阶级倾向性。当端木蕻良一旦从自我家族意识世界中走出来，即不再受自身家族历史的纠葛的时候，他对农民的审美想象就体现为一种自觉的、清晰的来自于大地和农民心灵深处的、地之子与大地母亲相融合的生命体验，一种对普通农民的深刻的理解、同情与爱和对残暴地主的无比强烈的憎恨之情。

一　大山：《科尔沁旗草原》中“未展开的力”的农民形象

虽然，接受过五四新文化思想启蒙和马克思主义影响的端木蕻良对农民有着一种阶级自觉的感情，但是，就像端木蕻良本人是由贵族地主的父亲和佃农母亲的结合而生一样，他对农民的想象与建构也有着一种复杂的特性。具体而言，体现在《科尔沁旗草原》中，端木

① 王富仁：《文事沧桑话端木——端木蕻良小说论》（上），中国现代文学研究丛刊，2003 第 3 期，第 81 页。

② 端木蕻良：《端木蕻良文集》第 2 卷，北京出版社，1999 年 5 月第 1 版，第 207 页。

蕻良书写的是自己家族的土地荣耀史，与自己对母系、对农民的阶级感情构成了冲突。“而且因为我亲眼看见过这一幕大家族史的演换，而且我整整地在其中生活过，所以我写出的也特别地熟悉”，[①]端木蕻良，自然难以摆脱身上的两种矛盾的血统，因此他对农民的想象与建构就呈现出复杂的思想形态。

王富仁先生在《文事沧桑话端木——端木蕻良小说论》中已经分析了端木蕻良在《科尔沁旗草原》中审美想象的复杂、矛盾心态。但是，王富仁先生的分析是基于对地主知识分子丁宁的同情、理解的认知前提之下的，“我认为，《科尔沁旗草原》让我们同情和了解的首先就是丁宁的矛盾和痛苦。离开了对丁宁的同情和理解，我们就不可能理解小说对整个科尔沁旗草原历史和现实的描写（因为小说对整个科尔沁旗草原的描写都是在丁宁这样的知识分子的感受和理解中展开的），更不可能理解《科尔沁旗草原》对丁宁这个青年知识分子艺术表现的力度和深度”。[②]然而，对文本中的农民大山的分析，王富仁先生则指出，“毫无疑义，大山这个人物的出现是与当时左翼文化思想的影响有直接关系的，甚至端木蕻良自己也是在有意识地描写阶级斗争的意图之下突出了这个人物的重要性的，但他在《科尔沁旗草原》这部小说中，却也有自己存在的自然基础和社会根据。在小说中，大山的存在不是以大山为根据的，而是以丁宁的感受和体验为根据的。他就产生在丁宁的矛盾中，产生在丁宁自我力量的缺失感中。在开始，丁宁是抱着改造和拯救科尔沁旗草原的雄心的，是对自己的才能和力量充满信心的，但当他实际地介入到科尔沁旗草原的现实的人际关系之中，他就开始感到了自己的无力，他有了与他的先祖完全不同的人生理想和社会理想，但却因此而失去了他的先祖在生存竞争和现实斗争中的雄强的生命活力，在这时，也只有在这时，像大山这样的人物才出现在他的视野里，大山是作为他失去了的雄强的生命活力而呈现出

① 端木蕻良：《端木蕻良文集》第1卷，北京出版社，1998年6月第1版，第411页。

② 王富仁：《文事沧桑话端木——端木蕻良小说论》（上），中国现代文学研究丛刊，2003年第3期，第94页。

自己的独立性及其价值和意义的。"[①]王富仁先生对大山附属于丁宁形象塑造的分析,明显体现了一种着眼于并以知识分子为研究出发点及归宿,忽视乃至无视农民自身主体性的知识精英本位的思想意识。而这种知识精英本位的思想意识在对农民形象进行审美审视与观照的时候就会出现盲点,乃至会得出错误的结论。

虽然,王富仁先生也指出了大山形象"也有自己存在的自然基础和社会依据",却并没有像分析丁宁那样具体指出大山所具有的社会依据。然而,"大山的存在不是以大山为根据的"吗?大山这个农民形象是不是附属性的?事实上,端木蕻良在《科尔沁旗草原》初版后记中已经对大山等农民形象所具有的自身主体性做出了回答:

> 我每一接触东北的农民,我便感悟到人类最强烈的求生的意志,人类是要求生的呀,他们有强烈的生存意志啊,他们的目光会告诉我的,他们的目光在焦灼地向我询问了:"我们必得是这样的吗?永远是这样的吗?不可以改个样吗……"
>
> ……他们是不甘的,他们揭竿而起了。[②]

端木蕻良通过佃农母亲的血泪叙述和自己对农民生活的真实考察,在一种阶级分析的批判武器下深刻地感受到科尔沁旗草原大地上酝酿已久的怨愤和怒气,看到了地主阶级的没落和农民阶级力量的不断凝聚的新情况。"五四"新时代思潮在愚昧落后东北大地的传播已经使农民开始对自身的被侮辱、被压迫的境遇产生了一种巨大的疑问,并推动农民走向反抗的道路。因此,端木蕻良说:"我写出大山,固然不同于这一类型,但是大山却是贫困的农民自己站起来的之一。他要吻合于客观条件的,他不能在未播种过的地里掘出豆子来,他可以向掘出豆子来的地方去掘,他可以到那地方去走,直到他也吻合了那地方,他再吸收了那地方,推动了那地方。这需要极长期的锤炼哪。我们不能自己说谎,还强迫着自己去相信,把真实播弄得如我

---

① 王富仁:《文事沧桑话端木——端木蕻良小说论》(上),中国现代文学研究丛刊,2003年第3期,第95页。

② 端木蕻良:《端木蕻良文集》第1卷,北京出版社,1998年6月第1版,第413页。

们所愿望听的那么短。”①可见端木蕻良对农民大山的形象刻画是有着深刻的社会基础和生活依据的，是真实表达出了新历史时期农民思想意识变动的漩涡和潜流的，这种社会规律和社会逻辑之下想象与建构出来的农民形象是有着自足性和主体性的，而不是依附于或者附属于某个特定人物形象。

更为可贵的是，端木蕻良对人物形象的想象有着一种高度的客观性叙述的自觉，完全依据于人物形象性格本然的规律进行塑造，而不对其进行人为的拔高或贬低。

> 大山想：父亲铁一样的心，反抗老丁家。从二姑被抢那天起，父亲的这颗心就没变过，复仇呀，复仇，父亲想使老丁家全都粉碎！可是如今，怎样，老丁家还是老丁家，可是父亲他自己却不见了，他的死还告诉我去杀死老丁家，可是杀一家人有用吗？古榆城也不止他一个老丁家呀。不这样又怎么办呢？他又想起了他在一面坡，那个穿长筒马靴的俄国人告诉他的话来……便沉思起来。②

农民大山的父亲因为丁家地主强抢自己妹妹成亲而对丁家终生怀有着一种不灭的复仇欲望。但是，农民大山在葆有对地主的仇恨的同时，在“穿长筒马靴的俄国人”的革命启蒙下已经从单一的复仇欲望中走出来，开始沉思如何有效地反抗科尔沁旗草原上的类似丁家那样的众多地主，从而取得一种整体性的真正胜利。因此，大山对丁家地主少爷，即自己的表弟丁宁的感情是极为复杂的。丁宁是大山的童年伙伴，也是有着血缘关系的近亲，大山在回到家乡之后，又与丁宁相处，教丁宁学习打枪，帮助丁宁处理一些棘手的事情。但是，大山并没有忘记丁宁的地主少爷的阶级身份。当大山看到丁宁与乡下少女水水很亲密地在一起的时候，他一下子联想起许多地主霸占、调戏、惨杀农村女性的故事，立即厉声怒斥丁宁，并怒不可遏地举起了枪对准他。

---

① 端木蕻良：《端木蕻良文集》第1卷，北京出版社，1998年6月第1版，第414页。

② 端木蕻良：《端木蕻良文集》第1卷，北京出版社，1998年6月第1版，第103页。

"我先打死你,我就不信,一个尿壶就逼死一条人命,一条人命就不值一个尿壶,呵?有这等事吗,呵……我真想不到,那样一个好人,走不出二十里地,便会随随便便的送掉了性命,唉!……"

丁宁想,这是一点理性也没有的猛兽阿,怎能把这个罪恶判到我的身上呢,丁宁大吼一声:"混蛋,你就毙我,我叫你就毙!"

"住嘴!"大山恨恨地咬破了嘴唇,端起枪,大声地喊,"你住嘴,我告诉你,你死一点也不难,我才敢杀你,我看你的命连一个尿壶都不如!你家是世袭的小汤锅,穷人在你们的地上,就像落在菜碗里的苍蝇!光你太爹那一辈你就逼死了多少人,抢了北天王的财产,还造出了胡仙来搪塞,这是我爷爷躺到床排子上才告诉我爹的!你爹活活地把人家的姑娘抢去,把我一家拆散,呵,你今天,又祸害了一个可怜的乡下姑娘……呵,我们乡下人就非得受你们的祸害不可吗?呵?我不打死你,我打死谁?"①

在丁宁家族几代人对农民的残暴剥削下,丁家积累了巨大的财富的同时,也在大地上激起了并积聚成一股极大的怨愤和怒气。大山的爷爷、父亲及乡亲们无不遭受到这种残暴统治和剥削,并对之进行反抗。文本中大山、丁宁的出生映照着残暴地主的罪恶。大山对地主的痛恨是深入骨髓的,是具有血缘基因的。大山的反抗不再是父辈们的简单重复,而是具有了新性质,大山已经在江北的俄国人那里受到革命的启蒙,开始思考、寻求一种真正意义上的解放。因此,大山把枪对准的并不是丁宁,而是以丁宁所出身的家族为代表的整个地主阶级,所反抗的也是以丁宁为表征的所有地主的残暴剥削。所以,在丁宁反问他"假设因我一死,我就可以使你们得救,我是不辞一死的,我自己也会杀我自己的,但是,我死了,你能得着什么呢?大地主依然是大地主,庄稼人依然是庄稼人……"②时,大山又想起了那穿长筒马靴的俄国人告诉他的话,便垂下了枪。

---

① 端木蕻良:《端木蕻良文集》第1卷,北京出版社,1998年6月第1版,第207页。

② 端木蕻良:《端木蕻良文集》第1卷,北京出版社,1998年6月第1版,第208页。

直到小说最后，大山也没有找到一种整体的、有效的反抗方式。端木蕻良对大山的想象与建构显然是符合历史的发展规律的，符合人物形象自身性格逻辑发展规律的，而不是超越历史、审美的规律；大山是一个具有社会历史真实和艺术真实的人物形象，而不像王富仁先生所说的那样，“在《科尔沁旗草原》中，大山是个影子式的人物，但却是一个真实的影子，而在大山背后的‘大老俄’、老北风、白老大、杨大顺这类人物，则成了影子的影子。作者在革命理念的怂恿下，常常想用场面描写的方式把他们拉到前台来，给予更具体、细致的描写，但这些描写不能不流于表面化和平面化，造成小说的沉闷和拖沓。要说败笔，这些地方才是《科尔沁旗草原》这部小说的真正的败笔。在某种程度上，对大山的描写也有过度张扬之嫌”。①

事实上，大山人物形象的塑造的确是不充分的，“大山在这里不能有所作为，他必须把自己放在一个更强毅的洪炉里。真实的火焰在旋转，生活的毒螯在针刺着他，同伴的牛筋样的筋肉，接在他钢铁的筋肉里，互相扭合，互相纠葛。这样他才更能向前进，向前走进健全，展开他未展开的力，把过去的错误在生活里修正。”②然而，正如小说文本所言，大山是一个“未展开的力”的形象，他是基于大地之上的、真实的地之子，一点也没有所谓的“过度张扬之嫌”，也绝不是端木蕻良的简单的阶级意识所想象出来的抽象物，不是“影子的影子”。大山的形象倒是体现了端木蕻良一种严格的现实主义美学准则和对农民同情关怀的情感立场。

至于“展开的力”的农民形象，端木蕻良在《大地的海》中以一种更加开阔的、更加深入大地和农民的生命深处的审美想象实现了突破。

二　展开的“力”之美：《大地的海》中的农民形象

一阵寒气粗鲁的冲了进来.外边便是大地的海，到处是黑魆

① 王富仁：《文事沧桑话端木——端木蕻良小说论》(上)，中国现代文学研究丛刊，2003年第3期，第97页。

② 端木蕻良：《端木蕻良文集》第1卷，北京出版社，1998年6月第1版，第360页。

魆的一片，什么都分不清。一片广阔的海，在眼前展开去，无极的展开去。

大地的海，在晨风里颤抖着，一垅一垅的折成皱纹，波涛冉冉的汹涌着。

远处零星的积雪，在暗中闪白，汹涌出奇异的浪花，一直连接在天壤。地平线混在铅色的云潮里。波涛不知受什么指使一个撵着一个，一个接着一个滚到倾斜的沙碛上，在一丛野生的刺榆底下攒聚成种种的起伏的潮头——成功那一些古远的久已被人忘记了的坟堆。

老人又想起了自己从前的故事和许许多多农夫的故事，便哀凉的将沉重的眼皮合上了。……

他们都生在土地上，都是土地的儿子。在母亲们意识到他们已经接受了生的指引，要定到人间来抛掷土块的时候，便含羞的伏着身子，告诉老娘婆，未来的儿子就要来了，请把炕席揭开来，好让儿子第一次亲着的人间的事物是土。含着恐惧怕玷了那单薄的炕席，但她们是不怕醇厚的土的。星星月亮懂得忌讳，但她们对土是不怕的。她们知道土是喜悦这样的。

因为只有土才是儿子的真正的母亲。……大地的儿子们来到这里，为了土耕种了、工作了、生活了，然后再回到土里去。……他们便是大地的儿子。

……大地养育了他们，作他们的摇篮、保姆、奶子。看他们睡眠、长大、粗茁、粗鲁的大笑——然后当他们血液饱满的时候，则把他们套回去，安安静静的夺回去，沉默的、毫无宽贷的。这样作着，用苦工，用劳作……。①

端木蕻良在《大地的海》中以一种全景式的、宏大的气魄描写、展现了东北大地的"海"一般的宽广辽阔的地域特征，深入农民对东北大地的开垦历史和生命、情感归宿来呈现这片土地上的农民与大地

---

① 端木蕻良:《端木蕻良文集》第2卷，北京出版社，1999年5月第1版，第15—16页。

“母亲”的血缘关系和内在的生命联系。端木蕻良对东北大地和东北农民的书写体现了一种独特的东北乡土风骨的美学格调，是一首宏阔的“东北乡土抒情诗”，与沈从文的“湘西乡土抒情诗”迥异其趣。在这首“东北乡土抒情诗”中，端木蕻良想象和建构了郝老爹、艾老爹、艾虎头、艾来头、杏子等众多东北农民形象，其中尤以艾老爹、艾来头和杏子的形象最为突出。

艾老爹是一位身体强壮，性格蛮鲁、暴烈而又正直、善良的农民。他不同于李辉英笔下的处处计较利益得失的“顺民”孙三，也不同于萧红笔下的处于因循守旧生存状态的愚昧农民形象，倒有点向萧军想象与建构的“硬汉”农民形象（如《鳏夫》中的倔强农民“金合”），但是，艾老爹的“硬”的“力”的形象有着自己的独特特征。事实上，艾老爹的粗鲁、暴烈和硬气反映在许多方面上。艾老爹年轻的时候，有一个温馨、幸福的家，妻子是从山东逃荒而来的女人，为他生了两个儿子。但在一个夜晚，一切都发生了改变：晚回到家的他听见妻子与一个陌生的男人的亲切对话，蛮鲁、暴烈的他就一时性起用斧头砍死了妻子和远道而来的妻舅，后悔终生。在两个儿子长大后，他的性格、脾气并没有改变多少。在春天的耕作中，小儿子艾来头精神竟出现了疲懒，蛮鲁的艾老爹把小儿子的无精打采归因于少女杏子的歌声，极为反感这春天的女人及其歌声。

“无耻的……老人对着歌声传来的那方，攮了一块石头，胡须不自然的抖动。他的原始性的兽性的愤怒，现在已不问情由的针对着这怕人的歌声，不可抑制的倾泻出来了，如同突然冲破了闸口的浩荡的流水。”①艾老爹被驱逐不出的歌声恼着了，他像一头被红布激怒了的斗牛冲向杏子，但是只引来杏子的清脆的笑声和带着欢乐意味的嘲讽。杏子充满青春女性的歌声依然故我地响荡在莲花泡村庄的大地上空。

小儿子艾来头有着父亲一样的对土地深厚感情，一样的质朴善良。他在土地里撒播火红的高粱种的时候，体验到从土里传出的凉

---

① 端木蕻良：《端木蕻良文集》第2卷，北京出版社，1999年5月第1版，第24页。

丝丝的温暖。他每天都是那么小心、敏捷，沉着地、快活地做着耕种农活，心里也不思想，眼睛也不向远看，好像天生就是为做农活而生下来似的。“红粮一颗一颗的落下去，好像落在他活泼的心中，使他血液跑得非常的快，也同大地的脉搏一样，随着春的流动，而更加饱满生动。风吹在土壤上，把浮面的细土吹干了。来头的手臂也给东风吹得酥痒、干燥、爽朗，有一种出奇的味道。黑色的头发，在他的头顶上和地头防风树的茸枝同时的在随风摇摆，汗水在额角上溜下来滴在地上，大地也在出汗了。他原是地的儿子。”[①]端木蕻良细致、形象真切地表达出了一个年轻农民在耕耘大地时的瞬间的愉悦感觉、对大地母亲的心理认同和源于父辈农民心灵深处的人与大地的相融合的情感。

幸运的是艾来头只是遗传了父亲的质朴、正直、刚烈以及对大地深挚的爱，而没有遗传艾老爹的蛮鲁。艾来头对杏子产生了爱的依恋，决心夜晚到杏子那里表白。出乎意料的是，他在杏子房子边看到的是自己的哥哥艾虎头的熟悉白马。但是，艾来头没有愤怒、蛮鲁地一走了之，而是停留了一会，幸运地听到了杏子坚定拒绝虎头哥哥求爱的话语。在艾虎头气咻咻地走后，艾来头跑进了杏子的房子，勇敢地向她求爱，表示对洋鬼子和给洋鬼子作管事的艾虎头的极端蔑视。对艾来头的求爱，杏子也没有爽快地答应。艾来头对此很是痛苦，感到伤了自己的自尊。他还是沉浸在父辈农民的生活逻辑之中，“在农业社会里，遗传不是怎么奇妙的玩意儿，他们的公式非常简单，就是男孩子生下来是农夫，女孩子是农夫的老婆。所以来头感情的范围也依然是他父亲的没有修饰的轮回”。[②]虽然，来头已经知道杏子是一只好杏子，在丰艳的体格之下的亦是真挚的、勇敢的心，但是对杏子性格中的悲伤、沉郁的一面并没有理解。

杏子父亲早逝，由慈祥的爷爷一手带大，曾经有过一段幸福的童年时光。但是在爷爷去世之后，她就只能与身有残疾的母亲相依为

---

① 端木蕻良：《端木蕻良文集》第2卷，北京出版社，1999年5月第1版，第34页。
② 端木蕻良：《端木蕻良文集》第2卷，北京出版社，1999年5月第1版，第96页。

命了。生活中的不幸和地主、官府等各种压迫势力的残酷剥削对杏子的生活产生了极大的负面影响，锻炼出杏子坚强、不惧强暴势力、热爱自由的性格的同时，也在其心灵世界中抹下黑暗的、悲观的色彩。因此，莲花泡的农民认识杏子的时候，仅仅看到了杏子丰艳的外表、仅仅听到了杏子充满女性青春活力歌声，而没有体会到杏子心灵世界的另一面。所以，艾老爹、郝老爷等老年男性农民、杏子周围的女性都对杏子产生了“误读”，而且莲花泡的一些女人还有意地制造杏子的流言蜚语，说她是风骚的烂杏子，败坏了莲花泡的风水。尤其是艾老爹在得知自己的两个儿子同时爱上了杏子的时候，认为是杏子的风骚勾引坏了两个儿子，进一步加深了对杏子的恶毒成见，构成了对杏子本性的“严重误读”。

艾来头在与杏子的进一步接触中，渐渐认识到了杏子性格的复杂与多面性。在一个夜晚，来头听到的杏子的歌声是一种“描写不出的美丽的荒凉”，看到的是杏子苍白的、悲伤的脸，感受到的是杏子“罩上一层微霜的悲哀沉郁的思想”。杏子与来头的对话清晰呈现了她的复杂的内心世界。

> “从前我就想，既然错了呢。就不能再错下去，为什么必须惹下了这些冤孽来呢……虎头，他恨我一辈子，也就算了，谁让他没有骨气……我怎能和他好呢……而且，你这孩子，是好惹的吗？死心眼儿，抱着一条道跑到黑……天底下比我好的姑娘多着呢……何必把我们三个都扯在混水里……至于他们笑话……他们懂得些什么，我怕他们什么呢，……可是，唉！……倒是我对什么全部腻了，活着有什么意思呢？……好比一个人落在井里了，水里漂着一朵莲花，他能爱吗？难道他不想活了吗？他不想出来吗？是跳出井里来要紧呢？还是看花儿要紧呢？……眼前什么都是黑漆一团，寡好一回又能恁样？何况又没有什么结果！……我往常有时就想起，我就不知恁样是好，只想着，明天就死去就好……可是又贪活着，看见羊儿啦，狗儿的……人家都没招呀的没惹儿的自自然然的活着，我就想，我还年轻哪，我不能死，我还没活够时候哪，终究有一天要好起来的。只要我们不

死，什么还可以作的，可是我们要死了，人家才不更称心了，人家才不更愿意恁样作就恁样作了吗？……可是既然活着呢，又得担着这份儿债了，一切都不随心愿，一切都没精神，看什么都是土灰灰的……唉，能怨我吗？谁让我们没早生五百年，又没晚生五百年呢……偏偏赶在这个时候，……只得把一切担在身上……你对我总是多心……我又恁能表白我的心呢……，只有任着你恨我了。”①

我们看到杏子在丰艳的体格、青春歌声背后性格中的悲哀与沉郁，以及与悲哀、沉郁作斗争的想“作为”活下去的坚强。正如杏子所言，虽然杏子的性格指向了坚强、忍耐与乐观的一面，但是，无奈世局愈益艰难，不仅旧有的地主等剥削势力，而且新来的日本殖民侵略更让杏子看不到希望，艾老爹、艾来头等人筹划的抗击日本人的计划也让杏子担忧不已。更为不幸的是，杏子竟然无辜地死在广源堂少爷的铜箫之下，她的希望、一点点乐观的奢侈的希望、艾来头对她的无限爱恋都随之消解，但是其他人对她的嫉妒、诬蔑、造谣并没有消除。

在杏子的葬仪中，我们惊讶地看到只有少少的几个人：郝老爷、朱万老头子、艾老爹和小年儿(小孩)。艾老爹原来对杏子就持有的轻藐、淡漠、固执的敌意因为她可悲的死而和解了。艾老爹把自己所有的、久久矜持着不许溢出的父的慈爱扩张开、灌注到杏子小小的薄皮棺木之中，为她可怜的灵魂送最后的行程。但是妇女们并没有因为杏子的死而抵消对她的偏见。她们看见杏子的尸棺走过，都冷冷地避开，把孩子叫进屋子里，把窗户关上。从莲花泡女人们对杏子生前的造谣与诬蔑和死后的固执的偏见与敌意中，我们沉重地感受到从鲁迅先生《祝福》中发散出的封建礼教思想对女性的敌意、仇视，到叶紫的《星》中对梅春姐的不绝如缕的侮辱歌声与眼神，到萧红的《生死场》中对金枝、麻面婆等女性的轻蔑与粗暴。杏子的死有着来自民族内部的封建礼教思想和愚民的人为伤害，更直接的原因是日本侵

① 端木蕻良：《端木蕻良文集》第2卷，北京出版社，1999年5月第1版，第125页。

略者豢养的广源堂少爷对杏子的杀害。

在莲花泡这片土地上，日本侵略者的殖民统治是造成农民进一步贫困的直接根源，也是莲花泡农民被逼走向觉醒、抗争的最大动因。莲花泡的农民在地主、官府长期的压迫与剥削下，早已形成了一种宿命的观念和顺民的意识。但是日本的殖民侵略却激起了艾老爹、郝老爷、艾来头等农民的反抗，并在反抗中逐渐确立了一种追求阶级整体自由、幸福的革命意识。

日本人修汽车道，命令把道边一丈长地方的小苗统统铲去。艾老爹初听到这个消息，固执地摇着头，表示不相信。但是，当艾老爹最终不得不用曾经哺养过大地的锄头去斩断自己血汗所滋生的小苗的时候，他感觉就像是母亲用剪刀亲手剪去用乳汁奶大的儿子生命一样残酷。别的农夫们也和他一样，在铲除自己所寄予希望的生命而痛苦不堪。对于大地上的农民而言，他们体味着这刻骨的枷锁所带来的钻心刺痛，这事已不复是单纯的控诉所可能了结的事了。性格暴烈、刚硬、视大地庄稼为生命的艾老爹更是对发布这种命令的日本人憎恨不已。

艾老爹看见地埂上只剩一个巡警了，他起了杀戮的决心，操起锄头，照着那个脑袋砸去，由于马儿机灵的一跳，只是马臀上挨了一锄，巡警带着惊惶和戒心逃走了。艾来头与对父亲的这种有骨气的反抗并不很欣赏。在革命者五丁等人的思想启蒙下，来头意识到地主、官府、警察、日本侵略者等等压迫剥削势力是联合一起欺压农民。只有一种有组织的、整体的斗争才能争取到真正的解放。因此，在艾老爹一个人出头宣布反抗修道行为的时候，艾来头并没有给予最有力的支持，反而是积极与巡警们周旋，以等待从城里监狱派来修路的革命囚犯。在充分筹划之后，艾来头与众多农民一起坚定地加入了反抗的队伍。

> 凡是枪都拿出来了——从灶坑里边，从坑洞子里边，从萝卜窖里边，从房檐子里边，从马架里边，从鸡窝里边，从水龙口里边，从房山里边，从烟囱里边，从锅腔里边，从马棚里，从草垛里，从井里，从胡仙堂里，从茅茅道里，从固子里，从大坦箱里……

他们居然都排成队了！①

在来头和五丁、老金等人的领导下，莲花泡村庄里的农民都觉醒了，举起了枪，开始了对日本人殖民统治的反抗。在顺利地缴了敌人的枪械之后，他们一起唱起了"反满洲国歌"。"来头听着这歌声，想着在大草原底下盖着的有几千百万这同一的呼声，都不能在地面上呼喊出来，终于在地底下含恨萎黄下去，而今……而今尽量的唱吧，唱吧，唱完这个，我们便要唱比这个更强悍的歌子了……来头贪婪的鉴赏这暴乱后的狂欢，心里燃起爆炸似的喜悦。他又想起这英雄事业，可惜没有杏子在前……"②

夜晚，日本鬼子很快就来报复了。来头等农民在五丁、老金等的指挥下，与日本鬼子展开血肉搏杀，并取得了胜利。此时的艾来头第一次对大地产生了一种新的感情：此前感受到自然的大口贪婪地将他们的血肉吞进；现在可以作土地的主人了。农民来头第一次产生了土地主人的意识。

当敌人援兵到来、五丁决定退却的时候，艾来头返回了莲花泡的家中，背着郝老爷、拉着艾老爹就走，去看看杏子的墓地。逃出村子，郝老爷已经死了，艾老爹看到鬼子屠杀村民而难过、痛苦不已，有点懊悔因反抗而招致鬼子的血腥报复。艾老爹要来头一起去挖棒捶或是在森林里打猎来回避血腥的战斗。

"鸟，唉唉……鸟一样的……多自在，多……海阔天空的生活……大地，恁样，我们侍弄它，抚摩他，松散它，奉承它……它恁样……到头来，活活的把我们淹死了，连尸首都找不到，真的，是淹死了呢，是活活的淹死的……大地就是海呀……我们掌犁的就是管舵的，不管你是什么样了不起的舵手，不管你逃出了多少次的狂风巨浪，到头来，你还是得淹死在它里面……大地就是海，这句话是不错的，你记住……让我们逃出它去吧……告诉我

① 端木蕻良：《端木蕻良文集》第2卷，北京出版社，1999年5月第1版，第156页。

② 端木蕻良：《端木蕻良文集》第2卷，北京出版社，1999年5月第1版，第160—161页。

们的后代这海里死了多少老年的农夫、年轻的、女人、小孩，让我们永远逃出它去吧……你知道海水里有盐，它是渴的，它愿意喝人血，将盐水冲淡些，可是大地简直是干的呀，干的棉花一样……唉唉，真是干的棉花呢……可怕呀，它不但要你的血，还吸你的骨髓、你的希望，最后也吞了你的骨！……几千年来，自从神农黄帝到现在……没有一个老农人能逃出去……唉唉……多么可怜呵……昨天我还迷信呢，皇天后土终究不会错待了我们的，让我们把地上的魔鬼赶跑吧，害我们的是他们呢……我一看不行了，太惨了……李大法师说的，现在世界上，观音老母辞职了，原来掌管阴间的弥勒佛出来管理阳间，所以还得有五百年的活劫……我看说的比你们这班鬼聪明的家伙们还有个谱儿唉……！”

在真正的流血抗争起来的时候，在这个是继续抗争、逃避还是投降作顺民的紧要关头，一贯暴烈、刚硬的艾老爹看到了村民们被鬼子杀害的血腥场面，善良、纯朴、真诚的他不愿意因为自己的反抗引来敌人的报复，给其他农民招致杀身之祸，他惊呆于这种血腥的屠杀，不愿陷入一种血腥的复仇杀戮的循环之中了。

虽然老人渴望一种自由自在的生活，但是不愿看到可怖的流血斗争行为，对于来头所说的“凌迟万剐”、“枪毙”两种选择，艾老爹都不挑选，要的是一种不流血的“活下去”、一种像鸟一样的自由自在的生活，显然艾老爹此时已经选择了鸵鸟式的逃避行为，退回到一种最为无奈的、极端狭隘的个体主义。而且艾老爹还把自己以及无数的农民们的生生不幸的命运——“昨天我还迷信呢，皇天后土终究不会错待了我们的，让我们把地上的魔鬼赶跑吧，害我们的是他们呢”，由否定地上的魔鬼而归结为曾给予他无数安慰的大地身上，认为是血腥的大地“要你的血，还吸你的骨髓、你的希望，最后也吞了你的骨”，把自己归因于“大地的魔鬼”的观念视为“迷信”，开始信仰“李大法师”的“浩劫观”。

显然，血腥的斗争使艾老爹抛弃了自己过去的抗争观念，否认了自己与“大地的魔鬼”的坚决斗争，退回到追求像鸟一样的所谓“自由生活”，这是一种“鸵鸟”式的逃避。血腥的事实告诉我们那只能是做“安稳的奴隶”的旧道路；我们还必须看到艾老爹的选择归根到底是源于一种对旧的封建小农经济生产与生活方式的彻底绝望和封建迷信思想的严重束缚。艾老爹对“大地的海”的认识从依恋到抛弃的转变、对农民的宿命的苦难根源的归因从“大地的魔鬼”到噬人的“大地的海”的变化，即是农民在民族抗争这一新的历史进程中的自我主体意识觉醒的艰难与曲折。

艾老爹虽然已经认识到了农民千百年来的不幸命运，而且也曾为之与“大地的魔鬼”抗争过。但是，在血腥的斗争中，却没能超越自我的思想局限而退回到狭隘的迷信思想和个体主义道路上来。

艾来头对于父亲思想的转变没有认同，而是犀利地指出了艾老爹“不流血”争取自由的虚幻和为真正的自由而流血的必然代价、意义所在：“爹爹……你真是老糊涂了，你仔细的想一想吧，……我们过的是奴隶生活呵……我们不在枪弹之中死去，我们也得在他们生吞活剥之下死去……这样的死只有一代，那样的死要蔓延到三四代……无数代呀，还得经过同样的这一次，否则，永远好不了……”①艾来头明白这位大地之子今天痛苦的控诉，因为这些思想也曾在他的脑海里翱翔过，当每个农夫都对自己的生命失去了希望的时候，人人都会产生同样的想法。艾来头虽然指出了父亲思想转变后存在的问题，他没有嘲笑父亲，而是理解父亲，因为艾来头已经从这种思想的漩涡中走出来，以一种大地的主人和英雄战士的身份对敌人进行坚决与勇敢的斗争。艾老爹在艾来头的启发下，以蚂蚁过河的牺牲精神，以“为了生，快快的跌进死去”的思想认识加入到革命队伍的行列中。艾老爹和艾来头最终回到了革命的道路，并寻找到了革命的意义。

端木蕻良在《大地的海》后记中这样说道：“他们怎能容忍这黑色魔鬼的盘据呢？他们怎能放心将自己娇嫩的儿女托付给敌人的手里呢？为了子孙的命运，他们也要干的。何况他们知道只有那一条才

---

①　端木蕻良：《端木蕻良文集》第2卷，北京出版社，1999年5月第1版，第177页。

是活路。……为了生，他们知道怎样去死。”

“呵，倘能有人以天才的笔触，在这广厚的草原上，测出她的社会的经济的感情的综合的阔度，再赋以思想的高度和理想的深度，使之凝固，作出那大地之子的真实的面型……我心中伏着悸痛的感激和期待。”[①]端木蕻良正是怀着这样的审美想象与激情进行东北农民形象的建构的。事实上，端木蕻良已经建构起来了一种展现“大地的海”的史诗，一种东北农民抗击日本殖民侵略的“力之美”的宏大叙事。

---

① 端木蕻良：《端木蕻良文集》第2卷，北京出版社，1999年5月第1版，第208页。

第七章 解放区新意识形态的形成与翻身农民新形象的塑造

在延安解放区，中国共产党领导的农民革命不仅在政治、军事、经济等方面进行了战略性调整，在思想文化方面也建立起了与此新形势相适应的新意识形态。从1920年代开始的各种文化政治力量对中国革命就是农民革命、中国革命的中心问题就是农民问题的共识在这里得到了完全意义的实现。国民党左派邓演达等人所渴望的"革命的，敏捷的手段"解决农民土地问题的设想已经成为一种正在发生的事实。可以说，乡土中国现代化的革命进程已经在1920年代对文学发出了"农民文艺"的审美现代性召唤，但是由于大革命失败的历史挫折，这种"农民文艺"审美现代性的召唤仅仅在一部分左翼作家那里得到了部分的实现；直到1940年代的延安解放区，毛泽东提出"工农兵方向"的新审美意识形态，这种中国农民革命所召唤的审美现代性才开始成为一种整体性集体美学原则。在这种集体美学原则之下，延安解放区的作家开始了农民观的改造和新农民形象的审美想象。

正如王瑶先生所指出，抗战之后，大批知识分子来到延安，"使广大作者有了一则以忧，一则以喜的发现：一方面，他们亲身感受到了'五四'以来的新文艺与生活在中国土地上的普通人民，尤其是占人口绝大多数的农民之间的严重脱节与隔膜；这对于一直以'文学启蒙'为己任，现在又急切地要求以文艺为武器，唤起民众，为战争服务的中国作家，无异当头棒喝，并因此而引起痛苦的反思。另一方面，作家们又切实地感受到了中国农民的力量、智慧，特别是他们对新文艺、新思想、新文化的迫切要求，于是，中国农民真正地，而不是仅仅停留在口头上、书本上地，成了新文艺的表现与接受对象、乃至服务对象。与此同时，作家们还发现了中国农民自己创造的民间艺术、及其内蕴着的中国传统文化的特殊魅力，而这正是许多新文艺的作者长期忽略与轻视的。唯其如此，对民间艺术的意外发现，就不能不引起新文艺作家们思想上的巨大震动。以上两个方面的发现，都激发起了对'五四'以来的新文艺进行新的调整与改造的自觉要求：这构成了贯穿于这一时期的'民族形式'问题的讨论，以至延安文艺整风运动的深刻背景与内在动因。对'五四'新文艺的调整与改造，主要是在两个方面进行的：调整新文艺与传统文化，特别是民间文化的关系，以促进新文艺进一步的民族化；调整新文艺与农民的关系，以促进新文艺进一步的大众化；这两个方面同样构成了'民族形式'问题讨论与延安文艺整风运动的基本内容和主要目的与要求"。[①]可以说，延安整风运动之后，现代作家与农民的关系、新文艺与农民的关系都得到了一种根本性的调整。

第一节 "野百合花"的凋零

1930年代后期，王实味、萧军、丁玲等来自国统区的知识分子和许许多多知识青年带着无比赤诚的救国热情来到延安革命根据地，优化了以农民为主体力量的延安民众的知识构成和人员结构。"据不完全统计，1938年5月至8月，经八路军驻西安办事处介绍到达延安的知识青年即达2288人。"[②]这为延安带来一股清新的文艺之风，许多优秀的中外文艺剧作在延安大舞台上演出过，极大地丰富了

---

① 王瑶：《中国新文学大系(1937—1949)·序》(第一集)，上海文艺出版社，1990年版，第9—10页。

② 方成祥：《毛泽东与延安整风运动》，陕西人民出版社，1993年9月第1版，第130页。

延安的文艺生活。但是，这些知识分子与延安革命力量的主体农民彼此之间却有着一种认识偏见，延安农民对这些知识分子的文艺作品也有着深深的隔膜，以至于在延安整风运动之前就已经出现了像关于演大戏、关于歌颂光明还是揭露黑暗、关于民族形式等相关文艺问题的争论。文艺上的为什么人、采取什么立场的问题，即文艺怎样为农民革命服务的问题显得极为突出。

1937 年，王实味“抛妇别雏”带着满腔救国热情投奔延安。在此之前，王实味已经写作了小说《休息》、《毁灭的精神》、《陈老四的故事》，其中《休息》在 1930 年由中华书局出版；另外，他还翻译过都德、高尔斯华绥、奥尼尔、哈代等欧美著名作家的文学作品，在文学创作和文学翻译上取得了较为显著的成绩，列名于 1933 年王哲甫写作的《中国文学运动史》。到达延安后，王实味被洛甫点名要到马列学院（后改名中央研究院）编译室担任特别研究员，从事编译马列经典的工作。到 1942 年他共译出 200 万字的理论著作，如《德国的革命与反革命》、《雇佣劳动与资本》、《价值、价格与利润》等。“他对这些马列经典著作的翻译的辛勤劳动和丰硕成果，在马克思主义在中国的传播史上是有其贡献地位的。”①应该说，王实味在延安是比较受重视的，待遇是非常高的。在看似非常理性的翻译工作下，王实味有一种极为浓烈的革命激情，思想中浸染着一种五四时期的启蒙意识和浓郁的知识分子精英气质；同时，王实味的性情有时暴烈和孤傲，说话较为尖刻，看问题有时难免狭隘，还会做出冲撞权威的言行。

1941 年，王实味发表《文艺民族形式问题上的旧错误与新偏向》一文批评了延安音乐界在“民族形式”实践中存在的浓厚的“小调”作风，说：“从农村曲、军民进行曲，到生产大合唱、九一八大合唱等大型作品，都充满着小调风味，有的更装进现成的小调曲子。……小调大概远出于乐户青楼所唱给城市公子少爷小市民以及地痞流氓们听，经过他们流传到乡村，而农民又最易吸收这类有毒的东西，因此小调

---

①　朱鸿召：《王实味在延安》，《王实味文存》，上海三联书店，1998 年 12 月第 1 版，第 327 页。

仿佛是‘民众的’东西了。”[①]因此，王实味认为，必须廓清这些小调里的毒素，并以聂耳为例，向延安音乐界同志建议大胆地用创造性的新旋律表现新的民族生活现实。“农民又最易吸收这类有毒的东西”说法的潜意识里隐藏着王实味视农民为愚昧阴暗的狭隘的知识精英思想视野，所以对“旧形式”的认识他会得出这样一种冒犯延安农民尊严的结论：“‘旧形式’不是民众自己的东西，更不是现实主义的东西，它们一般是落后的。”[②]事实上，王实味所创作的许多小说充满了对贫穷农民的同情与关怀，但是，这种关怀始终是自上而下的，是五四时代启蒙者对“中国病人”的思想视野。囿于这种思想视野的王实味，他对农民的革命积极性以及延安农民革命的性质，并没有很好地认识清楚，加之他个人的吃软不吃硬的“硬骨头”个性，他为此付出了沉重的代价。

不仅王实味这样，从延安当时发生的许多文艺争论中，如“演大戏”问题的讨论中，可以看出，众多知识分子对戏剧的审美趣味定位于果戈理、契诃夫、莫里哀、曹禺、夏衍等人的中外名剧上，出现了文艺与广大农民、士兵的审美趣味、审美水准相去太远、相脱离的现象。周扬在 1941 年 7 月就已经提了出来：“大家都看到了八路军，看到了边区的农民了，然而关于他们，十分出色的作品不是还很少吗？”[③]对此，周扬指出了问题的原因所在：“一个作家在精神上与周围环境发生了矛盾，是可能有各种原因的。……一种是他处身在自己所追求的生活中，他看到了光明，然而太阳中也有黑点，新的生活不是没有缺陷，有时甚至很多；但它到底是在前进，飞快地前进。作家走着他特有的艺术知识分子的步伐，和那生活的步调就不一定合得很齐。有时他觉得生活还远落在他理想后面呢，他停下来，微微觉得失望；有时生活却又实在跑过他前头去了，有一种什么旧的意识的或习惯

---

① 王实味：《王实味文存》，朱鸿召编选，上海三联书店，1998 年 12 月第 1 版，第 117—118 页。

② 王实味：《王实味文存》，朱鸿召编选，上海三联书店，1998 年 12 月第 1 版，第 123 页。

③ 周扬：《文学与生活漫谈》，《解放日报》，1941 年 7 月。

的力量绊着了他，他感到了某种程度上的和生活的不能协调。”①中国农民革命迫切需要的是能够动员、激励、鼓舞广大的革命主力军——农民的艺术作品，而不是原有的知识分子审美趣味、审美水准的作品，更不需要具体展现农民作为“老中国儿女”的病态的一面的作品。这是由中国农民革命的性质、任务和中国农民革命物质资源的匮乏而亟需精神力量的强大支撑所决定的。

因此，从中国农民革命的需要出发，对延安知识分子的思想立场、价值观念、审美趣味进行一场整风运动就显得极为迫切与重要。1942 年，王实味发表的《野百合花》等文章就成为了延安整风运动的靶标。

1942 年，王实味在《解放日报》发表杂文《野百合花》。王实味在前言中述说了“野百合花”的良苦用意：一是把这延安山野间最美丽的野花献给“圣洁的影子”的革命烈士李芬，二是野百合花“据说与一般百合花同样有着鳞状球茎，吃起来味虽略带苦涩，不似一般百合花那样香甜可口，但却有更大的药用价值”。②可见，王实味的杂文是为了给延安存在的某种“病症”而开的“药方”。为了揭示“病症”，王实味为读者设置了许多重镜像，来从中观察、目视“病象”。

第一重镜像是王实味想象的李芬烈士的“圣洁的女殉道者底影子”在延安现实中的“歌啭玉堂、舞回金莲步的升平气象”镜面之下，显然反差太大，是“不太和谐”的。这是一个总的概貌镜像，展现了王实味心中的共产主义乌托邦理念。

第二重镜像是延安里的年轻人看到延安存在的众多“丑恶和冷淡”而感觉到的“不起劲”、“不舒服”的许多“病象”，以及中年人对年轻人牢骚的“深以为不然”的神态。从年轻人的视界中，读者又看到了延安内部存在的“病象”，即许多的具体镜像。

> ……动不动，就说人家小资产阶级平均主义；其实，他自己倒真有点特殊主义。事事都只顾自己特殊化，对下面同志，身体

---

① 周扬：《文学与生活漫谈》，《解放日报》，1941 年 7 月。

② 王实味：《王实味文存》，朱鸿召编选，上海三联书店，1998 年 12 月第 1 版，第 126 页。

好也罢，坏也罢，病也罢，死也罢，差不多漠不关心！”

“哼，到处乌鸦一般黑，我们底××同志还不也是这样！”

“说得好听！阶级友爱呀，什么呀——屁！好像连人对人的同情心都没有！平常见人装得笑嘻嘻，其实是皮笑肉不笑，肉笑心不笑。稍不如意，就蹬起眼睛，搭出首长架子来训人。”

“大头子是这样，小头子也是这样。我们底科长，×××，对上是毕恭毕敬的，对我们，却是神气活现，好几次同志病了，他连看都不伸头看一下。……我两年来换了三四个工作机关，那些首长以及科长、主任之类，真正关心干部爱护干部的，实在太少了。”

“是呀，一点也不错！他对别人没有一点爱，别人自然也一点不爱他。要是做群众工作，非垮台不可……。”①

王实味第二重镜像里所展现的延安存在的非人道主义思想和等级特权意识，引起了许多知识分子的共鸣，表达了一个知识分子对“旧中国底肮脏污秽也就沾染了我们自己，散布细菌，传染疾病”所表现出的高度警觉和战斗姿态。

第三重镜像是指向延安上层“首长的”思想观念以及存在的不够“合理”的制度。

“我们底阵营存在于黑暗的旧社会，因此其中也有黑暗，这是有必然性的。”对呀，这是“马克思主义”。然而，这只是半截马克思主义，还有更重要的后半截，却被“主观主义宗派主义的大师”们忘记了。这后半截应该是：在认识这必然性以后，我们就需要以战斗的布尔塞维克能动性，去防止黑暗底产生，削减黑暗底滋长，且大限度地发挥意识对存在的反作用。要想在今天，把我们阵营里一切黑暗消灭净尽，这是不可能的，但把黑暗削减至最小限度，却不但可能，而且必要。可是，“大师”们不惟不曾强调这一点，而且很少提到这一点。他们只指出“必然性”就睡觉

---

① 王实味：《王实味文存》，朱鸿召编选，上海三联书店，1998年12月第1版，第127—128页。

去了。①

王实味在指出延安存在的丑恶、虚伪现象之后，进一步分析这种缺少人道主义关怀的、对人不够尊重的各种“病象”的根源，即是“大师”们对黑暗现象“必然性”的错误认识。对革命的纯洁怀有无比激情、深谙马克思主义理论的王实味，对“大师”的“半截马克思主义”进行了犀利、彻底的批判，并且说明了自己“嫉恶如仇”的原因与立场就在于“把黑暗削减至最小限度”。同时，王实味还从延安存在的等级制度来分析年轻人与领导的隔阂，分析延安“病症”的成因，为“治病”开一剂略带苦味的良药。

“这段谈话也许有偏颇，有夸张，其中的‘形象’也许没有太大的普遍性？但我们绝不能否认它有镜子底作用。我们生活里到底缺少什么呢？镜子里看罢。”②王实味在描述第二重镜像之后，这样直接以“我们”的身份，跳到文章前面，说是“有镜子底作用”，要读者、要延安里的读者受众群体“镜子里看罢”。连续的两个“镜子”词语，直接表达了王实味在这篇杂文中有一种非常明确的提供镜子来映现延安的各种“病象”，反映并治疗“病症”的思想意图。

王实味通过自己所有意设置的这面镜子，有效地描摹了三重镜像，揭示了延安存在的一些“病象”，体现了王实味作为一个知识分子对延安农民革命和世界无产阶级革命的独立思考。在延安的王实味不仅关注中国正在发生中的农民革命，而且对苏联革命有着自己独特的见解。王实味对斯大林的“清党政策”是有所批判的，大大不同于同时代人对斯大林的盲目崇拜，温济泽在《斗争日记》中曾记述了王实味的话语。但是，王实味的这剂“略带苦涩”的“野百合花”之药治病的良好意图并没有得到实现，反而因此而触怒了“大师”，付出了沉重的代价。

事实上在延安整风前期发表过许多类似的，或言论比王实味更

---

① 王实味：《王实味文存》，朱鸿召编选，上海三联书店，1998年12月第1版，第130页。

② 王实味：《王实味文存》，朱鸿召编选，上海三联书店，1998年12月第1版，第128页。

激烈的文章，如1942年前后萧军、丁玲、艾青、罗烽等人的文章，为什么单单王实味成为延安整风的祭品，“是延安文人被卷入整风运动中不可或缺的牺牲”呢？[①]

> 在“必然性”底“理论”之后，有一种“民族形式”的“理论”叫做“天塌不下来”。是的，天是不会塌下来的。可是，我们的工作和事业，是否因为“天塌不下来”就不受损失呢？这一层，“大师”们底脑子绝少想到甚至从未想到。如果让这“必然性”“必然”地发展下去，则天——革命事业的天——是“必然”要塌下来的。别那么安心罢。[②]

生性孤傲的王实味，不仅大胆地把延安两个年轻人的牢骚毫不隐晦地表达出来，而且在进一步挖掘延安病象存在的理论根源方面，直接指向了“大师”。王实味所应用的“必然性”、“民族形式”、“天不会塌下来”等词汇，都是毛泽东当时所使用过的。其中，“民族形式”是毛泽东提出来的，而“天不会塌下来”则是毛泽东的“口头禅”之一，也是毛泽东在遭受政治排挤时经常自我安慰的词语。

“从四十年代开始，毛泽东愈来愈喜欢讲‘天塌不下来’，在形势紧张，中共面临困境时，毛爱谈‘天塌不下来’；在闻知党内外有不满意见时，更爱说这句话。”[③]王实味在这里使用这些“毛氏”语汇，对之进行直接顶撞，直接触犯了毛泽东的理论权威和话语尊严，是充满着重大的政治风险的。当然，这或许也与当时毛泽东对知识分子的相对宽容与尊重的氛围分不开的，如对萧军对毛泽东的冲撞，但是王实味这种疯狂而危险的话语行为却没有萧军的幸运。

王实味的文章不仅直接触犯了毛泽东的政治权威，而且点中了

---

① 朱鸿召：《王实味在延安》，《王实味文存》，朱鸿召编选，上海三联书店，1998年12月第1版，第325页。

② 王实味：《王实味文存》，朱鸿召编选，上海三联书店，1998年12月第1版，第130页。

③ 高华：《红太阳是怎样升起的——延安整风运动的来龙去脉》（上），中文大学出版社，2000年第1版，第326页。

农民革命的“死穴”：打江山、坐江山的“论功行赏”封建等级制。历史上的“农民造反”模式在以农民为主体的中国农民革命军队中仍有着巨大的影响。①因此，现代革命的“阶级斗争”和封建等级制的“论功行赏”就成为壮大和凝聚革命力量的两个最有效武器。而这有悖于五四时期人道主义思想所形成的“平等、博爱”的民主意识和对马克思及其他社会民主主义思想家著作的直接阅读、翻译过程中所接受的自由理念。因此，王实味对延安存在的“官僚化”、等级制度的现象保持高度的警觉，对其危害与思想根源的揭示也是高人一筹的。

王实味稍后发表的《政治家与艺术家》则把知识分子置于与“政治家”并列的、互不代替的、相互补充的社会革命力量行列，逾越了艺术家的审美职责，侵犯了“政治家”的领域，危及了中国自古以来“政治家”的“君师”一体的地位，必然受到指责与批评。在延安整风前期，1942 年 3 月 23 日，中央研究院为整风运动创刊了墙报《矢与的》，王实味在创刊号上发表了《我对罗迈同志在整风检工动员大会上发言的批评》和《零感两则》，在第 3 期上发表《答李宇超、梅洛两同志》的文章，进一步扩大了中央研究院内部的矛盾分歧，同时强化了王实味的“硬骨头”革命面貌。墙报轰动了整个延安，观看者川流不息，以至引来了毛泽东的注意。毛泽东在提着马灯看了墙报后，说“思想斗争有目标了”。对于王实味发表的《野百合花》，毛泽东认为，“这是王实味挂帅了，不是马克思主义挂帅”②。至此，王实味及其文章已经成为毛泽东延安整风运动的“的”。

这束“野百合花”虽然有着乌托邦圣洁的思想和革命人道主义的光辉，是立足于纯洁革命队伍动机的，但是当延安大地野百合花一时兴起的时候，却严重危及了中国农民革命事业。在革命时期，对“首

---

① 高华认为：“深受农民造反传统浸润的毛泽东，极为重视利用农民的感情、行为、和愿望为自己‘打天下’的伟业服务，毛在马列主义的术语范围内，转换概念，引进大量中国传统农民造反的语汇和行为，使得中共军队既是苏联红军式的军队，又是一支具有浓厚中国传统农民起义军色彩的队伍。”见《红太阳是怎样升起的——延安整风运动的来龙去脉》(上)，中文大学出版社，2000 年第 1 版，第 329 页。

② 转引自《王实味文存》，朱鸿召编选，上海三联书店，1998 年 12 月第 1 版，第 333—334 页。

长至上”、“等级制”的批判直接引起了“农民革命”的危机：对农民自主性和主体精神的倡导在一定程度上危及了革命的凝聚力，分散了农民进行阶级性革命斗争的注意力，不利于农民成为革命机器上的坚固的“齿轮和螺丝钉”，更有碍于“大师”的权威和“革命者”的既得利益，不适合延安广大工农革命者的“口味”。因此，无论是从毛泽东个人因素，还是从中国农民革命的整体利益出发，“野百合花”背离了文艺要服从于延安政治——中国农民革命的需要。因此，这束“野百合花”的凋零就成为了一种必然的、“不可或缺的牺牲”了。

野花的生命力是更为坚强的。曾一度被铲除的、对农民主体精神呼唤的“野百合花”在革命胜利之后又重新开放在黄土地上。农民主体意识没有真正觉醒，农民革命就是不彻底的，农民解放就是不完全的，仍然还是要受旧思想的奴役的。

第二节 “工农兵方向”：想象农民的新意识形态

早在 1926 年，毛泽东深刻地意识到了农民在中国新民主主义革命中的重要地位与作用，指出农民是革命的同盟军与主力军。随着工农武装割据的成功和红色革命政权的建立，毛泽东意识到在解放区文艺界确立文艺为农民服务的目标与任务就显得越来越重要、越来越迫切。到了抗日战争时期，毛泽东汲取五四新文学大众化和根据地的文艺实践和国际共产主义运动理论，结合中国革命实践的需要和对时代的深刻认识，创造性地提出了“工农兵方向”的文艺思想。

1936 年毛泽东在《在中国文艺协会成立大会上的讲话》中就形成了“工农兵方向”的思想雏形。“今天这个中国文艺协会的成立，是近十年来苏维埃运动的创举。过去我们是有许多同志爱好文艺，但我们没有组织起来，没有专门计划的研究，进行工农大众的文艺创作，就是说过去我们都是干武的。现在我们不但要武的，我们也要文的了。我们要文武双全。……发扬苏维埃的工农大众文艺，发扬民族革命战争的抗日文艺，这是你们伟大的光荣任务。”①在这里，毛泽东首次提出“工农文艺”的口号，并对文艺界提出了“发扬苏维埃的工农大众文艺”的创作导向和创作任务。毛泽东已经开始了他对文艺为农民服务、为中国农民革命服务的思考，为中国农民革命的成功建立一支坚强有力的“文化革命力量”就成为毛泽东思考文艺政策的中心目标。毛泽东“工农兵方向”的文艺政策具有了初步的思想形态。

1939 年 11 月，毛泽东在《致周扬》的信中说：“所谓民主主义的内容，在中国，基本上即是农民斗争，即过去亦如此，一切殖民地半殖民地亦如此。现在的反日斗争实质上都是农民斗争。农民，基本上是民主主义的，即是说，革命的，他们的经济形式、生活形式、某些观念形态、风俗习惯之带着浓厚的封建残余，只是农民的一面，所以不必说农村社会都是在中国。在当前，新中国恰恰只剩下了农村。”②也就是说，无论新旧民主主义革命，农民都是具有决定意义的中心问题。作为中国新民主主义革命的一部分的文艺战线必须为农民这一中心主体服务，就成为时代与历史的必然要求。

1940 年 1 月，毛泽东在《新民主主义论》中谈及新民主主义文化，认为五四运动“它提出了‘平民文学’的口号，但是当时的所谓‘平民’实际上还只能限于城市小资产阶级和资产阶级的知识分子，即所谓市民阶级的知识分子”③，这一时期的五四文学并没有真正让工农大众觉醒，没有产生为最广大的工农大众服务的文艺。所以，他指出“这种新民主主义的文化是大众的，因而即是民主的。它应为全民族中百分之九十以上的工农劳苦民众服务，并逐渐成为他们的文化。……革命的文化人而不接近民众，就是‘无兵司令’，他的火力就打不倒敌人。为此目的，文学必须在一定条件下加以改革，言语必须

① 毛泽东：《毛泽东文艺论集》，中共中央文献研究室编，中央文献出版社，2002 年 4 月第 1 版，第 12 页。

② 毛泽东：《毛泽东文艺论集》，中共中央文献研究室编，中央文献出版社，2002 年 4 月第 1 版，第 259—260 页。

③ 毛泽东：《毛泽东文艺论集》，中共中央文献研究室编，中央文献出版社，2002 年 4 月第 1 版，第 34 页。

接近民众，须知民众就是革命文化的无限丰富的源泉。”[①]毛泽东工农兵方向的文艺思想得到了进一步的发展，它不仅承接五四时期“平民文学”的为民众服务的意识转变，而且看到了“平民文学”的不足，进一步扩大文学服务对象范围为“全民族中百分之九十以上的工农劳苦民众”，不仅如此，他还初步提出了工农兵文学的实现方式：接近民众、通俗的大众化语言改革。

但是，继承五四新文化运动的科学民主精神来到延安的知识分子，其中的许多人依然葆有像王实味一样的乌托邦革命梦想，依然有着强烈的赋予文学以巨大的社会批判功用的改造社会的意识。1940年，丁玲在延安文学刊物《谷雨》发表的《在医院中》就强烈地批判了延安的官僚主义作风，引起了毛泽东的注意。1942年王实味发表的《政治家·艺术家》，直接提出艺术家的社会批判功能是“侧重于改造人底灵魂（心、精神、意识）”，是“灵魂底工程师”，与“偏重于改造社会制度”的政治家相提并论，各有不同的战斗领域和革命功能，同时二者的工作“相辅相依”，在一定的程度上，艺术家的工作“尤其艰苦”，也即是尤为重要。[②]王实味的这种艺术功用观典型地体现了中国知识分子的忧国忧民的“载道”传统，直接继承了五四时期鲁迅等人的思想启蒙理念与左翼革命文学的改造社会的文学实践和精神指向。王实味在文中也以鲁迅为例，提出对“带着肮脏和黑暗的旧中国底儿女”进行思想启蒙与精神改造的迫切重要性，尤其是对“有些以政治家自傲的人”的“枪口向外”的精神改造视野进行批评，认为那是“短视的见解”，真诚地呼唤“更好地肩负起改造灵魂的伟大人物罢，首先针对着我们自己和我们底阵营进行工作”。[③]

王实味的这种艺术功用观是引起了延安许多知识分子的共鸣的，也是知识分子对自身意义与价值的一种最高肯定和追求。延安

① 毛泽东：《毛泽东文艺论集》，中共中央文献研究室编，中央文献出版社，2002年4月第1版，第43页。

② 王实味：《王实味文存》，朱鸿召编选，上海三联书店，1998年12月第1版，第133—135页。

③ 王实味：《王实味文存》，朱鸿召编选，上海三联书店，1998年12月第1版，第135—136页。

文艺界内部也存在着一种类似的看法。与周扬等“鲁艺派”主张“歌颂光明”不同的是，丁玲、萧军、舒群、艾青、白朗、罗烽等人的“文抗派”主张“暴露黑暗”。1942 年春天，王实味、丁玲、萧军等人的尖锐地“暴露黑暗”的杂文，推动了延安风起云涌的“反官僚，争民主”浪潮，构成一股很大的批判势力，直接指向了延安的“首长”特权、农民思想改造和制度体制建设。

王实味、丁玲对延安存在的问题的批判是深刻的，直至今天还有值得我们思考和借鉴的地方。但是，在急促、窘迫的革命战争时期，他们的想法未免有些“乌托邦化”，中国农民革命的艰难不仅体现在各种反动势力的强大，更体现在对农民的思想启蒙上。农民的思想启蒙和精神改造是一个艰难和长期的过程，决不会一蹴而就。对延安存在的官僚主义倾向和等级制的弊端，毛泽东不是没有意识到，事实上，反官僚、反“首长至上”在 1941 年 9 月毛泽东自己就提出来过。但是，在 1942 年 3 月反官僚大潮涌动之后，毛泽东转向对王实味进行批判，显示了毛泽东对中国农民、中国农民革命的内在局限的深刻理解。

中国农民乃至农民革命者在短时间内是无法实现思想启蒙和“脱胎换骨”精神改造的。超越农民思想接受力的精神改造只能给革命带来混乱和损失，造成革命力量的涣散和革命的溃败。延安整风运动没有走向王实味、丁玲式的“革命内部”的思想改造，而是走向针对延安知识分子的思想改造，说明中国农民思想力量的强大保守性和对农民进行改造的极其艰难性。

为了解决延安文艺界的纷争以及由此引发的革命思想的混乱，毛泽东在收集正反两方面资料、分别与延安各派知识分子进行交谈后，在 1942 年 5 月 2 日—5 月 23 日召开了有一百多人参加的延安文艺座谈会，以一个政治家的身份提出了新的文艺政策，形成了一种服务于中国农民革命的新意识形态，对解放区以及建国后的艺术创作产生了深远的影响。

毛泽东《在延安文艺座谈会上的讲话》开篇就指出召开座谈会目的是要研究“文艺工作和一般革命工作的关系”，目的是“求得革命文艺的正确发展，求得革命文艺对其他革命工作的更好的协助，借以打倒我们民族的敌人，完成民族解放的任务”。[①]即“我们今天开会，就是要使文艺很好地成为整个革命机器的一个组成部分，作为团结人民、教育人民、打击敌人、消灭敌人的有力的武器，帮助人民同心同德地和敌人作斗争”，因此，文艺一开始就被建构到中国农民革命的体系之中，作为中国农民革命的一个有机组成部分来进行讨论。[②]毛泽东不是从文艺本体论的角度来阐释文艺的本质（如在“结论”部分所言的“我们讨论问题，应当从实际出发，不是从定义出发”，并且对“按照教科书，找到什么是文学、什么是艺术的定义”的本体论观念进行抨击），而是出于一种政治家的革命考量，为了服务并服从于中国革命的需要来提出文艺政策。[③]所以说，毛泽东在《在延安文艺座谈会上的讲话》的文艺观体现了一种典型的政治功利主义思想，是一种服务并附属于政治的革命文艺观。对此，毛泽东也毫不讳言。

针对中国革命的实际情况、抗日战争的需要和达到中国革命胜利的目的，毛泽东提出了文艺工作者的立场、态度、工作对象等问题，即要站在无产阶级和人民大众的立场；对于敌人，要暴露黑暗面；对于同盟者，有赞扬有批评；对人民、人民的军队、人民的政党，应该赞扬。文艺作品在根据地的接受者，是工农兵以及革命的干部。文艺工作者，应当认真学习群众的语言，向群众学习。在“结论”部分，毛泽东提出了“我们的文艺是为什么人的?”这样一个中心问题，即文学的人民性问题。毛泽东根据列宁的人民性观点，从乡土中国的实际情况出发，首先定义了“人民”的内涵，论述了具有中国特色的文学人民性特征。“什么是人民大众呢？最广大的人民，占全人口百分之九十以上的人民，是工人、农民、兵士和城市小资产阶级。所以，我们文艺，第一是为工人的，这是领导革命的阶级。第二是为农民的，他们

---

① 毛泽东:《在延安文艺座谈会上的讲话》，人民出版社，1975 年 12 月第 1 版，第 1 页。

② 毛泽东:《在延安文艺座谈会上的讲话》，人民出版社，1975 年 12 月第 1 版，第 2 页。

③ 毛泽东:《在延安文艺座谈会上的讲话》，人民出版社，1975 年 12 月第 1 版，第 9 页。

是革命中最广大最坚决的同盟军。第三是为武装起来的工人农民即八路军、新四军和其他人民武装队伍的，这是革命战争的主力。第四是为城市小资产阶级劳动群众和知识分子的，他们也是革命的同盟者，他们能够长期地和我们合作。这四种人，就是中华民族的最大部分，就是最广大的人民大众。”[①]至此，毛泽东在《在延安文艺座谈会上的讲话》中鲜明地指出了“工农兵方向”，即文艺首先是为工农兵服务的问题。

毛泽东提出的第二个问题是怎样为工农兵群众服务的问题，即如何实践文学的人民性问题。知识分子要向工农学习彻底改造自己，消除资产阶级和小资产阶级感情，创作工农兵文艺作品。毛泽东以自己为例，说明了从资产阶级、小资产阶级感情到无产阶级感情的转变，认识到“那时我觉得世界上干净的人只有知识分子，工人农民总是比较脏的。知识分子的衣服，别人的我可以穿，以为是干净的；工人农民的衣服，我就不愿意穿，以为是脏的。革命了，同工人农民和革命军的战士在一起了，我逐渐熟悉他们，他们也逐渐熟悉了我。这时，只是在这时，我才根本地改变了资产阶级学校所教给我的那种资产阶级的和小资产阶级的感情。这时，拿未曾改造的知识分子和工人农民比较，就觉得知识分子不干净了，最干净的还是工人农民，尽管他们手是黑的，脚上有牛屎，还是比资产阶级和小资产阶级知识分子都干净。这就叫做感情起了变化，由一个阶级变到另一个阶级”。[②]毛泽东从道德层面彻底击溃知识分子自身的优越感及其对农民愚昧落后的思想认识，指出了知识分子的“思想改造”问题。

在此之前，毛泽东就已经指出：“有许多知识分子，他们自以为很有知识，大摆其知识架子，而不知道这种架子是不好的，是有害的，是阻碍他们前进的。他们应该知道一个真理，就是许多所谓知

---

① 毛泽东：《在延安文艺座谈会上的讲话》，人民出版社，1975年12月第1版，第13页。

② 毛泽东：《在延安文艺座谈会上的讲话》，人民出版社，1975年12月第1版，第7页。

识分子，其实是比较最无知识的，工农分子的知识有时倒比他们多一点。"①毛泽东说知识分子最无知识，这句话后来经过康生在整风会议上的反复渲染，成了延安最为流行的警语之一，对知识分子而言也就成了无可逃脱的咒语。毛泽东正是沿着这样一种话语逻辑，运用阶级分析方法，改变了以往知识分子在启蒙结构中的优势地位，启蒙者与被启蒙者在新的意识形态话语中发生了根本性易位：从一个原来的启蒙者贬为被启蒙者，从原来的知识上的优胜者贬为最劣势的无知者，从原来的启蒙理性之光贬为灵魂最肮脏的黑暗地。与此相对应的是，农民也从原来的愚昧、落后、无知的被改造者升级为最纯洁、忠诚、质朴的新世界创造者、改造者。知识分子的任务首先就是，"一切革命的文学家艺术家只有联系群众，表现群众，把自己当作忠实的代言人，他们的工作才有意义。只有代表群众才能教育群众，只有做群众的学生才能做群众的先生"，在这个基础上，"我们的文学专门家应该注意群众的墙报，注意军队和农村中的通讯文学。我们的戏剧专门家应该注意军队和农村中的小剧团。我们的音乐专门家应该注意群众的歌唱。我们的美术专门家应该注意群众的美术。"②毛泽东以自己的情感转变和尖刻犀利的语言论述了知识分子实践文学人民性的思想改造方式和具体的文学创作原则、实践路径。

毛泽东在论述文学的人民性，阐述"人民"的定义的时候，无论是"人民"还是后边的"群众"，从本质上而言，内涵就是指向"农民"的。1945 年 4 月，毛泽东在《现阶段中国文化运动的主要对象》一文中指出："农民——这是中国工人的前身。将来还要有几千万农民进入城市，进入工厂……。农民——这是中国军队的来源。士兵就是穿起军服的农民，他们是日本侵略者的死敌。……农民——这是现阶段中国文化运动的主要对象。所谓扫除文盲，所谓普及教育，所谓大众

① 毛泽东：《整顿学风党风文风(二月一日在党校开学典礼的演说)》，《解放日报》1942 年 4 月 27 日第 1—2 版。

② 毛泽东：《在延安文艺座谈会上的讲话》，人民出版社，1975 年 12 月第 1 版，第 24 页。

文艺，所谓国民性，离开三亿六千万农民，岂非大半成了空话？”[①]毛泽东在这篇文章中深刻地分析了中国社会的现实，中国工人的前身就是农民，士兵就是穿起军服的农民。“工农兵”的称谓只是从事的工作、职业与身份的不同，在这三种人群里，他们的骨子里的思想理念与精神实质却是一致的，他们都来源于乡土中国社会里的乡村，是穿着不同服装、有着不同身份的中国农民。因此，毛泽东的“工农兵方向”，其本质意义就是为“农民”服务，文艺创作必须与“农民”式情感、观念息息相通。

不仅毛泽东本人日后有这样的阐释，在当时延安之外的其他根据地，也有这样的解读。晋冀鲁豫解放区 1942 年 1 月 19 日的《新华日报》华北版上就发表了一篇题为《文化战线上的一个紧急任务》的社论文章，在结尾处提出：“大众的问题必须面向大众中发掘出来，而面向大众的基本方式，应该是到群众中去，服务大众，认识大众。这里首先要有打破陈套的勇气，不为过去的‘大众化运动’所局限，要深入农村，了解农民，打破形式主义，和局限于机关文化的机关主义，要使文化成为大众——首先是农民大众自己的文化。”[②]在整风运动之前的这篇社论，虽然依旧是从大众化运动的思想方式来理解中国农民革命对新文艺的需要，但是已经突破了“大众化运动”的窠臼，提出“要深入农村，了解农民”、“首先是农民大众自己的文化”的新观点。这是非常深刻的，是对毛泽东“工农兵方向”内涵的一种注解。

毛泽东的讲话在被迅速传达之后，各个解放区很快掀起了一个对以往文艺政策尽心反思、批判，努力建构符合新意识形态的文艺政策。1943 年 3 月 15 日，晋冀鲁豫解放区的《华北文化》第 9 期发表了林火的《深入实际了解群众配合现实斗争》的文章，从题目就可以看出这篇文章是吃透了毛泽东讲话精神的，在论述中指出了晋冀鲁豫解放区文艺界存在的问题：“我们在敌后农村生活了五年多，工作

---

① 毛泽东：《毛泽东文艺论集》，中共中央文献研究室编，中央文献出版社，2002 年 4 月第 1 版，第 114—115 页。

② 《山西文艺史料》（第一辑），山西省文学艺术工作者联合会编，1959 年 8 月第 2 版，第 50 页。

了五年多，到现在还很少出现过像样的描写农村、描写农民的东西。毛病究竟在什么地方呢？在于我们有的还没有接近农民，有的还不愿意接近农民，有的虽然已经接近了，但还未做到真正了解农民。因此，在我们艺术作品中所出现的农民角色，往往是似是而非的纸人纸马，穿着农民的服装而缺乏农民的灵魂，缺乏农民的性格，农民的思想意识，有的是作者主观主义的虚构与捏造。”[①]而且，林火还深刻地论述了农村、农民在解放区文艺写作中的中心地位。

> 根据地社会思想阵地在农村，我们前进的文化堡垒建筑在农村，我们文化活动的基本对象是工人、农民和士兵。
>
> 根据这一特点，这就是要求我们文化工作者，无论是应用口头的，或是文字的，或是其他形式的的武器，总之，一切的文化活动与建设，首先就要处处考虑到农村的需要，农民的需要。试想想看，今天在根据地我们的任何创作倘离开农民自身、农民的事以及农民有关的事，便会根本没有东西可写。支持战争的是农民，服兵役的是农民，进行群众运动的是农民。根据地的青年主要是农民青年，妇女主要是农家妇女，真的，除了农民以及与农民有关的人物之外，还有什么人可写呢？[②]

可见，经过延安整风运动的开展，了解农民、联系农民、学习农民、书写农民已经成为各个解放区文艺工作者的共识，农民已经成为解放区文学描写和表现的中心与主角。一支为中国人民解放斗争服务的文化军队已经在原先的知识分子群体的“思想改造”中形成，一种以服务农民为革命目的的、以表现农民为主体的、体现农民审美特征和语言特色的、打上毛泽东思想烙印的“工农兵方向”——新意识形态红太阳已经高高地升起在解放区的大地上空。

《在延安文艺座谈会上的讲话》的文艺新意识形态是源于毛泽东的“工农武装割据”、农村包围城市的革命战略思想，是毛泽东领导工

① 《山西文艺史料》（第一辑），山西省文学艺术工作者联合会编，1959 年 8 月第 2 版，第 102 页。

② 《山西文艺史料》（第一辑），山西省文学艺术工作者联合会编，1959 年 8 月第 2 版，第 96—97 页。

农大众反抗内外压迫、建立无产阶级政权的“一文一武”战线上的重要思想成果。毛泽东“工农兵方向”文艺思想第一次从文艺指导思想上真正使农民成为国家的主人，获得了庄重的生命尊严，使获得解放的农民第一次发出了欢天喜地的声音。毛泽东“工农兵方向”的提出，平息了当时延安文艺界的争论，为当时文艺界指明了方向，有力地配合了时代现实国情，从思想文化上打击、动摇了封建主义、资本主义和帝国主义反动势力。农民，以中国社会历史舞台上的正面主角、大地主人与英雄的形象出现在中国的社会历史舞台上。[①]从这一意义上说，工农兵方向是共产主义运动思想史上所凝结的一颗文艺明珠。正如毛泽东在 1944 年《致杨绍萱、齐燕铭》的信中说的，“在旧戏舞台上（在一切离开人民的旧文学旧艺术上）人民都成了渣滓，由老爷太太少爷小姐们统治着舞台，这种历史的颠倒，现在由你们再颠倒过来，恢复了历史的面目，从此旧剧开了新局面，所以值得庆贺。”[②]

这种自上而下的审美新意识形态，在中国革命本质上就是农民革命的政治特征显现，是乡土中国农民问题的现代性审美召唤，对延安解放区作家的农民观改造、塑造在革命中成长起来的新农民形象具有巨大的影响意义。“如果说，‘政治’提供的是一种‘自上而下’的叙事视角，从而使赵树理等人更深刻地观察中国的基层社会；那么，‘知识分子’则提供了‘自外而内’的叙事角度，并相应构成了所谓‘劝人文学’的启蒙精神。可是，我们同时还应该看到的，是这些‘解放区作家’的另一种身份，也即‘农民’的身份，包括赵树理、马烽、西戎等人。我以为，这一‘农民’身份恰恰给这些作家提供了一种‘由内而外’或者‘自下而上’的叙事角度。这一‘农民’的身份不仅仅指的是

---

① 当然我们在分析“工农兵方向”所具有的正面价值的时候，也要指出这种新意识形态一旦僵化、模式化，尤其是逾越特定时代之后扼杀作家创作自由的精神枷锁负面性。应该说，中国知识分子在走向农村、走进农民、除掉原先狭隘的知识精英的思想视野的时候，也付出了很沉重的代价，在一定程度上丢失了极为可贵的独立自由的精神品格和社会批判意识。

② 毛泽东：《毛泽东文艺论集》，中共中央文献研究室编，中央文献出版社，2002 年 4 月第 1 版，第 278 页。

这些作家长期的农村生活经历为他们的写作提供了丰富的素材和经验，也不仅仅指的是他们的阅读谱系，包括对传统小说和地方戏曲等民间文化的熟悉程度，这些当然都非常重要，并且程度不等地影响了他们的叙事方式。但是，同样重要的，是这一身份所形成的某种叙事态度。换句话说，‘农民’的身份常常决定了他们是在‘乡村’这一共同体内部观察、体验和思考问题，因此，他们不仅和农民‘共呼吸，同命运’，而且切身感受着乡土生活的点点滴滴。这样一种乡土生活内部的感受、体验、观察和思考，方才真正深入到了‘中国问题’的核心内容，因此，这些小说真正的内涵和意义实际上很难被政党、国家政治所完全覆盖，而这也正是它们真正的价值所在，尤其是赵树理的创作。”①

显然，正是这种“自上而下”的新意识形态的规定性与赵树理等解放区农民作家的“自下而上”生存经验的呈现相结合，从而构成了一种极为难得的既葆有五四文学启蒙精神又兼有鲜活的乡村思维语言与生存经验的审美视域的融合，创造出了新文学曾千呼万唤始终不出现的具有中国作风、中国气派、乡土中国现代性经验的农民文学。

第三节　翻身农民复杂心态的审美书写

中国共产党在思想界进行整风运动的同时，还对解放区的政治、经济政策进行了改革，政治上实行“三三制”制度，经济上实行“地主减租减息，农民缴租缴息”政策，大大调动了各个社会阶层的积极性，尤其是调动了农民的生产积极性，改善了农民的生存状态和生活水平，巩固了解放区的革命力量基础。农民在这一新的经济政策支持下，迈出了翻身的第一步——减租减息。

解放区文艺在毛泽东的《在延安文艺座谈会上的讲话》的指引

① 蔡翔：《重述革命历史：从英雄到传奇》，《文艺争鸣》，2008年第10期，第40页。

下，对农民“减租减息”的翻身斗争进行了审美观照，不仅详细描绘了农民与地主进行减租斗争的过程，而且还生动表现了农民在减租翻身斗争中心态的嬗变，纪录下了中国农民开始翻身的伟大的社会史和精神史。

1944年，是“七七”抗战七周年，晋绥边区开展了“七七”文艺奖金征文活动，西戎等文艺工作者都回到了机关，参加这项活动。他同卢梦、孙千、常功合作，创作出了表现农村减租减息运动的多幕大型戏剧《王德锁减租》，获得了征文评奖戏剧类甲等奖。《王德锁减租》中的主角“王德锁”勤恳、老实、本分、处处谨小慎微、事事要求良心自安，是一个受到传统思想文化深刻影响的普通农民形象。虽然他对边区政府的减租法令很是向往，但是，由于既往生活的教训，又不敢冒险与地主展开减租斗争。

剧本以王德锁与妻子李氏关于减租的争执开场。面对妻子李氏对自己的逼问，往年减租前怕狼后怕虎的不敢减，今年王德锁认为减租是很好，但是对此却认为是个“天大难题”，怕自己要求减租，地主会把土地收回。虽然边区政府有法令，不准地主收回土地，但是根据以往的经验教训，王德锁还是顾虑很大。

> 王德锁：减？少交人家一颗也过不去！你不记得那一年年成不好，交不上租子，欠人家四五斗，……第二年补，人家都不让，告到区上。区里把我逮去坐了二十天班房，讨保出来，卖了一口瓮，才交齐租子。
>
> 李　氏：那是哪一年的事！如今是新政府，怎能和旧政府一样。
>
> 王德锁：哼，当财主的什时候也是有权有势，你一个穷汉就能惹得起？生下个穷命，就不用想那些好活的事。①

这次减租并不是第一次，但是地主的威势还是留存在佃农王德锁的心中。这种威权的阴影挥之不去的一个重要的逻辑就是

① 西戎、孙千、常功、卢梦：《王德锁减租》，《中国解放区文学书系·戏剧卷》(一)，重庆出版社，1992年3月第1版，第365—366页。

“当财主的什时候也是有权有势，你一个穷汉就能惹得起”，中国农村权力与大地财富占有者——地主紧紧勾结在一起，相互支撑依托，穷人只有受苦受穷的命。不仅如此，王德锁还受到一种封建道德礼教的束缚，在做人要本分、老实的道德要求之下，还要讲究“良心”。懒汉贫农赵栓儿为了小恩小惠做地主的狗腿子，向王德锁宣扬要讲良心：“人家怎的你就怎的？唉，德锁叔，事情这得自己拿主意。依我看，人活在世上，处处都要讲个良心，良心要紧！”

翻身后减了租的农会干事张保元组织穷苦农民来到农会开会，讨论减租的事。张保元首先宣读了今年减租的法令要求，今年和往年不相同，减租一定要减彻底，政府法令为穷人，为咱受苦人把身翻。在众人纷纷提出来要斗争地主赵扒皮，要求减租退租的时候，王德锁一言不发。别人要他谈谈减租的事，他说：“我的那事情，我慢慢地办吧，提在咱农会上，也解决不了。”在众人的一再追问下，王德锁才说出一个不愿减租的心理原因，“良心上过意不去”。对于王德锁所谓的“良心”，一个农民辛辣地说：“哎，你说了半天，才说出句讲良心的话来了。我看你讲了半辈子良心，受了半辈子穷！你和人家老财讲良心，人家才不和你讲良心呢！……咱穷人和地主讲良心，人家和咱讲鬼心，一天吃饱了尽是思谋着想法子剥削咱们，如今咱们再不敢上他的当啦，保元不是说嘛，咱们要翻身哩！”①

在减租的翻身斗争中，已经有一部分农民觉醒起来，意识到地主的“鬼心”、“黑心”、“毒心”，彻底揭穿了地主所宣扬的“良心”。农民不仅意识到只能跟有良心的人讲良心，而不能跟“鬼心”的地主讲，而且也看到了片面讲良心的局限性和与地主进行阶级斗争的必要性。只有与地主进行坚决、勇敢的阶级斗争，才能真正实现农民的翻身解放。剧中描写许多农民从自己所受的地主残酷剥削的人生经历中认识到地主的“鬼心”、“黑心”、“毒心”，唤起了对地主进行减租的阶级

---

① 西戎、孙千、常功、卢梦：《王德锁减租》，《中国解放区文学书系 · 戏剧卷》(一)，重庆出版社，1992 年 3 月第 1 版，第 395—396 页。

激情和道义的合理性。

王德锁：(更不耐烦)听了！(唱五更)
我把冬生妈唤，
你听我说心间：
如今的世事天天在变，
变得好变得坏不保险。
做事情要有远见，
不要只顾眼跟前。
减租事儿我自有主见，
你那边再莫要多言。①

会后王德锁对减租依然有顾虑。这顾虑来自对农村政治势力不断变换的忧虑，就怕八路军"站不住"，现在减了租，日后变天就麻烦了。王德锁对减租的认识是从自己的生活经验出发的、是有很长远的考量的，反映了农民对中国社会政治力量不断变迁的无把握感，依旧处于一种封闭与保守的思想状态，"改朝换代"的封建社会政治变迁模式和政治势力与有钱人相勾结的权力逻辑依旧笼罩在王德锁的心灵世界中，是王德锁考量减租事情的逻辑出发点。这也说明了普通农民对中国共产党领导的现代性质的翻身闹革命的隔膜，他们依旧生活在旧有的、传统封建思想的世界之中。

共产党八路军，
土里长土里生，
他是咱人民的子弟兵，
老百姓心里生了根。
处处为咱老百姓，
他是人民的大救星。
……
受苦人要齐心，

① 西戎、孙千、常功、卢梦：《王德锁减租》，《中国解放区文学书系·戏剧卷》(一)，重庆出版社，1992年3月第1版，第398页。

翻身只有靠自己。
执行法令要坚决,
减租一定搞彻底!①

在张保元等人的耐心开导、劝说下,王德锁渐渐拨开了思想的迷雾,决心与地主展开减租斗争。遗憾的是,戏剧没有对王德锁在会上如何向地主提出减租要求、如何诉苦的斗争及其心理活动展开描写,而是一笔略过了。在众多农民坚决有力、充满血泪仇恨的"口号声"中,在维持乡村秩序的民兵力量和政府法令的威势下,地主赵扒皮不得不暂时低下了头,同意减租退租。

面对减租斗争的胜利,王德锁想到的是"回去借上三斤好面,我要请请保元",妻子李氏说的是,"阿弥陀佛,老天爷睁开眼啦!哈哈,怎么老天爷睁开眼啦,是世事变了,冬生家大也变了!"王德锁和妻子的话,都说明了他们把胜利归结为某种个人的支持与不可知的神灵力量。事实上,王德锁减租斗争的胜利并不是他个人的思想意识觉醒的胜利,而是在一种集体形式的、群体性力量的胜利,是政府法令和民兵力量威权的胜利。这仅仅是农民在政府、群体的理论的借助下一种经济上的翻身,离农民的自我主体意识的觉醒——精神、思想翻身还有一段不小的距离。

1946年6月太行文联编辑的《文艺杂志》第1卷第4期发表了木风的反映农民翻身斗争的小说《回地》。小说叙述了一个在解放区政府鼓动下农民要求减租翻身的村庄。

东义村解放了,不久,村子里便掀起了一个很大的震荡:村子里被压迫的人们要起来翻身了。……村干部对大家说:八路军来了,是咱们穷人翻身的时候了。谁肚子里有什么苦,有什么冤,咱们都可以诉,谁有什么问题,不管是债务、土地……凡是过去那些统治家伙欺负咱们的事,咱们都要提出解决。大家想一想吧!现在的政府是给咱们做主的,是咱们出气的时候了。

① 西戎、孙千、常功、卢梦:《王德锁减租》,《中国解放区文学书系·戏剧卷》(一),重庆出版社,1992年3月第1版,第403—405页。

群众提出的问题一天多如一天，情绪一天高昂一天，整个村子的人们，都快要卷入了这个运动。①

在这种大的翻身求解放背景下，作者描写了一个较为保守的普通农民家庭，来表现一些普通农民在翻身过程中所经历的艰难的思想变化。接受冬学教育的才顺有了诉苦水、斗地主的翻身意识。但是，才顺的哥哥却并不这么认为，说中央军离咱这里一拃远，说不定什么时候一跷腿就会打过来的，咱家眼前不要动，等一等看。如果八路军真是站稳了，再翻身也不晚。才顺听了他哥哥的话，觉得也有些道理，便低下头又闷起来。"变天"的思想顾虑是许多农民对翻身持观望态度的主要原因。

农会主席听到这里，早已看透了才顺的病根。接着赶紧说下去道："中央军？他永不会来了。咱们这百姓不拥护他，他就来不了。他来了，咱们八路军也得把他狗日的打出去，八路军的劲头大着咧！我对你说：凡是说中央军要过来的都是特务分子的造谣，可不要听那些特务家伙的胡说，他们想用这个办法来吓唬咱们，叫咱们不敢翻身，不敢斗争……再一说，你即便不诉苦，不斗争，你想中央军如果来了，咱们还能好好活吗？地主们不拿你当八路军来看才怪呢。反正是一样，你不斗争也得斗争，不干也得干，只有一条路。"②

农会主席一针见血地指出了地主剥削、压迫农民的残酷本性：不管农民有没有反抗，地主都不会让农民好好地活。才顺在农会主席的启发下，回忆起地主派款、抢地、诬蔑自己是八路军被抓起吊打、差一点就丢命的血泪事实，终于认识到对地主没有妥协、只有斗争的一条路可走，于是不顾母亲和哥哥的阻拦，决定向地主诉苦、斗争。

诉苦大会上对地主的罪恶的控诉引起了群众的骚动，过去潜伏

---

① 木风：《回地》，《中国解放区文学书系 · 小说卷》，重庆出版社，1992 年 3 月第 1 版，第 157 页。

② 木风：《回地》，《中国解放区文学书系 · 小说卷》，重庆出版社，1992 年 3 月第 1 版，第 161—162 页。

在每一个人心里对地主的仇恨之火，现在熊熊燃烧起来了，满屋子的群众爆发了一阵愤怒的吼叫。地主被民兵捆起来，扣押在村公所里。几天之后，斗争地主的会胜利结束了，地主坑害剥削得来的田财、房产都算了账，人给扣到区公所里反省。才顺的二亩地也回来了，还分到二斗谷子和一石高粱。

> "阿弥陀佛！咱那二亩命根子可弄回来了，这真是老天爷有眼，不灭亏心人。"他的娘喜得几乎出差了气。
>
> "娘！这不是老天爷有眼，这是八路军有眼，要不是共产党八路军过来，咱们还能翻了身？"才顺听见他娘又说落后话，赶快解释着。
>
> "不管谁有眼吧！反正谁能叫咱翻身谁就是老天爷！"
>
> 说着，母子三人就哄然的笑了起来。①

虽然，才顺一家人在经济上翻了身，那也是共产党领导的政府和民兵力量的威压下的结果，农民只是斗争舞台上的被调动起来的群众演员，主角和指挥者并不是农民。因此，这种翻身是被动的，是不完整的。才顺一家人的对话，也充分显示了农民依旧生活在旧的"被动角色"之中，只不过是从"被迫害者"变成了"被拯救者"，是一种被动式翻身，而不是农民自己走向拯救自己、自己解放自己。

《回地》与《王德锁减租》在表现农民减租斗争的曲折和复杂性方面，虽然取得了一定的成绩，受到众多读者、观众的欢迎。但是，对王德锁和才顺在减租中的转变、斗争描写或是一笔带过，或是过于简略，没有充分地揭示出农民在翻身减租斗争中的复杂、矛盾、挣扎过程与转变心态。相比较而言，束为在《红契》中塑造的农民苗海其形象具有更为细致、复杂的描写，突破了一般意义上的革命启蒙——诉苦——减租翻身的单向审美思维方式。

束为《红契》中的地主比较狡猾，是一个阴险的"笑面虎"。面对汹涌而起的减租潮流，表面上对减租的事情言听计从、积极配合，暗地里

---

① 木风：《回地》，《中国解放区文学书系·小说卷》，重庆出版社，1992 年 3 月第 1 版，第 168 页。

却对佃农威胁利诱，反对减租赎地。他对领导减租的共产党干部和农民说，减租减息是政府法令嘛，一切都按法令走。前头有车，后头有辙，按上怎办，就怎办。因此，这个工作一天工夫就做完了，租子按二五减了，该赎的地也赎了，霸占去的土地也归了原主。笑面虎还得到了“开明地主”的表扬。但是许多佃农心怀顾虑。苗海其就是其中的一个。

不到半月，村里起了谣言，说是八路军要走呀！旧军要上来呀！笑面虎要夺地呀！谣言一天多一天。那些减过租赎过地的人，坐立不安，也是害怕。苗海其被请到笑面虎家喝酒。

> 二人吃喝了一阵子，笑面虎就说话了。他说：“咱两家也是父一辈子一辈的老交道了。你老子与我共事一辈子，说到你名下，也是半辈子了。你老子在时，吃了上顿没下顿，只要到我门上，不管借多借少，我没说一个不字。你老子也是个好人，秋天到来，连本带利一齐还上。真是好人，可惜老人不长寿。你老子一死，你还记得，那时节你才是十来岁的吃屎娃娃，没兄没弟，没亲没故，虽说你老子给你留下十垧地。你娃娃家怎么经由?！我看你可怜，就把你引来当长工，地也带过来了。在我家吃了穿，穿了吃，一直十年。后来你要另过生活，由你！我就租给你那十垧地，哎呀！你扳开指头算一下，不要说你有十垧地，你再有二十垧三十垧，把地卖了，也不够你十年的吃穿花费。海其子，没你胡大叔，你早就喂了狼啦。”笑面虎说话的时候，苗海其直插嘴说：“你老人家是恩人嘛，我这一辈子也忘不了。”①

笑面虎在讲述自己对苗海其的“恩情”的同时还痛骂农会干部，恩威并用，胁迫苗海其交出地契。苗海其惧于地主的威吓，无奈又把十垧地的红契送到地主家，继续种地交租。减租翻身斗争经历了一个反复的过程，而不是减租——翻身的单一方式。

到了第三年春天查租的时候，笑面虎的阴险面目才被发现。区上来了个出身农村的农民部长老马，他黑夜找人谈话，白天就帮人拾

---

① 束为:《红契》,《中国解放区文学书系·小说卷》,重庆出版社,1992 年 3 月第 1 版,第 902 页。

粪。老马去帮苗海其背粪，两人一路走，谈得怪热火。面对老马问他翻身情况，他还是不敢说出来实情。虽然，看到笑面虎被农会斗得话也说不出一句，屁也放不出一个，跪在那里，只向众人磕头。

> 苗海其仔细听人家诉苦，每一句话都打在他的心上。众人说着就生了气，一窝蜂上去要打笑面虎。苗海其藏在墙圪角里，也跟上众人喊道："打打打，打这没良心的。"虽说嘴里喊打，却并不上前动手。笑面虎在圪台上往下一看，苗海其的眼睛和他碰上了。笑面虎拿眼睛挖了他两眼，苗海其马上又想起前两天笑面虎告他的话。前两天笑面虎对他说：你要不报告农会，我就答应把租子减一减，如果你报告农会，我就到你家大门口上吊。苗海其想起这，还有点子害怕，会没开完，他就回家去了。①

这一段较为生动地刻画了苗海其在斗争上的复杂矛盾的心态。一方面，他有斗争的愿望，也喊打倒地主的口号，仇恨地主笑面虎的剥削压迫；另一方面，他却不敢动手打地主，不愿与地主结冤仇。同时，他还受到地主减租的利诱和上吊的要挟，地主的利诱和要挟击败了他斗争的信心与愿望，他只好败下阵来。

老马等人再次来到苗海其跟前，启发他去掉思想的顾虑。苗海其虽然承认了地还没有要回来，但还是不愿与地主结仇。老马没有批评苗海其，而是要求农会干部多关心他的生活，让他自己觉醒起来要回土地。

夏收了，变工组帮了苗海其两个工，把麦子收回来了。苗海其在铺场的时候，笑面虎打发他的三小子叫海其子去担水。"这些时候，苗海其看见这小狗日的就不顺眼。不是叫掏茅厕，就是挑水推磨，前几天笑面虎还说要麦子。苗海其心想：福生子的话真对，人心没尽，这穷根子割不断，一辈子不得翻身。所以他下了决心，麦子不交，过几天还要把那十垧地的红契要回来哩！"②当黑夜笑面虎来收租的时

---

①　束为：《红契》，《中国解放区文学书系·小说卷》，重庆出版社，1992年3月第1版，第904页。

②　束为：《红契》，《中国解放区文学书系·小说卷》，重庆出版社，1992年3月第1版，第905页。

候，苗海其拉住地主不放，与他彻底算清了账，要回了自己的土地。令人惊讶的是，当农会干部找出了苗海其那张红契的时候，他又发现三张已经赎过的文书，还有三个与苗海其一样的农民依旧在受到地主的剥削。

> 海其子拿到这二十五垧地的红契，心上乐得捉住福生子的胳膊说："福生哥！福生哥！为了我翻身，你成天找我说道理。这一下我真的明白了。我要请请你哩！你叫老马来，老马可真是好人呀！"
>
> 海其子高兴极了，他高兴得流了泪。①

在农会干部的不断启发下，苗海其从地主对自己的无穷尽的压榨中终于觉醒起来，加入了翻身斗争的行列，原先惧怕地主的内心世界完全树立起了坚定的反抗意识和斗争意识。苗海其的觉醒一点也离不开政府强大的解放力量的支持，是在亲眼见证了许多农民翻身解放的事实基础上的一种觉醒，依旧具有被动性的因素、特征；但是，苗海其形象的独特意义就在于，他的觉醒充满了更多的"曲折"、更大的矛盾斗争，苗海其一步步战胜了内心的恐惧、顾虑，走向了内心世界的觉醒。因此这种觉醒，对于农民个体而言，是思想意识的一种质的变化，是一种真正的自我意识觉醒，虽然这种觉醒依旧是被外力推动的。作家束为的《红契》生动深刻地展现了普通农民在翻身斗争中的复杂的、矛盾的、艰难的思想变迁，纪录了社会变动和心灵嬗变的一刻。

第四节　是被动翻身还是主动翻身：关于翻身农民主体意识的思考

1942年，毛泽东的《在延安文艺座谈会上的讲话》发表之后，解

---

① 束为：《红契》，《中国解放区文学书系・小说卷》，重庆出版社，1992年3月第1版，第908页。

放区文学涌现了众多描写农民在政治与经济上翻身的作品，纪录了在共产党领导下的伟大变革：农民在政治上和经济上第一次扬眉吐气、翻身做主人，农民的社会身份和内心情感都发生了巨大嬗变。同时，一些作家不仅敏锐地捕捉到了农民的新变化，而且还细心地感受到了农民精神文化、思想意识的觉醒与个体主体意识的萌芽成长。马加的戏剧《夫妻识字》、孔厥的《受苦人》等作品有意识地表现了农民在精神文化、思想意识上的翻身解放，体现出了一种迥异的、可贵的精神文化需要与人性意识，具有一种主动式翻身性质，构成了解放区文学中的一道独特景观。

马加想象与建构翻身农民形象的审美视角，在众多解放区文学作品中独树一帜。马加没有选择农民与地主斗争的一面，而是以农民在政治、经济翻身之后对精神文化的需求为审美关照的中心，展现了农民对精神文化的需求已经从以前的可望而不可及变成了一种现实，不仅反映了在中国共产党领导政治、经济翻身之后农民对精神文化翻身的愿望，而且还展现了农民个体主体性的萌芽、成长。

学文化，学文化，
往后再不做睁眼瞎，
识字组，读报组，
就报名，就参加。
……
从今后，咱提高文化大翻身，
糊涂人变成聪明人。
丰衣足食有保证，
子子呀孙孙咱不受穷。①

戏剧的主角刘二一上台就诉说自己没文化所遭受到的耻笑和学文化的艰难，但是这都挡不住精神翻身的愿望。对农民刘二而言，识字学文化不仅仅是自己个人的“文化大翻身”，是把自己变成“聪明

① 马加：《夫妻识字》，《中国解放区文学书系·戏剧卷》（二），重庆出版社，1992 年 3 月第 1 版，第 1165—1166 页。

人、使自己丰衣足食”、经济翻身地位得以巩固的保障，而且还关涉到后代人的利益，是为了后代农民“子子呀孙孙咱不受穷”。刘二和妻子都认为，如今翻了身，受苦人做了当家人，学习文化最当紧。可见，刘二对识字学文化的“文化大翻身”是非常自觉的。

耕三余一大发展，
大囤小囤都装满，
丰衣足食好喜欢。
学习文化理当然，
嗯哎咳依哟，
学习那文化理呀当然来么嗯咳哟，咳哎依哟，
学习那文化理呀当然来么嗯哎哟。①

在解决经济上的贫困之后，农民的精神文化贫困问题就成为农民争取自我意识觉醒的重要障碍，也是整个乡土中国现代化的一个重要问题。在戏剧《夫妻识字》中，我们看到农民是对识字学文化充满着向往与渴望的，是有着自愿主动的学习意识的，而且解放区政府也为农民学文化的需要提供了基本的经济条件和指导力量。但是，直至今天，农民的精神文化贫困的问题依旧在困扰着农民，困扰着中国的现代化进程。从这个意识上说，马加在20世纪40年代在文学作品中展现的农民在政府的指导下破除精神文化贫困的事情依然具有重要的现实意义。

如果说马加的秧歌剧表现农民对识字学文化的精神需求，是农民认识世界、把握世界、理解人生的自我主体意识的萌芽、生长，那么，孔厥的小说《受苦人》则表现了解放区农民自我主体意识的成长，以及农民强烈的对自我命运的主宰意识和对真正爱情幸福的追求意识。

同志，跟你说说话我倒心宽了，我索性把底根子缘由全对你说吧。交新年来我十六岁，你说年龄不够，可是我三岁起就是他

① 马加：《夫妻识字》，《中国解放区文学书系·戏剧卷》(二)，重庆出版社，1992年3月第1版，第1172页。

的人啦！①

孔厥的《受苦人》的开篇段落包含着丰富的信息。“同志”一词，说明了与“我”——“贵女”对话的人不再是村子里的农民，而是一个具有某种法定权威的解放区政府的工作人员；再从“你说年龄不够”一句，我们就可以推测出他们多数是主管婚姻问题的政府工作人员。这说明了“我”的问题已经由处于自在的民间状态转化为政府官方关注的状态，不仅为故事的展开提供了一种具体“诉说”的语境，而且还为“我”的问题的解决提供了可以期待的转机。“我三岁起就是他的人”是故事情节发展的内核和矛盾冲突的中心，引起了隐性读者与显性对话者的“究根”兴趣。

“底根子原由”是这样的：民国十八年，山北旱灾饿死人不少。地主家把来要饭的娘儿俩留下了，说“我”爹光棍汉还带娃，没家没室，给立了个文书，“将大换小”，把那女人配给“我”爹，“我”就顶她儿的媳妇，要“我”爹净还地主十年工。

那女人的儿子刚来时已经十七岁了，但是个“半废人”。他八岁时给人家拦牛从崖上跌到平地，又不小心喝过死沟水里的“油花子”，筋骨坏了。更加不幸的是，二十一岁那年身体又吃了大亏。地主把他打得起不来了，人也一股子气气坏了。“至今他双手还直打抖，腿巴子不容易弯，走起路来直撅撅的，怪慢劲儿，死样子。你在他背后唤他，他还得全身转过来：他颈根也不活啦！这真可怕呵，身体残废了，神也衰了；他的瘦脸儿就从此黑里青了，他的颧骨一天比一天显得凸出了，他的黑眼睛也发黄发钝了，他的头发竟全秃光了——只长起一些稀毛！他简直不再说话，不再笑。他没老也像个老人了。他不憨也像是憨憨的了！”②村里人就叫他“丑相儿”。

对于“丑相儿”的丑陋相貌，幼小的“我”并没有觉得怎样可怕，只当是自己的哥一样。“丑相儿”赶明到黑在地里受苦，回家来也常抱

① 孔厥：《受苦人》，《中国解放区文学书系·小说卷》，重庆出版社，1992年3月第1版，第322页。

② 孔厥：《受苦人》，《中国解放区文学书系·小说卷》，重庆出版社，1992年3月第1版，第323页。

"我"，常亲"我"。到了九岁的时候，农村解放，穷人翻了身，"我们"已经种着自家的地，住着自家的窑了，有了牛羊，爹和"丑相儿"都欢天喜地的。"丑相儿"黑脸上青光也淡了，眼睛也活了，口也常嘻开了；只是手还抖，腿还直；不分昼夜，拼命地下地干活。随着光景一天天好起来，十多岁的"我"已经明白自己与"丑相儿"的关系，但是"我"内心里与他的距离越来越远，对他越想越怕。

后来"我"要求上了学，住在学校里，躲避着"丑相儿"。但是，在"丑相儿"的不断要求下，囿于传统观念和信守诺言的父亲对"我"进行了逼迫。为了成亲，爹还不许"我"上学。

> 我只好求求再过几年。可是爹说："好你哩！'再过几年，再过几年'，他熬过十几个年头还不够？"我也说给他听新社会法令，杨教员讲过的。爹就叫起来："天皇爷来判吧，他三十岁人儿，四十岁样子了。等他死？"他将烟管儿指着我胸口说："贵女儿，不讲废话；是不是你嫌他，是不是你心里不愿，你说！"我被问得气都透不过来，我说不出。我爹说："不能的呀，好女儿。不管说上天，说下地，总是当年红口白牙说定的，说出口了，不能翻悔；好人儿一言，好马儿一鞭！"还说："咱们不吃回头草；人仗面子，树仗皮，脸面要紧。他又是这样好的人，不能欺老好……"他还说"丑相儿"十多年来怎样疼我，我本来受不住了，听听我就哭了。不过我左思右想，还是应不出口。我爹就急得直瞪眼，气得说不出话，哪一回都是这样结局。①

虽然"我"举了从课堂听来的"新社会法令"来阻挡这档子婚事，仍然无法抗衡一个农民的传统礼仪观念和道义良知。面对父亲的责问和道义上的压力，"我"不仅无法说服父亲，而且被道义、良知的巨大压力压得"气都透不过来"，"受不住了"。但是，"丑相儿"对"我"的恩情、亲情，毕竟无法转化为一种自然融洽的爱情。更何况，"我"还对他的外相具有一种本能的排斥、恐惧，所以，"还是应不出口"。

---

① 孔厥：《受苦人》，《中国解放区文学书系·小说卷》，重庆出版社，1992年3月第1版，第324—325页。

父亲对“我”的逼迫，还是引起了“第二个妈”（“丑相儿”的妈死后，爹又娶了一个）的反对。

> 后来，妈对爹实在不服气了，说：“拄棍儿还得拄个长的哩，伴伴儿总也得伴个强的呀！小姑娘家……他这样人儿……”我爹说，“要没旧根儿关系，自然好哇！”“旧根儿，”妈说，“话说过，风吹过了！”爹说：“白纸黑字写下的！”妈说：“村长说的，那种屁文书，在新社会不作用了！”①

在整个小说中，这是唯一的一次对“我”与“丑相儿”的关系提出反对意见的，是唯一的一次“外力”介入。这种所谓的“外力”，也是来自“我”家庭内部的，虽然“后妈”借用“村长”的权威说明“那种屁文书，在新社会不作用了！”从法理上，“父亲”自然无法辩驳“村长”的权威性，“后妈”的话也显出一种话语的强势来，但是，这都无法抵挡“情感、道义”的攻击。

父亲又何尝不想让“我”幸福，何尝不知道这样做是让亲生女儿跳火坑。“丑相儿”知道我不愿，一天天瘦下去，不成人样子了！不过是一副死骨殖了，他不过是包着一张又黑又青的皮了，是死出死进地受苦。不仅父亲、后妈无法抵挡“情感、道义”的攻击，就连我在看到“丑相儿”受苦欲死的样子时，也病倒了，痛苦难受、思虑不安。

> “丑相儿”他十多年疼我了，他是死心要我了，不是我受罪，还不他完蛋？旧根儿作下多大孽阿！可是我……唉，我能由他送了命吗？我思前想后，总没法。我只好“名义上”跟他先成亲了！我想先救住了他，我再慢慢劝转他；劝他不要我这个小女子，另办个大媳妇。劝得转，我就好；劝不转，我就拼一世跟他过光景就是！反正遭遇了，有什么办法。可是，同志，你想不到的呵，我应承了，我爹也没啥快活！一满年下来，冤家也没全复原！直到做新女婿了，……你没见他眼睛呵！不知哪来的光彩！唉，

---

① 孔厥：《受苦人》，《中国解放区文学书系·小说卷》，重庆出版社，1992年3月第1版，第325页。

他就是不看我，我也知道他是怎样地感激了！他就是不看别人，我也知道他是怎样地乐了！别人呢，自然，爹也像是很快乐，妈也像是很快乐，我也像是很快乐，连弟兄俩，连邻居们，连亲戚友人，也都像是很快乐；本来不够年龄不行的，可是村长竟不敢说啥，见了我们，他也像是很快乐。同志，快乐呵！

看到依旧沉浸在旧文书所确立的封建性、不合理的婚姻关系幻想中的“丑相儿”，因“我”不同意而痛不欲生的样子，“我”也无法抵御“道义”的冲击，只好决定“名义上”成亲，来先救住他，日后再慢慢劝转他。“我”的“邻居”、“亲戚友人”，乃至是“村长”，都是明知“本来不够年龄不行的”，可是都“竟不敢说啥”。孔厥的《受苦人》与他的《一个女人翻身的故事》、康濯的《我的两家房东》等反映农村女性翻身作品有一个很大的不同，就是小说《受苦人》在“我”不断遭受成亲逼迫的过程中没有出现一个能够改变“我”命运的“公家人”。而在孔厥的《一个女人翻身的故事》中，从小是童养媳的折聚英在逼婚中找到了女宣传“池莲花”，命运出现了转折，走向了革命、翻身解放，并最终成为学习模范、女英雄；康濯的《我的两家房东》中的两个农村女性，也是在婚姻中遇到了一些问题，但是，好在有“我”这个公家人——“房客”的革命启蒙与指点，才得到了圆满、幸福的解决。应该说《一个女人翻身的故事》和《我的两家房东》中的女性是非常幸运的，也是非常特殊的，从更广大的农村解放状况看，众多的农村女性虽然已经在经济上翻了身，但是，她们中的许多人在社会、家庭中依然还处于被压迫的状态，封建礼教和落后的婚姻观念依旧在束缚着农村女性。因此，孔厥的《受苦人》只是置入了农村解放的大背景，并没有引入推进农村女性解放的“革命性力量”及其代表，但作品却是有着更深广的意义的，更能反映农村内部的女性求解放的巨大阻力和正在生长的觉醒力量。

在描写“我”成亲的时候，作者连续用了六个“快乐”，来形容成亲时众人们的心情，只是这种“快乐”是“像是”的，以表象的乐，来写深层的悲。在这里，我们又感受了鲁迅先生的《孔乙己》中“快活的空气”，以及与之一样的深沉的悲哀。但是，不同的是，孔乙己是“哀其不幸，怒其不争”，这里的“贵女”是虽“哀其不幸”，但已是“怒而争之”了。

“贵女”我的“怒而争之”，惹来了“丑相儿”恼怒。看着“丑相儿”对旧文书如此看重的神态，本来“我”想劝他的话，却不敢劝了！虽然“我”心里对自己说拼一世跟他过吧。可是一见他，“我”可不由得就要害怕起来，害怕得心直发抖！当一个夜晚我说不同意，并把旧文书也撕扯烂了的时候，他一急，就去拿了斧子来，一斧子砍了“我”。

> “好同志呵，我被砍死倒好了，我这不死的苦人儿，你叫我以后跟他怎么办呀！可是我不怨他的，我不怨他的！他也是个苦人儿，够……可怜……的呵……”①

对“丑相儿”的伤害，“我”没有任何不满与怨言；相反，已经在学校接受了一定的革命启蒙教育的“我”更深刻地把不幸的悲剧根源指向了以地主为表征的旧社会、旧的不合理的婚姻制度。是旧社会不合理的制度造成了农民的贫困，造成了自己和“丑相儿”结婚的根源。“我”是不幸的，而依旧沉迷在旧思想的“丑相儿”更是痛苦的、让人悲哀的。

“你叫我以后跟他怎么办呀！”结尾表达了“我”对劫后余生未来生活的迷茫与困惑。但是，不同于“我”以前的生活状态的是，一个更为强大有力、更具有法理权威的公家人，即被“我”称之为“同志”的对话者、倾听者，已经出现在我未来生活的世界中。毫无疑问，“同志”所代表的新社会、新婚姻制度的革命性质，已经为“我”的生活的黑暗旧世界投射进了一缕曙光。愤懑、压抑的听众与阅读者已经对“我”的新生活有了一种坚定的信心与期待。

“我”的坚定地、持续地对不合理命运与旧的思想制度的反抗与不服从，已经铸造了一种顽强的自我生命主体意识，体现了农民，尤其是女性农民在新的社会变革中的自我意识的觉醒与成长。不同于叶紫的“梅春姐”的是，共产党翻天覆地的社会革命已经为农村女性

---

①　孔厥：《受苦人》，《中国解放区文学书系 · 小说卷》，重庆出版社 1992 年 3 月第 1 版，第 328 页。

对旧婚姻习俗的反抗、对自由幸福生活的追求提供了新理念武器和新制度的保障。

针对“解放”这个具有革命性含义的名词，陈独秀对其进行了详细的阐发：“解放云者，脱离夫奴隶之羁绊，以完其自主自由之人格之谓也。我有手足，自谋温饱；我有口舌，自陈好恶；我有心思，自崇所信；绝不认他人之越俎，亦不应主我而奴他人；盖自认为独立自主之人格以上，一切操行，一切权利，一切信仰，唯有听命各自固有之智能，断无盲从隶属他人之理。”①与马克思提出的“人的自身解放”一样，陈独秀也把“自主自由之人格”的这种精神解放作为人的解放之核心，视之为解放体系结构的终极维度。从马克思、恩格斯和陈独秀的解放理念来审视解放区的翻身农民形象，我们就会进一步发现农民翻身过程中存在的局限与不足。《王德锁减租》中的翻身农民斗争的胜利，并不是个体农民本身的思想意识觉醒而取得的胜利，而是在一种集体形式的、群体性力量的胜利，是政府法令和民兵力量威严的胜利。这种仅靠政府、群体力量借助下的翻身，本质上是被动式翻身、“赏赐式翻身”。

既然农民翻身是“被赏赐的”，那么这种“赏赐”的东西就有可能被“取走”，重新陷入困境之中。新时期以来的农民文学对乡村政权的“异化”性进行了更深层次的思考，如何士光的《乡场上》与阎连科的《乡间故事》。事实上，联系当代农民生存的现实境遇看，赵树理的警惕与思考不是“杞人忧天”。50年代农民在获得土地产权的翻身喜悦，很快消失，土地重新被收归集体所有，山东作家赵德发的《缱绻与决绝》清晰描写农民土地被收回的哀伤。更为当代学者所诟病的城乡二元体制，极大地剥夺了农民权益，置农民于新的存在窘境。因而，新世纪“第三次农民解放”的话语堂而皇之出现于新闻媒体与学术研究之中，作为“三农问题”呈现在当代中国亟需正视的政治现实语境里。②

---

① 陈独秀：《敬告青年》，《青年杂志》，1915年第1期。

② 吴革.：《中国农民的第三次解放》，《凤凰周刊》，2004年第9期。

什么样的解放才是彻底的、真正意义上的解放？从最初的经济翻身到政治解放，从物质翻身到精神翻身、人性解放，解放区文学表现了翻身农民在获得翻天覆地的翻身喜悦的同时，也展现了翻身农民复杂心态和集体威权的文化心理阴影。解放区文学中的翻身农民形象无疑为当代农民解放问题的答案探寻，提供了宝贵的政治资源、历史维度和审美镜像。

第八章
赵树理"为农民写作"文学观与新乡村政治生态的审美思考

早在20世纪30年代左翼作家开展大众化运动的时候，赵树理就已经注意到了五四新文学与中国农民之间的距离。1942年毛泽东发表《在延安文艺座谈会上的讲话》，对文学与乡土中国、中国农民的疏离状态进行调整，直接从意识形态方面提出文艺从属于政治、为政治服务的主张，要求作家为最广大的人民群众写作"工农兵方向"的文艺作品。1943年10月，当毛泽东的讲话精神传到太行山区的时候，赵树理读完毛泽东的讲话之后欣喜若狂，感觉终于找到了知音，为自己的农民文艺写作找到了强有力的理论支撑资源。从此，赵树理坚定地确立了自己为农民服务、为农民写作的农民文学观，在文学世界中想象与建构了众多的农民形象，成为中国现当代文学史上最为成功的农民文学家。

第一节　大众化运动与赵树理"为农民写作"的农民文学观

从小就沉浸在乡村民间文艺世界中的赵树理，早年就跟着父亲到村里八音会去敲打民间音乐，这是赵树理的第一个语言艺术学校。他在这里不仅学会了吹拉弹唱的本领，更重要的是学会了农民直率朴实、非常风趣的语言技巧。

1925年赵树理考入山西省立第四师范学校，开始大量阅读各类书籍，从《天演论》到《原富》，从《三民主义》到《共产党宣言》，从经史百家到“新文学作品”。在同学王春的指导下，赵树理不仅阅读了鲁迅的《阿Q正传》、郁达夫的《沉沦》等新文学作品，而且还阅读了《新青年》、《小说月报》等新杂志。赵树理如饥似渴地读书，身边堆满了借来的各种书报，对新文学越来越迷恋、沉醉其中。赵树理含着眼泪读完了祥林嫂、闰土、阿Q的悲剧，想起了家乡农民相似的遭遇和命运、他们的麻木和不觉悟。

1926年暑假，赵树理带着一大包书籍回到家乡，他想向家乡的父老兄弟讲述鲁迅的小说，使他们认识到自己的愚昧，觉悟起来，为改变自己的命运而抗争。父亲是村里颇有声望的说书能手，有一肚子故事，常被一大帮人围着，听他道古论今，谈鬼说狐。因此，赵树理首先对父亲念起了《阿Q正传》，希望父亲能以点带面，以一传十，在农村广为传播新文学与启蒙思想。可是，当他手捧《阿Q正传》，刚念到阿Q与小D在钱府的照壁前展开“龙虎斗”时，父亲就失去了倾听的兴趣。“我听不懂”，赵树理的父亲摆摆手，扛锄头下地去了，临走时顺手捎带了一本旧文艺书。这次碰壁使赵树理第一次对新文学产生了困惑与迷茫，对新文学与其启蒙对象之间的巨大距离有了一个深刻的认识。但是此时的赵树理依然沉迷于新文学的世界之中。“在这一阶段，我的思想虽然解放了些，但旧的体系才垮，新的体系未形成，主观上虽然抱有救国救民之愿，实际上没有一个明确的路线，其指导行动者有三个比较固定的概念：(1)教育救国(陶行知信徒)，(2)共产主义革命，(3)为艺术而生，为艺术而死(艺术至上)。并且觉得此三者可以随时选择，互不冲突，只要在一方面有所建树，都足以安身立命。”①

1933年夏，赵树理转赴太谷县北洸小学任教。赵树理创作了一篇富有反抗性的小说《金字》。这虽是一篇不足三千字的小小说，但批判的锋芒直指时弊。这是他第一篇反映农民生活的小说，虽然其

① 戴光中：《赵树理传》，北京十月文艺出版社，1987年6月第1版，第48—49页。

中的农民还是个模糊的集体群像，但从此以后，农民的形象就永远没有从他的小说中消失过。然而，当赵树理把这篇得意之作念给乘凉的农民朋友听时，却不受欢迎。

在乡村集镇上教小学，教学以外的杂事很多：赛神唱戏写通知、写神庙对联、村里人有了红白大事写请柬、谢帖、庚帖（婚约）、灵牌，年关之前替穷人写借据、卖契，替一般住户写春联……像一个全村或全镇的义务秘书。①

这是《金字》小说开头的一句话。显然，句子太长，语言啰嗦，依然具有新文学的欧化句式风格。对于农民的不欢迎，赵树理不甘心。他又向农民介绍一些新文学的优秀作品，同样遭到冷遇。但是，当他拿来《七侠五义》之类的书念农民听时，一个个农民听得津津有味。这引起了赵树理深深的思考。

只要承认艺术是精神食粮的话，那末它也和物质食粮一样，是任何人都不能少的。农村有艺术活动，也正如有吃饭活动一样，本来是很正常的事，至于说农村的艺术活动低级一点，那也是事实，买不来肉自然也只好吃小米。

在历史上，不但世代书香的老地主们，于茶余酒后要玩弄琴棋书画，一里之王的土老财要挂起满屋子玻璃屏条向被压迫的人们摆摆阔气，就是被压迫的人们，物质食粮虽然还填不满胃口，而有机会也还要偷个空子跑到庙院里去看一看夜戏，这足以说明农村人们艺术要求之普遍是自古而然的。广大的群众翻身以后，大家都有了土地，这土地不但能长庄稼，而且还能长艺术。因为大家有了土地后，物质食粮方面再不用去向人求借，而精神食粮的要求也就提高了一步。因而他们的艺术活动也就增多起来。②

农民是有着很强的精神文化需要的，但却绝不是新文学的形式。他联想到了上学时回乡进行思想革命的失败、父亲对新文学的拒绝，

---

① 赵树理：《赵树理全集》(1)，北岳文艺出版社，1986 年 9 月，第 1 版，第 34 页。

② 赵树理：《艺术与农村》，《赵树理文集》(4)，工人出版社，1980 年 10 月第 1 版，第 1360 页。

开始清醒地意识到:新文学的内容固然是很好的,但形式却不为农民所喜闻乐见。新文学只是以知识分子、知识青年、文艺爱好者等接受读者为对象,在知识阶层交换传阅,跟农民老百姓是无缘的。农民大众所喜欢的还是那些千年流传的、充满封建毒素的唱本读物、通俗小说。他决定进行一种新的尝试,以农民喜闻乐见的传统形式来创作农民文艺作品,来满足农民对精神文化的艺术需求,占领农村文艺阵地,消除封建文化毒素。1934 年创作的长篇小说《盘龙峪》,就是赵树理对农民文学的一次自觉尝试。从语言结构来看,作家已经初步克服了以往的欧化句式,开始使用简短、精练、口语化的语言和传统文学结构来进行创作。

1934 年中国现代文学思潮进行了第三次"大众化"讨论。赵树理积极参加了这次"大众化运动",在王中青主编的《山西党讯》副刊上发表过 5 篇提倡大众化、大众语的文章,力批厨川白村、梁实秋、曾今可、尤贡公等人的观点,提出了自己的看法,并以自己亲身的体验完全实践了大众化运动中的观点,并内化为自觉的创作指导思想了。

> 这问题在中国文坛上提出来讨论,本非始于今日,远在一九三〇年,就很热烈的讨论过,接连着直到现已可以说无不在被人注意,被人研究,然而就这很长的时间仍没有得出一个相当的结论。①

这是赵树理在讨论"大众语问题"里的一段话。从中我们可以看出,早在 1930 年赵树理已经从理论的角度上注意到"大众化",研究文艺界对"大众化"问题的讨论。赵树理以《西厢记》的《拷艳》一折里在写景方面、抒情方面的逼真生动,对龙贡公等人的观点进行反驳,指出描写的逼真、生动,并不只有欧化文字能胜任,就是中国文学,也可以担负这项使命的。"由此我们可以得出这样的一个结论,只要你能实地参加在大众的生活里,体验了大众的心情与体态,用大众的语

① 赵树理:《赵树理文集》(4),工人出版社,1980 年 10 月第 1 版,第 1860 页。

言，是可以产出大众的作品的。如果说用大众语写出来的文学便会放低了文字的价值，那只是护道者的说法。主张大众语的人，是不会承认这些的。假若只住在租界的三层楼上，而主张大众语的文学，无论赞成或反对，都是幻想，都是欺骗。……我们都知道，所谓大众语，并不尽是‘奶奶雄，操他个奶奶，妈拉个八’等等粗陋的语言。那么，当然就不能说文章里含有这些字句儿的，便是大众文学。更不是如一般浮浅者流，以为句子的简短，对话的单纯化，便是大众语文学。所谓大众语文学者，必然地是大众的一般的语言听得懂、说得出的言语。”①

赵树理不仅用理论和事实来论证了大众语的描写表现力，而且还提出了清晰的大众文学概念，指出了大众文学的实践路径，即“实地参加在大众的生活”。可见，赵树理对大众文学，具体而言就是对农民文学的思考，已经非常成熟，而且与延安毛泽东提出的作家到群众中去、向群众学习的创作源泉与实践指向相一致。

1943 年，赵树理在协助调查岳冬至、智英祥一案后，写成《小二黑结婚》。经杨献珍、浦安修推荐，彭德怀给予了高度赞扬，第一版印刷两万册仍供不应求，后陆续印到四万多册，又被上百家地方剧团改编成各种地方戏。同年完成的《李有才板话》，得到更高评价，被指定为整风学习、减租减息和土改运动的干部必读材料。他也被调入华北新华书店任编辑，完成多幕话剧《两个世界》、报告文学《孟祥英翻身》、鼓词《劳动英雄庞如林》，抗战胜利后，写有快板《汉奸阎锡山》。回家探亲后，写成长篇小说《李家庄的变迁》，其出版范围和速度以及评价都超过了《小二黑结婚》和《李有才板话》，确立了赵树理在现代文学史上的地位。

但在此前，太行山区文联对赵树理的农民文学作品颇有微词，极度看不起。早在 1939 年，赵树理编辑副刊《山地》，利用熟悉的那些民间艺术形式来攻击敌人。赵树理使用了鲁迅笔法，加上群众所熟悉的民间艺术因素，使报纸颇有点威力。这报专往敌人所到的地方

① 赵树理：《赵树理文集》(4)，工人出版社，1980 年 10 月第 1 版，第 1860—1861 页。

张贴，贴到哪里读者挤到哪里。后来主编换了人，新来的主编以为《山地》不够艺术，另换了个名字叫《晨钟》，专登些新诗、新小说，并且另换了编辑，把赵树理调作管伙食的司务。1942 年太行山区文联对脍炙人口的作品《小二黑结婚》不愿予以出版。当事人杨献珍后来对《小二黑结婚》的出版经过进行了描述：

> 我送给了彭德怀同志，他看了，很满意，就给了北方局妇委书记浦安修同志看。她看了也很喜欢，随后即由彭德怀同志交给了太行新华书店去付印。
>
> 《小二黑结婚》当稿交到太行新华书店后，如石沉大海，杳无音信。这时的太行区文化界思想仍然有些混乱，也还存在着一种宗派主义倾向。如当时刊印郭沫若的《甲申三百年祭》，用的是最粗的稻草纸，而印徐懋庸注释鲁迅的《理水》，却用的是从敌占区买来的最好的纸张。有些自命为"新派"的文化人，对通俗的大众文艺看不上眼。
>
> 《小二黑结婚》久久不给出版，我便去找彭德怀同志，向他说明情况。彭德怀同志听后，就在一张纸上写了几个字，记得是："像这样从群众调查研究中写出来的通俗故事还不多见"，以示支持。这个题词由彭德怀同志亲自交给了北方局宣传部长李大章同志，由他转交太行新华书店，小说才得以出版。①

9 月，小说在彭德怀等人的有力干预下终于出版了。彭德怀热情的题词，印在《小二黑结婚》一书的扉页上。《小二黑结婚》出版后就受到太行区的农民群众的热烈欢迎。贫困的太行山区一般的作品也就印刷两三千本，但是《小二黑结婚》仅在太行区就行销达三、四万册，许多村子群众自动地把《小二黑结婚》改编为秧歌剧自演自唱，成为群众心爱的好作品。但当时在太行山区，仍然有些知识分子对《小二黑结婚》摇头，冷嘲热讽，认为那只不过是"低级的通俗故事"而已。从《小二黑结婚》的艰难出版以及出版前后一些知识分子的观点，我

---

① 杨献珍：《〈小二黑结婚〉出版经过》，《赵树理研究资料》，黄修已编，北岳文艺出版社，1985 年 9 月第 1 版，第 88 页。

们就可以看出，即使在解放区，在毛泽东《在延安文艺座谈会上的讲话》已经广为传播之后，为农民创作、表现农民生活的农民文学作品还是受到压制、打击，还要遭受一些知识分子的冷遇与蔑视。

但是，赵树理没有理会这些言论和一些不公正的行为，继续进行农民文学创作和理论思考。赵树理连续发表了小说《地板》、《催粮差》、《福贵》、《刘二与王继圣》等。在文学实践中，他对农民文学创作有了成熟的认识，明确了为农民写作的文学理念。

> “十几年前，我就发觉新文学的圈子狭小得可怜，真正喜欢看这些东西的人，大部分是学这种东西的人。等到学的人也登上了文坛，他的东西实际上又只是给另一些新的人看，让他们也学会这一套，爬上文坛上。新文学只在极少数人中间转来转去，根本打不进农民中去。我父亲是个农村知识分子，但他对这种宝贝一点也不感兴趣。新文学其实应叫做‘文坛文学’或者‘交换文学’。因此，我不想上文坛，不想做文坛文学家。”“你逛过农村的庙会集市吗？那里有一种地摊，摆满了《封神榜》、《施公案》、《七侠五义》、《笑林广记》之类的小册子和廉价的小唱本，生意真好啊！我的目标就是要拿着自己的作品去赶庙会，跟它们一起摆在地摊上，三两个铜板可以买一本，这样一步一步去夺取那些封建小唱本的阵地。做这样一个文摊文学家，就是我的志愿。”①

这是赵树理在1946年5月在接受记者李普采访时的一段话。在李普精心设计的对话中，赵树理谈出了对新文学的认识以及决心做一个“文摊文学家”——农民作家的志愿。这充分显示了赵树理对农民文学创作的自觉的理性意识，彻底突破了五四新文学的樊篱；从中国传统民间文学和现代农民生活实践中，赵树理已经自觉地开创了一个文学与农民大众进行语言与思想对接的农民大众文学，为中国现代文学创造一个大众化文学成功实践的范例，奠定了一个新的现代文学传统——农民文学。

---

① 李普:《赵树理印象记》,《赵树理研究资料》,黄修已编,北岳文艺出版社,1985年9月第1版,第18—19页。

1947 年 7 月 25 日，中共晋冀鲁豫中央局宣传部指示边区文联举行一次文艺座谈会，专门讨论赵树理的创作。8 月 10 日，陈荒煤高度评价了赵树理的文学创作，指出他的创作资源与写作特色，“他的创作很明显的批判的接受了中国民间小说的优秀传统，然而他以今天群众的活的语言描绘了当前的斗争现实，经过自己的提炼，他创造了一种新形式。这种新形式是通俗化的。……丰富的现实内容必须经过相当的艺术加工，又突破旧的艺术形式，才能产生新形式。换句话说，丰富的内容与新颖的形式是一致的，谐和的，树理同志的作品就是如此。他的作品，内容与形式是一致的，大众化与艺术性是很好的结合起来了。他的创作是人民大众的艺术，很好的艺术”；指出赵树理农民文学的占领农村文化阵地、去除封建文化毒素、以现代文化思想来塑造农民的重大思想价值意义；最后，他首次提出了“赵树理方向”，号召边区文艺工作者向他学习、看齐！① 1947 年，《人民日报》赠给赵树理一个“农民作家”的荣誉尊称，还刊登了一幅他的木刻像。赵树理与他的农民文学作品迅速在解放区声誉鹊起，带动了一个农民文学写作高峰的出现，如以赵树理的为代表的“山药蛋派”农民文学，而且赵树理本人“可能是共产党地区中除了毛泽东、朱德之外最出名的人了。”②赵树理和他的农民文学创作终于得到了人们的广泛认可。

面对一个个荣誉的光环，赵树理没有炫耀自己，而是更加清醒地意识到，一些“阳春白雪”作家对大众化的农民文学还是不屑一顾，农民文学作品还很少。“农村所需要的艺术品种类之多，数量之大，有时都出乎我们想象之外。办一份杂志，出一份画报，成立一个剧团，作一篇小说，很容易叫文化工作者圈子里边的人普遍知道，可是一拿到农村，往往如沧海一粟，试想就晋冀鲁豫边这一块地方，每一户翻身群众要买你五张年画，你得准备多少纸张？每一县一个农村剧团

---

① 陈荒煤：《向赵树理方向迈进》，《赵树理研究资料》，黄修已编，北岳文艺出版社，1985 年 9 月第 1 版，第 199—200 页。

② ［美］杰克·贝尔登：《赵树理》，《赵树理研究资料》，黄修已编，北岳文艺出版社，1985 年 9 月第 1 版，第 32 页。

的指导人，就需要出多少戏剧干部?”对于农民文化的巨大需求与当前农民文艺数量不足的反差，赵树理说：“为文化程度较高的人制作一些更高级的作品，自然也没有什么不可，不过在更伟大的任务之前，这只能算是一种副业，和花布店里捎带卖几条绸手绢一样，贩得多了是会占去更必要的资本的。至于说投身农村中工作会不会逐渐降低了自己的艺术水平，我以为只要态度严肃一点是不会的。假如在观念上认为给群众做东西是不值得拿出自己的全副本领来，那自然不妥当。即使为了给群众写翻身运动，又何曾不需要接受世界名著之长呢? 织绸缎的工人把全副精力用来织布，一定会织出更好的新布，最后织到最好处，也不一定会引诱得巴黎小姐来买。”①

“我以为只要能叫大多数人读，总不算赔钱买卖。至于会不会因此就降低了作品的艺术性，我以为那是另一问题，不过我在这方面本钱就不多，因此也没有感觉到有赔了的时候。”②为了给乡土中国最广大、最需要、但又最匮乏精神文艺的农民大众提供最佳的精神食粮，赵树理所追求的不是所谓的“艺术性”，而是以为农民大众接受、欢迎为最高目的。赵树理运用自己的全副精力，来为农民大众“织出更好的新布，最后织到最好处”，这是赵树理对自己的农民文学观最好的阐释与辩护。

事实上，赵树理的文学实践已经证明他织出了最好的布——最受农民欢迎的农民文学，成为大众化运动最为成功的审美实践者。

第二节 《小二黑结婚》：赵树理对翻身农民形象的喜剧性想象

在毛泽东《在延安文艺座谈会上的讲话》于 1943 年 10 月 19 日

---

① 赵树理：《艺术与农村》，《赵树理文集》(4)，工人出版社，1980 年 10 月第 1 版，第 1363—1364 页。

② 赵树理：《也算经验》，《赵树理文集》(4)，工人出版社，1980 年 10 月第 1 版，第 1399 页。

公开发表之前，赵树理的《小二黑结婚》已经于 1943 年 9 月由华北新华书店出版了第一版。因此，赵树理的农民文学写作并不是毛泽东讲话精神的直接文艺成果，但是，不可否认的是，赵树理的农民文学写作是与毛泽东的倡导的“工农兵方向”、人民性文学的精神内涵是相吻合的。应该说，毛泽东的讲话的理论倡导与赵树理的农民文学写作都是乡土中国现代化进程中的精神产物，是乡土中国农民的主体性表达的理论召唤与文学实践，都有力地推动了中国农民革命的“文艺战线”的形成。

> 他是新文艺的爱好者。写过新诗、新小说，着实努力学习过欧化。但是从学校出来以后，他的创作思想变化了，他说要使文艺为群众接受，非通俗化不可。转变过程是这个样子的，一九二六年上半年，卷在大革命浪潮里的山西青年学生，还在唱打倒军阀的歌。……反回头便大捉“反革命”的共产党。赵树理不得不跑，跑来跑去，第二年终于被捕了，受审、坐牢，出来以后，还总东奔西走，有时就靠一点小文章维持生活。在这几年中，他一面和文艺青年来往，一面和农村老百姓接触。他从这两方面的文化生活的对比上，看出了新文艺还是停留在少数知识分子中间，而广大人民呢，和新文艺一点不发生关系，还被制造愚昧的封建迷信、武侠、淫荡等等读物笼罩着。许多文艺作者不屑去理他们，他们也攀不着文艺的门槛。他于是开始提倡给农民写东西，提倡通俗化。可是没人响应他，也没人指导他。直到抗战以后，在共产党的培养下，他的作品才算是找到了出路，有了出版机会，送到了群众手里。①

从赵树理的同学王春的文章里，我们不仅可以看到赵树理的创作思想从新文艺转变到农民文学的过程，而且还得出这样的结论，赵树理的农民文学的探索道路是极为艰难的，也是不被众多精英知识分子所理解、接受的。从赵树理出版《小二黑结婚》的艰难过程就可

---

① 王春：《赵树理怎样成为作家的?》，《山西文艺史料》第三辑，山西省文学艺术工作者联合会编，1961 年 7 月第 1 版，第 167—168 页。

以看出赵树理与他的农民文学被正统的文艺界接受的难度有多大！但是，1942 年毛泽东的讲话对赵树理小说的出版、对赵树理能够成为一位进入广大农民群众阅读视野的、知名的农民文学作家具有至关重要的作用。

当然，赵树理成功的最大原因还在于他的作品中所具有的真实、幽默地反映广大农民生活及其意愿的特点，表现了农民正在成长的觉醒力量和对自由幸福新生活的追求。在赵树理前期的作品中，则是表现了翻身农民对自由幸福生活的追求，正在觉醒的力量与觉醒中的复杂力量博弈。赵树理表现农民翻身生活不同于其他作家的最大之处是，赵树理不仅表现了农民翻身的喜悦、烦恼，还对翻身之后农民新身份的蜕化、农村新压迫力量的出现进行了描述与展现，显现了一个农民作家的高度敏锐与崇高的使命感。

1943 年 4 月在解放区农村工作的时候，赵树理听说了一个名叫岳冬至的民兵小队长与名叫智英祥的女子自由恋爱而被村干部打死的不幸事件。村干部是富农的孩子，其他村干部或者与他是亲戚，或者是出于嫉妒、痛恨岳冬至与智英祥的恋爱的原因，都参与了对岳冬至的迫害。赵树理继续了解到，“岳冬至和智英祥的恋爱本来是合法的。但是社会上连他俩的家庭在内没有一个人同情。……事后村里人虽然也说不该打死他，却赞成教训他。”[①]对于解放后农村出现的新压迫势力，赵树理保持着高度的敏感。岳冬至和智英祥的恋爱悲剧使赵树理认识到解放后的农村封建思想文化依然浓重，依然笼罩在农民的心头，而且农村村级政权并没有真正掌握在贫苦农民的手中，地主、富农在农村里的势力虽然有所削弱，但是他们也在寻找机会重新掌权。

出于对中国革命事业的无比忠诚和解除封建思想与乡村新压迫势力对贫苦农民的毒化、迫害，赵树理以岳冬至和智英祥的不幸悲剧为素材，创作了日后风靡解放区的《小二黑结婚》。《小二黑结婚》是

---

① 董均伦：《赵树理怎样处理〈小二黑结婚〉的材料》，《赵树理研究资料》，黄修已编，北岳文艺出版社，1985 年 9 月第 1 版，第 211 页。

赵树理从太行山走向中国文坛的成名之作。

小说开篇没有描写刘家峧农民翻身解放的事情，而是以刘家峧的两个神仙——前庄上的二诸葛和后庄上的三仙姑为叙述对象，介绍他们身上所具有的浓重封建文化特征。二诸葛迷信阴阳八卦，抬脚动手都要论一论，看一看黄道黑道；三仙姑是每月初一十五都要顶着红布摇摇摆摆装扮天神。接着，作者娓娓道来，讲述了这两位“神仙”的演义故事：二诸葛忌讳“不宜栽种”，三仙姑忌讳“米烂了”。故事不仅幽默地展现了他们的旧的封建思想文化，而且还在诙谐之中，无形地对他们的旧思想进行了嘲讽和解构：一个是算得不准，一个是连自己都不信。但是，就是这样，二位神仙在刘家峧还有一定的市场，还能继续存在下去。这在一定程度上，说明了封建文化毒素对农民的影响是很大的，不仅制约了农民的思想行为，而且成为农民彻底翻身解放思想的障碍，成为压迫农民的反动思想力量。小说的主人公小二黑、小芹就是出生于这样的封建思想家庭，生活于封建思想文化较为浓厚的村庄里的。

在这个已经被八路军解放的刘家峧，建立起来的村政权竟然把持在坏人金旺兄弟手中。金旺他爹就是刘家峧一只虎，当过几十年老社首，捆人打人是他的拿手好戏。金旺、兴旺，是他爹欺压农民的好帮手。抗战初年，金旺他爹死了，金旺、兴旺弟兄两个，引路绑票，讲价赎人，又做巫婆又做鬼，两头出面装好人。后来八路军打垮溃兵土匪，他两人又回到刘家峧。

> 山里人本来就胆子小，经过几个月大混乱，死了许多人，弄得人家更不敢出头了。别的村子都成立了村公所、妇救会、武委会，刘家峧却除了县府派来一个村长以外，谁也不愿意当干部。不久，县里派人来刘家峧工作，要选举村干部，金旺跟兴旺两个人看出这又是掌权的机会，大家也巴不得有人愿干，就把兴旺选为武委会主任，把金旺选为村政委员，连金旺老婆也被选为妇救会主席，其他各干部，硬捏了几个老头子出来充数。只有青抗选队长，老头子充不得。兴旺看见小二黑这个小孩子漂亮好玩，随便提了一下名就通过了，他爹二诸葛虽然不愿，可是惹不起金

旺，也没有敢说什么。

> 村长是外来的，对村里情形不十分了解，从此金旺兴旺比前更厉害了，只要瞒住村长一个人，村里人不论哪个都得由他两个调遣。这几年来，村里别的干部虽然调换了几个，而他两个却好像铁桶江山。大家对他两个虽是恨之入骨，可是谁也不敢说半句话，都恐怕扳不倒他们，自己吃亏。①

刘家峧解放了，但是，普通农民并没有觉醒起来，村里依旧盛行封建思想文化，流氓恶霸依旧在村里横行，并抓住许多农民不敢出头的落后心理，重新取得村政权，成为解放后欺压农民的新压迫势力。可惜的是，赵树理没有对贫困农民不愿出头、不敢出头的心理进行详细的分析，而只是概括性地一点而过。

小二黑是二诸葛的二儿子，在反“扫荡”时打死过两个敌人，曾得到特等射手的奖励，同时还是一个美男子，不论走到哪一村，妇女们的眼睛都跟着他转。小二黑跟小芹相好已经二三年了。可是二诸葛因为二黑的金命和小芹的火命相克而不同意，就给小二黑收养了一个八九岁的童养媳。但是小二黑却坚决不认，说：“你愿意养你就养着，反正我不要！”小芹的妈也不同意，而把小芹许给了一个很富的国民党退休军官。小芹跟她娘闹起来，把送来的首饰绸缎扔下一地，说谁收了人家的东西谁跟人家去！

小二黑与小芹的婚事不仅受到双方家庭的阻挠，而且还受到村里反动势力的破坏。金旺、兴旺因为小芹严辞拒绝过他俩，就找了一个借口在村里召开了两个斗争会，一个是武委会斗争小二黑、一个是妇救会斗争小芹。兴旺就下命令把小二黑捆起来送交政权机关处理。幸而村长脑筋清楚制止了兴旺。

对家庭和村里的干涉，小二黑对小芹说，听过区上的同志说，只要男女本人愿意，就能到区上登记，别人谁也作不了主。解放区的革命求解放的新法令，鼓舞了小二黑与小芹追求自由幸福的勇气与决

---

① 赵树理：《小二黑结婚》，《赵树理文集》(1)，工人出版社，1980 年 10 月第 1 版，第 4—5 页。

心，为他们自由恋爱、结婚提供了坚强有力的保障。但是，金旺兄弟还是不死心，继续阻挠。在小二黑与小芹约会商量对策的时候，金旺兄弟发动了一场“捉奸”行动，把他们捆起来送往区政府处置。

小说故事情节的发展随着空间的转移而出现了戏剧性变化。出了以金旺兄弟为首的乡村反动势力控制的刘家峧，小二黑与小芹来到代表翻身农民的革命区政府就感受到了阴晴两重天的巨大差异。具有革命性质的区政府已经耳闻金旺兄弟把持村政、欺压百姓的劣迹，这次正好是金旺兄弟等反动势力被剿灭的时机。区政府不仅把小二黑与小芹放了，而且还传二诸葛与三仙姑到区政府训话，叫他们不要干涉儿女的婚姻自由，直接打击了封建思想，更重要的是区政府还当即把金旺兄弟扣押起来，派助理员到刘家峧搜集他们横行霸道的证据，一举消灭了刘家峧欺压农民的新压迫势力。小二黑与小芹如愿以偿结婚了，二诸葛和三仙姑不再摆弄封建迷信那一套了，农民们也敢出头，坏人不再当政了。小二黑与小芹有了一个幸福的结果，刘家峧也有了一个较为美好的未来。

《小二黑结婚》为翻身后的农民，尤其是青年农民提供了一个大团圆的、极为美好的结局。这种喜剧性审美形象不仅符合农民的接受心理，而且对农村实际的土改、反封建思想文化工作提供了一个极好的范例。解放区许多青年农民的自由恋爱从《小二黑结婚》中获得了一种可靠的屏障与权利，因而它受到农民群众的热烈欢迎是必然的。

赵树理所运用的素材中的主角岳冬至与智英祥的结局却是一个不幸的悲剧。这与小二黑与小芹的幸福结局有巨大的反差，也为我们理解、阐释《小二黑结婚》提供了新的思考视角。应该说，岳冬至与小二黑所处的环境性质是一样的，不仅遭受了村里反动势力的迫害，就是自己的亲人也不支持，村中的普通人也受封建思想影响，觉得应该“教训”他一顿。小二黑的喜剧结局就在于革命的区政府对事件与当事人的明察秋毫。新的边区政府的革命性质是毋庸置疑的，但是，问题就在于，区政府对“刘家峧”村的是是非非真的能够这样明断吗？如果边区政府不介入，小二黑的情况会怎样？而岳冬至的悲剧就是发生在村庄之内的。再说，金旺兄弟反动势力被消灭了，农民敢出头了，就保证坏人不会再当政了吗？会不会再出现个“银旺”、“铜旺”？

毫无疑问，这种喜剧性审美想象在极大程度上满足了解放区农民的审美愿望，具有政治准确性，但是这种单纯的乐观在一定意义上削弱了赵树理对乡土中国农民问题进一步思考的可能性，使其作品难以获得深度叙事的经典文学品质。

显然，农民的觉醒是一个极为艰难、也是极为漫长的过程。旧的乡村反动势力被消灭了，并不能保证不再出现新的乡村压迫势力。只要农民的自我主体性没有真正觉醒，没有能够代表农民利益的群体组织，封建剥削、压迫思想没有被彻底清除，压迫农民的反动势力就不会消亡，农民与乡村压迫势力的斗争也就不会停止。

第三节　《李有才板话》：赵树理对新乡村政治生态的深远思考

赵树理在《小二黑结婚》表现出的明快、喜悦、大团圆的乡村斗争结局的确是简单化了，虽然这是为农民所欢迎的。在《李有才板话》中，赵树理对农民翻身解放进行了更深层次的思考，不仅展现了翻身农民的喜悦，而且对翻身之后的农村新压迫势力——旧地主的代言人与新革命干部的蜕化变质进行了犀利的、剖析式的叙述，达到了一个新的高峰。

在小说《李有才板话》中，赵树理生动地写出了解放初期复杂的农村政治生态，剥削之心不死的旧地主阎恒元、新的革命政权的代表者老杨同志、农村里的新干部的蜕化变质、忠厚老实的封建旧思想的农民老秦以及农村里的年轻气盛的青年农民，这些不同的乡村力量构成了新的博弈。其中，老杨同志、章工作员是外来的革命者；阎恒元、阎喜富、刘广聚等人是乡村里的压迫者，老秦、小明、小保等农民是乡村里的被压迫者，小元是蜕化变质的新乡村干部。正是在乡村这种复杂的政治生态斗争中，小说展现出了人物的丰富、鲜明性格特征，也体现了赵树理对农村、农民深刻的理解力。

阎恒元是阎家山反动剥削势力的头目，为人阴险，狡猾奸诈，在抗战以前年年连任村长，剥削压榨贫苦农民，而且在八路军解放后，趁着兵荒马乱让自己的侄子阎喜富干了村长，阎恒元给他撑腰，继续把持村政。

有一年改选时候，李有才给他编了一段快板道：
村长阎恒元，一手遮住天，
自从有村长，一当十几年。
年年要投票，嘴说是改选，
选来又选去，还是阎恒元。
不如弄块板，刻个大名片，
每逢该投票，大家按一按，
人人省得写，年年不用换，
用他百把年，管保用不烂。①

当阎喜富的一系列劣迹败露之后，村庄里又重新进行改选的时候，阎恒元暗中吩咐人，终于选自己的干儿子刘广聚当了村长，他也继续得以横行村里，把编排板话揭示他虚伪、奸诈鬼脸的李有才赶出阎家山，让不服气的小元离开村庄去受训。

老恒元道："马凤鸣好对付：他们做过生意的人最爱占便宜，叫他占上些便宜他就不说什么了。我觉得最难对付的是每二十户选的那一个代表，人数既多，意见又不一致。"家祥道："我看不选代表也行。"恒元道："不妥！章工作员那小子腿勤，到丈地时候他要来了怎么办？我看代表还是要，不过可以由村长指派，派那些最穷、最爱打小算盘的人，像老槐树底老秦那些人。"家祥道："这我就不懂了，越是穷人，越出不起负担，越要细丈别人的地……"恒元道："你们年轻人自然想不远，咱们丈地时候，先尽那最零碎的地方丈起——比方咱'椒洼'地一亩就有七八块，算

① 赵树理：《李有才板话》，《赵树理文集》(1)，工人出版社，1980 年 10 月第 1 版，第 18—19 页。

的时候你执算盘，慢慢细算。这么着丈量，一个椒洼不上十五亩地就得丈两天。他们那些爱打小算盘的穷户，哪里误得起闲工？跟着咱们丈过两三天，自然就都走开了。等把他们熬败了，咱们一方面说他们不积极不热心，一方面还不是由咱自己丈吗？只要做个样子，说多少是多少，谁知道？”家祥道：“可是我见人家丈过的地还插牌子！”恒元道：“山野地，块子很不规矩，每一处只要把牌子上写个数目——比方‘自此以下至崖根共几亩几分’谁知道对不对？要是再用点小艺道买一买小户，小户也就不说话了——比方你看他一块有三亩，你就说‘小户人家，用不着细盘量了，算成二亩吧！’这样一来，他有点小虚数也怕多量出，因此也就不想再去量别人的！”①

这是在清丈土地的任务上阎恒元与儿子阎家祥的一席对话。它充分、详细地揭示出了地主老财阎恒元的精于计谋、阴险狡猾的形象。阎恒元不仅会审时度势，看到了革命工作者章工作员的工作作风及其存在的工作缺陷，而且还深刻了解商人、农民贪占小便宜的心理，对章工作员和不同层次的农民采用不同的办法分而治之，利用这些人的某些缺陷来最大限度地保护自己的利益。事实上，在这场清算土地的斗争中，阎恒元所谋划的如意算盘都一一实现了。而且还因为办法很细致，阎家山被评为“丈地的模范”，号称“模范村”了。

然而另外一件事，阎恒元却失算了：本来想害小元，但是小元在受训之后，县里叫他回来成立武委会，发动民兵，跟村长是一文一武，独立于村公所；并且要村长给武委会准备一切应用物件。阎恒元十分后悔，皱着眉头就想了一招：

“既然错了，就以错上来——以后把他团弄住，叫他也变成咱的人！”广聚道：“那家伙有那么一股扭劲，恐怕团弄不住吧！”恒元道：“你不懂！这只能慢慢来！咱们都捧他的场，叫他多占点小便宜，‘习惯成自然’，不上几个月工夫，老槐树底的日子他

---

① 赵树理：《李有才板话》，《赵树理文集》(1)，工人出版社，1980 年 10 月第 1 版，第 32—33 页。

就过不惯了。”①

广聚领会了阎恒元的旨意，慢慢就生出法子来。比方广聚有制服，家祥有制服，小元没有，住在一个庙里觉着有点比配不上，广聚便用公款为小元做新制服；广聚不割柴，家祥不割柴，小元穿着制服来割了一回柴，觉着不好意思。阎恒元、刘广聚就利用封建传统思想中的等级观念、蔑视劳动的思想，一点点地灌输、一次次地给小元好处，结果就把小元“团弄”过去了。小元果然变了，割柴派民兵，担水派民兵，自已架起胳膊当主任。小顺为小元的蜕变编了一个板话：

陈小元，坏得快，
当了主任耍气派，
改了穿，换了戴，
坐在庙上不下来，
不担水，不割柴，
蹄蹄爪爪不想抬，
锄个地，也派差，
逼着邻居当奴才。②

小元是阎家山贫苦农民的斗争代表。在成为武委会主任之初，他还保持着与地主反动势力斗争的革命品质，但是，随着自己地位的提高，小元身上的贫苦农民的革命品质渐渐丢失，原有的封建等级差别观念也渐渐清晰起来，在地主阶级的物质引诱和剥削思想的侵蚀下，蜕化变质，成为农村反动势力的同伙。蜕化变质的农民干部小元形象是赵树理对农村解放后的政治生态变化的一种新反映，不仅展现了赵树理的敏锐思想意识，而且也展示了赵树理反映农村复杂现象的胆识与勇气。

翻身后的农村新干部如何保持革命本性和为穷苦农民服务的本

① 赵树理：《李有才板话》，《赵树理文集》(1)，工人出版社，1980 年 10 月第 1 版，第 39 页。

② 赵树理：《李有才板话》，《赵树理文集》(1)，工人出版社，1980 年 10 月第 1 版，第 41 页。

色、拒绝地主阶级的物质引诱、消除头脑中的封建剥削意识，是解放后农村基层政权建设的一个初期的、重要的任务与挑战。鲁迅先生在《阿Q正传》中就对农民革命者阿Q的革命心理、动机进行过描述，展现了农民头脑中的陈腐、落后的统治阶级的剥削思想——对"子女、玉帛、威权"的追求、对"主子"地位羡慕追逐的奴才意识。在革命后农民翻身解放的解放区，"阿Q"式的封建剥削思想的幽魂依然还在翻身农民心灵中游荡。《李有才板话》中的小元、丁玲《太阳照在桑干河上》中的张正典都是蜕化变质的新农民干部，是翻身革命时代的"阿Q"。

如果说小元是参加翻身革命、依然具有封建剥削阶级思想的"阿Q"的话，那么，老秦就是鲁迅笔下所描绘的因循守旧、安于本分的"顺民"奴隶。

老秦在《李有才板话》所展现的新农村政治生态环境中，是一个无关紧要的小人物，但是，赵树理给予了老秦众多的话语言说机会，这其中表达了赵树理对老秦这一类型的农民形象的重视，老秦虽然是不起眼的顺民奴隶，但是众多的"老秦"却构成了阎家山地主阶级反动统治的群众基础，也是革命的新农村政权争取、教育的主体。老秦是赵树理在《李有才板话》中塑造的最为成功的农民形象。

老秦第一次出场是在选村长的时候：当小顺、小元故意对阎恒元的帮手张得贵冷嘲热讽的时候，老秦小心地说人家听见了，并对小元反对阎恒元表示"不妥"，认为得罪不起阎恒元。第二次"言说"是在阎恒元狡猾奸诈地实施了丈地的阴谋之后：当众多农民对丈地的结果议论纷纷的时候，老秦说，阎恒元丈地也公道，要宽都宽，自已的三亩地只算了二亩。显然，阎恒元的威权和阴谋在老秦等本分、守旧的农民那里一一发挥作用了。

老秦不仅有着因循守旧、胆小怕事的思想，而且还有着较为严重的封建等级观念，既害怕地主势力，又看不起与自己一样处境的穷苦人。阎恒元正是摸透了老秦等农民的心理而放心地把下来指导秋收的县农会主席老杨同志派到老秦家吃饭。

一场谷打罢了，打谷的人都坐在老槐树底休息、喝水、吃干

> 粮，蹲成一圈围着老杨同志问长问短，只有老秦仍是毕恭毕敬站着，不敢随便说话。小顺道："杨同志！你真是个好把式！家里一定种地很多吧？"老杨同志道："地不多，可是做得不少！整整给人家住过十年长工！"老秦一听老杨同志是个住长工出身，马上就看不起他了，一屁股坐在墙根下道："小福！不去场里担糠还等什么？"小福正想听老杨同志谈些新鲜事，不想半路走开，便推托道："不给人家小顺哥割谷？"老秦道："担糠回来误得了？小孩子听起闲话来就不想动了！"小福无法，只好去担糠。他才从家里挑起篓来往场里走，老秦也不顾别人谈话，又喊道："细细扫起来！不要只扫个场心！"他这样子，大家都觉着他不顺服，小保便向他发话道："你这老汉真讨厌！人家说个话你偏要乱吵！想听就悄悄听，不想听你不能回去歇歇？"老秦受了年轻人的气自然没有话说，起来回去了。小顺向老杨同志道："这老汉真讨厌！吃亏、怕事、受了一辈子穷。可瞧不起穷人。你一说你住过长工，他马上就变了个样子。"老杨同志笑了笑道："是的！我也看出来了。"①

但是，老秦看到阎恒元等人在老杨同志那里碰了钉子的时候，又对老杨恭敬起来。最终老杨同志带领农民打败了地主阎恒元为首的反动势力，路过老秦门口的时候，老秦冷不防出来拦住老杨同志一行人，跪在地下咕咚咕咚磕了几个头，称老杨为"救命恩人"，还要让他们到家里吃饭，老杨同志批评了老秦的落后心理，让他积极参加农救会。但是，从老秦磕头谢恩的言语、行为来看，农民老秦还是没有脱去旧的封建"青天大老爷"的思想，老杨对他的劝告、建议他还是没有真正意识到，还是没有觉悟起来。

仅仅翻身斗争的行动表面和制度建设看，新农村里的政治生态已经得到了优化，旧地主阶级及其代言人已经被清除出去，蜕变的新农民干部已经受到了处罚，新的穷苦农民利益的代表者及其组

---

① 赵树理：《李有才板话》，《赵树理文集》(1)，工人出版社，1980 年 10 月第 1 版，第 47 页。

织——农救会重新成立了。但是，清除农民头脑中的封建思想的精神启蒙工作才刚刚开始，像老秦那样的深受封建旧思想侵蚀的“顺民奴隶”，他们的自我主体性的现代思想意识的真正觉醒、确立还有很长的道路要走、还要做很多的思想启蒙工作。

> 据我的经验，土改中最不易防范的是流氓钻空子。因为流氓是穷人，其身份很容易和贫农相混。在土改初期，忠厚的贫农，早在封建压力之下折了锐气，不经过相当时期鼓励不敢出头；中农顾虑多端，往往要抱一个时期的观望态度；只有流氓毫无顾忌，只要眼前有点小利，向着哪一方面也可以。这种人基本上也是穷人，如果愿意站在大众这方面来反对封建势力，领导方面自然也不应拒绝，但在运动中要加以教育、逐渐克服了他的流氓根性，使他老老实实做个新人，而绝不可在未改造之前任为干部，使其有发挥流氓性的机会。可惜那地方在初期土改中没有认清这一点，致使流氓混入干部和积极分子群中，仍在群众头上抖威风。其次是群众未充分发动起来的时候少数当权的干部容易变坏：在运动中提拔起来的村级新干部，要是既没有经常的教育，又没有足够监督他的群众力量，品质稍差一点就容易往不正确的路上去，因为过去所有当权者尽是些坏榜样，稍学一点就有利可图。我以为这两件事是土改中最应该注意的两个重点，稍一放松，工作上便要吃亏。①

赵树理对解放区土改前后农村各种政治力量非常清楚，对不同成分类型农民的心理状态、思维模式和行为特征较为熟悉，尤其是在深入农村调查的工作和编辑《新大众报》过程中，接触到了大量的农村材料，对翻身解放后农村出现的新问题能够及时发现、敏锐思考，并以一种农民大众能够接受的通俗语言将其审美地呈现出来。《小二黑结婚》、《李有才板话》以及后来的《邪不压正》等农民文学都是这样创作成功的。也许，赵树理文学世界中所展现的具体历史场景已

① 赵树理：《关于〈邪不压正〉》，《赵树理文集》(4)，工人出版社，1980 年 10 月第 1 版，第 1438 页。

经一去不复返了，但是赵树理对农村政治生态、农村政权建设问题的揭示现在还有着重要的启示意义，消除封建思想残余、启蒙农民的精神思想、农民自我意识觉醒的问题依然任重而道远。

正如学者蔡翔先生所指出的，赵树理小说中的政治生态描写，"在许多的'解放区文艺'的作品中（包括赵树理的《李家庄的变迁》、歌剧《白毛女》等等），都相继出现了'恶霸地主'和'反动官府'勾结的叙述内容，而这一现象的出现则正是近代中国'士绅'结构也即有限的地方自治的传统的断裂的结果。在这一'故事'的讲述中，'解放区文艺'固然向传统小说（比如《水浒传》）积极地吸取叙事资源，但是，在根本上已经不同于传统的'旧小说'。这一'不同'在于：由于现代'政治'视角的进入，它要考察的，已经不是'个别'，而是一种普遍的乡村社会的政治权力结构；它所要致力的，不是单纯的'除暴安良'，而是一场深刻的政治革命；这一革命要求的，也不仅仅只是乡村社会的政治权力结构的改变，而是和整个的'国家政权建设'的革命要求紧密地结合在一起。因此，在这些作品中，明显地具有一种强烈的现代性的政治诉求。"①从这个意义上而言，赵树理小说，已经超越了"问题小说"的时代局限，在思想深度和力度上具有深远的现实意义，呈现了一种乡土中国现代性的政治困境。

---

① 蔡翔：《重述革命历史：从英雄到传奇》，《文艺争鸣》，2008年第10期，第55页。

第九章
从被侮辱被损害者到革命英雄：女性农民形象的审美嬗变

现代中国农村女性身受层层压迫，处于最底层位置。五四新文学以来的中国现代文学所想象、建构的女性形象经常被描绘成各种压迫势力的受害者。女性形象叙事经常被简化并纳入思想启蒙、阶级斗争和民族解放这样的宏大话语之中。鲁迅小说《风波》结尾中被裹脚的女性、《离婚》中诉讼失败的爱姑、《祝福》中对死后被分为两半而极度精神恐慌的祥林嫂，这些形象都是以一种被伤害的女性角度来建构一种思想启蒙的客体对象世界。沈从文小说中处处充满了对农村女性的审美想象，既有如媚金一样具有原始精神气质的、血性炽热的苗族、土家族青年女子，也有具有如翠翠般纯洁人性的美丽女子，分别代表了沈从文对乡土中国人性建构的两个理想维度。叶紫《星》中的梅春姐形象既有传统农村女性的封建文化一面，在革命思想的影响下，又具有可贵的觉醒反抗的革命者一面。遗憾的是，这一个从愚昧走向觉醒的女性农民革命者在 1920 年代末随着农民运动的失败而夭折了。

萧红《生死场》的金枝形象则展现了农民女性的悲苦命运，以及一个农民女性在“底的天空”所能做到的对自由生命的多元探寻，爱情、城市、回乡、宗教，她找不到心灵可以憩息之地。然而，这种探寻已经开启了现代性的心灵旅程。直到孔厥、袁静的《新儿女英雄传》，愚昧的、守旧的、落后的、受压迫最为深重的农村女性才开始了真正走上了自由解放的革命道路，一种集社会解放与个体人性解放的现代性道路已经展现在被侮辱被损害者面前。可贵的是,《新儿女英雄传》中的杨小梅不仅仅是一个觉醒者,而且已经从一个觉醒者一跃成为女农民英雄——女农民不仅已经解放,而且成为革命舞台的主角,一种新质的、集国家新生与个体新生于一体的乡土中国的现代性已经明晰起来。

第一节　梅春姐:一个夭折的女性革命者的精神寓言

在中国左翼文学中,女性一开始就成为暴力践踏指向之地,在更深的层面上揭示传统历史文化的、人性的黑暗。在各种暴力斗争冲突中,盲动中的各种冲突力量往往指向对女性的性暴力。茅盾在《蚀》三部曲的《动摇》小说中已经描写了一组模糊的暴民对女性的野蛮、残忍无比的性暴力。叶紫在小说《星》中一举突破了以往的对女性形象建构中的被动的、受害者的形象叙事,以审美的方式想象、建构了一个从受害者转变为坚定的革命者的农村女性农民形象,成为中国左翼文学一道独特的、美丽的风景。

叶紫对中国农村女性的悲苦命运有着深切的体验,对妇女解放运动极为关注。叶紫在《爱伦凯与柯仑泰》一文中谈论了爱伦凯与柯仑泰这两位妇女解放运动的先驱,对她们的一些关于妇女解放的观点进行了介绍,尤其是对爱伦凯的观点(一、结婚应以恋爱为基础。二、自由离婚。三、母性复兴)进行详细解读。在《现代女子书信指导》中,叶紫借题表明了自己对女性解放运动的看法:“中国妇女,受了数千年封建遗毒的磨折,怎么也抬不起头来。即使智识妇女,也还有许多是脱不了樊笼的。她们感受的只有痛苦与压迫。国民革命后的现今,又何尝不是一样呢?‘男女平等’还只是一句口号,痛苦与压迫丝毫没有解除。”①正

① 叶紫:《叶紫文集》(下),胡从经编,湖南人民出版社,1983年11月第1版,第581—582页。

是20世纪20年代农民运动血与火的洗礼和现代妇女解放运动的思想视野,给予了叶紫想象和建构中国农村女性农民形象的一种深刻的、现代的思想意识。因而,在叶紫的形象叙事中,我们发现了一种具有现代价值理性的、极为难得的农村女性革命者形象——梅春姐。

梅春姐的丈夫陈德隆是一个具有牛性、蛮力的浪荡子,对梅春姐是不知道怜爱,视其为一个替他管理家务、泄欲的器具,常常在夜深人静的时候凶恶地打她。而且,他还打牌、喝酒,和浮荡的妇人勾搭。梅春姐性格温柔善良,弯弯的、细长的眉毛底下,闪动着一双含情的、扁桃形的、水溜溜的眼睛,特别漂亮出众,但是却遭遇到不幸的婚姻。夜间经常孤零零地,躺在黑暗的、冷清的被窝中,她对着这无边的黑暗的长夜深深地悲叹,终宵不能成梦。可怜的梅春姐不仅在家中痛苦、悲哀,出门时还要承受着来自同村男人的秽语和妇人们的嘲讽。

支撑梅春姐在死水般的农村,抑制自己的哀怨、忍受着不幸婚姻度日的是来自父母的传统思想和来自村子里老人们对她的贞德的赞扬。母亲临终和父亲死时都叮嘱她,"在家从父,出嫁要从夫。如果丈夫有什么不正当的行为的时候,只能低声地,温语地,夜间在枕头上去劝慰他。"①村子里的老人们高度赞扬贞良贤德的她、齐声谴责丈夫的不良,"她就觉得那浑身的伤处,都像给一种无形的,慈祥的,勉慰的手掌抚摸过似的,痛苦全消了。她可以骄傲——尤其是对于那些浮荡的,不守家规的妇人骄傲"。传统的封建思想造就了她不幸的婚姻,也给予了她一副慰藉自我、免于精神伤害的厚重铠甲。

但是,革命像一阵强劲无比的风一样吹进了这个死水般的村庄,也吹醒了麻木已久、将要死了的梅春姐的心。在那个穿长衣的年轻的农会副会长和她的视线无心地、骤然地接触了时候,那一个白白的、微红的、丰润的面庞上的一双长着长长睫毛的、星一般的眼睛跳进了梅春姐的心中。

在陈德隆外出的时候,梅春姐和有着星一般眼睛的黄同志相爱

---

① 叶紫:《叶紫文集》(上),胡从经编,湖南人民出版社,1983年11月第1版,第309页。

了。陈德隆得知消息后把梅春姐暴打了一顿。镇上的妇女会把梅春姐接走了，拒绝陈德隆要人的请求，宣布了新时代的婚姻准则：女人爱谁就同谁住。陈德隆怀恨在心，在错误刺杀其他妇女之后，就逃走了。梅春姐则从镇上的女会长那里学到了很多东西，在回来之后与黄结合，住在大庙旁边的新房子里，得到了彻底的解放，打破了封建传统思想的束缚，树立起了革命思想。

> 她不再怕人们的谣言了，她也不再躲在家中不敢出来了。她似乎完全变成了另外一个人。她整天都在村子里奔波着：她学着，说着一些时髦的，开通的话语，她学着，讲着一些新奇的，好听的故事。……
>
> 这些话，梅春姐通通能说得非常的时髦、漂亮和有力量。……梅春姐在村子里一天比一天更高兴地活动着。并且夜间，当她疲倦地从外面奔回家来的时候，她的黄也同时回来了。她便像一只温柔的，春天的小鸟儿般的，沉醉在被黄煽起来的炽热的情火里；无忧愁，无恐惧地饮着她自己青春的幸福！他们能互相亲爱，提携；互相规勉，嘉慰！……
>
> 她常常地想：这才是真正的生活呢。

接受革命思想的梅春姐不再惧怕谣言，勇敢地到村子里进行革命活动，积极组织妇女会。最受封建思想和各种社会黑暗势力压迫的梅春姐一旦接受了革命思想的启蒙，就已经脱胎换骨，完全摆脱以前的思想束缚，勇敢而坚定地成为了一个热情的革命者。梅春姐对革命的热情、坚定、勇敢来自自身不幸婚姻命运的改变，来自自身对自由与幸福的追求。在梅春姐那里，革命是与她本人的自由、幸福连为一体的。革命激发了她自由、幸福的生命主体意识的苏醒，使她从半死不活的、痛不欲生的麻木生活中解放出来，给予了她人生的自由和幸福的新生活。所以，重新“活”过来的梅春姐积极投身于革命的事业之中，从捍卫自己的自由、幸福到解放村里的其他女性，在革命的实践中一步步确立了革命思想，成为了一个具有真正革命思想和现代价值理性的革命者。革命既是具体化的、指向个体的，又是广阔的、面向大众群体的；既是推翻各种阶级压迫的社会斗争，也是通往个体自由幸福的解放之路，即阶级的解放与个体的人性的解放统一于革命的目标之中，具体呈现于梅春姐的革命形象叙事。

叶紫所想象、建构的梅春姐革命者形象具有独特的意义。这不仅是在于叶紫所创造的女性革命者形象，突破了以往的男性形象中心叙事，而且更为重要的是借助于这一女性革命形象，叶紫改变了革命者形象叙事中的显现封建专制压迫思想和男权中心主义的性侵犯幻想：即男性农民的充满封建毒素的、指向性暴力的农民革命者的革命动机。鲁迅的对革命充满憧憬与向往的阿Q、茅盾《动摇》中的暴徒以及叶紫在《星》中的革命者刘二麻子，这些男性农民革命者的心中无不充斥着这一种性幻想。在大多数的普通男性农民意识里，如《星》中的农民"老黄瓜"传播的革命谣言，把革命想象为一种"公妻"、"裸体游乡大会"等对女性的性侵犯游戏。叶紫所想象、建构的梅春姐消解了以往农村男性农民的革命性幻想，代之以一种寻求以自由恋爱为基础的幸福婚姻，在妇女会中"我们这里的规章是这样：女人爱谁就同谁住。并且还不能打她，骂她，折磨她……前晚的事情，我们饶了你，是因为你不懂得。现在，你去吧！她已经不是你的老婆了。她是我们这里的人了"，[①]即认同于叶紫所介绍的妇女解放运动先驱爱伦凯的"恋爱为婚姻基础"的现代婚姻理念。梅春姐形象所具有的阶级解放与人性自由解放叙事目标，突破了以往的左翼文学单一的阶级叙事指向，进入了更为广阔的人性叙事天地，内涵了五四新文学的"人的文学"的意蕴，在更深远的程度上体现了马克思所提出的"人的全面解放"的无产阶级革命文学价值意义。

然而，这样一个交织着社会革命解放和人性自由解放的独特女性形象个体，却在1927年的反革命势力的围捕中过早夭折了。梅春姐的夭折具有很强的象征意味，一方面这种农民对社会经济平等解放追求势必遭遇来自反革命势力的绞杀，另一方面，农民，尤其是女

---

① 叶紫：《叶紫文集》(上)，胡从经编，湖南人民出版社，1983年11月第1版，第339页。

性农民对人性自由、婚姻恋爱自由的追求不仅受到来自反革命势力的阻挠，而且也受到了来自强大的传统文化的深层障碍，即使在革命群体内部，这种文化深层障碍和性别压迫也以不同的方式出现。1930 年代，丁玲在延安解放区发表的杂文《纪念三八节有感》为梅春姐的夭折提供了思考新视点。《纪念三八节有感》就已经明确无误地传达了在革命群体内部存在的社会革命解放与人性自由解放的矛盾冲突，以及冲突过程中社会、集体对个体、人性的束缚与压抑。①

乡土中国革命的复杂性就在于，我们不仅仅需要一场社会革命，我们同样需要一场思想文化的精神革命，然而遗憾的是，有时，这种社会阶级革命与思想文化革命并不是同步的，而是错位的，甚至于还会是相悖的。梅春姐形象的可贵之处就在于这种社会阶级革命与人性自由解放是同步的，然而她夭折了。显然，梅春姐的"夭折"是有着深刻的时代的、文化的乃至是乡土中国现代性精神寓言意味的。

学者蔡翔专门分析了"革命"文学所具有的内在启蒙性质，认为："所谓'五四'精神的内涵之一，也可以说是一种以人为本位的现代个体观念，1941 年，赵树理在一篇短文中就说：'人总是人，能给自己的生活做得了主，活着才有意思'，这也是所谓'劝人文学'的现代要素之一。而在这一现代观念的影响下，对人所应该具有的自由、幸福和尊严的热情歌颂，就成了这些作品的一个较为普遍的叙事主题，包括赵树理的《小二黑结婚》、康濯的《我的两家房东》等等。而这一关于人的(也是农民的)'自由、幸福和尊严'的故事叙述，同时也吻合着中国革命的'反封建'主题。我以为，这一'反封建'的主题，是我们考察所谓'根据地文化形态'的重要路径之一。而将中国农民纳入这一'反封建'主题或'人的解放'的故事叙述之中，不仅是'解放区文艺'的重要贡献，也是中国革命重要的政治诉求之一，因为只有将农民从传统的封建性束缚中解放出来，并改造成为现代的个体，才有可能在此基础之上，重新结构一个新的政治共同体。因此，在这些作品中，

① 丁玲的《我在霞村的时候》中女主角贞贞虽然没有死亡，但也是一个有缺陷的、不完美的性病患者。这样的革命者自然受到了来自革命群体中的革命群众的鄙夷乃至是遗弃。从某种意义上而言，贞贞的"病"和梅春姐的"夭折"都具有精神寓言的意味。

始终存在着一种如周扬所说的对‘光明的、新生的东西’的想象和追求，也即表现一种‘新的世界、新的生活、新的知识’，而所谓‘新的知识’不仅通过群众性的‘识字’运动（冬学、夜校、扫盲，等等）表现出来，也渗透在这些作品的‘教育’和‘劝人’的自觉的功能性诉求之中。在这一意义上，即使在所谓的‘救亡’运动中，‘启蒙’也并未就此中断，只是它以另一种形式在中国的下层（乡村）社会展开。但是，这一“启蒙”在进入中国的乡村社会后，的确发生了变化，并相应构成了‘乡村文化中的现代性’，这一‘现代性’既保存了‘五四’新文化的现代个体观念，同时，也更多地接纳了传统以及民间文化的叙事资源，甚至城市市民文化的隐蔽影响，这一影响往往通过现代通俗小说的传播途径而呈现出来。因此，它带有更为强烈的本土色彩，包括它的伦理性的诉求，这一伦理性由于传统乃至民间文化的影响，固然抑制了‘五四’新文化的激进姿态，因而含有一定的保守性，但是，在另一方面，它又肯定了‘共同体’的重要性。而我以为，这一对‘共同体’的重要性的肯定，不仅激发出对‘个人/集体’的重新讨论，也为1949年以后‘解放后的个体’（即‘娜拉走后怎样’）提供了重新集体化的思考路径。”①

第二节　金枝：女性低矮的天空和对自由的多元探寻

五四新文化运动在打倒孔家店的同时，也极大程度地摧毁了束缚女性的封建枷锁，女学与放脚成为五四新女性的现代思想与自由身体标记。冰心、庐隐、冯沅君等一批女性知识分子，以书写五四新女性的方式塑造了一系列现代女性人物形象。她们对新女性新生活的展示，对新女性成长的思想困扰与喜悦的表现，扩大了五四思想解放的影响，丰富了五四“人的解放”的内涵。萧红塑造的金枝人物形

① 蔡翔：《重述革命历史：从英雄到传奇》，《文艺争鸣》，2008年第10期，第39页。

象突破了冰心、庐隐、冯沅君等小说笔下的女性人物的狭小空间，在“低度”的女性天空，顽强而坚韧地探寻生命的可能“高度”。20世纪30年代萧红通过《生死场》中塑造的一系列女性形象，尤其是金枝形象，展示了女性生存方式的广阔视野，拓展了五四以来女性文学的话语场域。萧红在描绘金枝的人生救赎之路中隐喻着她观照女性的生命编码，也寄寓着萧红自身多舛的人生际遇和不屈的悲壮反抗。

一 金枝的爱情婚姻幻象

爱情是彰显妇女解放乃至女性人格价值的表征。庐隐说过：“没有受过恋爱洗礼的人生，不能算真人生。”①对女性来说，描写爱情，表现爱情是女性作家赋予自己的使命。由于宗法社会男尊女卑、三从四德等观念的影响，五四初期的女性知识分子在表达情感上，不像男性那样，能够通过对客观世界移步换形的涉足来表现社会现实的广度和深度，而是常常把言说对象锁定在自我身上，因之，爱情婚姻的话题就成了女作家的主要话语。也正是对恋爱婚姻的书写，使得她们在文学史上占有了一席之地。然而，《生死场》中金枝经历的恋爱婚姻却不是作家彰显自我、表达自身的存在方式，而是作为一种人生痛苦的幻象。

在《生死场》中，金枝与成业的出场是以性开场的。“五分钟过后，姑娘仍和小鸡一般，被野兽压在那里。男人着了疯了……”，成业所获得的并不是“女人身体所具有的那种表达能力令人震惊”的感受，而是“吹着口哨，响着鞭子，他觉得人间温存而愉快”的肉欲满足。②而对金枝来说，性欲结出的爱情果子是苦不可言的：“金枝的心悸动着，时间像蜘蛛捋着丝线那样绵长。”③尽管她对成业强烈的性要求担惊受怕，但她宿命般地还是要和成业在一起，依靠成业在她身上获得的性满足换取和成业的婚姻。性爱过后换来的是成家，一段

---

① 庐隐：《庐隐选集》，百花文艺出版社，1983年版，第433页。

② 萧红：《萧红全集(上)》，哈尔滨出版社，1991年版，第67页。

③ 萧红：《萧红全集(上)》，哈尔滨出版社，1991年版，第73页。

爱情也就接近了尾声，注定走进生生死死的圈子，融入“生死场”的生活节奏中。

爱情在这两个个体身上没有获得一种超验性的感受，在金枝身上没有产生任何内在性的表达话语。从金枝娘眼中“一颗茅草也要胜过人的价值”的虐待，到成为成业的合法名目下的性奴隶，金枝这个被侮辱与被损害的小人物，成为男人和宗法社会的一个“他者”存在。本来能给人无穷力量的爱情在金枝与成业两人内心深处只是幻化成肉体的单方面满足和心灵的单方面受侵害。小说摆脱了甜蜜爱情带给个体生命力的激发与张扬，消解了其惊天地，动鬼神的能量，还原为野蛮的肉欲占有和被占有关系。

小说中的金枝在日本人的逼迫下，走向了城市。因而，金枝在继爱情之后的城市、乡村、宗教自我寻找中，继续呈现她这样一个身份的变化，使女性文学对女性人物形象的探索达到一个极高的深度与广度。

二　走向城市的救赎与凌辱

20 世纪女性命运的探索，从精神层面的“呐喊”到身体问题的介入，是女性文学思想走向深入的一种表现。这种生存问题对自我意识的空间自由探寻也导致了另外一个问题的出现，就是五四以来作家探寻女性命运提供给后人的一个文学母题——从乡村走向城市。在走向城市过程中，城市作为一个能指的符号，供人们想象或体验。

城市这个符号在金枝身上有两种体现：第一，生存身份。如果城市仅仅作为一个地域景观，那么，这样的城市是以海派小说笔下的霓虹灯、酒吧、舞厅、狐步舞等符号为代表的。而把城市作为生存的符号，则是以乞丐、饥饿、下等妓女、巡警等符号为标志。这种城市形象是一种被边缘化了的“底层写作”。然而萧红的底层写作，却不是为了关注底层而写底层，并不是替弱势群体代言而写底层，而是折射出真真切切的萧红自我个人底层体验。金枝就像她的创造者一样在哈尔滨“睡在小街一条阴沟板上”以及“一路上除了饭馆门前的鸡，鱼和香味，其余她都没有看见似的，都没有听见似的"，恰如萧红在《商业街》的自我书写。①作为生存的城市，她们永远逃不出吃饭睡觉这些最基本的生存境遇问题！城市的这种生存身份，在这里还隐含着一种城市文明的身份。这是一种想象城市的话语模式。金枝到城市去是对城市文明化想象的结果，她认为在哈尔滨能够逃避家乡"年轻女人都被抓起来了"的危险。在乡村苦难中，城市总是首先被作为获得拯救的地方。第二，道德身份。都市天然拥有道德身份。工业革命以来，城市飞速发展，成为现代性的一个标志。然而从乡村来到都市中求自由，并不总是一条光明之路。金枝到哈尔滨谋生，实际上走向了一个性别奴役的巷子里，由生存的自我救赎到把自己物化成商品的境地。金枝是被这个都市所污辱的受害者。表面上萧红也和其他作家一样，给都市判了一道道德的红牌。然而在某种意义上说，都市道德虽然在否定的层面上被书写，但相对于更愚昧的人性来说，它却又起到一种值得肯定的作用。与其他作家仅仅把都市作为批判的对象比起来，金枝的进城显得既有新意又有深意！

金枝是在城市交了一笔昂贵的学费，买来了精神层面金枝的出现。萧红开始赋予金枝独立的声音，"金枝好像踏着泪痕行走，她的头过分昏迷着，心脏像落进污水沟似的"。②西美尔说过："女人生活在自在的规定的性别特性的绝对性中……对女人而言，性别特性乃是一种绝对，一种自为的存在。"③金枝正是意识到了自己作为女性身份的特殊性而产生了被男性欺凌的怨恨，女性主体意识终于在身体的羞辱中苏醒过来。

在哈尔滨，金枝没有因"进财了"而欣喜，这表明金枝在生存问题上没有成为城市的俘虏。金枝在被诱奸后没把矛头指向社会，而是发出了除了恨男人什么也不恨的声音，这不得不说，金枝被逼迫到城市里去，恰恰弥补了她爱情婚姻失语的尴尬，而进入城市后发出的怨恨，既证明了她的主体意识的产生，又是对在农村失语的回答。如果

---

① 萧红：《萧红全集（上）》，哈尔滨出版社，1991年版，第129页。

② 萧红：《萧红全集（上）》，哈尔滨出版社，1991年版，第135页。

③ 陈戎女：《西美尔与现代性》，上海书店出版社，2006年版，第106页。

说,金枝从恋爱婚姻到走向城市是她主体意识从无到有的过程,那么,走回乡村就是这种觉醒的一个自觉表现。这其中,城市扮演了一个不可缺少的角色,既是救赎者又是新的凌辱者。金枝就在这样一个悖论怪圈中开始了自我主体意识的觉醒,自我救赎在失败中开始了新的历程。

三　已经回不去了的乡村

如果仅把乡村简单看作城市的反面而加以叙述的话,这样就会使乡村成了城市的附属,既无意义又显得多余!早期乡土作家的创作,是建立在身在他乡的一种经验性的虚构,在这虚构的语境中,现实被遮蔽了它的本真实在性,成为寄托怀想的他者存在。金枝要急切地收拾东西回乡,马上躺到娘身上哭,可是,回到乡里,金枝娘“并不注意女儿为什么不欢喜,她只跟了一张票子想到另一张,在她想许多票子不都可以到手吗?她必须鼓励女儿”。[①]乡村的道德在这里显得如此不堪一击。这种现实中的城乡关系,消解了理论上的那种城乡二元模式,使得对这种问题的探索能够深入下去而不流于简单作比较,而是建构出了一个不可分割的心灵的完整个体!自然而然,金枝回乡救赎自我的愿望也就落空了。

金枝回到乡村失败的原因,不仅仅因为日本鬼子的铁蹄踏进了场里,剥夺了金枝生存的权利,这只是一个逃避不了的偶然!二里半宣誓大会上找来一只鸡来代替他的老山羊,使庄严的盟誓倍感滑稽可笑。因了破家而组织起来的群众很快就散开了,萧红没把他们塑造成一个自觉的觉醒群体!他们的行为是建立在被逼无奈的基础上的,随着压力的减轻,他们依旧会回到他们原先的生活方式和思维方式中去。他们的反抗只是生物体本能的刺激——反应的模式。萧红对女性命运探索所走的路子不是朝向民族的、社会的、革命的方向,因而也谈不上走向人民、走向集体、走向革命那样一种宏大的话语模

---

① 萧红:《萧红全集(上)》,哈尔滨出版社,1991年版,第136页。

式。在《生死场》中，日本侵略中国的历史事件，只是一个淡化了的背景，没有成为文本要表达的主要思想，从人物形象塑造的角度看，其价值，只是被处理成了促使人物形象发展的一个行动元。这不仅从小说的结构上看得出来，而且从表达的思想内容层面上来说，这部中篇小说也不是一味地痛恨日本军队，正如金枝所说的从前恨日本鬼子，现在恨男人，其着眼点还是农民。

誓师大会表现的是场民的一种生存状态，一种外在的，没有思想禁囿的"原始活着"状态。在金枝主体意识还没形成之前，打渔村一带的农民的生存状态是小说向读者提供的主要经验。在金枝觉醒之后，这种场民的生存状态则处理成了背景，而金枝主体意识的觉醒则成了前台效应，这就形成了一种对比关系。金枝觉醒了，要回到乡亲中间寻找归属感，寻找亲情。然而，二里半上演的一出喜剧，再加上金枝在她娘那儿感受到的亲情的冷漠，这从金枝寻找生命救赎的整体语境角度而言，更加显得那场民的民族感、道德感的不堪一击！

萧红看到了乡村更深层次的痼疾，那就是："《生死场》中的人们必须首先经历从动物到人，从前主体非主体到主体的过程，他们需要从无信息到有信息，从无耻感到有耻感，从无悲喜到悲哀，从被选择到选择的过程。"①这是一个生物性意义上的个体到"人"的觉醒的过程！从一个"忙着生，忙着死"，没有活力的一潭死水到"死水微澜"的过程！再次回乡的金枝已经不是原来的金枝了，她在一定层面上"觉醒"了。这种觉醒来自她自身，回到乡下就是试图寻找她能够活下去的生活，回乡就是一种探索！金枝的探索由生理—心理模式到这时已经转向精神的层面上来了。在精神的塔尖儿上寻望的金枝，走向了另外一个归处——尼姑庵。

四　宗教，生命的最后归程？

如果说我们伤逝金枝在其爱情中的失语，叹惋在城市中受到的

① 孟悦 戴锦华：《浮出历史地表》，中国人民大学出版社，2004年版，第182页。

侮辱,可怜有家不能归的处境,那么,到最后,我们只能祝愿金枝在宗教中求得归宿了。

由于受小农经济思想的禁锢,农民在迫不得已的情况下很难组织起来。尽管金枝回乡有着明显不同于场民的精神意识,但世代形成的生存常态是根深蒂固的,在人的潜意识里发生作用。金枝不能以一种居高临下的姿态看清场民出丑的原因,她对于依靠自身的能力消解困惑而表示失望时,自然便会退而借助别的精神方式,如宗教、信仰等求得自身的满足。在现实社会中看到的满眼都是痛苦的金枝走进尼姑庵,希求通过信仰来解脱自我、救赎自我。

皈依佛门,这在女性文学史上不是凤毛麟角的事情。《红楼梦》里的惜春,曹雪芹没有把她塑造成一个性格发展的人物,而是一开始就通过谶语“前身色相总无成,不听菱歌听佛经。莫道此生沉没海,性中自有大光明”,来指出其青灯古卷的命运,使惜春走向宗教在很大程度上成为封建大家庭走向衰落的一个象征。庐隐的短篇小说《或人的悲哀》,亚侠在探寻人生苦恼不能自拔的时候,接触了笃信基督的看护刘女士,虽然她最终并没有成为一个虔诚的教徒,但她相信,“在精神彷徨无着处的时候,我不能不寻出一个信仰的对象来”,[①]在这里,宗教的意义与亚侠的人生感并置在一起,一反一正两个方面言说着亚侠对生命存在价值的探寻与体味,共同指向人生的终极关怀。对她们而言,宗教意味着对人生终极问题的关注;而对金枝来说,这只是她承继以上三种探索的又一种探索模式罢了。借助金枝这一人物形象,萧红表达了她探索的坚强信念!金枝虽然走向了尼姑庵,却不是走向虚无,不是她从爱情婚姻、乡村、城市的失败感中感觉再无路可走了而不得不选的选择,而是证明她还在探索!萧红没有在宗教里作自我探索历程的总结,而是站在了和以前的婚恋、城市、乡村的同一平面上,共同指向“何处是归程”的问题。

“大肚子的女人回家去了,金枝又走向哪里”?作家提出这样一个问题,凸显了自己的声音,这种情况和沈从文《边城》很相似。《边

---

① 庐隐:《庐隐小说》,上海古籍出版社,1999 年版,第 10 页。

城》最后一句也说，傩送要么永远不回来，要么明天就回来，作家设置这样两种相对立的判断，分析起来，其实并不需要作出取舍。爱情这个主题，在小说文本中已经得到了成熟的表述。那么，在小说结尾设置这样一种开放性的情境，对作品来说有何意义呢？这不管对翠翠还是金枝来说，其作用是一样的。无论金枝的探索还是翠翠的爱情，都因作家安排的这么一种结尾的方式，使得读者要再次回到小说文本中来确证这个问题，于是读者会重温到翠翠与大老、二老的感情纠葛，重温到金枝从爱情婚姻、城市和宗教的探索历程。这种提问的方式非但没有起到开放性问题所要求的内容的广义性，恰恰使得小说在文本中获得了一种自在意义的充实表达。这在金枝人物形象的塑造上，强化了她从爱情婚姻到宗教的探索的涵义。联系萧红一生多舛的命运，这个问题既是指向金枝的，也是指向萧红自身的，同样也具有指向未来的，具有“何处是归程”形而上的意义。女性文学在宗法文化体制下试图竭尽全力争得发言权的时候，金枝的声音似乎微弱得不足以起到对男权、对社会的震慑作用。然而，金枝声音虽小却坚强有力，她呈现给读者的是对女性命运探索的广阔视野，她不仅突破了庐隐、冯沅君等笔下的小说人物的狭小空间，而且也不同于丁玲笔下的女性人物，走向广阔社会，却以自我形象的萎缩为代价。在“女性的天空是低的”语境下，萧红塑造的金枝形象走向广阔的探索空间，具有某种永恒的生命编码意义“高度”。①

第三节　杨小梅：“新儿女英雄传”的革命传奇与双重解放

在中国传统专制文化语境下，妇女经受着比男性更为残酷的压迫。“中国的男子，普通要受三种有系统的权力的支配，即：(一)由一国、一省、一县以至一乡的国家系统(政权)；(二)由宗祠、支祠以至家

---

① 葛浩文：《萧红评传》，北方文艺出版社，1985年版，第108页。

长的家族系统(族权);(三)由阎罗天子、城隍庙以至土地菩萨的阴间系统以及由玉皇上帝以至各种神怪的神仙系统(神权)。至于女子,除受上述三种权力的支配以外,还受男子的支配(夫权)。这四种权力——政权、族权、神权、夫权,代表了全部封建宗法的思想和制度,是束缚中国人民特别是农民的四条极大的绳索。"①所以,女性农民形象是现代文学从诞生一开始就关注的特殊农民形象群体。1920年代初,叶圣陶先生写作《这也是一个人?》的小说,描写"伊"顶半条牛的非人境遇,让读者为农村女子的悲惨命运唏嘘不已。鲁迅先生的农村题材小说《祝福》中祥林嫂就是受到这四种权力压迫,在极度的精神恐慌中死去的农村女性。这些早期小说中的女性农民形象都是扁平性格特征,不具有复杂的性格特点和心理发展变化规律,是作家启蒙思想之下的符号化、工具化存在。

中国农民运动的发展和20年代革命文学中长篇小说的出现,使得作品中的人物形象具有较为完整的性格特点,女性农民形象开始成为主角,如叶紫的《星》中的梅春姐。遗憾的是,梅春姐这样一个被阶级现代性思想启蒙起来的女性农民革命者,却不幸夭折。1930年代抗战救亡文学中的农民形象刚刚摆脱乡村原始愚昧的生活,在民族国家的救亡中开始获得个体的精神新生。因此,只有到了抗战胜利结束时,一群在战斗中成长起来的农民,已经在战火的冶炼下成为英勇的战士乃至是英雄形象的诞生。"农民在乡下怎样推翻地主的政权,已如前头所述。地主政权,是一切权力的基干。地主政权既被打翻,族权、神权、夫权便一概跟着动摇起来。……夫权这种东西,自来在贫农中就比较的弱一点。因为经济上贫农妇女不能不较富有阶级的女子多参加劳动,所以她们取得对于家事的发言权以至决定权的是比较多些。至近年,农村经济益发破产,男子控制女子的基本条件,业已破坏了。最近农民运动一起,许多地方,妇女跟着组织了乡村女界联合会,妇女抬头的机会已到,夫权便一天一天地动摇起来。

---

① 毛泽东:《湖南农民运动考察报告》,《毛泽东选集》第一卷,1991年第2版,第31页。

总而言之，所有一切封建的宗法的思想和制度，都随着农民权力的升涨而动摇。”①比较于1920年代农民运动，1940年代的解放区抗战和翻身解放运动，从根本上动摇了地主阶级的统治，农民开始在新的革命政府领导下，开始有组织的开展翻身、求解放斗争。孔厥、袁静的《新儿女英雄传》展现了40年代正在成长中的农民群体，塑造了杨小梅这样解放区农民觉醒、抗战、求解放革命过程中既具有普通群众特征又有一些高于常人的革命自觉意识的英雄形象。

《儿女英雄传》小说抬头第一句话就是：“牛大水二十三岁了，还没娶媳妇。”②这给读者第一个情节关注焦点就是牛大水何时娶媳妇的问题。小说第一页传递的信息是极为丰富的，第二段叙述“他娘已经去世，家里只有老爹和一个小兄弟，没个娘们家，过日子真难啊”，第三段接着描写牛大水的家境，受地主剥削“年年打利打不清，就像掉到井里打扑腾，死不死，活不活的”。面对这种经济窘境，牛大水发出没有希望的感叹，而他的老爹则说出了心里的狠话：“小子，不给你娶媳妇，我死也不合眼！”③老爹的话进一步凸现了小说抬头就所传递的“娶媳妇”信息，同时也间接为我们表现了牛大水等农民家庭的贫困经济状况。这就为小说的发展提供了两个目标——娶媳妇、摘穷帽，而且这两个问题是密切相关、互为因果的。第一页第四段就介绍：“这一年，正赶上七七事变。”④七七事变的这样的大时代背景的时间设置，为小说情节和人物命运的变化提供了历史维度和一种新质的历史规定性，显然这不是一个普通的才子佳人式的穷人娶媳妇故事，而是一个有着新的历史空间、新的抗战事件、新的抗战英雄人物的新故事。

七七事变后，杨小梅来到姐姐家逃难，遇到了姐夫的表弟牛大水。在牛大水的眼里，“那杨小梅，模样儿长得俊，什么活儿都能干，心眼儿又挺好；大水有一次拿着活计去央求表嫂做，表嫂忙不过来，小梅就不言不语的结果去做了。这会儿大水心里想：‘小梅真不错！

① 毛泽东：《湖南农民运动考察报告》，《毛泽东选集》第一卷，1991年第2版，第32页。

②③④ 袁静等：《新儿女英雄传》，人民文学出版社，1956年版，第1页。

要是娶她作媳妇,我一辈子可就心满意足啦。'"①小说一开头就为我们塑造了一个从相貌到内在品质都近乎完美的女性形象,在一个普通农民的视角看来,杨小梅无疑是一个集外貌美和心灵美于一身的理想的、无可挑剔的择偶对象。这在一定程度上延续了中国人传统的择偶标准,符合大众的审美规范。

面对姐姐的撮合,"小梅正坐在炕头上做活儿。她今年十九岁了;虽然个子不大,可是长得很结实,平常挑起整桶的水来,走得很快。她娘是个老派人,还叫她留着一条粗辫子,额上梳着'刘海'。这当儿,她一对大眼睛抬起来,看见姐姐对她笑着,低声儿和娘说话,知道是在谈她的亲事呢,就不好意思的红了脸儿,低下头,假装做针线活,眼不看,嘴不说,耳朵可直愣愣的听着哩。"②作者好像对杨小梅的个人情况和相貌描写还不满意,在下文中作了进一步的呈现,但是作者对杨小梅的相貌描写是夹叙在对她身体的劳动能力叙述之中。这让我想起了老舍《骆驼祥子》中的祥子找对象的愿望也是找一个朴素的、能吃苦耐劳的乡下女人。小梅"长得很结实,平常挑起整桶的水来,走得很快",显然是很符合乡下大多数农民的实用主义择偶条件的,作者在不经意间给我们透露了一些更为具体的相貌细节,如粗辫子、大眼睛等等,显然作者不希望过多的、集中的描写杨小梅的外貌美,而是重点突出她的劳动品质与心灵美,以免分散对革命集体英雄美学的注意力。③"她心里盘算:'大水可真不错呀!好小伙子,老实巴结的,挺和善。能找这么个知疼知热的庄稼人,我这一辈子也就称心如意啦。'"④杨小梅对这桩亲事的内心想法,进一步展现了她的优美心灵品质。

---

①② 袁静等:《新儿女英雄传》,人民文学出版社,1956年版,第3页。

③ 从某种意义上而言,作者若是较多的描写杨小梅的美貌,则无疑会被沾染上小资产阶级审美情调嫌疑的,对于革命集体美学而言,女性身体所具有的劳动品质美远远胜于弱不禁风的风韵气质美;女性内在的心灵美更是远胜于身体面容美。至于1920年代早期茅盾笔下的性感女神形象或是1990年代以后的指向欲望的性感美,更是绝对不可以呈现的,最多不过是牛大水眼中的所看到的那种"模样俊"的面容美。显然革命集体美指向的是一种关乎劳动能力的、面容美和心灵美的混合美。

④ 袁静等:《新儿女英雄传》,人民文学出版社,1956年版,第3页。

杨小梅和牛大水有情有义，互有好感，彼此较为般配，原本可以成就一对夫妻。然而，遗憾的是杨小梅的娘却不同意。“谁想她娘千不嫌，万不嫌，就嫌大水家里穷，一时拿不定主意，说：‘这门亲事，慢慢儿再商量吧。’”①小说没有让两个主角的心愿顺遂，而是为之设置了重重的障碍，第一重障碍就来自经济问题——穷。这种叙述笔法是自然而真实的，与中国传统才子佳人小说、戏曲中的穷书生爱上千金小姐、却被嫌贫爱富的小姐父母所拒的情节发展模式相通，很自然符合农民大众的审美习惯。

小说中，杨小梅的姐夫是一个很重要的核心人物，不仅是杨小梅和牛大水（杨的姐夫、牛的表哥）的共同亲人，还是连接杨小梅和牛大水之间关系的中间人，更重要的是杨、牛日后改变命运的关键人物。杨小梅的姐夫黑老蔡原是一个铁匠，暗里参加了共产党，外出搞革命去了。这一关键人物的临时“不在场”使得杨小梅与牛大水的亲事“不冷不热地搁下了”。仅有小梅姐姐一人在家的情形使得经济上无法支撑杨小梅和娘继续住下去，小梅和娘就到了白洋淀大杨庄的姥姥家。

随着从申家庄到杨家庄的空间转移，让读者很关注的杨小梅的亲事也发生了变故。小梅的娘把她许给了一个为国民党中央军地方头领“护院”名叫张金龙的人。尽管小梅再三不愿意，但是，作为一个农民女性又能有什么出路呢？小梅躺在床上装病，不住地啼哭，但花轿来了的时候，也由不得她了，过了门成了张金龙的媳妇。然而，杨小梅受到婆婆的虐待在张家过得很不顺心。听到小梅受苦，牛大水很难过，可是也没有办法。

在国共合作之后，中共地下党黑老蔡可以公开露面出现了，回到家乡的黑老蔡给牛大水和杨小梅的生活、命运带来转折的可能性。牛大水在黑老蔡的引导下，加入了共产党，参加了抗日斗争，从身份、地位、精神面貌都焕然一新，成为一个革命新人。杨小梅看到“女红军”真眼热，看到牛大水“头上包着白手巾，身上穿着对襟的蓝褂儿，

① 袁静等：《新儿女英雄传》，人民文学出版社，1956年版，第3页。

腰里缠着子弹袋，肩上背着一支大枪”的新面貌后，内心无比羡慕。然而，受制于婆婆，小梅还是不得不回张家去。回到张家之后的小梅又受到婆婆的虐待，被擀面杖打得脑袋出了个血窟窿、眉骨起了青疙瘩。小梅跑到姐姐家，第二天张金龙就把小梅拉扯回家了，关在屋子里做活不给饱饭。跳墙跑出来的小梅说什么也不回张家了，要当个“女红军”。在黑老蔡的帮助下，杨小梅正好和牛大水一起到县里受训，学习革命文化，避开了张家人的寻找，从此走向了以革命斗争的方式反抗压迫、追求自由解放的新人生道路。

到县上受训，是杨小梅和牛大水人生历程中重要的转折点，同时也遇到了有生以来最大的困难。杨小梅和牛大水分到了一个学习小组里，她们先是遇到了生活上的考验：“大水和小梅乍一入了训练班，都很不习惯。白天上课，晚上开讨论会，起床，睡觉，上操，唱歌……干什么都吹哨子；觉得昏头晕脑的，紧得厉害。吃起饭来，二三百口子，分成摊儿，小米饭，萝卜汤，大家吃得挺快；小梅赶不上，把嘴唇都烫出泡来了。晚上睡觉，男同志全在屋里睡地铺，垫的草，枕的砖，女同志优待点，屋里还有炕。房子很大，炕又是凉炕，天气很冷啦，小梅没带被子，跟一个叫田英的女同志伙着盖；半夜里冻得她腿肚子转筋，尽啼哭，心里有些后悔：‘还不抵不来呢！’常想回姐姐家去。”①从小在农村长大、日出而作日落而息的农民怎能一时习惯这种军事化管理，好在杨小梅在一个共产党员田英的帮助下，克服了困难。下决心争口气。

然而，杨小梅和牛大水遇到的最大困难是学习，这是最发憷的事。开起讨论会来，这个小组里，就是大水和小梅不言声。别人让小梅发言，臊得她差点哭出来。“大水对小梅说：‘咱俩可是高粱地里耩秴子（秴子是高粱的一种），一道苗儿。两个傻蛋，往后受罢训回去，百吗也不懂，可怎么着？’小梅也愁蹙蹙得说：‘谁说不是呀！咱们两个笨鸭子上不了架；受了一回训，就装了一肚子小米饭，回

---

① 袁静等：《新儿女英雄传》，人民文学出版社，1956 年版，第 27 页。

去怎么见人哪?'大水说:'咱就不信! 人家是人,咱也是个人,咱就学不会?'"[①]每天,他们开始识字、写字,硬着头皮听课,小说较为生动展现了杨小梅和牛大水这两个目不识丁的农民在共产党的领导下,积极克服各种困难,下决心努力学习知识文化的心理转变过程。而这一心理转变过程就是一个农民从蒙昧无知到变为革命新人,乃至是革命英雄的成长心灵史。[②]

"大水觉得自己有了进步,生怕小梅落了后,有一次学罢歌子,人散了,他问小梅:'你怎么着? 生活过得惯?'小梅剪过的头发齐脖子,晒得黑红的脸儿,一笑就是两个酒窝儿;她可松快多了,活泼多了,两只大眼睛挺精神的瞧看大水,说:'怎么过不惯呀?'她把陈大姐跟她们说的话,照样儿搬了过来,说:就得吃苦呢。咱们这是'锻炼'! 往后打日本,什么苦都要受得了呢! 大水听了,吃惊的想:'嘿呀,小梅可进步多啦!'小梅一跳一跳的走去,头发在风里飘,还唱《新中华进行曲》呢……"[③]杨小梅一点也不比牛大水落后,但是小说还是隐含着一种男强女弱的审美思维模式。当小梅拿不定主意的时候,牛大水建议小梅参加党的组织,"你就参加吧。在了党,可就有了主心骨啦。"[④]在牛大水的鼓励下,杨小梅由田英介绍成为一名共产党员,不仅精神面貌完全发生了变化,而且真正成为了一名共产党员,有一个新的政治身份和革命责任、动力与归宿。

小说情节的发展是一波三折的,杨小梅和牛大水的"亲事"注定不会一帆风顺,而是经历种种复杂的、艰难的过程。这恰恰是小说的情节曲折动人、革命翻身解放不会一蹴而就、革命英雄在烈火中"炼金"成长的具有可信度的审美想象。张金龙找到训练班来,虚情假意地嘘寒问暖,"小梅从来没见他这么好过呀,心就软了",跟张金龙一

---

① 袁静等:《新儿女英雄传》,人民文学出版社,1956年版,第28页。

② 蔡翔先生分析:在这一"心理变化"的过程中,很重要的一个原因是"共产党员",对于一个普通农民来说,在当时,"共产党员"不仅是一种身份,更隐含着一种尊严和荣誉。也正是这一尊严和荣誉,导致了牛大水的"心理变化"。这一心理变化的过程,也正是一个人成长的过程。见蔡翔的《重述革命历史:从英雄到传奇》,《文艺争鸣》,2008年第10期,第54页。

③④ 袁静等:《新儿女英雄传》,人民文学出版社,1956年版,第29页。

起出来。[①]这种心理变化同样是真实的，呈现出了一个农村女性内心柔软的人性一面。然而张金龙不是来看她，而是来诓骗她回家，幸亏牛大水等人及时赶来，才使小梅训练班的学习得以继续。训练班结束，杨小梅不愿回家，就被分派到区妇救会工作。当杨小梅的婆婆病危、公公来找小梅回家的时候，黑老蔡劝她回家。“黑老蔡把她叫到一间没人的屋里，对她说：‘你婆婆病得挺厉害，你公公来接你回去，说是去早了还能见一面，去迟了可就见不上了。’……黑老蔡说：‘上次张金龙受了伤，你也没回去。这会儿你婆婆病得要死，你公公又苦苦要求，要不回去瞧瞧，怕影响不好。再说，你的身子也重了，回家去生了孩子再出来工作，或许还方便些。’小梅淌着眼泪不愿意回去。黑老蔡劝了半天，她才答应。”[②]小梅回到家婆婆就咽气了，紧接着小梅的孩子出生了，公公见是个男孩就有意对她好一点“想拢住她”；张金龙看到月子里许多老百姓和干部来看望小梅，就不敢再欺负、虐待她了。“小梅以前不满意张金龙，也想到过离婚；可是现在有了孩子，孩子是自己的肉啊，怎么也不能叫孩子受罪抱屈。她想：‘为了孩子，能对付就对付吧！’”[③]杨小梅内心对革命事业的坚定和面对公婆乞求的心软、对孩子的疼爱糅合在一起，展现了她心灵情感世界的丰富性和真实自然性。

杨小梅尽管对自己的婚姻不满意，但是看在孩子的份上，还是尽力维持着，同时根据黑老蔡的指示，尽量把伪军也力图拉拢的、处在岔路口的张金龙引向革命路上。张金龙不愿意参军到部队吃苦，就在杨小梅和黑老蔡的推荐下，到了县大队工作。同时，牛大水的老爹为大水定了一门亲事。眼看，小说的两个主角的姻缘就彻底了断了，然而，故事情节又起了新的波澜。牛大水迎娶的媳妇在出嫁的路上遭到日本人的侮辱而跳井自杀了。张金龙在县大队由于吃不来冷饽饽、闹情绪、受不得批评，就递了请假条，卷铺盖到区上找小梅去了。党的领导黑老蔡继续耐心挽救他，叫小梅做争取他的工作，不希望张金龙挤到邪路上去，“要是他实在不愿意回县大队，暂且和你在一块

---

① 袁静等：《新儿女英雄传》，人民文学出版社，1956年版，第32页。

②③ 袁静等：《新儿女英雄传》，人民文学出版社，1956年版，第53页。

儿，就在区上搞武装工作也行。你可以好好儿帮助他、督促他”。①

黑老蔡和杨小梅尽最大力气、耐心劝说张金龙走革命道路。张金龙在小梅好说歹说下，在区小队当了个班长。张金龙恶习不改，没有从思想上认识到抗日的革命性质，逞个人英雄主义，不服从革命纪律，继续吃喝嫖赌，滥杀革命联合对象，而且在受到纪律处分时，煽动部下背叛八路军，离革命越来越远。气急败坏的张金龙来到小梅那里，“忽然张金龙气汹汹的进来说：‘杨小梅！你要是我的老婆，马上卷起铺盖跟我走！不是我的老婆，咱俩就一刀两断！’小梅愣住了，眼睛瞪得像两只小铜铃，说：‘你这是干什么呀？’张金龙冷笑说：‘人家把我弄得人不人、鬼不鬼的，我不干了！此处不养爷，自有养爷处。你要跟着我，你马上脱离工作；你要工作，咱俩就拉倒！’”②

面对张金龙的不争气和反革命行为，“小梅气得手脚冰凉，睁圆着眼儿说：‘张金龙，你别威吓我！拉倒就拉倒！我还能撂下革命跟你走啊？咱们车走车道，马走马路，谁也不跟谁相干！’”③黑老蔡也开始了反思：“老蔡心里很沉重，在屋里走了一个来回，就站住脚，望着双喜、高屯儿说：‘我们在对待张金龙的问题上，可能软弱了。现在要赶快处理这个问题，再也不能拖延、迁就了。你们马上找大水研究一下，要在下面做些工作：揭露他的罪恶事实，发动群众斗争他、孤立他——他还有一些捻过香的把兄弟。’”小说透过黑老蔡的“对待张金龙可能软弱”的反思，从另一个方面展现了革命阵营对张金龙所能做的最大程度的挽救努力，可以说无论是黑老蔡为代表的党组织和身为妻子的杨小梅都已经是仁至义尽了。换句通俗的话说，就是张金龙的确是“人领着不走，鬼领着跑”的走邪路的坏蛋。因此，小梅“一看到张金龙，就指着说：‘你这个家伙，放着光明大道不走，偏要往邪路上奔，看看你今天的下场吧！’她望着老蔡说：‘蔡队长，为了争取张金龙转变，我什么话都说到了，心也使碎了，可是他根子不正秧子歪，跟咱们走不到一条道儿上，我要求和他离婚！孩子跟着他没好，得断

①　袁静等：《新儿女英雄传》，人民文学出版社，1956年版，第88页。

②③　袁静等：《新儿女英雄传》，人民文学出版社，1956年版，第102页。

给我！'老蔡点头说：'好，你回去打个报告吧。'"[①]当杨小梅把孩子接过来的时候，孩子已经快不行了，在就医的路上断气了。县上很快就办了离婚手续，杨小梅跟张金龙的关系已经彻底了断了。在这里，革命不仅是穷苦人集体翻身得解放的必由之路，也是杨小梅个人获得人身自由、婚姻自主的解放途径。后来，牛大水和杨小梅经受了抗战的考验之后，在黑老蔡这个介绍人的撮合下结婚了。因此，杨小梅的自由就具有一种丰富的含义，是社会解放与个体人性解放、婚姻自由相统一的完全意义上的自由。

1920年代夭折的梅春姐所寻求的完整统一解放，在1940年代解放区文学中的杨小梅形象那里得到了实现。不同于叶紫的《星》中的简短叙述，杨小梅的结婚在小说中得到了四个小节的大篇幅描绘。黑老蔡提议他们的婚姻后，又过一段时间，结婚才得以进行。结婚过程写得很长，同志们送的祝贺对联很有意思，其中程平送的是"新人儿推倒旧制度，老战友结成新夫妇"，横批为"革命的爱"。小梅和大水的新婚之夜的描写同样感人至深而又意味深长。

> 说了一阵闲话，红灯慢慢儿暗下去了。他俩就上炕歇息。小梅抚摸着大水满身的伤痕，眼泪突然涌出来，滴在大水的胳膊弯儿上；她轻声轻语地说："大水啊！那天晚上你在被窝里卷着抬进来，你给敌人拾掇成了什么样儿！真把我心痛得不行啊！"她脸儿贴着大水的脖子说："你真坚决！真是好样儿的！你是火炼过的真金啊！"大水激动得声音发抖说："你和同志们疼我，疼得真没处疼啦！要没你们耐心的照护，我出来也活不了！"小梅说："革命真是个大家庭；你看谁对谁都跟亲人一样！"
>
> 大水想起了老爹，忍不住掉泪说："唉，我爹要活着，瞧见咱们俩结婚，不定多乐呢！头一回你姐姐来说亲，要成功了，该多好啊！"小梅说："那时候我才不愿意呢，可怎么由得了自己呀！"大水亲着小梅说："要不是参加革命，咱们俩怎么也到不了一块儿！"
>
> 灯熄了，他两个紧紧地抱着，心里像有块糖儿在慢慢的化；

---

① 袁静等：《新儿女英雄传》，人民文学出版社，1956年版，第104—105页。

很久很久的，还唧唧哝哝说着话儿。①

杨小梅和牛大水的话语都透着历经人生磨难与辛酸，都说出了内心珍藏很久的肺腑之言。尤其是牛大水回忆自己与小梅亲事所经历的种种挫折，不仅把全书的有关情节串联起来，而且使读者感慨不已。大水说的话"要不是参加革命，咱们俩怎么也到不了一块儿！"，具有很强的画龙点睛的点题功能：革命才是杨小梅和牛大水能够缔结自由幸福婚姻的红娘。县里共产党程平送的对联的横批"革命的爱"恰好阐明《新儿女英雄传》这一对"老战友"的"新人"姻缘所具有的新的革命性质。毫无疑问，杨小梅和牛大水的爱，是有着乡土中国现代性的爱，是农民群体翻身解放和个体人性自由解放相统一的"革命的爱"。从小说开头杨小梅和牛大水最初的情感意向到最终二人的结合，这一过程中，作为革命领导者化身的黑老蔡起到了关键的作用，是一个具体而微的、代表党组织的穿针引线的红娘。因此，杨小梅和牛大水这种"革命的爱"不仅是具体真实感人的，也不仅说明了这种爱所具有的革命性质；同时具有一种高度的精神隐喻，杨小梅的人身自由、婚恋之爱是革命领导者黑老蔡所带来的，是黑老蔡所代表的中国共产党领导的革命给予和保障的，从而阐述了这种新型爱的诞生来由与根源。②

① 袁静等：《新儿女英雄传》，人民文学出版社，1956 年版，第 213 页。

② 蔡翔先生也分析过这种革命叙述的双重功能：在"重述革命历史"的过程中所产生的这一"现代神话"，还具有另外一种，或者说更为重要的叙事功能，这一功能我们或许可以把它理解为人的存在的意义。安德森有关民族主义的论述，尤其是这一论述进入中国历史语境的时候，常常会引起不同的争议，但是，他有关现代民族国家和个人"重生"问题的讨论，仍然有助于我们打开一个新的讨论空间——"尽管宗教信仰逐渐退潮，人的受苦——有一部分乃因信仰而生——却并未随之消失。……因而，这个时代所亟需的是，通过世俗的形式，重新将宿命转化为连续，将偶然转化为意义"，而在这样一种需求中，"很少有东西会比民族这个概念更适合于完成这个使命"，包括"暗示不朽的可能"。……而在中国的当代历史的语境中，国家、革命和人民常常是一个三位一体的概念。因此，"为了……"这样一个含有浓重的目的论色彩的现代句式，之所以能够风靡整个中国大陆，恰恰是由于隐藏在其背后的有关个人"死亡"和"重生"的意义论辩以及明确的伦理回答。……这一对"革命历史"的政治性描述，同时也是一种伦理性的描述，更是一种有关"死亡"和"重生"的存在意义的描述。这一"死亡"和"重生"通过"人民英雄纪念碑"这一物的形式被有效地叙述出来，同时，也通过各种"故事"的讲述，再现了这一个人和国家之间的意义所在。见蔡翔的《重述革命历史：从英雄到传奇》，《文艺争鸣》，2008 年第 10 期，第 54—55 页。即杨小梅和牛大水的革命叙述不仅迎来的一个革命胜利的新中国，而且在这一革命过程中获得个人的生命自由，也就是说，革命使国家和个体都获得了"新生"。

《新儿女英雄传》的意义不仅在于达成了叶紫《星》中这种集体解放和个体解放相统一的整体解放，而且还在于杨小梅已经从梅春姐那样的农村女性革命者在抗日和解放战争的锻炼中成长为一位女英雄的新农村女性形象。比较于牛大水在结婚前经受敌人的严刑拷打，杨小梅是在与牛大水结婚后、抗战胜利前夕被捕受难的。

面对敌人阴险的威逼利诱以及对儿子小胖的要挟，杨小梅革命意志坚定，丝毫不为所动，坚定地说："我死了，这孩子也活不成，不如把我们娘儿俩一块儿弄死，反正将来会有人给我们报仇的！"[①]敌人给小梅压杠子，她昏死过去了，醒来又被压了个死，就是不屈服。至此，杨小梅不仅获得婚姻自由，而且在革命的烈火中经受了"锻造"成为一名真正意义的女农民英雄。小说给读者一个皆大欢喜的大团圆结局：一些伪军同情和敬佩杨小梅，在八路军大反攻的时候，没有把杨小梅处死而是偷偷掩护起来，反正了。活着回来的杨小梅见到了受伤昏迷、成血人的牛大水。醒来的牛大水拉住小梅的手说："哈，小梅！咱们总算熬过来了，咱们胜利啦！"[②]杨小梅和牛大水为代表的中国农民终于迎来的胜利的一天，在革命战斗的磨砺下从愚昧、麻木、不觉悟的生存状况转变为阶级意识觉醒的、开始反抗的，乃至成为革命战士和英雄的新农民形象。作为在中国传统文化下受到最多重压迫、苦难最深的女性农民，《新儿女英雄传》中的杨小梅这一个农民革命英雄的形象具有一种特殊的意义和价值，标志着千年以来的乡土中国发生了一场具有现代性质的革命，一种具有现代性内涵的新的生活秩序、新的生活理念、新的农民形象已经建构起来，也必将对未来的中国产生深远的影响。

---

① 袁静等：《新儿女英雄传》，人民文学出版社，1956年版，第267页。

② 袁静等：《新儿女英雄传》，人民文学出版社，1956年版，第271页。

参考文献

[1] 鲁迅:《鲁迅全集》,人民文学出版社,1981 年北京第 1 版。

[2] 贺仲明:《一种文学与一个阶层——中国新文学与农民关系研究》,人民出版社,2008 年版。

[3] [日]沟口雄三:《日本人视野的中国学》,李甦平等译,中国人民大学出版社,1996 年版。

[4] 张鸣:《乡土心路八十年——中国近代化过程中农民意识的变迁》,上海三联书店,1997 年版。

[5] 梁启超:《梁启超全集》,北京出版社,1997 年 7 月第 1 版。

[6] 严复:《严复选集》,周振甫选注,人民文学出版社,2004 年 1 月北京第一版。

[7] 陈平原:《二十世纪中国小说理论资料》,北京大学出版社,1997 年 2 月第一版。

[8] 丁帆:《中国乡土小说史论》,江苏文艺出版社,1992 年版。

[9] 陈继会等:《中国乡土小说史》,安徽教育出版社,1999 年 11 月第 1 版。

[10] 袁进:《中国小说的近代变革》,中国社会科学出版社,1992 年 6 月第 1 版。

[11] 朱德发:《五四文学新论》,山东文艺出版社,1995 年版。

[12] 庄汉新、邵明波:《中国 20 世纪乡土小说论评》,学苑出版社,1997 年第一版。

[13] 王瑶:《鲁迅作品论集》,人民文学出版社,1984 年 8 月北京第 1 版。

[14] 钱谷融:《艺术 · 人 · 真诚》,华东师范大学出版社,1995 年版。

[15] 许寿裳:《亡友鲁迅印象记》,人民文学出版社,1953 年 6 月北京第 1 版。

[16] 李大钊:《李大钊文集》上卷,人民出版社,1984 年 10 月第 1 版。

[17] 逄增玉:《现代性与 20 世纪中国新文学》,东北师范大学出版社,2001 年版。

[18] 于建嵘:《岳村政治——转型期中国乡村政治结构的变迁》,商务印书馆,2001 年 12 月第 1 版。

[19] 刘建军:《演进的诗化人学——文化视界中西方文学的人文精神传统》,东北师范大学出版社,1998 年版。

[20] 葛中义:《〈阿 Q 正传〉研究史稿》,青海人民出版社,1986 年 1 月第一版。

[21] 茅盾:《茅盾全集》,人民文学出版社,1989 年北京第 1 版。

[22][俄]梭罗古勃:《寓言 · 石子之经历》,《域外小说集》,周作人译,群益书社,1920 年版。

[23] 葛红兵:《直来直去》,当代世界出版社,2004 年 4 月第一版。

[24][俄]佩列韦尔泽夫:《形象诗学原理》,中国青年出版社,2004 年 6 月第 1 版。

[25] 段崇轩:《乡村小说的世纪沉浮》,中国文联出版社 2000 年版。

[26]《中国乡土文学大系》现代卷(上、下),刘绍棠、宋志明主编,农村读物出版社,1996 年 10 月第 1 版。

[27][日]藤井省三:《鲁迅〈故乡〉阅读史——近代中国的文学空间》,董炳月译,新世纪出版社,2002 年 6 月第 1 版。

[28]《中国新文学大系》,赵家璧主编,上海良友图书印刷公司,1935 年 7 月初版。

[29] 毛泽东:《毛泽东文集》,人民出版社,1993 年 12 月第 1 版。

[30] 沈从文:《沈从文文集》,花城出版社、生活 · 读书 · 新知三联书店联合编辑出版,1984 年 7 月第 1 版。

[31] 凌宇:《从边城走向世界——对作为文学家的沈从文的研究》,三联书店,1985 年 12 月第 1 版。

[32] 石启贵:《湘西苗族实地调查报告》,湖南人民出版社,1986 年 12 月第 1 版。

[33][美]金介甫:《沈从文传》,符家钦译,国际文化出版公司,2005 年 10 月第 1 版。

[34] 凌宇:《从边城走向世界——对作为文学家的沈从文的研究》,三联书店,1985 年 12 月第 1 版。

[35] 陈独秀:《陈独秀文章选编》,三联书店,1984 年 6 月第 1 版。

[36] 梭罗:《瓦尔登湖》,徐迟译,吉林人民出版社,1997 年 12 月第 1 版。

[37][美]霍尔姆斯·罗尔斯顿:《环境伦理学:大自然的价值以及人对大自然的义务》,杨通进译,中国社会科学出版社,2000 年 10 月第 1 版。

[38] 贺雪峰:《新乡土中国》,广西师范大学出版社,2003 年 3 月第 1 版。

[39][日]祖田修:《农学原论》,张玉林等译,中国人民大学出版社,2003 年 2 月第 1 版。

[40]《剑桥中华民国史,1912—1949》(下卷),[美]费正清、费维恺编;刘敬坤等译,中国社会科学出版社,1994 年版。

[41] 瞿秋白:《瞿秋白文集》政治理论编,人民出版社,1987 年 3 月第 1 版。

[42] 逄增玉:《二十世纪中国文学的历史文化透视》,东北师范大学出版社,1996 年版。

[43] 刘雨:《艺术经验论》,东北师范大学出版社,1998 年 3 月第一版。

[44]《文学研究会资料》上篇,河南人民出版社,1985 年 10 月第 1 版

[45]《创造社资料》上册,福建人民出版社,1985 年 1 月第 1 版。

[46]《"革命文学"论争资料选编》,人民文学出版社,1981 年 1 月北京第 1 版。

[47][法]塞奇·莫斯科维奇:《群氓的时代》,江苏人民出版社,2003 年 4 月第 1 版。

[48] 郁达夫:《郁达夫文集》(国内版)第 5 卷,花城出版社、三联书店香港分店,1982 年 7 月第 1 版。

[49] 叶紫:《叶紫文集》(上、下),胡从经编,湖南人民出版社,1983 年 11 月第 1 版。

[50] 丁玲:《丁玲文集》,湖南人民出版社,1983 年 12 月第 1 版。

[51] 洪深:《洪深文集》,中国戏剧出版社,1957 年 11 月第 1 版。

[52] 蒋光慈:《蒋光慈文集》第二卷,上海文艺出版社,1983 年 6 月第 1 版。

[53] 陈思广:《战争本体的艺术转化——二十世纪下半叶中国战争小说创作论》,四川出版集团巴蜀书社,2005 年 6 月第 1 版。

[54] 逄增玉:《黑土地文化与东北作家群》,湖南教育出版社,1995 年版。

[55]《李辉英研究资料》,马蹄疾编,春风文艺出版社,1988 年 6 月第 1 版。

[56] 李辉英:《李辉英代表作》,中国现代文学馆编,华夏出版社,1998 年 1 月北京第 1 版。

[57] 李辉英:《李辉英散文选集》,马蹄疾编,百花文艺出版社,1986 年 1 月

天津第1版。

[58]《东北作家群小说选》，王培元编，人民文学出版社，1992年6月北京第1版。

[59][美]葛浩文：《萧红评传》，北方文艺出版社，1985年8月第1版。

[60]田军：《八月的乡村》，奴隶社出版，上海容光书局发行，1935年8月初版。

[61]萧红：《萧红全集》，哈尔滨出版社，1991年5月第1版。

[62]铁峰：《萧红年谱》，《萧红全集》，哈尔滨出版社，1991年5月第1版。

[63]端木蕻良：《端木蕻良文集》，北京出版社，1998年6月第1版。

[64]方成祥：《毛泽东与延安整风运动》，陕西人民出版社，1993年9月第1版。

[65]王实味：《王实味文存》，朱鸿召编选，上海三联书店，1998年12月第1版。

[66]高华：《红太阳是怎样升起的——延安整风运动的来龙去脉》（上、下），中文大学出版社，2000年第1版。

[67]毛泽东：《毛泽东文艺论集》，中共中央文献研究室编，中央文献出版社，2002年4月第1版。

[68]毛泽东：《在延安文艺座谈会上的讲话》，人民出版社，1975年12月第1版。

[69]《山西文艺史料》（第一辑），山西省文学艺术工作者联合会编，1959年8月第2版。

[70]《中国解放区文学书系·戏剧卷》，重庆出版社，1992年3月第1版。

[71]《中国解放区文学书系·小说卷》，重庆出版社，1992年3月第1版。

[72]戴光中：《赵树理传》，北京十月文艺出版社，1987年6月第1版。

[73]赵树理：《赵树理全集》，北岳文艺出版社，1986年9月，第1版。

[74]赵树理：《赵树理文集》，工人出版社，1980年10月第1版。

[75]《赵树理研究资料》，黄修已编，北岳文艺出版社，1985年9月第1版。

[76]《山西文艺史料》第三辑，山西省文学艺术工作者联合会编，1961年7月第1版。

[77]邹容：《革命军》，华夏出版社，2002年10月第1版。

[78]章士钊：《章士钊全集》第一卷，文汇出版社，2000年2月第1版。

[79]丁玲：《太阳照在桑干河上》，人民文学出版社，1952年4月北京第1版。

[80] [美]黄宗智:《华北的小农经济与社会变迁》,中华书局,2000 年 6 月第 1 版,第 5 页。

[81] 黄仁宇:《中国大历史》,三联书店,1997 年 5 月第 1 版,第 298 页。

[82] 张丽军:《想象农民》,山东人民出版社,2008 年版。

[83] 孙中田、逄增玉、黄万华《镣铐下的缪斯——东北沦陷区文学史论》,吉林大学出版社,1999 年版。

[84] 刘雨:《多元矛盾中的个性选择——中国现代作家的生命体验与创作》,吉林教育出版社,2003 年版

[85] 毛泽东:《论人民民主专政》,人民出版社,1975 年 12 月第 1 版。

[86] 黑格尔:《美学》,朱光潜译,商务印书馆,1981 年 7 月版。

[87] 丁帆:《中国大陆与台湾乡土小说比较史论》,南京大学出版社,2001 年 5 月第 1 版。

[88] 冯雪峰:《雪峰文集》,人民文学出版社,1983 年版。

[89] 刘禾:《跨语际实践:文学,民族文化与被译介的现代性(中国,1900—1937)》,生活 · 读书 · 新知三联书店,2002 年 6 月第一版。

[90] 黄子平:《“灰阑”中的叙述》,上海文艺出版社,2001 年 1 月第一版。

[91] 杨念群、黄兴涛、毛丹:《新史学——多学科对话的图景》,中国人民大学出版社,2003 年 10 月第 1 版。

[92] 杨念群:《空间 · 记忆 · 社会转型——“新社会史”研究论文精选集》,上海人民出版社,2001 年 5 月第一版。

[93] 李欧梵:《中国文学与现代性十讲》,复旦大学出版社,2002 年 10 第一版。

[94] 陈建华:《“革命”的现代性——中国革命话语考论》,上海古籍出版社,2000 年 12 月第一版。

[95] [美]韦勒克、沃伦:《文学理论》,生活 · 读书 · 新知三联书店,1984 年版。

[96] [美]德里克:《革命与历史:中国马克思主义历史学的起源,1919—1937》,江苏人民出版社,2005 年 1 月第一版。

[97] [美]吉尔伯特 · 罗兹曼:《中国的现代化》,江苏人民出版社,2003 年 8 月第一版。

[98] 赵园:《地之子:乡村小说与农民文化》,北京十月文艺出版社,1993 版。

[99] 赵园:《艰难的选择》,上海文艺出版社,2001 年 1 月第 2 版。

[100] 钱理群:《返观与重构——文学史的研究与写作》,上海教育出版社,2000年3月版。

[101] 钱理群:《1948:天地玄黄》,山东教育出版社,1998年5月版。

[102] 张未民:《批评笔迹》,吉林人民出版社,2002年1月第1版。

[103] 武力,郑有贵主编:《解决"三农"问题之路——中国共产党"三农"思想政策史》,中国经济出版社,2004年1月第1版。

[104] 朱晓进:《"山药蛋派"与三晋文化》,湖南教育出版社,1995年8月第一版。

[105] 范家进:《现代乡土小说三家论》,上海三联书店,2002年6月第一版。

[106] 杨联芬:《晚清至五四:中国文学现代性的发生》,北京大学出版社,2003年11月版。

[107]《在东西古今的碰撞中——对"五四"新文学的文化反思》,中国现代文学研究会编,中国城市经济社会出版社,1989年4月第1版。

[108] 费孝通:《乡土重建》,上海观察社,1948年版。

[109] 费孝通:《费孝通文集》,群言出版社,1999年版。

[110] 秦晖:《农民中国:历史反思与现实选择》,河南人民出版社,2003年版。

[111] 王晓明:《二十世纪中国文学史论》,东方出版中心,2003年4月版。

[112] 倪伟:《"民族"想象与国家建构——1928—1948年南京政府的文艺政策及文学运动》,上海教育出版社,2003年9月第1版。

[113]《文学运动史料选》,北京大学、北京师范大学 北京师范学院中文系中国现代文学教研室主编,上海教育出版社,1979年5月第1版。

[114] [美]本尼迪克特·安德森:《想象的共同体:民族主义的起源与散布》(Imagined Communities),上海世纪出版集团,2003年1月第一版。

[115] [美]杜赞奇:《文化、权力与国家:1900—1942年的华北农村》,江苏人民出版社,2003年8月第一版。

[116] [美]萨义德:《文化与帝国主义》,生活·读书·新知三联书店,2003年10月第一版。

[117] [美]杜赞奇:《从民族国家拯救历史:民族主义话语与中国现代史研究》,社会科学文献出版社,2003年2月第一版。

[118] [美]詹姆斯·C.科斯特:《农民道义经济学:东南亚的反叛与生存》,译林出版社,2001年7月第一版。

[119][法]古斯塔夫·勒庞:《乌合之众:大众心理研究》,中央编译出版社,2004年1月第一版。

[120][法]古斯塔夫·勒庞:《革命心理学》,吉林人民出版社,2004年10月第一版。

[121][法]H.孟德拉斯:《农民的终结》,李培林译,社会科学文献出版社,2005年第1版。

[122][加]查尔斯·泰勒:《现代性之隐忧》,中央编译出版社,2001年6月第一版。

[123][英]安东尼·吉登斯:《现代性的后果》,译林出版社,2000年7月第一版。

[124][美]费约翰:《唤醒中国:国民革命中的政治、文化与阶级》,生活·读书·新知三联书店,2004年10月第一版。

[125]李泽厚:《中国现代思想史论》,天津社会科学院出版社,2003年5月第一版。

[126]费孝通:《乡土中国 生育制度》,北京大学出版社,1998年5月第一版。

[127]秦晖、苏文:《田园诗与狂想曲》,中央编译出版社,1996年第一版。

[128]孙隆基:《中国文化的深层结构》,广西师范大学出版社,2004年5月第一版。

[129]孙津:《中国农民与中国现代化》,中央编译出版社,2004年4月第一版。

[130]李大钊:《平民主义》,华夏出版社,2002年10月北京第一版。

[131]潘逸阳:《农民主体论》,人民出版社,2002年8月第一版。

[132][日]伊藤虎丸、刘柏青、金训敏合编:《日本学者研究中国现代文学论文选萃》,吉林大学出版社,1987年7月第一版。

[133]王瑶:《中国新文学史稿》,上海文艺出版社,1982年11月修订重版。

[134]解志熙:《和而不同——中国现代文学片论》,清华大学出版社,2002年9月第一版。

[135]张新颖:《20世纪上半期中国文学的现代意识》,生活·读书·新知三联书店,2001年12月北京第一版。

[136]许志英、邹恬主编:《中国现代文学主潮》,福建教育出版社,2001年4月第一版。

[137]杨义:《中国现代小说史》,人民文学出版社,1986年9月北京第

一版。

[138] 汪晖:《反抗绝望——鲁迅及其文学世界》河北教育出版社,2001 年 1 月第一版。

[139] 刘增杰:《中国解放区文学史》,河南大学出版社,1988 年 5 月第一版。

[140] 万国庆:《凝眸黄土地——延安文学史论》,湖北人民出版社,2003 年 8 月第一版。

[141] 张学新、王玉树主编:《创造新世界的文学——首届中国解放区文学研讨会论文集》,文化艺术出版社,1989 年 5 月北京第一版。

[142] 皇甫晓涛:《现代中国新文学与新文化》,山西人民出版社,1997 年 3 月第一版。

[143] 姚玳玫:《想象女性——海派小说(1892—1949)的叙事》,中国社会科学出版社,2004 年 7 月第 1 版。

[144] 夏晓虹:《近代小说知多少》,《读书》1998 年第 7 期,第 126 页。

[145] 朱德发:《"人的文学":现代中国文学史核心理念重构》,《烟台大学学报(哲社版)》,第 15 卷第 2 期。

[146] 周瘦鹃:《十七岁了》,载上海《申报元旦增刊》,1928 年 1 月 1 日。

[147] 苏雪林:《沈从文论》,《文学》,1934 年 9 月,第 3 卷 3 期。

[148] 逄增玉:《鲁迅小说中的"医学"内容和叙事》,《社会科学战线》2003 年第 4 期,第 251 页。

[149] 张定璜:《鲁迅先生》,转引自《茅盾论中国现代作家作品》,北京大学出版社 1980 年 1 月第 1 版,第 47—48 页。

[150] 严家炎:《区域视角与鲁迅研究——从〈故乡〉的歧解说起》,《鲁迅研究月刊》2003 年第 8 期,第 5 页。

[151] 董炳月:《鲁迅〈故乡〉阅读史——近代中国的文学空间 · 文本与文学史》,新世纪出版社,2002 年 6 月第 1 版,第 211—212 页。

[152] 何善周:《文章选讲 · 〈故乡〉篇》,辽宁人民出版社,1955 年 4 月第 1 版,第 126 页。

[153] 苏雪林:《沈从文论》,原载《文学》,1934 年 9 月,第 3 卷 3 期。

[154] 赵园:《"五四"时期小说中的婚姻爱情问题》,《中国社会科学》,1983 年第 4 期。

[155] 蓝棣之:《边缘颠覆中心——沈从文〈边城〉症候式分析》,《名作欣赏》,1999 年第 3 期。

[156] 王铁仙:《绪论:中国左翼文论的是非功过》,《中国左翼文学思潮》,华东师范大学出版社,2005 年 4 月第 1 版。

[157] 田仲济:《文学研究会的现实主义思想》,《文学研究会资料》中篇,河南人民出版社,1985 年 10 月第 1 版。

[158] 耿济之:《〈前夜〉序》,《文学研究会资料》上篇,河南人民出版社,1985 年 10 月第 1 版。

[159] 胡从经:《血火淬炼的新星——叶紫》,《叶紫文集》(上),胡从经编,湖南人民出版社,1983 年 11 月第 1 版。

[160] 聂绀弩:《〈萧红选集〉序》,人民文学出版社,1981 年 5 月北京第 2 版,第 3—4 页。

[161] 王富仁:《文事沧桑话端木——端木蕻良小说论》(上),中国现代文学研究丛刊,2003 第 3 期。

[162] 周扬:《文学与生活漫谈》,《解放日报》,1941 年 7 月。

[163] 赵园:《来自大野的雄风——端木蕻良小说读后》,《十月》,1982 年第 2 期。

[164] [美]黄宗智:《中国革命中的农村阶级斗争——从土改到文革时期的表达性现实与客观性现实》,《中国乡村研究》第二辑,商务印书馆,2003 年 12 月第 1 版,第 73 页。

[165] [美]黄宗智主编:《中国乡村研究》第一辑,商务印书馆,2003 年 9 月第 1 版。

[166] 程光炜:《论 50—70 年代文学中的农民形象》,《中国现代文学研究丛刊》,2001 年第 4 期。

[167] 蒋晖:《中国农民革命文学研究与左翼思想遗产的创造性转化》,《文艺理论与批评》,2004 年第 3 期。

[168] 于建嵘:《终结革命:背弃承诺抑或重构价值——解读 20 世纪中国工农运动》,北大燕园在线(http://www.yypl.net)。

[169] 田中阳:《论五四以来新文学对农民形象审美视角的三次选择》,《湖南师范大学社会科学学报》,1992 年第 5 期。

[170] 夏子:《解构与颠覆:20 世纪中国乡土文学的价值取向与文化轨迹》,《常德师范学院学报》,2001 年第 2 期。

[171] 贺仲明:《“农民文化小说”:乡村的自审与张望》,《文学评论》,2001 年第 3 期。

[172] 亓华、王向远:《中国的乡土文学与日本的农民文学》,《四川外语学

院学报》,1999 年第 1 期。

[173] 肖佩华:《中国现当代文学农民形象流变轨迹》,《江西社会科学》,2000 年第 6 期。

[174] 逢增玉:《东北沦陷时期的乡土文学与关内乡土文学》,《东北师范大学学报》,1992 年第 2 期。

[175] 丁帆:《中国乡土小说新解》,《江海学刊》,1991 年第 6 期。

[176] 杜敬:《中国土地改革研究中的几个问题》,《中国社会科学》,1992 年第 1 期。

[177] 黄修己:《解放区创作和文艺整风运动》,《北京大学学报》,1982 年第 3 期。

后　记

在我离开东北的前夕，我的博士生导师逄增玉先生和硕士导师刘雨先生就鼓励我把乡土中国农民形象研究课题继续做下去，并提出许多很好的设想。

2006 年 7 月，我从东北师范大学文学院毕业，来到山东师范大学文学院工作。在朱德发、吴义勤等先生的鼓励下，我沿着博士期间的研究方向继续做下去，在 2007 年成功申请到了山东省社科基金课题项目。现代文学何以出现那么多的农民形象群体？各个农民形象群体之间有什么样的审美嬗变？在乡土中国现代化历史进程中，中国知识分子是如何认识乡土中国的？作家在现代文化思潮中形成了怎样的农民观，是如何进行审美想象的？在研究中，我深切地感受到，这是一个乡土中国文学中的根本性问题。众多的农民形象群体的审美塑造显现了一种独异的乡土中国文学的现代性。因此，我开始翻阅《新青年》、《中国农民》等关于农民运动和农民问题研究的刊物文章，力图重新发现 20 世纪上半叶中国各种文化政治力量对农民运动的思想认识和审美思考。在对大的时代背景和时代精神的思考中，我查阅作家传记、创作心得，来进行微观分析，研究作家的农民观及其审美想象的思维模式，探寻作家笔下每一个独特农民形象背后所呈现的乡土中国现代性特质。本书就是我对乡土中国农民问题和现代文学农民形象群思考的结果，是山东省社科基金项目《现代作家的农民观和农民形象的精神嬗变研究》的结项成果，也是我的第四本学术著作。

本书的写作得到了山东师范大学中国现当代文学学科老师的大力指导和热情扶持。来到山师大之后，文学院诸多先生给予我很多的鼓励与关爱，使我获得了一个良好的心境，专心致力于学术工作。在此，对山师文学院给予我关爱的诸位先生表示深深的敬意和谢意！本书的出版得到了国家重点学科山东师范大学中国现当代文学学科的资助，同时也是中国现当代文学泰山学者的专项学术成果。上海三联书店的编辑钱震华先生以其高效率、高质量的工作为本书的出版花费了大量心血，在此深表谢意。同时感谢山师中国现当代文学专业 2009 级硕士研究生刘云斐同学对书稿所做的精心校对工作。书终于出版了，这也算是对惦念、关爱我的东北老师和朋友的一个交待吧。

是记之。

2009 年 5 月 15 日凌晨 2 点

再版后记

2000年读研以来，我算是真正远离了乡村。之前在职业中专做语文老师，经常奔波老家与学校之间，况且学校就坐落于千年银杏树王的乡镇上，出门就是麦地与桑园，乡间物事人情民俗时时刻刻感受到。但是读研之后，就大部分时间回不去了。正像费孝通在1948年出版的《乡村重建》一书所呈现的，乡村处于被销蚀的状态，而我们已经回不去了，回去也成为故乡的“客人”与他者性存在。近几年来，每到农忙时节，我心头都用上一种回乡割麦、掰玉米、收花生、刨地瓜的冲动，又都自觉不自觉的压抑下去，因为日常工作和生活就已经压得喘不动气，根本没有时间和机会回乡。这就是当代众多离开故土的农村学子在城市中生活的逼仄现实，心灵情感的迷茫、恨憾与无奈。

2018年，国家开始吹响了“乡村振兴”的号角。这无疑是令人鼓舞、振奋人心的，是国家基于历史、现实和未来的一项重大战略性举措。作为一个十多年长期从事乡土文学、文化研究的学者来说，我与很多朋友曾深深感觉到时代、历史、文化的巨大变迁，尤其是作为千百年中国文化基石、根脉与土壤的乡村文化的急剧衰落、荒芜与消逝。这无疑是一个如同釜底抽薪、老树中空般的巨大现实性与精神性危机。作家阿来在“空山三部曲”中借助藏族诗人达瑟尔，说出了“这么凶，这么快，这就是现代”的当代精神感受。就这十年来说，这种历史性剧变，已经处于加速度发展之中了。

我的博士论文《想象农民》就是在十多年前写就的。记得一个深夜，我与好友乔焕江一起探讨，一介书生能做什么的问题。焕江鼓励我，提供不了物质的面包，我们可以提供精神的面包。物质的面包是必不可少的，但是精神的面包无疑是更为重要的。对于一个几千年文明史的民族来说，对于一个素以智慧、谋略著称的群体来说，精神的出口无疑是更为重要的，乃至是至关重要的。宁可食无肉，不可居无竹；宁为玉碎，不为瓦全等等，无不昭示着这个民族、国家，乃至每一个个体公民对自我人格、生活、命运、未来的期待与选择。我的《想象农民》的博士论文选题与研究，就是这一思路、情怀与心志的结晶。

现在的《乡土中国现代性的文学想象》是对《想象农民》(博士论文曾在山东人民出版社出版)的扩张与补充，是在此基础上的修订与再版，增加了博士毕业之后对乡土文学这一主题的一些延续性思考和对一些乡土文学精品力作的解读。这本书得到了一些朋友的鼓励与支持，让我特别感动。2015 年，我到云南学习与交流。云南昭通学院的陈永华和云南楚雄师范学院的杨荣昌这两位从未谋面的朋友，找到我，都跟我说买过并认真读过这本书。这样的事例还有一些，都让我有一种“德者，不孤也”的强烈学术认同感、归属感和价值感。一本有思想、有情怀、有意义的书，是一定会赢得它的读者的。我曾跟我的研究生说，我们写的一些文章，50 年后，肯定会有人去翻拣的，因为这里面注入了我们的生气、情感，我们的思想与情怀，有着特定的生命气息和时代精神气质。事实上，这本书所提出的思想命题并没有得到充分展开，需要得到进一步有效的阐释，即乡土中国的现代性与独异性问题。如何理解乡土中国，如何建构和骐骥乡土中国的未来？乡土中国如何在保有自己独异性、文化根性的基础上融汇、交通现代性与世界性？这依然是一个极为重要的、核心性、无可回避的中国问题。

每一本书都有它的来路与去处。《乡土中国现代性的文学想象》所提出的一些问题和思考，依然是有意义的，是需要进一步探究的。这本书于我是一个重要的学术起点，是一个阶段性成果，我会继续对这个问题进行思考和探寻。特别感谢一路走来鼓励、支持和关爱我的各位亲人、师长和朋友！生命是一段长长的依恋，愿我们彼此温暖，常相依、长相忆。若能给有志于乡土中国文学研究的学者提供一些精神的线索与思想的火花，则可以更加欣慰了。感谢山东省齐鲁文化英才项目计划的资助！感谢编辑钱震华先生的精心编辑和一次次的热诚督促。

不忘根本，记住来路，不再迷途，砥砺前行吧，那个曾在乡间山路奔走的孩子、曾苦苦寻觅人生出路的青年。

2018 年 3 月 14 日于长清大学城常春藤社区

图书在版编目(CIP)数据
乡土中国现代性的文学想象：现代作家的农民观与农民形象嬗变研究/张丽军著.
—上海：上海三联书店，2009.
ISBN 978-7-5426-3119-0
Ⅰ.乡…　Ⅱ.张…　Ⅲ.乡土文学—文学研究—中国—现代　Ⅳ.I206.6

中国版本图书馆 CIP 数据核字(2009)第 145781 号

乡土中国现代性的文学想象
——现代作家的农民观与农民形象嬗变研究

著　　者/张丽军

责任编辑/钱震华
装帧设计/陈益平

出版发行/上海三联书店
(201199)中国上海市都市路 4855 号
印　　刷/江苏省常熟市东张印刷有限公司

版　　次/2009 年 9 月第 1 版
印　　次/2018 年 4 月第 2 次印刷
开　　本/640×960　1/16
字　　数/290 千字
印　　张/20

ISBN 978-7-5426-3119-0
I·438　**定价**：68.00 元